ANNIE BRUEL

DER GESANG DER ZIKADEN

ANNIE BRUEL

DER GESANG DER ZIKADEN

Roman

Aus dem Französischen
von Sabine Schwenk

EHRENWIRTH

Ehrenwirth
ist ein Imprint der Verlagsgruppe Lübbe

Aus dem Französischen von Sabine Schwenk

Schutzumschlag- und Einbandgestaltung:
Christina Krutz & Harald Braun, Riedlhütte
Titelfoto: PicturePress
Satz: Bosbach Kommunikation & Design GmbH, Köln
Gesetzt aus der Joanna MT
Druck und Einband: Friedrich Pustet, Regensburg

Printed in Germany
ISBN 3-431-03408-X

Sie finden die Verlagsgruppe Lübbe
im Internet unter: http://www.luebbe.de

2 4 5 3 1

Für Pierre Pascal, Dichter und Komponist, engagierter Kämpfer für die provenzalische Sprache und Literatur, dessen Talent, Humor und Unabhängigkeit mich immer begeistert haben.

L'Americo
Au cèu de ma souvenènço
Dins lou blu de mei pantaï
Lei niéulo de ma Prouvènço
Courront davans lou mistrau.

Im oberen Teil des Var, im Herzen jener wilden Hügellandschaft, die sich wie ein vom Meer aufkommender Sturm den südfranzösischen Alpen entgegenwirft, lag hoch oben, wie auf einem Wellenkamm, in friedlichem Schlummer das Dörfchen Mons.

Die tiefe Stille, wie sie sonst nur auf Berggipfeln herrscht, wurde jäh durchbrochen, als Giuseppe die Tür der Bar *Chez Albertine* laut hinter sich zuschlug.

Guiseppe, den alle den Admiral nannten, weil er sich stets wie auf einem schlingernden Schiff bewegte, ließ das kleine Lokal festen Schrittes hinter sich; im Allgemeinen waren es weniger feste Schritte, die ihn heimwärts führten. Auch der Moment war ungewöhnlich. Die Kirchturmuhr schlug sechs, und um diese Uhrzeit nahm er in aller Regel gerade erst sein drittes Glas Wein in Angriff.

Er lief die *Traverse Serre-Coudes* hinab, ohne die Wände der Gasse zu streifen, die so eng war, dass man Acht geben musste, sich nicht die Arme aufzuschürfen, dann erklomm er in einem Satz die vier Stufen, die zu seiner Haustür führten. Mit einem Ruck riss er den Baumwollfetzen zur Seite, der den Eingang verhüllte, und blieb mit gesenktem Kopf im Türrahmen stehen, denn Guiseppe war zu groß für die niedrige Tür.

Sein Blick schweifte durch das dunkle Zimmer. In einer Nische am Ende des Raums vertrieben sich drei flüsternde Kinder, die zwischen zerknitterten, schmutzigen Laken auf zwei kleinen Betten saßen, mit ihm unverständlichen Spielen die Zeit. Rechts davon lag in einer Holzkiste ein Neugeborenes mit kohlschwarzen Augen, in seine Windeln gewickelt wie eine Mumie, und nuckelte still an einem Fläschchen, das merkwürdig schimmerte wie Perlmutt. An einem großen Tisch direkt vor Giuseppe saß mit aufgestützten Ellbogen untätig seine Frau Maria.

»Wo ist Ninon?«, fragte er sie.

Maria deutete mit dem Kinn zur Wand, in Richtung des Nachbarhauses weisend.

Giuseppe ging murrend hinaus, tat die drei Schritte, die zwischen seiner und der Nachbartür lagen, schob den Perlenvorhang zur Seite und brüllte:

»Ninon!«

Das Mädchen trat aus dem Dunkeln ins Licht. Es sah seinem Vater geradewegs in die Augen, und als er nichts sagte, lief es schnell an ihm vorbei hinaus. Kaum waren sie wieder zu Hause, befahl Giuseppe:

»Nimm deine Sachen, ich bring dich zu Marius.«

Das Mädchen riss kurz die Augen auf, dann öffnete es den Wandschrank, um ein Wollcape herauszunehmen.

Seine Mutter Maria unterbrach es in schleppendem Ton:

»Lass das, das ist jetzt zu klein für dich.«

Ninon legte das Cape wieder an seinen Platz und wandte sich mit leeren Händen zu ihrem Vater, um ihm zu zeigen, dass sie bereit sei.

Maria sah gleichgültig zu, wie der Mann und das Kind das Haus verließen.

Hinten in der Bettnische hatten drei Augenpaare so schwarz wie die Nacht das Geschehen verfolgt. Drei Gesichter, so erstarrt, dass man sie für den Teil eines Gemäldes hätte halten können. Als Ninon die Türschwelle überschritten hatte, drehte sie sich zu ihnen um. Die Kinder spielten weiter, nachdem sich ihre Blicke für den Bruchteil einer Sekunde begegnet waren.

Giuseppe lief mit großen Schritten die Gassen von Mons hinauf und stieß Ninon dabei vor sich her. Jedes Mal, wenn seine langen Beine ihre trippelnden Kinderfüße eingeholt hatten, stupste er sie an, damit sie schneller ging.

Die alte Mihoun hastete in einigen Metern Abstand hinter den beiden her und rief:

»Wohin bringst du sie, du Säufer? Was hat sie jetzt schon wieder gemacht, die Kleine? Kannst du mir das mal sagen? So wahr ich Mihoun heiße, mit so viel Bosheit kommst du nicht ins Paradies!«

Aber sie musste sich rasch geschlagen geben. Die beiden gingen zu schnell für ihre schwachen Beine, und da waren sie auch schon hinter einer Ecke verschwunden. Mihouns Herz, das bereits seit achtzig Jahren schlug, klopfte zu heftig, und sie musste im Schneckentempo heimkehren, damit es sich wieder beruhigen konnte. Als sie an Marias Tür vorbeikam, blieb sie stehen und zischte im sicheren Wissen, auf der anderen Seite des Baumwollfetzens gehört zu werden:

»Ha, jetzt bist du aber froh, *pouarco*!«

Am Dorfrand nahm Giuseppe seine Tochter an der Hand, und sie bogen in die Straße ein, die zum Meer hinabführte, das sich, als ob es sich schämte, hinter Nebel und Land versteckte.

Der Alkohol, den Giuseppe an diesem Tag im Übrigen nur in Maßen genossen hatte, konnte ihm nicht über die Kränkung hinweghelfen, die man ihm zugefügt hatte: Eben im *Chez Albertine* hatte der Bürgermeister, dieser Korinthenkacker, der ihm schon auf der Schulbank auf den Wecker gefallen war, in Anwesenheit der Männer aus dem Dorf, die dort tranken und Karten spielten, in aller Öffentlichkeit zu ihm gesagt:

»Hör zu, Giuseppe, ich meine es ernst, du musst einiges ändern! Deine Kinder sind dreckig, voller Ungeziefer und schlecht ernährt. Und wenn die Nachbarinnen ihnen nicht hier und da eine Kleinigkeit zustecken würden, dann würden sie glatt verhungern. Mal ganz zu schweigen vom neuesten Einfall deiner Frau: Anscheinend ist in den Fläschchen, die sie der Kleinen gibt, mehr Pastis als Milch … Leicht, sie zum Einschlafen zu bringen, wenn sie so richtig schön abgefüllt ist! Leichter als mit einem Wiegenlied! Das muss alles anders werden, hast du gehört, sonst wird dir die Fürsorge deine Kinder wegnehmen. Hast du mich verstanden?«

Der Bürgermeister hatte natürlich darauf geachtet, Giuseppe zur Seite zu nehmen und leise zu sprechen, damit niemand mithören konnte. Aber Giuseppe war sich ganz sicher: Er hatte genau gesehen, wie die Karten, als es plötzlich still geworden war, in den Händen der Männer erstarrten und sich die Schirmmützen spöttisch in ihre Richtung drehten.

»Es sind meine Kinder. Sie gehören mir, hörst du, und ich mache mit ihnen, was ich will. Ich brauche mir von niemandem eine Lektion erteilen zu lassen, und schon gar nicht von dir, Fernand, da kannst du noch so oft Bürgermeister sein. Du tätest besser daran, dich um das Dorf zu kümmern, wo alles drunter und drüber geht, anstatt dich in Sachen einzumischen, die dich nichts angehen.«

»Eben drum, du Wolkenschieber, ich kümmere mich ja gerade ums Dorf. Ganz Mons beschwert sich über deine Kinder. Sie stehlen Wäsche von den Leinen, sie klauen in den Gärten und verteilen in der ganzen Schule ihre Läuse. Reicht dir das nicht? In meiner Funktion als Bürgermeister warne ich dich, auch wenn dir das noch so sehr auf die Nerven geht: Wenn du nicht in der Lage bist, sie anständig großzuziehen, dann wird das Jugendamt das für dich besorgen. Stell dir mal vor, wie du dich dafür schämen wirst!«

Seine Stimme hatte am Ende milder geklungen, aber dennoch fügte er hinterlistig hinzu:

»Du bist Straßenwärter und Feldhüter, Giuseppe, du verdienst dir deinen Unterhalt und hast ein kleines Stück fruchtbares Land, damit wirst du doch wohl eine Familie ernähren können! Wenn du dich ab und zu in deinem Garten blicken ließest, ihn umgraben und Gemüse anpflanzen würdest, und wenn du nicht alles, was du verdienst, gleich versaufen würdest, dann müsste ich dir solche Dinge gar nicht sagen … Treib es bitte nicht so weit, dass der Bürgermeister sich fragen muss, woran es eigentlich liegt, dass sein Feldhüter ständig Schlagseite hat, sogar an Tagen, wo kein Mistral weht!«

Nachdem Fernand sein Gift verspritzt hatte, war er schnell wieder guter Dinge, kehrte zu den Kartenspielern zurück und ließ Giuseppe wie einen Idioten einfach stehen, so als existierte er nicht.

Giuseppe hatte stolz sein Glas erhoben und auf das Wohl der versammelten Männer getrunken, um deutlich zu machen, dass alles in Ordnung sei. Dann dachte er nach. Eine ganze Weile stand er mit aufgestützten Ellbogen an der Bar und starrte mit einer krummen, feuchten Zigarette im Mundwinkel ins Leere, wobei er sich tief über sein Weinglas beugte, ohne es anzurühren, was auf tief schürfendes Grübeln hindeutete. Auf einmal, als alle ihn schon wieder vergessen hatten, fing er an zu grinsen. Nicht um sich nach außen hin gelassen zu geben, sondern ganz unverhohlen, denn ihm war eine Idee gekommen.

»Fernand«, rief er, »he, Fernand, komm mal eben her, ich muss mit dir reden.«

Der Bürgermeister kam widerwillig zu ihm zurück.

»Du redest davon, dass mir die Fürsorge meine Kinder wegnehmen könnte. Aber wie ist das, würden mir diese Schnepfen von der Fürsorge alle wegnehmen oder nur eins, und zwar das, was wir ihnen geben würden?«

Fernand, der schon erraten hatte, worauf sein Feldhüter hinauswollte, nahm sich Zeit zum Nachdenken, ehe er antwortete. Er bestellte sich einen Pastis mit etwas Wasser. Als man ihm eingeschenkt hatte, ließ er sich noch ein wenig Pastis dazugießen, nicht viel, nur einen winzigen Schuss. Neben ihm trat Giuseppe ungeduldig von einem Bein aufs andere.

»Die Fürsorge nimmt als Erstes das Kind, dem es am schlechtesten geht, mit Sicherheit das Baby, das deine Frau jetzt mit Pastis zum Einschlafen bringt. Aber ich weiß schon, worauf du hinauswillst, Giuseppe, du würdest dich wohl freuen, wenn du Ninon loswerden könntest, stimmt's oder hab ich Recht?«

Giuseppe wischte sich langsam den Mund ab, um weder protestieren noch zustimmen zu müssen.

»Was soll's, Giuseppe, nicht nötig, dass du's zugibst, es weiß sowieso jeder.«

Der Bürgermeister nahm einen weiteren Schluck und fügte leise hinzu:

»Was bist du nur für ein Idiot, Giuseppe, sonst würdest du sehen, dass Ninon das Beste ist, was du hast. Aber weil du deine Meinung sowieso nicht ändern wirst, habe ich eine gute Idee. Sieh zu, dass du sie auf einem Hof unterbringst, hier im Dorf oder woanders, sie ist jetzt groß, sie ist zwar noch nicht ganz mit der Schule fertig, aber da kannst du dich auf mich verlassen, das regele ich schon. Ach ja, da fällt mir gerade ein, die Kleine, die bei Marius gearbeitet hat, ist nach Draguignan gegangen, um zu heiraten. Geh doch mal mit einem schönen Gruß von mir hin, vielleicht nimmt er Ninon ja.«

Es war fast dreizehn Jahre her, dass Ninon auf die Welt gekommen war. An jenem Tag trank Giuseppe, der wie gewöhnlich überaus stolz auf sich war, auf die Gesundheit seines ersten Kindes. Dabei hatte er gewaltig einen über den Durst getrunken, schließlich musste er hundert Mal anstoßen. Vielleicht war es sogar das erste Besäufnis in seinem Leben, denn damals war er noch voller Hoffnungen und trank nicht.

Tatsächlich schien es das Leben in jeder Hinsicht gut mit ihm zu meinen.

Erstens hatte man ihn in Erinnerung an seinen Vater, einen ruhmreichen Soldaten, der auf dem Feld der Ehre gefallen war, gerade erst zum Straßenwärter und vereidigten Feldführer ernannt, also gewissermaßen zum Dorfchef, was ihn in die glückliche Lage versetzte, sich fortan in aller Öffentlichkeit in die Brust werfen zu können; sei's drum, wenn einige sich schon damals über seinen mangelnden Diensteifer beschwerten.

Zweitens hatte er Maria geheiratet, das eindeutig schönste Mädchen aus der gesamten Gegend, darüber hinaus auch das sittsamste; sei's drum, wenn man sie schon damals für etwas »absonderlich« hielt.

Schlussendlich hatte er auch noch eine Heldentat vollbracht, von der sich das ganze Dorf selbst überzeugen konnte: Auf den Tag genau neun Monate nach der Hochzeit brachte seine schöne Maria ein Kind zur Welt. Gut, es war kein Junge, aber ein hübsches kleines Mädchen, acht Pfund, kräftig und kerngesund, was ja nicht jedem beschieden war.

So hatte sich Giuseppe also an jenem Tag gründlich betrunken, um triumphierend auf das Wohl des überglücklichen Vaters anzustoßen, der er war. Die Kumpel und Herbeigerufenen schlossen sich ihm bereitwillig an, tief beeindruckt, in welchen Strömen der Wein floss, ohne dass sie einen Pfennig zahlen mussten.

Giuseppes Stolz hielt drei Tage an – jene drei Tage, die Ninon brauchte, um ihre Augen zu öffnen. Als sie dann am Morgen des vierten Tages endlich die Welt betrachtete, konnten alle Frauen aus dem Dorf, neugierig über die Holzkiste gebeugt, miterleben, wie sich zwei Augen auftaten, die so blau waren wie der Himmel über der Provence.

»Alle Neugeborenen haben blaue Augen«, beteuerte Giuseppe den Männern im *Chez Albertine*, die gleich zu spotten begannen. »Und ihre Hautfarbe wird sich auch verändern, ein bisschen Sonne und sie wird genauso wie meine.«

Hier muss man wissen, dass bei Giuseppe und Maria als Nachkommen von Einwanderern aus Italien, Kalabrien, Sizilien oder dem Piemont – Menschen mit dunkler Haut und dunklem Haar – die Iris im schönsten Schwarz glänzte, einem Schwarz, das auch nicht die Andeutung einer Farbe getrübt hätte.

Einige Tage vergingen, und Ninons Augen wurden immer blauer; ein Blau so strahlend, so klar wie der Himmel, wenn der Mistral über ihn hinwegfegt und er im Licht der aufgehenden Sonne schimmert.

»Wer ist denn jetzt eigentlich der Erzeuger?«

»Da musst du Maria fragen, die wird's wohl wissen.«

»Aus den Ablegern von Pinien werden doch normalerweise keine Agaven, oder? Vielleicht in Kalabrien?«

»Man könnte fast meinen, sie ist die Tochter von einem *boche* ...«

»Ein Kohlenhändler hat kein weißes Mehl in seinem Sack!«

»Vielleicht ja doch irgendeine längst vergessene Großmutter, das taucht manchmal ganz überraschend wieder auf«, warfen ein paar versöhnlichere Gemüter noch ein, aber keiner hörte mehr auf sie.

Denn man hörte nur noch das, was man hören wollte: eine Geschichte, die beim abendlichen Beisammensein zu allen möglichen Vermutungen einlud, die man sich mit funkelnden Augen hinter vorgehaltener Hand zuflüsterte, um das spöttische Zucken der Mundwinkel zu verbergen.

Bei Albertine drehte sich unter den Kartenspielern und Pastistrinkern, die froh über die Gelegenheit waren, dem jungen, selbstgefälligen Feldhüter endlich einmal das Maul zu stopfen, alles um diese neue Art von Wunder, und ob Giuseppe nun da war oder nicht, die Männer ließen sich mit ihren vor Heiterkeit geröteten Gesichtern zu den amüsantesten Interpretationen und zu immer neuen Scherzen hinreißen.

Wenn ein Kartenspieler die Kühnheit besaß, einen Trumpf hervorzuziehen, mit dem niemand gerechnet hatte, fragte man ihn:

»Wo hast du den denn her?«

Worauf im Chor die Antwort kam:

»Da musst du Maria fragen!«

Wenn es einem Boulespieler einmal gelang, einen *carreau* zu schießen, rief er:

»Seht doch, welch ein Wunder! Auch ich hab der Maria ein Kind gemacht!«

Darauf hielt man sich jedes Mal die Bäuche vor Lachen, lachte, bis die Stimmen heiser wurden und in den Augenwinkeln Tränen der Heiterkeit glitzerten.

Dennoch zog im Grunde niemand Marias Anständigkeit ernsthaft in Zweifel, und somit auch nicht Giuseppes Ehre. Das Ganze wäre bedeutend weniger interessant und amüsant gewesen, wenn Maria eins jener koketten Mädchen gewesen wäre, die sich mit dem Erstbesten in dunklen Ecken herumtrieben. Nein, die Sache war umso pikanter, als Maria schon immer ein Ausbund von Tugendhaftigkeit gewesen war. Trotz ihrer üppigen Schönheit war sie kühl und distanziert und hatte ihre ganze Ehre darangesetzt, kein Mannsbild an sich heranzulassen. Kaum dass sie ein junges Mädchen war, hatte sie adrett und tadellos geschminkt stundenlang auf einem Mäuerchen an der *Place San-Bastian* gethront und schien dabei mit ihrem affektierten Gehabe auf die meisten Menschen ein wenig herabzublicken. »Die trägt ihre Nase vielleicht hoch«, sagte man von ihr. Mit dieser Überheblichkeit hatte sie die jungen Männer auf Distanz gehalten, die sich, wenn sie sie sahen, nur zuflüsterten: »Die wartet auf ihre Kutsche, und ich Ärmster hab nur 'nen Karren.«

Vor allem aber der weltfremde Blick ihrer vorstehenden Augen war nicht dazu angetan, die Leidenschaften der Männer zu wecken und hatte – mehr noch als ihre Verachtung – dazu geführt, dass sie bis zu ihrer Hochzeit als Vorbild an Sittsamkeit galt … Bis zu ihrer Hochzeit mit Giuseppe, diesem ausgemachten Tölpel, der allerdings vereidigter Feldführer war, was ja nicht jedem gelingt.

Giuseppe, der sich haargenau an seine Hochzeitsnacht erinnerte, wusste es eigentlich besser. Aber wie soll man einen kühlen Kopf bewahren, wenn das ganze Dorf in schallendes Gelächter ausbricht, sobald man irgendwo auftaucht? Wenn plötzlich ein Mädchen mit azurblauen Augen auf die Welt kommt, und das just in einer Zeit, da es im Land von Feinden wimmelt, deren Augen … Der unglückliche Vater, unwissend und blind für die Überraschungen, die die Vererbungslehre manchmal bereithält, konnte sich einfach nicht erklären, warum ihm das Schicksal einen so üblen Streich spielte, und während er immer weiter versuchte, sich zu rechtfertigen, glaubte er allmählich, verrückt zu werden. Er hätte viel Humor und einen sehr festen Charakter gebraucht, um den Spott mit einem Schulterzucken hinnehmen zu können und sich den Lachenden anzuschließen, die sofort aufgehört hätten. Doch leider war ihm nichts ferner als solche Klugheit … Da Giuseppe in seinem Stolz nicht nur überempfindlich war, sondern auch durchaus beschränkt in seinem Denken, ging ihm rasch die Lebenslust verloren, wenn er sich vorstellte, dass die anderen über seine Naivität lachten, dass er vom ersten Tag an als gehörnter Ehemann gegolten hatte und dass einige sogar genau wussten, wer der Vater des Kindes war.

Dabei war der Grund, warum sich viele Monate lang das ganze

Dorf über ihn lustig machte, offensichtlich. Einerseits natürlich, um über den Feldführer Giuseppe zu spotten, vor allem aber zum Zeitvertreib. Die Geschichte von Ninons blauen Augen ging von Haus zu Haus, erreichte die Höhen von Castellane und schließlich auch weiter unten das Meer.

So kam es, dass Giuseppe, an dessen Ehre eigentlich niemand gezweifelt hatte und der beweisen wollte, dass er nicht so einfältig war, wie es überall hieß, Abend für Abend mit stolzgeschwellter Brust die Tür zum *Chez Albertine* aufstieß, um das gesamte Haushaltsgeld dort zu lassen.

Und so kam es auch, dass Giuseppe eine Abneigung gegen die kleine Ninon fasste, die schuld war an seiner Schmach – irgendjemand musste ja schuld sein.

Die schon damals eher träge und zaghafte Maria zog sich noch mehr in ihre vier Wände zurück, anstatt sich zu verteidigen, und ließ zu, dass dort ein behaglicher Schlendrian um sich griff, der ihrer natürlichen Faulheit entgegenkam. Weil sie den Gerüchten, die draußen umgingen, weniger ausgesetzt war, litt sie kaum darunter. Immer gern bereit, die Achseln zu zucken, tat sie dies etliche Male, und angesichts ihrer Gleichgültigkeit verstummten die Leute.

In Wahrheit aber kannte Maria, auch wenn sie nie, nicht einmal mit Giuseppe, darüber sprach, den Schlüssel zu dem Geheimnis …

Ninon war ein Kind des Teufels …

Die fast übertrieben fromme Maria, die dabei weitaus empfänglicher für die Allgegenwart des Bösen war als für die Existenz Gottes, war in Gesellschaft des Satans und seiner Stellvertreter aufgewachsen – Hexenmeister, Geister und verschiedenster Dämonen, die die Mutter ihr gegenüber unentwegt zu Felde führte. Vom Werwolf im dunklen Wald bis hin zu dem Geist, der einen an den Füßen zieht, hatten Generationen von Frauen vor ihr für alles, was sich im Leben so ereignen kann, eine schwefelhaltige Erklärung gehabt. Mit zwei ausgestreckten Fingern als Zeichen für die Hörner des Teufels und für jeden bösen Zauber ein profanes Gebet im Gepäck, mit grobem Salz in der einen und einem Stückchen Seife in der anderen Rocktasche, boten sie tapfer all diesen uralten Ängsten die Stirn. Und wenn sie sich vor dem Altar unzählige Male bekreuzigten, dann nur aus einem einzigen Grund: Sie wollten den Dämonen entrinnen, die in all ihren Gebeten präsent waren und ihr ganzes Denken und Leben bestimmten.

Für Maria mit ihrem Hang zu Schimären gab es keinen Zweifel. Ihr ohnehin schon wirrer Verstand kam zu einer klaren Deutung der Ereignisse: Ninons blaue Augen waren der greifbare Beweis dafür, dass jemand sie verhext hatte. Wenn Jesus das Kind des heiligen Geistes war, dann war Ninon ein Kind des Teufels.

Indessen war Ninon, obgleich sie nicht nur den Stempel einer Demütigung und Schmach, sondern auch eines Fluchs auf sich trug, ein so lebhaftes, sanftes und hübsches Kind, dass jedes Mutterherz in Liebe hätte entflammen müssen, auch wenn sie noch so sehr aus der Hölle kam. Doch in Marias Herz war nichts als brennender Hass. Und das schon bevor die blauen Augen ihrer Tochter im ganzen Landkreis für Aufruhr sorgten.

Kaum dass Marias Bauch sich zu wölben begann, begriff sie, dass sie keine Kinder wollte. Von Kindern bekam man nur gelbe Haut und musste sich in der Taille schnüren. Kinder wurden den Frauen zum Verhängnis, Kinder machten sie unförmig, raubten ihnen ihre Zeit und zerstörten das Ideal eines Lebens in trägem Müßiggang, wie Maria es an Giuseppes Seite hätte genießen können. Maria liebte sich selbst als einsame Schönheit, oder vielleicht liebte sie sich selbst einfach zu sehr, auf eine eigenartige Weise, wie schon damals gemunkelt wurde, als sie sich an der *Place San-Bastian* auf ihrem Steinmäuerchen stets abseits hielt.

Ninons bloße Präsenz – ihr Geruch, ihre zarte Haut – war Maria vom ersten Moment an zuwider gewesen. Ihr Plappern ließ sie kalt; ihr Weinen erboste sie. Sicher hatte sie sie ein ganzes Jahr lang gestillt, weil es aus ihren angeschwollenen Brüsten in Strömen floss, aber jedes Mal, wenn sie ihre Milch losgeworden war, ließ sie das Mädchen stundenlang fest verschnürt in seiner Holzkiste liegen, ohne ihm ein Lächeln zu schenken oder es jemals zu streicheln.

Und weil Marias weicher Körper dafür gemacht zu sein schien, brachte sie noch vier weitere Kinder zur Welt, alle mit schwarzen Augen, ohne dass sie deshalb ein leichteres Leben gehabt hätten.

Leichter nicht, aber doch nicht ganz so schlimm wie das von Ninon, die wegen nichts und wieder nichts gescholten wurde, der man als Letzter auftat, und was machte es schon, wenn die Kelle dann nur noch halb voll war. Ninon, die für jede Widrigkeit verantwortlich war, bei jedem Streit die Schuld trug. Ninon, die so unfair behandelt wurde, dass ihr jüngerer Bruder und die kleineren Schwestern Mitleid empfanden und sie still und leise beschützten.

Doch das Mädchen hielt dem Mangel an Liebe und Zuwendung tapfer stand. Sobald es auf dem Boden herumkriechen konnte, kletterte es die drei Stufen zum Nachbarhaus empor, das Mihoun gehörte – Mihoun Gangacette, über die sich das Dorf leise amüsierte, weil sie von morgens bis abends den zitternden Kopf schüttelte wie ein ulkiger Vogel, so als wollte sie allem und jedem widersprechen.

Sie, die alte einsame Witwe, zog Ninon an sich, wiegte sie in ihren Armen und gab ihr die mütterlichen Küsse, die das Kind sonst niemals bekommen hätte. Und von dieser Zeit an herrschte in beider Leben tiefe Zufriedenheit.

Während Giuseppe die steil abfallende Straße hinabeilte, frohlockte er über diesen Tag, der das Ende seines Martyriums ankündigte. Wenn Ninon endlich untergebracht wäre, aus dem Dorf entfernt, würde man sie schnell vergessen. Und er müsste nicht mehr unentwegt den Blick seiner Tochter ertragen. Diesen merkwürdigen Blick, der einem überallhin folgte und sich weder durch Hunger noch durch Schläge oder Schelte abstellen ließ. Zum Donnerwetter, was war das aber auch für ein Mädchen! Als wären die schimpflichen Umstände ihrer Geburt nicht schon genug, war Ninon auch noch arrogant. Dabei traurig, das schon, aber trotzdem nicht unterzukriegen. In ein Eckchen gekauert, beobachtete sie die anderen mit steter Wachsamkeit, und ihr Blick hatte etwas Vermessenes, da war sich Giuseppe ganz sicher.

Giuseppe bog unvermittelt rechts ab und lief ungeniert über die terrassenförmig angelegten, gemähten Felder, weil die Straße vor ihnen eine weite Schleife machte, die er sich ersparen wollte. Er sprang über eine Steinmauer, hinter ihm setzte die Kleine zum Sprung an und fiel, weil sie die Beine nicht schnell genug anziehen konnte, mit dem Gesicht in das Stoppelfeld. Er griff wieder nach ihrer Hand und riss sie mitleidslos mit einem kräftigen Ruck hoch, unter dem sich ihr dürres Ärmchen bog wie ein Zweig.

In einiger Entfernung beobachtete eine Gruppe von Schnittern, die unter einem Olivenbaum ihre Sensen schärften, den Mann und das Kind, bis sie auf den Feldern der Campestres verschwunden waren.

Die Luft flimmerte noch, es war Mittag, und die von der Sonne herabgesandte Hitze stieg von den Hügeln allmählich wieder zum Himmel empor.

Giuseppe und Ninon erreichten den Hof, als Marius gerade von den Feldern zurückkehrte, noch ganz vom Staub der Ernte bedeckt. Er sah das Paar näher kommen und ahnte gleich, worum Giuseppe ihn bitten würde.

Er betrachtete das schmächtige, schmutzige Mädchen, das quasi in Lumpen ging, wie es von diesem Mann auf schamlose Weise vorgeführt wurde. Und er spürte, wie die stille Abneigung, die er insgeheim gegen ihn hegte, aufloderte.

Als Giuseppe seine Anfrage, bei der er sich heftig auf die Empfehlung seines Freundes, des Bürgermeisters, berief, ausgesprochen hatte, antwortete ihm Marius:

»Jetzt will ich deine Kleine nicht: Sie ist noch zu jung und außerdem zu mager. Ich könnte nichts mit ihr anfangen. Du kannst zur nächsten Erntezeit noch mal kommen, wenn ich bis dahin nicht jemand anders gefunden habe.«

Giuseppe war sprachlos. Während des ganzen Hinwegs war er davon ausgegangen, dass die Sache erledigt war, und hatte sich schon darüber gefreut.

»Ja, natürlich, aber weißt du, eigentlich kann das nicht warten. Um ehrlich zu sein, wenn du sie nehmen willst, dann jetzt oder nie.«

»Also gut, Admiral, dann sind wir uns ja einig: dann eben nie. Aber ich will dir einen guten Rat geben, wenn ich darf. Gib deinem Kind etwas zu essen und sorg dafür, dass das Mädchen sauber ist. Sonst wird keiner sie nehmen wollen. Hier bei uns auf dem Land brauchen wir kräftige, wohlgenährte Mädchen, die tüchtig arbeiten können.«

Vor Entrüstung hätte Giuseppe am liebsten gesagt, er möge sich um seinen eigenen Kram kümmern, aber er schaffte es, seinen Ärger hinunterzuschlucken und in den Bedingungen nachzugeben. Wie auf einem Markt tätschelte er dem Mädchen den Rücken:

»Ich will keinen Pfennig von dir, weder für sie noch für mich.

Niemals, da geb ich dir als vereidigter Feldführer mein Ehrenwort! Du brauchst sie nur zu verpflegen, und damit hat sich's. Sie ist weder groß noch stark, aber sie arbeitet, ohne zu murren. Für einen Teller Suppe kriegst du ein gutes Stück Arbeit erledigt.«

Marius' Frau Joséphine war näher gekommen und verfolgte das Gespräch, ohne sich einmischen zu wollen. Mitleidig betrachtete sie das Kind.

»Sie ist voller Läuse«, murmelte sie.

Das sagte sie nicht aus Boshaftigkeit, Gott behüte, sondern nur, weil es tatsächlich so war.

Ninon, die bis dahin zu Boden geblickt hatte, hob den Kopf und blickte der Frau fest in die Augen.

Für eine Sekunde blieb die Zeit stehen.

»Lass gut sein«, sagte Joséphine zu ihrem Mann, »wir nehmen sie, wenn sie nichts kostet. Sie wird auf die Kleinen aufpassen, falls du nichts mit ihr anfangen kannst.«

Die Sache war beschlossen, aber das reichte dem Dummkopf Giuseppe nicht, dem der mitleidige Blick des Bauern und der Bäuerin entgangen war. Er versuchte, sich erst noch ein wenig breit zu machen. Ob man ihm nicht, schließlich sei das doch Brauch, ein Gläschen Wein anbieten wolle, um den Vertrag zu besiegeln? Marius tat so, als verstünde er nicht, und ließ etwas Zeit verstreichen. Worauf Giuseppe auch noch die Frechheit besaß, den Großmütigen zu spielen und Marius zu beglückwünschen:

»Du bist ein ganz schlauer Fuchs, was, alter Freund, hast gleich gemerkt, dass da ein gutes Geschäft auf dich wartet!«

Als aber der Mann und die Frau ihn nur wortlos ansahen, geriet Giuseppe doch in Verlegenheit und hielt es für angebracht, noch ein paar Ratschläge hinzuzufügen, die den richtigen Umgang mit seiner Tochter betrafen.

»Sag mal, Admiral, ziehst du von selbst Leine, oder muss ich dir in den Arsch treten?«, sagte Marius schließlich, als er sich nicht mehr beherrschen konnte. »Und was die Kleine angeht, da werde ich tun, was ich für richtig halte.«

Joséphine war eine Frau, die Respekt einflößte. Groß und so kräftig gebaut wie ein Mann, hielt sie sich in ihrem arbeitsamen Alltag selten mit Gefühlen auf. Hinter dieser emotionslosen Tatkraft verbarg sich aber nicht nur bäuerliches Pflichtbewusstsein, sondern auch große Herzensgüte.

Als Giuseppe fröhlich abgezogen war, betrachtete Joséphine Ninon und wurde sofort von tiefem Mitgefühl ergriffen. Dann begegneten sich ihre Blicke, und es war so, als würden die strenge Bäuerin und das arme, wie vom Himmel gefallene Mädchen damit ein überraschendes Bündnis besiegeln.

»Komm, Kleine, ich muss dich erst einmal waschen.«

Joséphine umschloss sanft die Hand, die Ninon ihr entgegenstreckte.

Im strahlenden Sonnenschein zog Joséphine Ninon neben dem Brunnen aus und stellte entsetzt fest, dass sie unter den Lumpen keine Wäsche trug.

»Soll ich dir die Haare schneiden?«, fragte sie das Mädchen.

Ninon nickte zögernd.

Dicht über den Haarwurzeln schnitt Joséphine ihr die braunen Locken ab, den einzigen Hinweis auf ihre Herkunft. Dann rieb sie Ninon von Kopf bis Fuß kräftig mit Kernseife ab und zog einen Eimer mit eiskaltem Wasser aus dem Brunnen hoch, das Ninon sich über ihren spindeldürren Körper schütten ließ, ohne auch nur einmal aufzuschreien.

Sie hatte noch kein einziges Wort gesagt.

Joséphine hüllte sie in ein Tuch und ließ sie auf dem sonnenbeschienenen Mäuerchen Platz nehmen.

»Lass dich ein bisschen trocknen, ich hol dir etwas Sauberes zum Anziehen.«

Sie kam mit Unterwäsche, einer Bluse und einem Rock zurück, alles viel zu groß, aber frisch nach Lavendel duftend. Das zog sie Ninon an, was schon ein komischer Aufzug war, und lachte leise über das Ergebnis.

»Hübsch bist du, wie ein Püppchen!«

Ninon hob endlich den Kopf, blickte der Frau erneut tief in die Augen und murmelte:

»Danke, Madame.«

Und wieder lag ein solches Leuchten in ihrem Blick, dass Joséphine zumute war, als ginge plötzlich die Sonne auf.

»Gib mir deine Sachen, ich werd sie verbrennen«, sagte sie nur, »und dann kommst du mit in die Küche, wir müssen dir noch die Läuse wegmachen.«

Ninon errötete bis unter die Haarwurzeln und sah zu Boden. In der Schule wurden Giuseppes Kinder »Läusepelze« genannt, und niemand wollte neben ihnen sitzen. Merkwürdigerweise litt Ninon darunter noch mehr als unter dem Hunger und all dem übrigen Elend.

Während Joséphine mit einem feinen Kamm durch Ninons verbliebene Haare fuhr, fragte sie:

»Sag mal, angeblich kümmert sich doch die alte Gangacette viel um dich, hätte sie dich nicht ab und zu mal waschen und dir die Läuse wegmachen können?«

»Das hat sie einmal gemacht, und dann hat sie mir Petroleum über den Kopf geschüttet. Zu Hause hab ich abends so gestunken, dass mein Vater was gemerkt hat. Er ist zu Mihoun gegangen und hat schrecklich Krach geschlagen, von wegen sie soll sich um ihren eigenen Kram kümmern. Mihoun hat ihm geantwortet, sie hätte das nur aus Nettigkeit gemacht, weil ich aussehen würde wie eine Zigeunerin. Papa hat geschrien, dass ich immer noch *seine* Tochter wär. Und da hat Mihoun gelacht und gesagt: ›Ach ja? Das sollte man gar nicht meinen!‹ Da hat Papa den Schmortopf kaputt geschlagen, der auf dem Tisch stand. Der hat bestimmt gedacht, dass sie meine Augen meinte, weil die nicht von ihm sind. Aber er war auch voll bis an die Kiemen, sogar noch mehr als normal. Mihoun hat solche Angst gekriegt, dass sie's nie wieder gemacht hat.«

»Lässt er dich zu ihr gehen?«

»Ich geh hin, wenn er nicht da ist oder so bezecht, dass er nicht mehr weiß, wo er ist.«

»Und deine Mutter?«

»Meiner Mutter ist es egal.«

Joséphine ließ ein paar Sekunden verstreichen, dann sagte sie lachend:

»Und Mihoun hat keine Angst, sich deine Läuse zu holen?«

»Manchmal gießt sie sich abends Petroleum über den Kopf.«

»Das werd ich jetzt auch bei dir machen, und dann reden wir nicht mehr darüber.«

Ninon hob die Stirn und blickte durchs Fenster auf die Hügel, die warm im schräg einfallenden Sonnenlicht lagen.

Gleich am nächsten Tag zog Ninon, die sich ein Tuch um den Kopf geschlungen hatte, in der Frische des ersten Morgengrauens mit den Schnittern los.

Joséphine wies sie an, zusammen mit den Kleinen Ähren zu lesen. Während Ninon gehorsam die liegen gebliebenen Ähren aufsammelte, beobachtete sie Joséphine, die vor ihr mit flinker Hand Halme zu Garben band. Kurz darauf lief Ninon zu ihr hin und bat sie, das Binden lernen zu dürfen. Immer an Joséphines Seite, machte sich Ninon sogleich an die Arbeit, wobei sie jedes Mal, wenn sie mit ihrem Latein am Ende war, einen Seitenblick auf die Bäuerin warf.

Der Zug der Schnitter rückte weiter vor.

Hinter Ninon hatten Joséphines Kinder Lulu und Loulou ihren Spaß beim Ährenlesen. Vor ihr rückten in einer Reihe die Männer vor, schwangen in völligem Einklang bei jedem Schritt ihre Sensen. Sie machten ein und dieselbe Bewegung, niemals erlernt und doch immer im selben Takt, den der Älteste unter ihnen vorgab.

Ninon, ganz bezaubert vom Lied der Sensen, hob den Kopf und sah den Männern zu. Sie schritten voran wie bei einer feierlichen Prozession oder einem Tanz, bückten und streckten sich im raschelnden Rhythmus der Klingen.

»Na, du träumst wohl? Hopp, hopp, sonst kommst du nicht mehr mit!«

Ninon wurde mit einem Mal bewusst, dass sie selbst Teil des Zuges war und ihre Position darin hatte. Sie war nicht mehr allein und bedauernswert. Sie war in die Welt der Schnitter eingetreten und musste nun zeigen, dass sie ihrer würdig war. So fuhr sie mit der Arbeit fort, von nun an ohne den Einklang zu stören.

Bernard, der Großvater und Älteste, blieb kurz stehen, um sich die Stirn zu trocknen und die Sense zu schärfen. Dabei beobachtete er Ninon für einen Augenblick, lächelte und zwinkerte Marius zu.

»Vielleicht hat der Admiral dich ja wirklich nicht reingelegt. Hast gleich gemerkt, dass da ein gutes Geschäft auf dich wartet …«

Nur einen Büchsenschuss weit von ihrem Dorf entfernt, entdeckte Ninon an jenem Tag das bäuerliche Leben und die Geheimnisse der Ernte, und zugleich wurde sie zum ersten Mal in ihrem Leben Zeugin eines Wunders: wie der kräftige, starke Weizen unter den Klingen der Sensen sanft zu Boden glitt.

Als gegen elf die Hitze zu drückend wurde, versammelte sich Groß und Klein am Feldrand unter einem mächtigen Olivenbaum.

Joséphine zog das Geschirrtuch von ihrem Korb. Ein herrlicher Duft nach Brot und *anchoïade* stieg zum Wipfel des Baums empor. Ninon fürchtete schon, vor lauter Hunger ohnmächtig zu werden. Mit ihrer hübschen, hellen Stimme rief sie aus:

»*Boù Diou!* Früher hatte ich Hunger, weil ich nichts gegessen hatte, jetzt habe ich Hunger, weil ich so viel gearbeitet habe!«

Während die Schnitter schallend lachten, erhob Bernard, der Älteste, die Stimme, um Ninon beizupflichten:

»Ganz recht, Kleine. Hunger haben, weil man so viel gearbeitet hat, so soll das bei uns einfachen Leuten sein, so und nicht anders.«

»Da, du Hänfling, nimm das und versuch mal, ein bisschen dicker zu werden«, sagte Joséphine.

Ninon verschlang ihr goldbraunes, in Olivenöl getränktes Brot, das nach Knoblauch duftete. Sie saß etwas abseits, am Fuß eines kleineren Olivenbaums.

»Warum kommst du nicht näher? Magst du uns nicht?«

»Gott bewahre, aber so, wie ich stinke, gehen ja die Fliegen ein.«

Wieder lachten alle.

»Uns wird der Appetit schon nicht vergehen. Außerdem kommt gerade ein frisches Lüftchen auf, siehst du, das wird alles fortwehen.«

Ninon setzte sich zu den anderen und vertilgte alles, was man ihr gab. Sie erinnerte sich nicht, jemals so viel auf einmal gegessen zu haben. Manchmal hob sie den Kopf und betrachtete die Menschen um sie herum, die in der mittäglichen Stille schwiegen oder sich murmelnd unterhielten. Sie waren ihr alle schon einmal begegnet, im Sonntagsstaat, wenn auf der *Place San-Bastian* Markt war, aber jetzt erkannte sie sie nicht wieder. Schweißtriefend und von Staub und feinem Stroh bedeckt, hatten sie nun einen völlig anderen Blick, alle den gleichen, und auch die gleichen Bewegungen, wenn sie ihre Sensen zu Boden legten und sich setzten. Die gleichen Fältchen um die Augen und die gleiche sonnengegerbte Haut.

Der Reihe nach packten alle den Tonkrug an dem runden Henkel und ließen sich das kühle Wasser durch die Kehle rinnen, um schließlich den letzten Tropfen mit der Außenseite des Handgelenks vom Mund zu wischen. Ein Blick über die in Terrassen angelegten Felder sollte ihnen sagen, wie viel Arbeit noch zu tun war. Am nächsten Hang war nur Platz für zwei; und das Feldstück dort hinten war so schmal, dass man die Sichel würde nehmen müssen.

»Das mache ich«, erklärte Bernard, der Großvater. »Wie früher, als wir noch überall gesät haben, dort oben.« Und die Erinnerung an die Berge, aus denen er stammte, ließ seine Augen aufleuchten.

Marius hatte eine Zikade gefangen und ließ sie über seinen Arm laufen. Bernard nahm Loulou auf die Knie, wo er sie im Takt eines Liedchens hüpfen ließ. All das war nichts Besonderes, aber Ninon versetzte es in entzücktes Staunen. Sie lächelte den Großvater an, der ihr als Antwort zuzwinkerte. Über ihm konnte sie zwischen den Ästen des Olivenbaums ihr Dorf erkennen, das sich eng an den Hügel schmiegte. In den Häusern schienen alle Fenster, die eins wie das andere aussahen, ihr zugewandt, als wollten sie ihr ein Lächeln schenken.

Schließlich legten sich die Männer nieder, die Hüte über die Köpfe gezogen. Über den Feldern flimmerte die Luft, und die sengende Mittagshitze dörrte die Ähren aus, während die Schnitter allmählich einnickten.

Die Ernte dauerte eine ganze Woche, und für Ninon waren es die schönsten Tage ihres noch so kurzen Lebens. Es machte ihr nichts, dass ihr das Kreuz schmerzte, dass ihre Beine von Mücken zerstochen wurden, dass ihr Kopf in der Sonne glühte. Zum ersten Mal hatte sie einen Platz, eine Aufgabe, eine Familie und musste keine Scham und kein Elend mehr ertragen.

Als die Männer und Frauen am Abend des ersten Tages, gefolgt von den spielenden Kindern, die Garben in großen Tüchern zur Tenne trugen, um dort riesige Garbenhaufen aufzustellen, ging Ninon von einer Gruppe zur nächsten, ohne zu wissen, wo ihr Platz war. Sie lief unentwegt hin und her, mit ihren knapp dreizehn Jahren weder Frau noch Kind. Zum Spielen war sie zu alt, zum Tragen zu schwach. Als Joséphine das erkannte, holte sie Ninon zu sich und sagte:

»Bleib bei uns, meine Große. Bald wirst du die Garben tragen wie ich.«

Zwischen Joséphine und Ninon reichte ein Wort, um sich zu verstehen.

Dann kamen die Schnitter wieder zusammen, um den Weizen zu dreschen. Am Abend, als endlich richtiger Wind aufkam, machten sich die Männer schweigend und wie immer im Takt daran, die Garben hoch in die Luft zu werfen, dem Himmel entgegen. Und wieder geschah ein Wunder: Die Spreu wurde fortgeweht, während die Körner zurück auf den Boden fielen.

Dann wechselten sie sich an der Windfege ab, die einen Höllenlärm verursachte. Die Körner ergossen sich wie ein schimmernder Strom in die Leinensäcke, und Marius berechnete strahlend seine Ernte.

Ninon, die neugierig am Rand der Tenne saß, bemühte sich mit Feuereifer, alles zu erfahren, was ihre neue Umgebung betraf. Sie fragte Lulu, Joséphines Ältesten:

»Was ist das dort hinten für eine Mauer, die bis in den Wald hinein reicht?«

»Das ist die Mauer vom *Château de Carlon*.«

»Und das kleine Haus dort, hoch oben am Hang?«

»Das ist der *Mas des Oliviers*, das Landhaus, in dem der Engländer lebt.«

Ninon wusste zu diesem Zeitpunkt noch nicht, dass sie im Begriff war, die Welt zu entdecken, in der sich ihr gesamtes späteres Leben abspielen sollte.

Sie hatte eine Hand voll Weizen mit in ihr Kämmerchen genommen, den sie Abend für Abend eingehend und voller Bewunderung für den vollendeten Aufbau der Ähren in Augenschein nahm. Sie konnte nicht ein einziges Korn entdecken, das sich von den anderen unterschieden hätte oder in der strengen Anordnung nicht an seinem Platz gewesen wäre. Sie empfand dies, ohne dass sie es in Worte hätte kleiden können, als Ausdruck einer absoluten Schönheit, der zugleich etwas Geheimnisvolles anhaftete.

Und dann saß Ninon endlich zwischen den Säcken in Marius' Wagen, und sie fuhren zur Mühle.

Sie lernte Pierre kennen, den Müller, der sie mit den Worten begrüßte:

»Ihr seid die Ersten, die mir Weizen bringen.«

»Sei unbesorgt«, antwortete Marius, »nach mir kommen noch Joseph, dann Jeannot und dann …«

»Und dann war's das schon. Sonst wird niemand mehr kommen. Es ist aus. Kein Weizen, kein Müller.«

Das wusste Marius selbst, weshalb ihm nichts einfiel, was er Pierre zum Trost hätte sagen können. Bedrückt und daher unwirsch hob er den ersten Sack vom Wagen und trug ihn zum Becken, um die Körner zu waschen und anschließend in der Sonne auszubreiten. Während der Weizen trocknete, lud Marius den Müller ein, gemeinsam mit ihnen zu essen, wie es Brauch war. In dem riesigen, sonnengelben Raum ließen sich Marius, Pierre, Ninon und Abel, der junge Gehilfe des Müllers, an einem langen Tisch gleich neben dem Mühlrad, das sich in einem fort drehte, und umhüllt vom köstlichen Geruch der zerquetschten Weizenkörner, den Schmorbraten schmecken, den Joséphine zubereitet hatte.

Vor ihren Augen geschah das dritte Wunder: Aus den Sieben rieselte wie Schnee, der vom Himmel fällt, ein immer feiner werdendes Mehl, das allmählich die Säcke füllte, während die Kleie und die braunen Spelzen ihren Duft verströmten.

Ninon sah mit offenem Mund zu.

»Was du da hörst, ist die Musik der Mühle«, sagte Abel, der ungefähr in Ninons Alter war, und deutete mit einem Finger zum Himmel. »Das ist das schönste Lied, das es auf der ganzen Welt gibt.«

Auf der Rückfahrt versprach ihr Marius:

»Später werde ich dir beibringen, wie man Brot macht, Kleines.«

In der darauf folgenden Woche schickte Marius seine Kinder auf ein Feld, um dort Steine aufzulesen, von denen es in der Provence so viele gibt, dass sie häufig überhand nehmen und den Schwingpflug blockieren.

Langsam liefen sie, in der Sonne halb nackt, über das leicht abschüssige Feld und warfen jeden aufgehobenen Stein sogleich in einen Korb. Schnell wurde der Korb schwerer und schwerer, bis sie ihn lachend umstürzten und die Steine auf die breite Böschung kippten, die das Feld abschloss.

Wie alle Kinder sorgten Lulu und Loulou dafür, dass die Arbeit Spaß machte, indem sie ihre Fantasie zu Hilfe nahmen. Sie warfen die Steine in den Korb, als wären es Boulekugeln, beschossen die Heuschrecken damit und spielten schließlich Krieg, was dazu führte, dass die Olivenbäume belagert wurden. Ninon, die die Kinder beaufsichtigen sollte, wetterte und schimpfte, bis sie sich schließlich geschlagen gab und voller Begeisterung an den Spielen teilnahm.

Auf einmal bemerkte sie mitten im schönsten Gejohle und Gelächter in einiger Entfernung, hinten auf der Straße, eine schmächtige Gestalt, die mit kurzen, zittrigen Schritten näher kam. Ihr Herz tat einen Sprung, und als sie die Person erkannt hatte, setzte es vor Freude zu einem wahren Trommelwirbel an. Es war Mihoun, nach dem langen Marsch zitternd wie nie zuvor.

»Ich wollte sehen, ob alles in Ordnung ist«, erklärte die alte Frau, während sie auf ein Mäuerchen sank. »Na, so was! Wie sauber du jetzt bist!«

Ninon glitt in ihre Arme und murmelte:

»Ich dachte schon, du hättest mich vergessen.«

»Das hätte ich gern, aber ich konnte nicht.«

Mihoun stieß ein heiseres Lachen aus, das Einblick in ihren zahnlosen Mund gewährte.

»Ich würde weiß Gott häufiger kommen, wenn mein Bein mich nicht so quälen würde«, fügte sie hinzu.

»Dann werde ich kommen«, versicherte Ninon.

»Das verbiete ich dir. Jetzt, wo du arbeitest, kannst du nicht mehr tun und lassen, was du willst, ausgeschlossen. Hast du gehört, du Dickkopf?«

Dabei wusste Mihoun, die Ninon gut kannte, ganz genau, dass die Kleine sie dennoch bald besuchen würde. Ninon tat immer, was sie sich in den Kopf gesetzt hatte.

Geduldig wartete Ninon auf einen Sonntagabend, den Abend des einzigen arbeitsfreien Tages, weil sie an den anderen Abenden zu erschöpft und müde war. Sie wartete außerdem darauf, dass der Mond zunahm, denn er sollte ihr den Weg leuchten. Als schließlich ein Sonntag mit Vollmond kam, trat sie nach Einbruch der Dunkelheit aus der Scheune und machte sich, wie sie es sich vorgenommen hatte, zum Dorf auf, um bei Mihoun hineinzuschauen.

Sie lief den kleinen Weg entlang, der vom Hof wegführte, dann nahm sie die Straße, der sie getreu folgte.

Die Nacht war lau und friedlich, nur der Schrei einer Eule zerriss hin und wieder die Stille. Von Zeit zu Zeit raschelte es in den Blättern, wenn ein Wildschwein vorüberkam, was jedes Mal dazu führte, dass Ninon sich mit klopfendem Herzen an den Berghang kauerte.

Als sie die Hälfte des Weges zurückgelegt hatte, hörte sie ein gedämpftes Singen. Es war weder ein Vogel noch der Wind in den Zweigen, sondern eindeutig jemand, der leise vor sich hin trällerte. Zu Tode erschrocken, lief Ninon über die Straße und ließ sich, an den Stamm einer Eiche geklammert, an der Böschung hinabrutschen. Die

Stimme, die für einen Moment innegehalten hatte, trällerte noch vernehmlicher weiter, ehe sie abrupt verklang.

Während Ninon schaudernd abwartete, fragte sie sich, wer da wohl so gesungen hatte. Ein Köhler, ein Wilderer? Aber die Stimme hatte für einen Mann viel zu sanft geklungen … Plötzlich hörte Ninon, wie ganz in ihrer Nähe keine Stimme mehr, sondern eine Flöte behutsam zwei Töne zu spielen begann wie jemand, der ruft.

»Tü-ti-tü?«

Ninon, noch immer in Alarmstimmung, vergrub den Kopf im stacheligen Gras.

»*Ich seh dich, ich seh dich, brauchst dich nicht verstecken*«, hörte sie jemanden vor sich hin singen.

Dann folgte ein lautes Lachen, und auf der Straße tauchte ein kleiner Schatten auf.

Es war ein schmächtiger Junge, der hopsend näher kam.

»Kuckuck!«

Nun erkannte Ninon den Neffen des Müllers, Abel. Während sie – wieder festen Schrittes – auf die Fahrbahn trat, schimpfte sie:

»So was tut man nicht, den Leuten Angst machen. Was treibst du hier, mitten in der Nacht und ganz allein?«

»Ich mache Musik«, antwortete Abel und zeigte eine Rohrpfeife vor. »Kann ich mit dir kommen?«

Ein Schatten zog über sein Gesicht, das so wechselhaft war wie der Frühlingshimmel. Ninon sah, dass in seinem durchdringenden Blick ein Flehen lag, das Bedürfnis, nicht mehr allein zu sein.

»Sag mir erst, was du hier machst.«

»Als ich über Marius' Felder gelaufen bin, habe ich gesehen, wie du aus der Scheune kamst. Zuerst dachte ich, du würdest zur Toilette gehen, aber du bist bis zur Straße gelaufen, und da bin ich dir gefolgt.«

»Meine Frage hast du absichtlich nicht beantwortet. Was machst du hier draußen, mitten in der Nacht?«

»Ich gehe spazieren.«

»Und du hast keine Angst?«

»Nie. Nicht einmal vor der Eule, wenn sie schreit.«

»Aber hör mal, bis zur Mühle ist es doch sehr weit!«

»Natürlich, wenn du die Straße nimmst, aber ich habe meine Geheimwege, die direkt durch den Wald führen.«

Die dicken Mauern der Mühle von Mons überragen das Ufer der Siagnole dort, wo die Straße sich krümmt, ehe sie in eine kleine Brücke mündet, die über das Wasser führt. Hinter den Gebäuden, am Hang eines Hügels, läuft das Wasser, aus einem kleinen Wasserfall abgezweigt, in einen schmalen Kanal, plätschert unter einer Arkade her und ergießt sich schließlich über die Flügel des schönen, hölzernen Mühlrads.

Seit Anbeginn der Zeit lebten die beiden dicht nebeneinander liegenden Mühlen im Rhythmus des majestätischen Schaufelrads, das sich ohne Unterlass drehte, um zu mahlen, was den Reichtum der Provence ausmacht: im Sommer den Weizen, im Winter die Oliven.

Der Müller in seinem mehlweißen Hemd und der warm eingemummelte Ölmüller, der die Oliven presste, waren ein und dieselbe Person, ein Mann namens Pierre.

Pierre war als Lehrling zur Mühle gekommen und nie mehr gegangen. Das Lied des Mühlrads, das Grollen der Mahlsteine und das Plätschern des Wassers gaben seinem Leben seit vierzig Jahren einen Sinn. Auch der Duft. Das feine Aroma des Mehls und der herbere Geruch der Kleie; der berauschende Duft der Oliven und der alles überbietende Wohlgeruch des goldgelben Öls.

Als er später die Mühle übernahm, war er der glücklichste Mann auf der Welt, einer jener Menschen, die schon in frühester Jugend ihren Lebensweg erkannt haben. Einen Weg, den Pierre seither voller Ruhe und Harmonie beschritt, mit sicheren, tausend Mal wiederholten Bewegungen, die ihm Tag für Tag ein sinnlicher Genuss waren.

Damals waren die Mühlen das pochende Herz einer ländlichen Gegend, deren Manna in Rohform dort eintraf, um weiter bearbeitet zu werden. Der Ort, an dem alle Mühen ihre Früchte trugen. Zu jeder Jahreszeit, wenn die Ernte vorüber war, verbrachten die Bauern und der Müller dort viele gemeinsame Stunden, bis das Mehl, begleitet vom magischen Klappern des Räderwerks, die Säcke füllte oder das Öl zu fließen begann. Im Winter hielt die Arbeit Pierre ganze Nächte hindurch wach. Doch für ihn existierte die Nacht nicht, waren es doch Stunden der Zufriedenheit, jene Stunden, die ihm das Leben versüßten wie Honig.

Was alsdann geschah, in den Mühlen von Mons wie auch sonst überall, klingt am Ende dieses Jahrhunderts, in dem es keine Dauer, keine Hoffnung, keinen Sinn mehr gibt, fast banal. In jener Zeit aber, die doch noch zum Greifen nah ist, war es wie ein erstes Sturmläuten, das dem Landstrich, schon durch zwei Kriege in Trauer gehüllt, sein baldiges Ende ankündigte.

Leider gab es nur wenige, die diese Sturmglocke hörten.

Die jungen Leute waren zu weit weg – in der Stadt –, und die Alten, die eben zu alt waren, sahen stumm, ohnmächtig und ergeben zu, wie vor ihren Augen die Welt aus den Angeln gehoben wurde. Auf den Steinmauern kauernd, die ihre verlassenen Dörfer umgrenzten, schienen ihre durch die Arbeit deformierten Körper keine Ohren mehr zu haben, um zu hören.

Überall auf den brachliegenden Feldern sandten verwahrloste Olivenbäume ihr einsames Todesröcheln zum Himmel. Die verlassene Erde unter ihnen brachte nur noch sprödes Gras hervor. Der Wald, in dem es keine Wege, keine Hirten, keine Herden mehr gab, verschlang allmählich die Felder, ließ im Handumdrehen die niedrigen, jahrhundertealten Mauern, die man so kunstvoll aufeinander geschichtet hatte, bersten und auseinander fallen.

Unterdessen bewegte sich eine Karawane von Brotkörben ohne Brot, von Backtrögen ohne Mehl gleich einem Exodus Richtung Stadt, um dort versteigert zu werden und es stöhnend zu ertragen, von unkundigen Händen betastet zu werden.

Pierre hatte mit angesehen, wie die Zentner gemahlenen Weizens und gepresster Oliven von Jahr zu Jahr weniger wurden. Ein Bauer war schon diesmal nicht gekommen, ein anderer würde das nächste

Mal nicht mehr erscheinen. Im Sommer drehte sich das Rad in der verlassenen Mühle im Leerlauf, und im Winter reichten einige Stunden Arbeit, um ein paar Zentner Oliven zu zermalmen. Der verzweifelte Pierre hatte nun genügend Zeit zum Schlafen.

In seiner bäuerlichen Einfalt dachte er: »Wenn meine Mühle stillsteht, wird morgen die ganze Welt stillstehen.« Er sagte es mit zitternder Stimme, denn er zitterte tatsächlich, und die jungen Leute, die ihn hörten, lachten, machten sich lustig über ihn und die hoffnungslose Hartnäckigkeit, mit der er sich weigerte, auch nur irgendetwas zu verstehen oder gar zu ändern.

»Dann mach halt was anderes, du Dummkopf! Tu was! Sieh dich nach was anderem um!«

Pierre tat nichts, sah sich nach nichts anderem um. Er trauerte, weil sein Lebensweg, bislang so geradlinig und klar, in der Hölle endete. In der Hölle eines anbrechenden Tages, mit dem man nichts anzufangen weiß.

Eines Tages brach seine Frau, seines Stöhnens überdrüssig, in die Stadt auf. Er tat nichts, um sie aufzuhalten, schließlich war er schon Witwer – eines Berufs, den er fürs ganze Leben geliebt hatte.

Abel lebte seit einem knappen Monat bei Pierre, und der arme Junge sah ohmächtig und bedrückt zu, wie sein Onkel dahinsiechte. Untätig, sich selbst überlassen und oft hungrig, schlief Abel bis weit in den Tag hinein, und wenn die Nacht gekommen war, durchstreifte er aufs Geratewohl die Finsternis auf der Suche nach etwas anderem, das ihm ein Lächeln ins Gesicht zaubern würde.

Während Abel und Ninon die Straße entlangliefen, schilderte Abel das Leid seines Onkels und seine eigene Einsamkeit.

»Er hat solchen Kummer, dass man meinen könnte, er sieht mich nicht.«

»Das kenne ich«, sagte Ninon. »Meine Mutter hat mich auch nicht gesehen.«

»Und warum?«

»Ich weiß nicht. Sie sieht niemanden.«

»Hat sie Kummer?«

»Ach was, oder wenn sie welchen hat, dann versteckt sie ihn gut. Aber genug davon. Wer sind deine Eltern?«

»Ich habe keine Eltern mehr.«

»Hast du ein Glück«, murmelte Ninon.

»Wie alt bist du?«

»Dreizehn, nächsten Monat. Und du?«

»Über zwölf.«

»Schon?«, wunderte sie sich.

Abel war so ein Hänfling, noch schmächtiger als sie selbst …

Doch ihre ungleichen Schatten bewegten sich im Gleichschritt voran.

Mihoun empfing sie mit vor Freude bebender Stimme, dann bot sie ihnen Kekse und ihren Johannisbeersirup an. Sie betrachtete Ninon voller Stolz:

»Du bist ein liebes Mädchen«, wiederholte sie mindestens einhundert Mal.

Abel und Ninon kehrten auf demselben Weg zurück, nur liefen sie dieses Mal, trunken von den Süßigkeiten und zärtlichen Worten, mitten auf der Fahrbahn, als hätten sie die Welt um sich herum vergessen. Die felsigen Hänge hallten von ihrem Gelächter wider, das darauf in den Blättern der Eichen verklang.

Auf einmal blieb Abel stehen und deutete mit einem Finger zum Mond.

»Weißt du, wie man ihm Guten Abend sagt?«

»Dem Mond? Warum denn das?«

»Weil er das ist, was ich am allerliebsten habe. Komm mit, ich zeig dir was.«

Wie eine Katze kletterte Abel den Hügel hinauf, der sich längs der Straße erstreckte. Ninon folgte ihm bis zur Spitze eines gewaltigen Felsens, der den Wald überragte. Abel neigte den Oberkörper nach hinten und streckte sich mit erhobenem Kinn und ausgebreiteten Armen dem Mond entgegen, beschienen von seinem Licht.

»Sieh mal«, sagte er mit leiser Stimme. »Sieh mal, wie angenehm, man kann zu ihm hochsehen, ohne dass einem die Augen tränen.«

Ninon gehorchte und hob den Kopf zum Himmel.

»Spürst du das Licht? Du musst kräftig atmen, dann dringt es in deinen Körper.«

Verwirrt tat Ninon es ihm gleich und sog die Mondstrahlen beim Ein- und Ausatmen in sich auf. Es war ein beruhigendes Gefühl.

Dann sagte Abel leise:

»Sieh doch, horch! Wir sind allein. Der Mond, die Erde und wir.«

Und es gab wirklich nur noch zwei Kinder auf dieser in Dunkelheit und tiefen Schlummer getauchten Welt. Zwei Kinder und einen schimmernden Mond, der nur für sie beide zu leuchten schien, als hätte er sie erkannt.

Ninon und Abel blieben lange dort stehen, in einer Stille, die so absolut war, als sei die ganze Welt gerade erst entstanden. Allein mit jenem Nachtgestirn, das so einsam war wie sie selbst, in seinem Lichtglanz vereint.

Schweigend setzten sie ihren Weg fort, und als sie sich trennten, versprachen sie sich, dass sie am nächsten mondhellen Sonntag wieder gemeinsam losziehen würden, um Mihoun zu besuchen.

Vom nächsten Tag an ließ Abel den Himmel nicht mehr aus den Augen. Leider wusste er allzu gut, dass der Mond von nun an Nacht für Nacht weiter abnehmen würde, bis nur noch ein schwebender Strich am nächtlichen Himmel zu sehen wäre, der schließlich auch noch verschwinden und die Sterne mutterseelenallein zurücklassen würde. Wie traurig die Nächte ohne Mond sind, dachte er. Ohne Mond und ohne Ninon.

Natürlich kehrte der Mond zurück, still und leise und mit stetig wachsender Kraft. Als er zur Hälfte voll war und auch die höchsten Zweige anfingen, Schatten zu werfen, wartete Abel den ersten Sonntag ab. Kaum war der Abend gekommen, lief er, ohne noch bis zur Dämmerung auszuharren, zu Marius' Hof und verkroch sich dort im Gestrüpp.

Das Warten war schrecklich. Sein empfindsames Herz zitterte vor Ungeduld. Auf dem Hosenboden sitzend und mit brennenden Augen in die Dunkelheit starrend, bearbeitete er ohne Unterlass seine Finger, bis Ninon endlich auftauchte, anmutig und schmal.

»Ich hatte solche Angst, du würdest nicht kommen …«

»Wie hätte ich denn vergessen können, Mihoun zu besuchen«, antwortete sie … »Und wie hätte ich erst den kleinen Mondprinzen vergessen können?«, fügte sie eilig hinzu, als sie sah, wie sich ein Schleier über Abels Augen legte.

Als sie sich an jenem Abend am Ende ihres heimlichen Spaziergangs trennten, hielt Abel Ninon für einen Augenblick zurück und fragte sie:

»Sag mal, wir kennen den Weg doch jetzt gut, wie wär's, wenn wir uns jeden Sonntag treffen würden, auch ohne Mond? Nur im Licht der Sterne?«

Ninon lächelte:

»Wenn du willst. Also bis Sonntag.«

Seit zwei Monaten lebte Ninon nun bei Marius, und die im Rhythmus der Arbeit, der warmen Suppen und friedlichen Nächte dahingehenden Tage hatten jede Erinnerung an die apathische Stimmung zu Hause in der Küche ihrer Mutter, an die Schulbank, die man den verpönten Läusepelzen freihielt, und an die Angst, die sie ergriff, sobald sie die Schritte des Vaters auf dem Straßenpflaster hörte, aus ihrem Gedächtnis verbannt.

Jeden Abend gab Joséphine ihr genau wie den eigenen Kindern ein Krümelchen Lakritze zum Einschlafen. Während sich Ninon die schwarze Lakritze auf der Zunge zergehen ließ und ihr fast schon die Augen zufielen, ließ sie jene Momente ihres früheren Lebens an sich vorüberziehen, in denen ihr zum Beispiel Mihoun mit rotem Johanniskrautöl sanft die Knie massierte. Oder sie, wenn sie nach Hause musste, auf die glatte Haut zwischen den Augen küsste:

»Da ist deine Haut am zartesten ...«

Dann wieder passierte es, dass Ninon sich im Tiefschlaf wie ein Schatten bis in die Nische schlich, wo die Betten mit den schmutzigen Laken standen. Der Erste, den sie dort fand, war Yvon. Der kleine Halunke Yvon mit seinem ach so weichen Herz, der für Ninon Schlüpfer von den Wäscheleinen stibitzte. Yvon, der in mondlosen Nächten durch fremder Leute Beete kroch, um eine Hand voll saftiger Möhren aus der Erde zu ziehen, an denen die drei Geschwister schweigend knabberten, wenn alles schon schlief.

Dann ging sie zu ihren beiden jüngeren Schwestern, Mireille und Fanny, die sich in dem kleinen Bett rekelten, das die Mädchen sich teilten. Sie ertappte ihre Schwestern dabei, wie sie sich über den zusätzlichen Platz freuten, der ihnen durch Ninons Verschwinden zugute kam. Sie schlüpfte zwischen die Mädchen und schimpfte über so viel Undank, ehe sie die beiden an der Hand nahm und durch die *Rue des Balcons* zog, um auf der *Place San-Bastian* Himmel und Hölle mit ihnen zu spielen.

Ein Stück von Ninon war noch dort, hinten in dieser schmutzigen, ärmlichen Küche, und die innere Zerrissenheit, die sie deshalb empfand, nahm ihr bei aller Freude doch ein bisschen die Heiterkeit.

Ende Juli nahmen Marius und Joséphine Ninon mit nach Saint-Cézaire, um dort Lavendel zu ernten. Sie schliefen unter freiem Himmel, und wenn sie tagsüber die blühenden Stängel schnitten, summten Myriaden von Bienenflügeln in der flimmernden Luft. Eines Tages wurde Ninon, als sie mit beiden Händen nach einem Strauß duftender Stiele griff, von drei Insekten auf einmal gestochen. Weinend vor Schmerz sagte sie zu Joséphine, die die Stiche behandelte:

»Ich weine, weil es mir wehtut. Früher habe ich manchmal nur so geweint.«

Joséphine antwortete:

»Man weint niemals nur so. Aber es ist besser, man weiß, warum.«

Am gleichen Abend ging Joséphine mit Ninon ins Dorf und kaufte ihr einen Hut, wie sie ihn sich immer gewünscht hatte: einen Traum aus goldgelbem, geflochtenem Stroh mit einem darum geschlungenen blauen Band, das im Wind flattern würde, wie ihnen die Händlerin versicherte.

Jeden Abend nahm ein Lastwagen die Blumenberge mit, die die Wege und Straßen säumten, doch noch am Morgen darauf dufteten die Hügel und Talmulden, und der Tau benetzte die Erde wie Tropfen eines Parfums.

In den ersten Augusttagen pflücke Joséphine jedes Jahr bei Monsieur Chevassus in Montauroux Jasmin. Auch zu dieser Ernte nahm sie Ninon mit.

Lange vor Sonnenaufgang stellte Marius den Karren bereit. Ninon nahm mit ihrem Strohhut auf dem Kopf stolz neben Joséphine Platz, und kaum trappelte die Mauleselin los, begann das blaue Band auch schon wie angekündigt in der Brise des dämmernden Morgens fröhlich zu flattern.

Die Sonne ging gerade erst auf, als sie sich zwischen den Blumenreihen verteilten, jede mit einer um die Taille gebundenen Leinentasche bewaffnet. Joséphine zeigte Ninon, wie man die Blüten auswählte und pflückte, ohne sie zu zerdrücken, indem man sie einfach mit den Fingerspitzen vorsichtig abknipste.

Von den paar Francs, die Monsieur Chevassus ihnen gab, kaufte Joséphine Ninon ein mit Blümchen bedrucktes Leinenkleid und etwas Wäsche in ihrer Größe.

Am zehnten August feierten die Pflückerinnen in der Mittagspause Ninons dreizehnten Geburtstag. Die eine flocht ihr einen Blumenkranz, die andere eine Kette, und Joséphine schenkte ihr eine Schürze wie ihre eigene, blau und aus festem Stoff, vorn mit einer großen Tasche.

Ninon musste vor Freude so weinen, dass sie sich kaum beruhigen konnte, als es Zeit wurde weiterzupflücken.

»Komm«, sagte eine der Frauen zu ihr, »verwahr dir deine Tränen für später. Wenn du mal verliebt bist, zum Beispiel, denn von Tränen kriegen junge Mädchen glänzende Augen.«

Ninon sah sie lächelnd an.

»Und bei deinen Augen … Du lieber Himmel, da können sich die Männer schon auf einiges gefasst machen!«

In kaum drei Monaten war Ninon kräftiger geworden, ihre kleinen, dürren Arme hatten sich gerundet, und sie hatte ein hübsches Gesicht bekommen. Vor allem aber hatte sie im Zusammensein mit Joséphine gelernt, auf ihr Äußeres zu achten, den Kopf hoch zu tragen und aus vollem Halse zu lachen.

In den letzten Tagen jenes Monats geschah es, dass Giuseppe seinem Freund Jeannot begegnete, der gerade aus Montauroux zurückkehrte.

»Gott zum Gruß, Admiral«, sagte er.

»Gott zum Gruß, Jeannot«, antwortete Giuseppe.

Und da beide Durst hatten, gingen sie zu Albertine, um mit leerem Blick, das Glas in der Hand, über alles und nichts zu reden.

Als sie schon aufbrechen wollten, fiel Jeannot plötzlich etwas ein:

»Ach ja«, sagte er, »ich hab deine Älteste bei Chevassus gesehen, sie pflückt jetzt Jasmin? Ich hab mir sagen lassen, dass sie so gut pflückt wie eine gestandene Frau.«

Diese Neuigkeit traf Giuseppe wie ein Schlag ins Genick. Schweigend ließ er einige Sekunden verstreichen, bis die Worte in seinem schon recht vernebelten Hirn angekommen waren. In einem mehr oder weniger lichten Augenblick sah er dann deutlich und wie zum Greifen nah die Münzen, die seine Tochter verdient hatte, in Marius' Tasche purzeln. Sofort überkam ihn ein gewaltiger Zorn, der ihn die Augen aufreißen ließ und ihm, vermischt mit dem Wein, erheblich zu Kopf stieg. Er ließ den Kollegen einfach stehen, ohne sich auch nur zu verabschieden, und marschierte erneut, dieses Mal jedoch Zeter und Mordio schreiend, die Straße hinab, die in die Campestres führte.

Als er Marius in weiter Ferne erblickte, hatten die Hitze der untergehenden Sonne und der lange Marsch sein Blut in heftige Wallungen versetzt. Sogleich brüllte er Marius zu:

»Sag mal, du Gauner, wie ich höre, verdingt sich meine Tochter jetzt für dich? Das war nicht ausgemacht, was soll der Trick! Sag, wie viel bringt dir das ein? Zeig mir das Geld, das die Kleine verdient hat!«

»Was deine Tochter macht, geht dich nichts mehr an, du Saufbruder.«

»Aber die Kröten, die sie verdient, die gehen mich wohl was an!«

»Und die Kröten, die sie isst, gehen die dich auch was an?«

»Wenn deine Frau Suppe kocht, ist die für alle, ein bisschen mehr Wasser, und die Kleine hat ihren Teller. Aber die Piepen, die sie verdient, sind nicht das Wasser in der Suppe, sondern eine hübsche Stange Geld, das in deiner Tasche landet anstatt in meiner.«

»Na, dann nimm sie halt wieder mit«, erwiderte Marius gereizt, ohne selbst daran zu glauben.

»Genau das werde ich tun, und zwar auf der Stelle. Und bis sie zurückkommt, setze ich mich hierhin und rechne zusammen, was du mir alles schuldest.«

Marius, der ungern Streit hatte, sagte nur:

»Dann mach es dir da hinten am Straßenrand bequem, du Saufloch, aber nicht bei mir. Hopphopp, sonst schieb ich dir meine Mistgabel in den Hintern, auch wenn du zehnmal Feldhüter bist.«

Er hob die Mistgabel in die Höhe und ging drohend ein paar Schritte vor. Giuseppe, eher bemitleidenswert als furchteinflößend, machte unverzüglich kehrt und setzte sich auf der anderen Seite des Weges an den Straßengraben. Unterwegs hob er einen trockenen Ast auf und schwang ihn drohend in Marius' Richtung, doch der beachtete ihn nicht mehr.

Als sich der Karren dem Hof näherte, war Joséphine die Erste, die in der am Straßenrand sitzenden Gestalt Giuseppe erkannte. Während sie an den Zügeln zog, rief sie aus:

»Du lieber Himmel, schon wieder der!«

Ninon richtete sich auf, um zu sehen, wen Joséphine meinte, doch als sie ihren Vater erkannte, sank sie auf den Sitz zurück, als trüge sie auf einmal das ganze Elend der Welt auf ihren Schultern.

Giuseppe war schon aufgesprungen und kam mit erhobenem Stock auf sie zu.

»Los, los, runter mit dir, wir gehen wieder nach Hause.«

Ninon rührte sich nicht.

Giuseppe trat dicht an den Karren heran und fuchtelte mit seinem Stock über den Köpfen der Frauen herum.

Da sagte Ninon zu Joséphine:

»Ich gehe, weil er besoffen ist und einen Stock hat, aber morgen komme ich wieder.«

Sie stieg vom Karren und marschierte am Straßenrand los, ohne ihren Vater eines Blickes zu würdigen. Doch Giuseppe hielt sie am Arm zurück:

»Halt, nicht so schnell, ich warte noch darauf, dass ich von der da die Piepen kriege, die du verdient hast.«

»Geh doch zu Marius, wenn du dich traust!«

»Das Geld von heute hast du.«

Ninon schaltete sich ein:

»Von meinem Geld habe ich mir ein Kleid, einen Hut und ein paar Schlüpfer gekauft, weil ich nichts hatte. Von dem Geld ist nichts mehr übrig.«

»Du Lügnerin, ich bin sicher, dass noch was übrig ist.«

Er schüttelte sie und hauchte seinen schlechten Atem in Ninons Gesicht.

Da zog Joséphine ein paar Münzen aus ihrer Tasche und warf sie auf den Boden:

»Da, heb das auf und lass die Kleine.«

Giuseppe bückte sich so hastig, dass sein rechtes Bein hinter dem linken zurückblieb und er jämmerlich auf die Knie fiel, was ihn nicht daran hinderte, sofort die Münzen aufzulesen und dabei zu wettern:

»Miststücke, alle miteinander.«

Ninon hob den Kopf und suchte Joséphines Blick. In ihren Augen las sie nichts als Abscheu. Doch dann lächelte Joséphine milde:

»Los, Ninon, komm.«

Aber Giuseppe trat dazwischen:

»Sie kommt mit mir nach Hause, bei solchen Dieben, wie ihr es seid, wird sie nicht einen Tag länger bleiben.«

Und er gab Ninon einen Stoß in den Rücken, damit sie sich wieder in Bewegung setzte.

Während Ninon wutentbrannt einen Fuß vor den anderen setzte, wiederholte sie ohne Unterlass: »Ich bleibe nicht zu Hause, ich komme wieder, ich bleibe nicht zu Hause …« Zu glücklich war sie bei Joséphine gewesen. Dann dachte sie an Abel und ihre nächtlichen Spaziergänge und schauderte vor Entsetzen, als ihr einfiel, dass er morgen wahrscheinlich vergebens auf sie warten würde.

Vater und Tochter schritten durch die Straßen von Mons, wie sie es drei Monate zuvor schon einmal getan hatten: Ninon vorneweg und dahinter Giuseppe, der das Kind vor sich her stieß. Ein paar Dorfbewohner, die das Paar vorbeigehen sahen, schüttelten mitleidig den Kopf. Mihoun war ans Fenster geeilt, als sie die hallenden Schritte gehört hatte. Zitternd wie Espenlaub hinter ihrem Vorhang versteckt, sah sie die beiden im Nachbarhaus verschwinden.

»Sei still«, herrschte Giuseppe seine Frau an, ehe sie den Mund auftun konnte.

Dann setzte er sich an den Tisch und schenkte sich ein Glas Wein ein.

Wie in den Träumen, die sie jede Nacht heimsuchten, schlich Ninon in die Nische am Ende des Raums, setzte sich auf das Bett der Mädchen und betrachtete voller Bestürzung diesen verhassten Ort, den sie fast schon vergessen hatte. Auch den Geruch musste sie wieder einatmen, einen ranzigen Geruch nach Schweiß, den sie noch in zwanzig Jahren wiedererkennen würde, und sei es am anderen Ende der Welt. Yvon setzte sich freudestrahlend neben sie:

»Wie du dich verändert hast!«

»Und Fanny? Und Mimi?«, fragte sie mit leiser Stimme.

»Die sind noch draußen, am Waschplatz.«

»Und das Baby? Ich sehe es nirgends.«

»Bei der Fürsorge.«

»Was soll das heißen?«

»Nichts Gutes. Da kommen Waisenkinder hin und Kinder, die verloren gegangen sind, na und solche Kinder wie wir. Das hat mir der Lehrer erklärt.«

Yvons Blick war starr, zum ersten Mal stand ihm die Angst ins Gesicht geschrieben.

»Mich werden sie nicht holen, ich hau vorher ab.«

Ninon fuhr mit der Hand durch sein Haar. Sie war so erschüttert, dass sie nichts sagen konnte.

»Hab keine Angst, die werden dich nicht kriegen, du bist viel zu gewieft«, murmelte sie schließlich.

»Ich bin froh, dass du da bist«, wiederholte Yvon.

Giuseppe blieb zehn Minuten am Tisch sitzen – länger brauchte er nicht, um die Flasche zu leeren –, dann stand er auf und ging hinaus.

Er wusste jetzt, wie er seine Geschichte den Kollegen im *Chez Albertine* präsentieren würde, und seine Version würde keinerlei Zweifel daran lassen, dass man ihn nicht so leicht hereinlegen konnte.

Die Kinder sahen zu, wie sich Maria vor dem Spiegel, der über dem Spültisch hing, das Haar richtete. Ohne Unterlass fuhr sie genüsslich mit einer Bürste durch ihre dichten Stähnen. Plötzlich drehte sie mit vorgestrecktem Kinn und stolzer Miene den Kopf, um sich mit halb geschlossenen Augen eingehend zu betrachten … Und mit einem Mal schien sie in eine andere Welt zu entgleiten, zog Grimassen, die sie zur Wasser speienden Fratze, zur Hexe machten, mit aufgeworfenen Lippen und herausgestreckter Zunge … genauso plötzlich hörte sie damit auf, war wieder weltfremd, zerstreut, ausdruckslos und so geistesabwesend, dass sie darüber die erschütterten, blutleeren Gesichter ihrer Kinder vergaß, die sie anstarrten.

Ein Kamm fiel zu Boden, und Maria fuhr aus ihrer Versenkung hoch. Nachdem sie ein weniger frivoles Gesicht aufgesetzt hatte, griff sie nach einem Hut und ging hinaus, um am Vespergottesdienst teilzunehmen. Vor der Haustür traf sie auf ihre beiden jüngeren Töchter, die gerade vom Waschplatz zurückkehrten. Fanny und Mimi traten zurück, um ihre Mutter vorbeizulassen. Kein Lächeln, kein Wort wurde bei dieser Begegnung gewechselt. Die beiden Mädchen starrten bereits unverwandt Richtung Bettnische, wo ihnen Ninons Augen entgegenleuchteten. Schnell stellten sie den Korb feuchter Wäsche irgendwo in der Küche ab, um ihr in die Arme zu eilen.

Endlich allein, konnten Giuseppes und Marias Kinder wieder nach Herzenslust lachen und johlen. Ninon, die gern schauspielerte, erzählte wort- und gestenreich von ihrem neuen Leben und schloss mit den Worten:

»Ich werde nicht hier bleiben, nie und nimmer. Ich gehe wieder zu Marius, sobald ich kann. Und dann werde ich auch euch bald holen.«

»Alle?«

»Natürlich.«

Als der Abend anbrach und der Moment kam, da alle in der Enge des Raums aneinander gedrängt bei Tisch saßen, herrschte wieder jenes bedrückende Schweigen, das Ninon so gut kannte, und all die trübseligen Gefühle der Vergangenheit waren auf einen Schlag wieder da. Voller Schrecken fragte sich Ninon, ob sie erneut in diesem Elend versinken würde.

»Mach mal Platz, zum Donnerwetter noch mal!«, sagte die Mutter zu ihr.

Da wusste Ninon, dass sie es nicht ertragen würde. Nicht mehr – jetzt, da die Erinnerung an Joséphines Haus diesem Leben gegenüberstand.

Als das Mahl beendet war, legte sie sich neben ihre beiden kleinen Schwestern ins Bett. Wie früher. In der Küche zankten sich Giuseppe und Maria mit gedämpften Stimmen. Giuseppe sprach in schleppendem Tonfall und hob häufig die Hand, um dann mit der Faust auf den Tisch zu schlagen. Schließlich stiegen sie hintereinander die kleine Wendeltreppe hinauf, die zu ihrem Zimmer führte. Giuseppe, dem offensichtlich schon alles vor den Augen verschwamm, scheuerte während des ganzen Aufstiegs, bei dem er träge vor sich hin brummelte, an der Wand entlang.

Regungslos lauschend warteten die Kinder, bis das elterliche Schlafzimmer in Dunkelheit und Stille getaucht war. Dann stand Ninon leise wie ein Mäuschen auf und schaltete die Lampe an.

Im Schein der Birne, der nur schwach bis in den hinteren Teil des Raums drang, kauerten sich alle vier Schulter an Schulter zusammen auf ein Bett, und sogleich begann ein ausführliches Plauderstündchen. Seit jeher hatte dieser Moment allein ihnen gehört wie ein stilles, geheimes Kämmerchen, in das sie sich zurückziehen konnten. Tagsüber waren sie niemals auf diese Weise beisammen, so nah und ausgelassen. Beim *osselet*-Spiel, das darin bestand, winzige Schafsknochen hochzuwerfen und mit dem Handrücken aufzufangen, erzählten sie sich von all den kleinen Nichtigkeiten des Lebens. Yvon gestand seine Streiche und Diebstähle, die Kleinen beichteten eine Dummheit, während sie auf ihre vom Waschwasser geröteten Hände bliesen. Ninon sprach von der Ernte, der Mühle und dem großen Ofen, in dem das Brot gebacken wurde.

Gegen Mitternacht lief sie davon. Yvon blickte ihr nach, ehe er leise die Tür schloss. Er war sich sicher, dass Ninon zurückkommen würde, um sie zu holen. Sie hatte es gesagt, sie hielt immer Wort. In der Bettnische lag noch der Strohhut, den seine Schwester vergessen hatte. Er nahm ihn und versteckte ihn unter seinem Bett, wo niemand jemals danach suchen würde.

Ninon schlich immer an den Hauswänden entlang durch die verlassenen Gassen, dann hastete sie zur Landstraße, wo sie vor lauter Angst zu rennen begann, ohne sich weiter vorzusehen. Als sie in den Campestres angelangt war, verlangsamte sie den Schritt und bog in den Weg ein, der zu Marius führte. Plötzlich blieb sie stehen.

Es hatte überhaupt keinen Sinn, zum Hof zurückzukehren. Gleich am nächsten Tag würde gewiss ihr Vater dort auftauchen, um sie wieder ins Dorf zurückzubringen. Sie setzte sich zwischen zwei Büsche, etwa an der Stelle, wo Abel so häufig auf sie gewartet hatte.

Abel. Sie lächelte. Ihr war eine Idee gekommen, die ihr Gesicht erhellte.

Da der Hof überall verschlossen war, klopfte Ninon leise an die Tür. Joséphine öffnete, und das Mädchen flog ihr in die Arme:

»Ich bin weggelaufen, aber ich kann nicht bei euch bleiben, wegen meinem Vater, ich werde mich in der Mühle verstecken, bei Abel.«

Ninon wollte sich schon umdrehen, um ihren Weg fortzusetzen, da hielt Joséphine sie an der Hand zurück.

»Geh nicht gleich wieder, Kindchen. Lass mir wenigstens etwas Zeit, über das, was du gesagt hast, nachzudenken. Und was wird Pierre, der Müller, dazu sagen?«

»Er wird mich nicht sehen. Dort ist doch so viel Platz!«

Als sie Joséphines verschlossenes Gesicht sah, sagte sie in flehendem Ton:

»Ich will nicht zurück nach Hause!«

Joséphine dachte einen Augenblick nach, zögerte und beschloss dann, Marius, der schon schlief, nicht zu wecken. Sie zog sich ihr Wolltuch fester um die Schultern und sagte:

»Dann geh halt für diese Nacht zur Mühle, ich hab auch keine bessere Idee. Aber pass gut auf dich auf, Kleines. Warte, du musst deine Sachen mitnehmen, und hier, nimm auch mein Tuch, es ist jetzt kalt.«

Wieder eilte Ninon die Straße entlang und blieb erst an der Brücke über die Siagnole stehen. Während sie an den Steinmauern der Mühle entlangschlich, fragte sie sich, wo Abel wohl schlief, bis sie auf die Idee kam, so zu pfeifen, wie er es ihr gezeigt hatte. Sie spitzte die Lippen:

»Tü-ti-tü?«

Beim fünften Ruf tauchte Abel am Fenster auf:

»Ninon? Was machst du denn hier?«

Abel versteckte Ninon in der Ölmühle.

»Du kannst unbesorgt schlafen. Hierher kommt mein Onkel nicht mehr.«

Dann setzte er sich neben sie. Ninon erzählte ihm vom jähen Ende ihres Lebens in den Campestres, und Abel, der an das Ende ihrer heimlichen Ausflüge im Mondschein dachte, war sehr betrübt. Sie schmiedeten eifrig Pläne, wie sie sich weiter sehen könnten, bis Ninon ihn fragte:

»Meinst du, ich könnte bei dir bleiben?«

»Hier?«

»Ja.«

Die Idee begeisterte Abel, und sogleich machten sie sich daran, ihr Leben zu zweit zu organisieren. Nachts würde Ninon in der Mühle schlafen und sich tagsüber, wenn nötig, in den umliegenden Wäldern verstecken.

»Hier ist die Gefahr nicht groß, dass du irgendjemandem begegnest. Hierher kommt keiner. Weder mit Weizen noch mit Oliven, und überhaupt ist im Moment nicht die Jahreszeit, für keins von beiden. Hier ist für nichts mehr Jahreszeit … Ich glaube, mein Onkel Pierre wird daran wirklich noch zugrunde gehen, der Ärmste. Er ist so traurig, dass er gar nicht mehr aufsteht. Er lässt das Rad laufen, anstatt es zu putzen und ihm ein bisschen Ruhe zu gönnen. Er hat sich in den Kopf gesetzt, dass es sich nie wieder drehen wird, wenn er es einmal anhält. Er ist vollkommen verrückt geworden. Der Arme, er isst auch nicht mehr. Was mich angeht, ich weiß mir schon zu helfen, ich backe Brot, das esse ich mit Öl und ein bisschen Salz. Davon gebe ich dir was ab.«

Und ihr Leben verlief zunächst so, wie sie es ausgeheckt hatten.

Am Abend des zweiten Tages schickte Ninon Abel in die Campestres, um Joséphine zu beruhigen und sie inständig zu bitten, niemandem etwas zu sagen. Doch Joséphine ängstigte sich angesichts dieser Situation, die keine Zukunft hatte, nur noch mehr, ließ aber wie zuvor alles geschehen, bis der Himmel ihr, so hoffte sie, ein Zeichen geben und eine andere Lösung einflüstern würde.

Giuseppe tauchte mehrmals bei Marius auf und ließ jedes Mal das ganze Haus erbeben. Er bestand darauf, den Hof vom Keller bis zum Speicher zu durchsuchen, und dass er dabei nichts fand, steigerte seinen Zorn nur. Er beschuldigte Marius, ihn an der Nase herumzuführen. Als er endgültig am Ende seines Lateins war, zog er los, dem Bürgermeister sein Leid zu klagen.

»Meine Tochter ist verschwunden. Dieser Pfennigfuchser namens Marius hält sie bei sich versteckt, das weiß ich. Wenn du nichts machst, werde ich die Gendarmen einschalten.«

So begab sich der Bürgermeister in die Campestres. Es war Abend. Sie setzten sich zu dritt in den Schatten unter der Linde und sprachen über Ninon. Marius erklärte, wie tapfer und munter die Kleine sei und wie sehr er ihr nachtrauere. Er sagte auch, dass es äußerst schade sei, dass sie solch einen Vater habe, und wie sehr er bedauere, dass der sie wieder mitgenommen habe. Als Fernand auf ihr Verschwinden zu sprechen kam, wunderten sich Marius und Joséphine sehr. Nein, sie wüssten nichts und hätten sie auf Ehre und Gewissen nicht mehr gesehen. Joséphine, schlau wie sie war, tat kaum den Mund auf. Mit vor der Brust gefalteten Händen nickte sie brav, während ihr Mann sprach.

»Wo kann sie nur sein?«, sagte sie ein einziges Mal, sich die Nase schnäuzend.

Aber Fernand fiel nicht darauf herein. Als Marius sich für einen Moment entfernte, beugte er sich zu Joséphine hinüber und raunte ihr zu:

»Meine liebe Fine, irgendetwas sagt mir, dass du genauer Bescheid weißt, als deine schönen Worte verraten.«

»Ich? Hör mal, ich hab nichts gesagt!«

»Eben drum. Du schnäuzt dir die Nase, um die Beunruhigte zu spielen, aber weil ich dich kenne, sehe ich genau, dass du nicht beunruhigt bist. Um die Wahrheit zu sagen, siehst du mir nach etwas ganz anderem aus. Komm schon, ich weiß doch, wie lieb du das Mädchen hattest. Das hast du mir selbst gesagt! Wenn sie also wirklich verschollen wäre, wärst du doch schon längst unterwegs, um sie zu finden. Stattdessen stehst du nickend da und schnäuzt dir die Nase. Los, sag mir, wo sie ist. Mein Ehrenwort, dass ich's niemandem verrate.«

Joséphine, die plötzlich in der Falle saß, blieb dem Bürgermeister zunächst eine Antwort schuldig. Nicht verlogen genug, ihm weiter etwas vorzuspielen, wurde sie verlegen und kam sich töricht neben diesem Mann vor, der sie nicht aus den Augen ließ. Sie stand auf, um ihn ihre Verwirrung nicht merken zu lassen, griff nach den Gläsern und der Pastisflasche, um sie beiseite zu stellen, nahm dann wieder Platz und sagte:

»Es stimmt, dass ich sie gern hab. Wirklich, sie ist ein tüchtiges kleines Mädchen, wie ich dir gesagt habe. Aber sie ist nicht bei uns, das kann ich dir schwören. Was soll ich dir sagen, sie ist woanders. Aber wenn du meine Meinung wissen willst, dann sage ich dir, dass dieses Woanders, das ich nicht kenne, bestimmt besser ist als dieser Giuseppe, den ich gut kenne. Das ist der Grund, warum ich mir keine Sorgen mache.«

Der gute Fernand starrte sie mit einem seltsamen Gesichtsausdruck an. Joséphine zitterte, weil sie zu viel gesagt hatte, hielt aber dem Blick stand. Als Marius zurückkam, ging Fernand auf seinen Lieferwagen zu.

»Lebt wohl«, sagte er, »ich werde Giuseppe vielleicht nicht daran hindern können, die Gendarmen einzuschalten. Sollten sie jedoch beschließen, das Gelände zu durchstreifen, wird die Kleine sich hoffentlich gut zu verstecken wissen.«

Joséphine hob den Kopf und lächelte ihm zu, flüchtig und nur mit den Augen.

Ein Monat verging, ohne dass Pierre sich auch nur einmal aus seinem Bett erhoben hätte. Als Ninon eines Tages sein Zimmer betrat, erkannte er sie weder, noch fragte er, wer sie sei. Die ganze Welt war ihm gleichgültig geworden. Er konnte kein Wort eines noch so kurzen Satzes mehr in den Mund nehmen, ohne dass Tränen seine Stimme belegt klingen ließen und sein Kinn zu beben begann. Abel und Ninon nahmen an seiner Verzweiflung Anteil, ohne sie lindern zu können. Sie verbrachten Stunden um Stunden bei dem unglücklichen Mann, in denen sie ihm Geschichten erzählten, die ihm ein Lächeln abringen sollten. Doch Pierres Nervenkostüm war so verschlissen, dass er zu keinerlei Empfindungen mehr in der Lage war. Er wies sie ab. Er wollte nur allein sein und sterben.

An jenem Tag brach Abel frühmorgens zu seinem ersten Schultag nach den Sommerferien auf. Pierre schlief scheinbar friedlich in seinem Zimmer, nachdem er die ganze Nacht hindurch geschluchzt hatte. Ninon blieb bei ihm, doch als sie nicht mehr still sitzen konnte, begann sie mit leisen Schritten im Haus aufzuräumen und die Zimmer zu fegen, ohne Lärm zu machen. Da Pierre immer noch schlief, beschloss sie, ihn einen Augenblick allein lassen zu können, um schnell im Fluss ein Laken zu waschen. Sie kniete sich ans Ufer und warf das Stück Tuch in die gurgelnde Strömung.

Es war warm, und Ninon ließ das kalte Wasser über ihre Hände plätschern. Gedankenverloren scheuerte und schlug sie das Laken, vergaß Pierre, vertrieb sich mit dem klaren Nass die Zeit. So verging fernab der Tränen des Müllers eine friedvolle Stunde. Schließlich breitete sie das große weiße Tuch auf der Herbstwiese in der Sonne aus.

Als sie in das Zimmer zurückkehrte, war Pierre nicht mehr da. Sie suchte ihn in der Küche, im anderen Wohnraum und in beiden Mühlen. Vergeblich durchkämmte sie die ganze Umgebung nach ihm, immer wieder mit neuer Hoffnung, ihn plötzlich vor sich zu sehen, dann setzte sie sich vor die Tür und wartete.

Als Abel von der Schule nach Hause kam, erzählte Ninon ihm die Geschichte.

»Ich habe ihn überall gesucht«, sagte sie, »in allen Räumen der Mühle, in den Abstellkammern, im Garten, auf den Wiesen!«

»Hast du dich auch am Mühlrad umgesehen?«

»Nein. Aber wo soll er denn da sein, da ist doch außer für das Rad überhaupt kein Platz!«

»Ich weiß nicht, aber er hat einmal zu mir gesagt: Eines Tages werde ich in den kleinen Kanal steigen und mich treiben lassen, bis mich das Wasser auf mein Mühlrad spült. Dann werde ich mich gut daran festhalten und mich mit ihm drehen …«

Pierre war tatsächlich dort, trieb mit verrenkten Gliedern am Grund des Beckens, das hinter dem Schaufelrad lag. Das klare Wasser rann über seinen Körper und seine weit aufgerissenen Augen und strömte weiter dem Fluss entgegen wie ein unachtsamer Passant. Über ihm sangen die Schaufeln, teilnahmslos und majestätisch, wie immer das Mühlenlied.

Die beiden Kinder, die gleich davor auf dem Boden saßen, brauchten Zeit, um wirklich zu begreifen, dass Pierre tot war. Es war klar, dass ihm jetzt alles gleichgültig geworden war. Nichts ließ ihn mehr erbeben. Weder das kalte Wasser, das an seinem Hemd riss, noch sein Kopf, der gegen die Beckenwand schlug.

»Wir können ihn da nicht lassen«, stammelte Ninon schließlich.

»Nein, natürlich nicht«, antwortete Abel.

Doch sie rührten sich nicht.

»Was wird jetzt geschehen?«

»Ich weiß nicht. Wahrscheinlich werden sie ihn wegbringen und begraben.«

»Und wo?«

»Auf dem Friedhof, wie alle Menschen.«

»Und warum nicht hier?«

»Ich weiß nicht. Weil alle auf dem Friedhof begraben werden, das ist eben so.«

»Aber warum? Mein Onkel hat immer gesagt, dass er die Mühle niemals verlassen will.«

Bei Einbruch der Nacht zogen Abel und Ninon Pierre mit vereinten Kräften aus dem sprudelnden Wasser und schleppten ihn in die Ölmühle, die von beiden Mühlen am nächsten lag. Dann lösten sie mit schweren Hacken und dicken Eisenstangen die Steinfliesen vom Boden und gruben darunter ein Grab.

Sie schlugen es mit dem sauberen, in der Sonne getrockneten Laken aus, und in diesem einfachen Grab, in sein weißes Bettlaken gehüllt, beerdigten sie den Müller.

Ninon steckte ihm schließlich noch die Hände in die Hosentaschen, weil er mit seinen am Körper anliegenden Armen irgendwie jämmerlich aussah.

»Jetzt sieht er so aus, als wäre es ihm egal, dass er tot ist«, sagte Abel.

Dann schütteten sie das Grab wieder mit Erde zu und legten die Steinfliesen darauf.

Was blieb, war eine Wölbung im Boden der Mühle.

Nach dieser durchwachten Nacht brach Abel zur Schule auf, während Ninon in der Mühle blieb.

Am darauf folgenden Sonntag heizten Abel und Ninon den Ofen an und buken Brot.

In einer Vollmondnacht wagten sie es sogar, bis ins Dorf hochzulaufen, um Mihoun zu besuchen.

Abends trug Abel Ninon die Gedichte vor, die er in der Schule lernte. Er war sehr empfänglich dafür und sagte, dass er eines Tages Dichter werden würde. Er verfasste sogar einen kurzen Abzählreim, den er Ninon schenkte.

Das Leben nimmt resolut seinen Lauf, wenn man Kind ist. Je mehr Zeit verging, desto seltener dachten sie an Pierre in seinem Grab. Jetzt verbrachten sie die halbe Nacht damit, über schmale Wege zu laufen, nahmen um Mitternacht im Wipfel einer Eiche ihr Abendmahl ein und spielten in den Mulden der kleinen Täler Flöte.

Eines Tages jedoch klopfte Georges, der zufällig des Weges kam, an die Tür und rief den Namen des Müllers. Ninon, im Dickicht versteckt, sah, wie er zwischen den Mühlen hin und her ging, ehe er wieder verschwand.

Tags darauf dasselbe Schauspiel: Sich in alle Richtungen umsehend, lief er um die Häuser herum.

Am nächsten Tag kehrte er noch einmal zurück, dieses Mal jedoch in Begleitung des Bürgermeisters.

Die beiden wanderten einmal um die Gebäude herum, dann gingen sie hinein. Im Haus, das sahen sie gleich, war es sauber und ordentlich, denn Ninon war eine gute Hausfrau. Sie nahmen die großen Zimmer in Augenschein und wunderten sich über einen schlecht gefliesten Buckel im Boden, gleich neben dem Mühlstein. Georges hätte schwören können, dass da früher kein Buckel war …

Als sie nachdenklich kehrtmachten, lief ihnen Abel in die Arme, der gehetzt aus der Schule heimkam.

»Ah, da bist du ja. Wo ist dein Onkel?«

Für einen Augenblick geriet Abel in Verlegenheit, dann antwortete er:

»Er ist für ein paar Tage weg.«

»Wo denn?«

»In Marseille. Bei einer Verwandten.«

»Und dich hat er allein gelassen?«

»Ja. Ich gehe doch in die Schule!«

Georges und Fernand gingen und ließen Abel beunruhigt zurück.

An diesem Abend versuchten Abel und Ninon bis spät in die Nacht, sich auszumalen, was nun wohl geschehen würde.

»Sie werden wiederkommen.«

»Bestimmt!«

»Und was werden wir sagen wegen Pierre?«

Doch Ninon antwortete nicht. Ihr war soeben bewusst geworden, dass dieser Punkt nicht der besorgniserregendste war. Früher oder später würde man Pierre ohnehin entdecken. Aber was würde aus ihnen werden? Bei ihr war die Sache klar, sie würde zu ihrem Vater zurückkehren, aber Abel? Sie ärgerte sich über sich selbst, dass sie nicht früher daran gedacht hatte. Weil sie sich nicht getraute, ihn an ihrer Sorge teilhaben zu lassen, schwieg sie eine Zeit lang.

»Morgen früh gehen wir weg«, sagte sie schließlich.

»Warum?«

»Weil sie, wenn sie Pierre finden, nicht zulassen werden, dass wir hier bleiben. Bei mir weiß ich, dass ich zu meinem Vater gebracht werde. Aber du? Hast du noch Familie?«

»Ich weiß nicht. Vielleicht. Ja, eine Tante in La Roque Esclapon.«

»Na, dann wirst du zu deiner Tante in La Roque Esclapon gehen.«

»Und wenn die mich nicht will?«

Ninon antwortete nicht. Sie dachte an die Fürsorge und schwieg wohlweislich.

Als bei Tagesanbruch der Wagen der Gendarmen vor der Mühle zum Stehen kam, schliefen Ninon und Abel noch.

Am selben Abend fand sich Ninon in der düsteren Küche wieder. Ihr Vater band sie an den Eisenstäben des Bettes fest, nachdem er sie mit seinem breiten Ledergürtel verprügelt hatte. Dann wandte er sich zu Yvon:

»Dasselbe für dich, wenn sie noch mal abhaut.«

Worauf er sich ans Tischende setzte und leise zu seiner Frau sagte:

»Morgen Abend bringe ich sie nach der Arbeit zu Timoléon. Er hat mich darum gebeten, damit sie sich um seinen alten Vater kümmert. Die Sache ist abgemacht. Da gibt es wenigstens keine Frau, die Scherereien macht.«

Abel wurde zu seiner Tante in La Roque Esclapon gebracht, die gleich zu schimpfen begann, als sie ihn kommen sah. Als hätte sie nicht so schon genug Arbeit, seit ihr Mann im Krieg umgekommen war und sie allein mit drei Kindern dastand, die sie großziehen musste! Doch weil sie eine brave Frau war, nahm sie den weinenden Abel nichtsdestotrotz in den Arm und küsste ihn.

Timoléon, ein bärtiger, behaarter und vor Dreck starrender Mann, lebte mit seinem Vater in einer alten Schäferei, der man den Namen *Jas des Graïs* gegeben hatte. Um dorthin zu gelangen, musste man zunächst die Straße nach Castellane nehmen, von der man recht bald in einen Weg einbog, der in einem verheerenden Zustand und steiniger war als das Bett eines Gebirgsbaches. Nach mühsamem Aufstieg durch eine öde Landschaft erreichte man schließlich den Hof, der sich an einen felsigen Hang schmiegte.

Timoléon, der nie geheiratet hatte, kümmerte sich um seinen alten, gelähmten Vater. Bevor er mit der Arbeit begann, setzte er den Vater in einen vorsintflutlichen Rollstuhl, der es dem gebrechlichen Alten ermöglichte, sich fortzubewegen, indem er sich mit den Armen an den Möbeln entlangzog. Der Greis kauerte den lieben langen Tag am Ofen, der im hinteren Teil der großen, schmutzigen Küche stand. Wenn sein Sohn mit der Herde hoch ins Gebirge zog, verbrachte er ganze Tage in völliger Einsamkeit, mit spitzen Fingern an den verschmierten Scheiben kratzend, durch die sich der Himmel nur erahnen ließ. Zum Schutz gegen Herumtreiber hatte er zwei riesige, blutdürstige schwarze Hunde, die auf jede Bewegung, jedes Wort von ihm hörten.

Noch nie hatte Timoléon ein Dienstmädchen gehabt. Im Grunde hatte er sich nur deshalb bereit erklärt, Ninon zu nehmen, weil er seinem Saufkumpanen Giuseppe einen Gefallen tun wollte und auch um Fernand eins auszuwischen. Timoléon und Giuseppe, die zu abendlicher Stunde stets in gleicher Weise betrunken waren, hatten an jenem Tag einen Handel abgeschlossen, der nach Wein und Galle roch.

Als nach langem Marsch der Hof vor Giuseppe und Ninon auftauchte, wurden sie von einem der beiden Hunde begrüßt, der sie mit wütendem Gebell daran hinderte weiterzugehen. Es war das Weibchen, das frei herumlief und das Gelände bewachte; der andere Hund heulte im Haus, eingeschlossen mit seinem Herrn.

Timoléon trat vor die Haustür. Sogleich schubste Giuseppe ihm seine Tochter entgegen und zog, kaum dass die unredliche Tat begangen war, gleich wieder von dannen. In panischer Angst vor diesen wilden Wölfen wie erstarrt, blieb Ninon am Wegrand stehen. Vor ihr kläffte die Hündin. Timoléon, der zu träge war, auch nur ein paar Schritte zu tun, wenn es nicht unbedingt sein musste, stand weiter vor seiner Haustür und wartete darauf, dass Ninon näher kam. Hinter ihr, schon in einiger Entfernung, blieb Giuseppe noch einmal stehen und sah sich das Schauspiel an:

»Was ist, gehst du jetzt weiter?«, schrie der eine.

»Los, geh weiter, zum Teufel noch mal!«, brüllte der andere.

Ninon rührte sich nicht. In dieser Situation hätte es ein Gespann mit vier Ochsen gebraucht, um sie dazu zu bringen, einen Schritt vorwärts zu tun. Die Hündin, immer noch knurrend, fing an, Ninon zu beschnuppern.

»Los, geh weiter, die wird dich nicht fressen«, sagte nun Timoléon.

Ninon, noch immer wie versteinert, hatte nicht den Mut.

»Wenn du nicht weitergehst, befehle ich ihr, dich zu beißen!« Da wagte Ninon den ersten Schritt.

»Jetzt hast du gesehen, was dich erwartet, wenn du auf die Idee kommst abzuhauen.«

Als sie in der Küche vor Cézaire, dem Vater, stand, schlug sie die Augen nieder und sagte kein Wort. Das Einzige, was sie bemerkte, weil es sich nicht vermeiden ließ, war der abscheuliche Geruch, der diese elende Behausung verpestete. Tomi, der Rüde, knurrte, als sie ihn im Vorbeigehen streifte, und dem alten Krüppel entfuhr vor Genugtuung ein hämisches Lachen.

Timoléon sagte zu ihr:

»Du wirst die Suppe kochen und putzen. Morgens machst du das Feuer an, und die restliche Zeit kümmerst du dich um den Alten.«

Ninon hob den Kopf, und zum ersten Mal begegnete ihr Blick dem des alten Mannes. Prüfend starrte er sie aus seinen fleckigen Augen an, die lebhaft waren, aber bösartig wie die des Teufels.

»Und wenn du nicht gehorchst, wird Tomi dich schon dazu bringen«, drohte er.

Beim Klang seiner Stimme durchfuhr es Ninon eiskalt. Sie wich einen Schritt zurück. Cézaire streckte das Kinn vor. Sofort fletschte Tomi die Zähne.

Darauf zeigte Timoléon ihr eine winzige Kammer ohne Fenster und ohne Licht, in der sie von nun an schlafen würde. Auf dem Boden sah sie zwischen ein paar zerfetzten Decken nur eine völlig verdreckte Matratze liegen.

Etwas später aßen sie schweigend eine fade Suppe, die denen von Maria in nichts nachstand, worauf Ninon voller Scham und Entsetzen mit ansehen musste, wie Cézaire zu Bett gebracht wurde. Sein Sohn trug ihn auf den Armen zu seinem Lager und legte ihn darauf. Ninon konnte es nicht vermeiden, einen flüchtigen Blick auf die mageren, schmutzigen Gesäßbacken des Alten zu erhaschen, der mit keifender Stimme, vielleicht weil er so abhängig und grotesk war, die scheußlichsten Beleidigungen an seinen Sohn, wenn nicht gar an die ganze Welt richtete.

»Geh raus und kipp den Eimer aus!«, befahl Timoléon.

Voller Bestürzung entdeckte Ninon, dass der Stuhl mit einem Loch versehen war, unter dem ein Eimer mit ekelerregendem Inhalt stand. Jetzt begriff sie, woher der Gestank kam, der das ganze Haus verpestete.

»Die Hündin?«

»Die ist angebunden.«

Mit ausgestreckten Armen musste sie das abscheuliche Teil nach draußen befördern, wo sie es im Dunkel der Nacht irgendwo leerte.

Als sich wenig später die Tür der kleinen Kammer hinter ihr schloss, befahl Cézaire dem Hund, sich davor zu legen.

Ninon schluchzte einen Teil der Nacht, dann schlief sie erschöpft auf dem Boden ein, der mit Fliesen aus Terrakotta bedeckt war. Um nichts in der Welt hätte sie sich auf der Matratze ausgestreckt. Etwas später wachte sie keuchend auf, denn ihr fehlte die Luft zum Atmen, und genauso schlief sie auch wieder ein, wie zerschlagen und mit schweißbedeckter Stirn nach Luft schnappend, um inmitten der totalen Finsternis, die sie umgab, von ihren früheren Vollmondnächten zu träumen.

Im Morgengrauen öffnete Timoléon die Tür und sagte zu ihr:

»An die Arbeit!«

Dann verschwand er für den restlichen Tag.

Zum Frühstück nahm Ninon eine Schale Ziegenmilch und ein Stück Brot zu sich, ohne dass Cézaire sie auch nur eine Sekunde aus den Augen gelassen hätte. Als ihr schließlich der Geduldsfaden riss und eine dumpfe Wut in ihr hochstieg, getraute sie sich, herausfordernd zu ihm aufzublicken. Ihr Blick begegnete zwei grauen Pupillen, in denen etwas Zweifelhaftes funkelte, das sie nicht einordnen konnte, das sie aber so verunsicherte, dass sie die Augen sofort wieder niederschlug.

Cézaire war furchterregend.

Sie machte, so gut es ging, sauber in dieser widerlichen Küche, wo alle Flächen von einer schwarzen, klebrigen Schicht bedeckt waren. Wo es an Seife mangelte, wo die Putzlappen nicht weniger klebten als die Teller. Sie wollte den Boden vom gröbsten Schmutz befreien, doch nachdem sie ihn mehrmals gefegt hatte, hinterließ der schmierige Besen aus Wurzelholz noch immer schwarze Streifen auf den roten Fliesen.

Dann bereitete sie eine Suppe zu und träumte dabei von den Suppen, die Joséphine kochte. Während sie schweigend und geistesabwesend hin und her lief, ertrug sie wie eine Bürde den auf ihr lastenden Blick von Cézaire. Der machte sich einen Spaß daraus, sie von Zeit zu Zeit zu attackieren:

»Nicht den Topf, den anderen!«

»Rühr mein Messer nicht an!«

»Schneid größere Stücke!«

Jedes Mal ließ seine herrische Stimme sie zusammenfahren, und bei der bloßen Vorstellung, erneut angefaucht zu werden, begann sie so zu zittern, dass sie linkisch und ungeschickt wurde. Ihre Finger bebten, und ihr Körper zuckte beim leisesten Seufzer, bei der kleinsten Bewegung des Greises zusammen.

»Gib mir meinen Tabak.«

Sie nahm den Tabaksbeutel vom Tisch und kam näher, um ihn dem Alten zu geben. Anstatt den Tabak zu nehmen, packte er sie am Handgelenk. Mit einem Ruck zog er sie an sich. Während Ninon das Gleichgewicht verlor und ihm quer über die Beine fiel, schob er eine Hand unter ihren Rock. Mit einem Satz sprang sie wieder auf und entfernte sich rasch, zur Flucht bereit. Aber Cézaire brüllte:

»Tomi!«

Der Hund richtete sich sofort auf und sprang auf sie zu.

»Genug«, sagte Cézaire zu dem Hund, der sich wieder hinlegte.

Den ganzen restlichen Tag ging Ninon dem Alten tunlichst aus dem Weg. Während sie in der Küche hin und her lief, zeichnete sie im Geist einen Kreis um sich herum, dessen Radius so groß war, dass Cézaire nicht mehr an sie herankam. Schließlich befahl er ihr, sich um die Hühner und den Garten zu kümmern. Sie musste seinen Stuhl bis zur Türschwelle schieben. Er sorgte dafür, dass die Hunde still waren; Ninon trat ins Freie, atmete die Mittagsluft ein und kam wieder etwas zu sich.

Sie fing an, auf einem Teil des Terrains Unkraut zu jäten. Jedes Mal, wenn sie den Kopf hob, war da Cézaires Blick, bald spöttisch, bald furchterregend, aber immer mit diesem zweifelhaften Funkeln darin.

Als sie fertig war, bat sie um Erlaubnis, ihr Zimmer putzen zu dürfen. Cézaire ließ sie gewähren. Sie hängte die schmutzige, verstaubte Matratze in der Küche aus dem Fenster und klopfte sie lange in der Sonne aus, dann kehrte sie die Fliesen und riss alle Türen des Hauses weit auf, damit endlich frische Luft hereinkam.

Spät am Abend kam Timoléon, der Schlangenlinien mit seinem

Fahrrad fuhr, aus dem Dorf zurück und taumelte zum nächsten Stuhl, auf den er sich fallen ließ.

Im Gegensatz zu Giuseppe, den der Wein streitsüchtig machte, wurde Timoléon weinerlich, wenn er getrunken hatte. Lange blieb er mit aufgestützten Ellbogen am Tisch sitzen, ohne irgendjemanden anzusehen, während Cézaire sich neben dem Ofen schnäuzte und die Nase hochzog. Ninon dachte bei sich, dass diese Küche und diese beiden Männer gewiss mit der Hölle vergleichbar waren, von der ihre Mutter unentwegt sprach.

Während sie das Abendessen auftrug, hörte sie zu, wie Vater und Sohn sich in kurzen Sätzen unterhielten, die immer wieder durch lautes Schlürfen unterbrochen wurden. Cézaire befragte seinen Sohn mit dumpfer Stimme, und Timoléon erstattete nach und nach Bericht, so wie ein Kind von seinem Tag in der Schule erzählt. Cézaire war der Befehlshaber, das war deutlich. Er kommandierte seinen Sohn herum, als sei der noch ein Knirps oder geistig beschränkt. Unter den verächtlichen Blicken des Alten wurde Timoléon immer kleiner, bis fast nichts mehr von ihm übrig war, ein unförmiger, stammelnder Haufen Fleisch und Knochen. Ninon war verblüfft. Dieser plumpe Koloss, der stolz durch die Dorfstraßen zog und mit einem einzigen Fausthieb einen Ochsen hätte zu Boden strecken können, saß zitternd vor dem gebrechlichen Greis und parierte. Denn er zitterte wirklich, zuckte genauso zusammen wie Ninon, wenn Cézaire ihm einen Befehl gab. Vor seinem Vater wurde Timoléon, der lautstarke Gast im *Chez Albertine*, genauso furchtsam und gefügig wie der Hund.

Leider Gottes war Cézaire im *Jas des Graïs* allmächtig. Als Ninon das an jenem Abend begriff, gab sie es sofort auf, sich beim Sohn über die Untaten des Vaters zu beklagen.

Die Tage vergingen, und Ninons Hölle nahm kein Ende.

Sie überstand die langen Arbeitsstunden mit blank liegenden Nerven, um abends endlich auf ihre Matratze zu sinken und sich in ihre Decke zu kuscheln. Dort ließ sie sich gehen, von der ganzen Welt vergessen, und sank von Ekel geschüttelt in Schlaf, nachdem sie Ströme von Tränen vergossen hatte.

Wenn sie morgens erwachte, ihr ganzer Körper schon in Abwehrstellung, musste sie auf Befehl des Alten Berge von schmutzigen Laken oder stinkenden Hosen waschen, musste Holz hacken mit einer Männeraxt, die so schwer war, dass sie sich nach jedem Hieb, der sie selbst fast in Stücke riss, am liebsten auf den Boden gelegt hätte, um dort zu sterben.

Dennoch bemühte sich Ninon – denn das lag in ihrem Wesen –, alles gut zu machen. Und so gelang es ihr, der abstoßenden Küche – eigentlich nur, um die Zeit totzuschlagen – tatsächlich beizukommen. Seit Ewigkeiten war es nicht mehr vorgekommen, dass die Kacheln glänzten, die Möbel nach Wachs dufteten, das Geschirr in vorbildlicher Weise sortiert war und dass vor allem die Suppe oder der Schmorbraten stets zur rechten Zeit dampfend und wohlriechend auf dem frisch polierten Holztisch stand. In ihrer Naivität war sich Ninon dessen nicht bewusst, aber auf diese Weise machte sie sich allmählich zum unverzichtbaren, alles in Gang haltenden Rädchen im Leben dieser beiden armen Kerle, die gehaust hatten wie Tiere, ehe Ninon zu ihnen kam.

Im Lauf der Zeit ließ Cézaires Misstrauen nach. Er ließ sich jetzt häufiger dazu hinreißen, einmal ein Weilchen vor sich hin zu dämmern und dabei nur noch auf den Eifer seines Hundes zu vertrauen. Dafür verbrachte er vom frühen Morgen an seine Zeit damit, sich Mittel und Wege auszudenken, Ninon in seine Nähe zu locken. Die einfachste Methode bestand darin, einen Gegenstand zu verlangen. Als er eines Tages wieder einmal seinen Tabaksbeutel gereicht bekommen wollte, packte sie den Beutel und warf ihn, ohne auch nur einen Schritt in seine Richtung zu tun, in vollem Schwung zu ihm herüber. Cézaire brüllte so laut, dass der Hund sich auf sie stürzte und sie in den Arm biss. Die Verletzung bereitete Ninon lange Zeit Schmerzen, und sie tat es nie wieder.

Im Dezember setzte ein scheußliches Wetter mit Nebel und Schneefällen ein, das die letzten freundlichen Überbleibsel des Herbstes vertrieb und heftige, eisige Windböen mit sich brachte, die vom Gebirge herabwehten. Ninon, die alle Augenblicke in die Kälte hinausmusste, beklagte sich vergebens darüber. Erst als sie krank wurde, führte Cézaire sie schließlich in ein Zimmer, wo er einen Schrank aufsperrte. Darin hing in derselben Anordnung wie vor über dreißig Jahren die dürftige Garderobe von Cézaires Frau, die eines Tages mit nichts als den Kleidern, die sie am Leib trug, vom *Jas des Graïs* geflohen war. Lange vergrub Ninon an jenem Abend ihr Gesicht in den wenigen alten Kleidern und Tüchern, die zwar von Motten zerfressen, aber noch so dick und mollig waren, dass sie sich vor Freude kaum beruhigen konnte. Etliche Male schlüpfte sie hinein und schälte sich wieder heraus, ehe sie ihre Wahl traf. Als sie schließlich, in Wolle und wärmendes Tuch gehüllt, aus dem Zimmer trat, sah Cézaire sie an und spuckte auf den Boden.

Damit Ninon waschen konnte, band Timoléon die Hündin manchmal fest, ehe er aufbrach. An solchen Tagen konnte sie endlich einmal allein draußen sein. Sie dachte daran, den Moment zu nutzen, um sich davonzumachen, aber die beiden scharfen Hofhunde jagten ihr solche Angst ein, dass sie davon absah. Zumal Cézaire hinter der jetzt durchsichtigen Scheibe Wache hielt.

Als sie eines Morgens mit ihrer Wäsche fertig war, sah sie durchs Fenster, dass Cézaire eingeschlafen war. Sie zögerte einen Augenblick und betrachtete den Weg, der direkt in die Freiheit führte, aber auch dieses Mal ließ sie es bleiben. Die Gunst der Stunde nutzend, durchforschte sie lieber den Hof bis in alle Winkel und Ecken. Es war ein großes Anwesen, freilich in jämmerlichem Zustand, das aber Generationen von Landwirten nach und nach um verschiedenste Schätze bereichert hatten, die jetzt von niemandem mehr genutzt wurden. Neben dem Stall gab es zwei Scheunen und eine ganze Reihe von kleinen Verschlägen. So viel Platz, so viele ungenutzte Möbel, vergessene Werkzeuge, herumstehende Karren und Pflüge brachten Ninon zum Träumen. Es gab hier alles, um eine ganze Familie unterzubringen, ihre Familie … Alles, um ein Feld zu pflügen, darauf Weizen gedeihen zu lassen, ihn zu mähen, zu dreschen … Im Grunde alles, was man mit ein bisschen Mut zum Leben brauchte.

Unterdessen hörte man in den stillen Straßen von Mons bisweilen die Stimme von Mihoun Gangacette, die Giuseppe beschimpfte.

»Du wirst mir sagen, wo die Kleine ist, du Säufer!«

»Sie ist bei einer gutbürgerlichen Familie in Grasse, das wird dir jeder sagen!«

»Aber mir wirst du diesen Bären nicht aufbinden!«

Mihoun betrat das Haus und fiel über Maria her.

»Da bist du aber froh, was, hat dein Saufloch von einem Mann es doch noch geschafft, dass du deine Tochter los bist!«

Maria musste sie mit dem Besen hinausjagen.

Ein anderes Mal befragte Mihoun Yvon, der jedoch leider nichts wusste.

»Wenn ich es wüsste, wäre ich längst bei ihr.«

Sicher, der alte Cézaire brüllte noch immer, kommandierte seine Hunde und seinen Sohn herum, gab sich seinen Launen hin und schaffte es manchmal, Ninon zu betatschen. Aber die eigentliche Macht war in andere Hände übergegangen. Ninon spürte auf unaussprechliche Weise, dass die beiden Männer, vor die Wahl gestellt, eher auf einen beträchtlichen Teil ihrer Privilegien verzichtet hätten, als sie gehen zu lassen.

Als sie eines Tages den Kampf aufnahm, geschah dies aus reiner Intuition. An jenem Tag suchte Cézaire, wie immer auf der Lauer, einen Vorwand, um sie in seine Nähe zu locken. Als sie dem Greis in einigem Abstand den Rücken kehrte, nahm er all seine Kräfte zusammen, konzentrierte sich ganz auf die Arme und rollte, sich am Tisch festklammernd, auf seinem Stuhl bis zu Ninon, deren Rock er zu fassen bekam. Ninon riss sich wütend los und schleuderte ihm mit funkelnden Augen ins Gesicht:

»Beim nächsten Mal gehe ich.«

»Das wird dir nie gelingen«, erwiderte er mit einem höhnischen Grinsen.

»Tun Sie's noch einmal, dann werden Sie ja sehen.«

Cézaire hatte begriffen, wie viel Kühnheit in Ninon steckte. Der Zweifel war gesät, und aus Angst tat er es nie wieder.

Am folgenden Tag gegen fünf Uhr nachmittags, in der Küche begann es gerade erst dunkel zu werden, befahl Cézaire Ninon entgegen seiner Gewohnheit, bis zum Abend im Dämmerlicht auszuharren, das Licht anzuschalten und seinen Stuhl zum Tisch zu rollen. Worauf er mit einem Schlüssel, den er aus seiner Tasche zog, eine winzige Schublade öffnete, zwei kleinformatige, weiße Blätter Papier, ein Tintenfass und einen Federhalter herausnahm und zu schreiben begann.

Ninon, die ihm zusah, wunderte sich, mit welcher Eleganz er die Buchstaben zu Papier brachte und wie mühelos die Sätze aus seiner Feder flossen. Niemals hätte sie dem Alten so etwas zugetraut.

»Sie schreiben gut«, getraute sie sich zu sagen und meinte es ehrlich.

Cézaire richtete sich auf und lächelte sie selbstgefällig an.

»Ich war früher ein guter Schüler.«

Was Ninon indes in Aufregung versetzte, war die Entdeckung, dass in der Schublade zum Greifen nah weitere Blätter lagen, dazu ein Tintenfass, einige Briefmarken, kurzum alles, was man brauchte, um einen Brief zu schreiben – einen an Mihoun und einen zweiten an Joséphine, Hilferufe, ins Meer geworfen wie Flaschenpost …

Während sie das Gemüse putzte, fragte sie sich mit klopfendem Herzen, ob es ihr gelingen würde, den wunderbaren Traum Wirklichkeit werden zu lassen.

Cézaire nahm einen Umschlag aus der Schublade, die Ninon wie eine Schatztruhe erschien, versiegelte ihn und schrieb die Adresse eines Notars darauf.

Am nächsten Morgen befahl er Ninon, den Brief auf dem flachen Felsblock hinten an der Wegbiegung abzulegen.

»Leg einen Stein drauf, damit er nicht wegfliegt.«

»Wer wird ihn denn abholen?«

»Der Briefträger natürlich!«

Sie hatte noch nie einen Briefträger in der Gegend gesehen und konnte sich einfach nicht vorstellen, dass er wirklich bis zu diesem entlegenen Ort vordrang.

»Dann kommt der Briefträger also bis hierher?«

»Jeden Donnerstag.«

Woraus Ninon schloss, dass sie, um den Schlüssel an sich zu bringen, eine der folgenden Nächte abwarten musste, um dann an einem der folgenden Donnerstage – an welchem, das wusste sie nicht – den Moment abzupassen, da der Briefträger vorbeikam. Sie seufzte. Das würde noch lange dauern, aber irgendwo in der Ferne, dort hinten, wo Meer und Himmel ineinander verschmolzen, nahm sie einen leisen Schimmer wahr, einen letzten Sonnenstrahl, der aufblitzte wie eine plötzliche Gewissheit.

Einige Zeit später empfingen sowohl Mihoun als auch Joséphine einen Brief, den Ninon vermutlich im Dunkeln geschrieben hatte, denn die Wörter und Zeilen darauf überkreuzten und überlappten sich. Ninon beschrieb, ohne alles zu sagen, ihr trauriges Los und sprach von den beiden blutdürstigen Hunden, die sie daran hinderten, sich vom Haus zu entfernen.

Tief bewegt wartete Joséphine bis zum Abend, um den Brief Marius vorzulesen, der schon die Stimme erhob, kaum dass er den Namen Timoléon hörte.

»Ich hatte mir ja schon gedacht, dass Ninon nicht in Grasse ist, aber wie soll man darauf kommen, dass dieser Dreckskerl seine eigene Tochter solchen Barbaren zum Fraß vorwirft! Timoléon geht ja noch, der ist nur ein Säufer und ein bisschen plemplem, aber der andere, du weißt doch noch, was seine Frau über ihn gesagt hat, als sie gegangen ist: ein schamloser Saukerl! Hoffen wir nur, dass ihm das mit dem Alter vergangen ist!«

Das Wissen, wo Ninon sich befand, war eine quälende Sorge, durch die sich Marius' Stimmung sofort verdüsterte. Er war wütend, beunruhigt und hätte am liebsten gleich mit Giuseppe Streit angefangen, doch vernünftig, wie er war, zog er es vor, zu Fernand zu gehen und sich ihm anzuvertrauen.

»Stell dir das mal vor, ein kleines Mädchen bei diesen beiden Nichtsnutzen! Du weißt doch noch, was Rose dazu gesagt hat, als sie gegangen ist! Und Rose war weiß Gott nicht die Tugend in Person, die wusste, was Sache war, wenn sie von dem Alten sprach.«

Das alles gab Fernand zu denken, und langsam begann er sich über seinen Feldhüter zu ärgern, der ihn ständig in Bedrängnis brachte. Da er ein pflichtbewusster Mann war, beschloss er, anstatt Timoléon zu befragen, lieber selbst zum *Jas des Graïs* hochzufahren und sich mit eigenen Augen davon zu überzeugen, was dort vor sich ging.

Gegen elf Uhr vormittags erreichte Fernand den Hof. Es war grau und trüb. Er lenkte seinen Citroën bis vor die Haustür, ohne sich um die kläffende Hündin zu kümmern. Er stellte den Motor ab, hupte, öffnete die Tür und wartete. Bald darauf sah er, wie ein Finger über die beschlagene Fensterscheibe fuhr und schließlich die Tür aufging. Heraus trat Ninon, an den Rahmen der weit geöffneten Eingangstür gepresst, so als wollte sie Cézaires Gebrüll, das hinter ihr aus der Küche drang, an sich vorbeilassen.

»Was ist denn das schon wieder für ein Störenfried!«

»Gott zum Gruß, Cézaire! Ich bin's, Fernand. Nun sag deinen Hunden schon, sie sollen still sein, damit ich reinkommen kann.«

»Niemand hat dich darum gebeten herzukommen.«

»Sag den Hunden, sie sollen still sein! Ich muss mit dir reden.«

»Kommt nicht in Frage! Ich habe dir nichts zu sagen. Du kannst dich wieder verziehen!«

Fernand saß noch immer im Auto, da die Tür von der furchteinflößenden Hündin belagert wurde, während Cézaire hinten in seiner Küche blieb. Die Hunde blafften. Die Männer auch.

»Ruf die Hunde zurück, sonst hol ich mein Gewehr raus.«

»Versuch's ruhig, mein Gewehr ist bereit.«

Aufgeregt und völlig verängstigt, presste sich Ninon an die Hauswand. Fernand gab seinen Streit mit Cézaire auf und versuchte, mit ihr zu sprechen:

»Und du, Ninon, wie geht's dir? Komm doch ein bisschen näher, dass ich dich anschauen kann …«

Er betrachtete sie eingehend. Die Zeit reichte eben, um festzustellen, dass das Mädchen unvorstellbar schmutzig und sichtlich verschreckt war.

»Komm rein, Ninon, und mach die Tür zu!«, brüllte Cézaire. »Sonst rufe ich Tomi.«

Worauf Ninon ein armseliges Lächeln andeutete und hastig ins Haus zurücklief.

Fernand wendete den Wagen und fuhr wieder los.

Doch das besänftigte den Alten nicht, der wie ein Besessener tobte und dabei wild mit den Armen um sich schlug. Plötzlich bekam er einen Schluckauf. Er schnappte nach Luft und sah aus, als würde er jeden Moment das Zeitliche segnen. Ninon holte schnell ein Glas Wasser und hielt es ihm hin.

Er schlug ihr das Glas brutal aus der Hand und spuckte auf den Boden. Ninon wich einen Schritt zurück, ohne ihn aus den Augen zu lassen. In dem Moment hatte sie die Gewissheit: Bei der Vorstellung, sie zu verlieren, wurde Cézaire verrückt.

Sobald Fernand wieder im Dorf war, parkte er seinen Lieferwagen und machte sich zu Fuß auf in die schmalen Gassen. Er schellte beim stellvertretenden Bürgermeister und beim Vertreter des Gemeinderats, ehe er sich zur Schule begab, wo er ein langes Gespräch mit Roger und Paulette, dem Lehrerehepaar, führte.

Es waren junge Leute, die erst vor kurzem in Draguignan die Ausbildung beendet hatten und nach Mons geschickt worden waren, um dort ihre erste Stelle anzutreten. Paulette, eine schmächtige junge Frau, die mit Begeisterung bei der Sache war, hatte Giuseppes Töchter in ihrer Klasse gehabt und sie besonders lieb gewonnen. Das ganze vergangene Jahr hindurch hatte sie versucht, das Vertrauen der drei zerlumpten Mädchen zu gewinnen, die unzertrennlich auf der Läusebank saßen. Ninon war ihren Aufmerksamkeiten als Erste erlegen und hatte ihre Dankbarkeit gezeigt, indem sie sich mit etwas mehr Eifer ihren Lektionen widmete. Roger, Paulettes Mann, ein handfester und entschlossener Typ, hatte auch das Amt des Dorfdirektors inne.

Fernand beendete seinen Rundgang im Pfarrhaus.

Allen sagte er dasselbe:

»Kommt heute Abend zu mir, es geht um eine wichtige Sache.«

Es wurde eine schwierige Sitzung. Fernand legte zunächst einmal den Sachverhalt dar: Ninon war von ihrem Vater bei zwei Männern, die in üblem Ruf standen, untergebracht, ja eingesperrt worden, wie man der Richtigkeit halber sagen musste. Sollte man die Dinge ihren Lauf nehmen lassen oder eingreifen?

Sogleich entzündete sich eine Debatte, die in alle Richtungen ging. Georges, der Stellvertreter, gab den Auftakt, indem er kämpferisch das Recht des Vaters in Erinnerung rief, seine Kinder nach eigenem Gutdünken aufzuziehen. Paulette, die Lehrerin, hielt dagegen, dass Ninon verpflichtet war, bis zu ihrem vierzehnten Geburtstag die Schule zu besuchen. Roger erinnerte auch an Yvon und dessen wenig beneidenswertes Schicksal ... Und erst das von Fanny und Mireille ..., fügte seine Frau hinzu. Der gutmütige Pater Alfred war hin- und hergerissen und zögerte ein wenig, ehe er sich auf die Seite der Kinder schlug. Pascal, der Vertreter des Gemeinderats, vertrat vehement die Ansicht, dass grundsätzlich nichts Gutes dabei herauskommt, wenn man sich in anderer Leute Angelegenheiten einmischt, worauf er sich in missbilligendes Schweigen hüllte, das er nur noch ab und an durch Bemerkungen wie »Was ich nicht weiß, macht mich nicht heiß« brach. Was Fernand selbst betraf, so ließ ihn die Erinnerung an den düsteren Ort, an das blindwütige Gebrüll des Alten, vom Kläffen der Raubtiere noch übertönt, und vor allem an das verängstigte Gesicht von Ninon einfach nicht los.

Er ergriff noch einmal das Wort und versuchte, einen möglichst genauen Eindruck davon zu vermitteln, was er vor Ort gesehen hatte. Dann erinnerte er daran, wie Cézaires Frau ohne einen Pfennig in der Tasche und ohne zu wissen, wohin, die Flucht ergriffen hatte und lieber unter erbärmlichen Umständen in einem Armenhaus gestorben war, als jemals zum *Jas des Graïs* zurückzukehren. Und er beendete seinen Vortrag mit einer schlichten Feststellung:

»Wisst ihr, ich habe euch aus einem einfachen Grund um euer Kommen gebeten: Vom heutigen Abend an werde ich nicht mehr ruhig schlafen können, wenn wir nichts für dieses arme kleine Ding tun.«

Es wurde spät in der Nacht, ehe sich die Wogen allmählich glätteten und die Mehrheit übereinkam, etwas zu unternehmen. Pascal, der sich das Ganze nicht länger anhören wollte, zog es vor, der Runde den Rücken zu kehren, wobei er noch einmal wiederholte, dass nichts Gutes dabei herauskam, wenn man sich in anderer Leute Angelegenheiten einmischte. Der Bürgermeister ließ ihn gehen, wobei er ihn lediglich darum bat, den Mund zu halten.

»Da mach dir mal keine Sorgen«, antwortete Pascal, »diese Geschichte gefällt mir nicht, da werde ich wohl nicht noch damit prahlen, etwas damit zu tun zu haben. Hör zu, die Sache ist ganz einfach: Heute Abend war ich nicht hier.«

Sein Abgang löste ein lautes Stimmengewirr aus. Irgendjemand ließ das Wort »Memme« fallen – wer, war nicht genau feststellbar –, dann nahm man den Faden wieder auf. Roger und Paulette erklärten sich freiwillig bereit, Ninon aus dem *Jas des Graïs* herauszuholen.

»Wir sind erst seit kurzem hier im Dorf. Der alte Cézaire kennt uns noch nicht, und Ninon mag uns gern. Das wird alles einfacher machen.«

Der Bürgermeister und Pater Alfred einigten sich darauf, alles Übrige zu regeln, was im Grunde das Schwierigste war: Was sollte mit Ninon geschehen?

Das Wetter im *Jas des Graïs* war schmutzig und grau.

Timoléon wartete darauf, dass der Regen aufhörte, um ins Dorf zu gehen. Ungeduldig lief er in der Küche umher und ging damit allen auf die Nerven.

»Dann verschwinde doch endlich«, brüllte Cézaire ihn schließlich an, »deine Speckschwarte wird an Albertines Ofen schon trocknen!«

Da zog Timoléon seine Pelerine an und ging hinaus.

Ninon blieb allein mit Cézaire.

Seit Ninons Drohungen Cézaire davon abhielten, seinen perversesten Gedanken Taten folgen zu lassen, hatte er sich einen neuen Zeitvertreib ausgedacht. Er zwang Ninon, *crapette* mit ihm zu spielen, und jedes Mal, wenn sie an der Reihe war, ihre Karten auf den Tisch zu legen, lauerte er auf einen günstigen Augenblick, um ihre Hand zu ergreifen. Dann rieb er, während er die Hand mit seinen warmen, trockenen Fingern umklammerte, den Daumen an ihrem kleinen Handteller und gab dabei vor Zufriedenheit widerwärtige Seufzer von sich.

»Nur die Hand, das tut dir nicht weh. Du siehst doch, wie nett ich bin, mein schönes Kind.«

Aber seine Haut zu berühren ekelte Ninon genauso wie alles andere.

»Bring die Karten und mach das Licht an«, befahl der Greis.

Ninon gehorchte seufzend. Sie zündete so langsam wie möglich die Petroleumlampe an, während die Aussicht auf das Spiel, das nun beginnen würde, sie schon anwiderte.

Genau in diesem Moment tauchte draußen ein unwirkliches Licht auf, das immer näher kam und durch die Scheiben der Eingangstür auf einen Schlag die ganze Küche erleuchtete. Draußen im Regen kläffte sich die arme, völlig durchnässte Hündin vergebens die Kehle aus dem Hals. Drinnen tat Tomi es ihr gleich, und schon war das übliche Spektakel in vollem Gang.

»Das ist ein Auto«, sagte Ninon.

»Bleib sitzen«, sagte Cézaire.

Ninon teilte gleichgültig die Karten aus.

Da hörten sie plötzlich ein unglaubliches Hupen, das wie ein Signalhorn klang und kein Ende nahm.

»Schmetter schön weiter, Fifi«, knurrte Cézaire, wenngleich etwas verwirrt.

Durch die Tür drang schwach eine Stimme.

»*Hello*! Ich habe mich verfahren! Können Sie mich helfen?«

»Was ist denn das schon wieder für ein Störenfried?«

»Bestimmt ein Ausländer, der sich verfahren hat.«

»Schieb mich zur Tür.«

Cézaire wischte über die beschlagene Scheibe und presste sein Gesicht daran. Er konnte ein riesiges rotes Auto erkennen, das im Regen glitzerte. Er kniff die Augen zusammen, um das Kennzeichen zu entziffern, begriff, dass der Wagen aus einem anderen Land kam, und wandte sich achselzuckend ab.

»Los, zeig diesem Schwachkopf von einem Touristen den Weg und sieh zu, dass er sich auch wirklich verzieht.«

Cézaires Gesichtsausdruck war wieder normal.

Ninon schob den Stuhl des Alten, der ihr im Weg stand, zur Seite und ging zur Tür.

»Sagen Sie den Hunden, sie sollen still sein, damit ich verstehe, was man mir sagt.«

Sie schlang sich ihr Tuch ums Haar und lief hinaus.

Alles ging sehr schnell. Kaum war sie am Wagen angelangt, flog eine der beiden Hintertüren auf. Ninon erkannte sofort ihre Lehrerin, die sie am Arm packte und auf die Sitzbank zog. Die Tür schlug zu, während das Auto schon wendete. Und das war alles.

Cézaire, der den Motor aufheulen hörte, hob den Kopf im Glauben, Ninon würde zurück ins Haus kommen. Er wartete fünf Sekunden, ehe er begriff, was geschehen war, und brüllte:

»Ninon!«

Sich an Möbel und Stühle klammernd, schaffte er es bis zur Tür. Nur eine bläuliche Spirale von Auspuffgasen kräuselte sich im Regen. In der Ferne durchpflügte der Wagen wie ein Ungetüm die hoch aufspritzenden Pfützen und zerriss mit seinen Scheinwerfern die von Regen und Nässe verhangene Nacht.

Als Timoléon spät am Abend und schon jenseits von gut und böse nach Hause kam, traf er dort am Tisch auf seinen immer noch schluchzenden Vater, der den Kopf in den Spielkarten vergrub.

Halb lachend, halb weinend, schmiegte sich Ninon an Paulette, die sie beruhigte, wobei sie das Mädchen in ihre Arme schloss. Auf dem Vordersitz wiederholte Roger, der sich unentwegt die Hände rieb, voller Genugtuung:

»Operation gelungen!«

Neben ihm am Lenkrad saß schweigend ein anderer Mann, ein Unbekannter. Der Wagen, der einen starken Motor hatte, jagte mit leuchtenden Scheinwerfern die Straße entlang, nahm schwankend die Kurven, verschlang die neblige Nacht, die sich vor ihnen auftat.

Ninon, die noch nie in solch einem Auto gesessen hatte, glaubte tatsächlich zu fliegen.

»Wo fahren wir hin?«, fragte sie.

»Weit weg von Cézaire!«, sagte der Fahrer und lächelte Ninon im Rückspiegel zu.

Das Auto verließ die Straße nach Castellane und fuhr durch die oberen Ausläufer des Dorfs, um schnellstmöglich auf die Landstraße zu gelangen, die zum Meer hinabführt.

Roger drehte sich zu ihr um:

»Paulette und ich werden jetzt aussteigen und zu Fuß ins Dorf zurückgehen. Das merkt keiner. Wir lassen dich bei Peter, er ist ein Freund und wird dich zu Madame de Carlon bringen, für die du von nun an arbeiten wirst. Dort wirst du es gut haben, das verspreche ich dir.«

»Madame de Carlon?«

Der Name erinnerte sie an eine endlose Steinmauer.

Der Wagen fuhr langsamer, um schließlich am menschenleeren Straßenrand anzuhalten. Ehe Paulette ausstieg, sagte sie zu Ninon:

»Erzähl niemandem, was passiert ist. Niemandem, hörst du?«

Wie in der Schule hielt sie sich einen Finger vor den Mund, während sie sich mit der anderen Hand verabschiedete.

Das Auto, das ganz mit braunem Leder und Tropenholz verkleidet und unglaublich leise war, glitt weiter durch die Nacht, ohne zu beschleunigen. Als sie an Marius' Hof vorbeikamen, presste Ninon ihre Nase an der Scheibe platt und blickte gerührt über die verlassenen Felder, auf denen vor gar nicht so langer Zeit der Zug der Schnitter vorangerückt war.

Sie hing noch ihren Träumen nach, als der Wagen in einen Weg einbog und einige Meter weiter vor einem majestätischen Tor, hinter dem sich mehrere hundertjährige Bäume erhoben, anhielt.

Peter stieg aus und öffnete lässig die beiden Torflügel, ohne dass ihn der schreckliche Regen zu stören schien, durch den ihm das helle, nasse Haar an der Stirn klebte. Er trug einen seltsamen Mantel, an dessen Rückseite ein kurzes Cape befestigt war.

Als er zum Wagen zurückkam, beugte er den Kopf, um Ninon, von der hinter dem Vordersitz nur die Augen zu sehen waren, zuzulächeln.

Er zwinkerte und sagte, während er sich setzte:

»Jetzt sind Sie endlich da, Mademoiselle Ninon.«

Ninon erwiderte sein Lächeln mechanisch. Sie hatte noch nie einen so wunderlichen Mann gesehen.

Der Wagen fuhr noch eine ganze Weile weiter durch den prachtvollen Park, dann um ein großes, kreisrundes Becken herum, das hinter den Regentropfen verschwamm, und kam schließlich zwanzig Meter vor einem Haus zum Stehen.

Zunächst vergaß Ninon auszusteigen. Es war eigentlich kein richtiges Haus, sondern sah aus wie ein kleines, rosafarbenes Schloss, das von zwei Türmchen mit grünen, kegelförmigen Ziegeldächern flankiert wurde. Die Fassade durchbrachen zehn hohe Rundbogenfenster, deren Läden aussahen wie Flügel, die man den Fenstern verliehen hatte, um davonzufliegen.

Peter stieg rasch aus, lief um das Auto herum und öffnete Ninon die Tür, nachdem sie schon vergeblich den Griff gesucht hatte.

Gemeinsam gingen sie zu der imposanten, mit Schnitzereien verzierten Holztür. Peter ließ drei Mal den bronzenen Hammer aufschlagen.

»Sie werden am Dienstboteneingang erwartet«, hörte man auf der anderen Seite der Tür eine barsche, helle Stimme sagen.

Peter murmelte einige kurze Worte auf Englisch, die nach echter Verärgerung klangen. Er nahm Ninon wieder an der Hand, und so wateten sie im Regen um das Schloss herum, bis sie am Dienstboteneingang angelangt waren. Peter trat zurück, um Ninon in eine geräumige Küche einzulassen, in der Joséphine auf sie wartete. Als Ninon sie erblickte, flüchtete sie sich sofort in ihre schützenden Arme, wo endlich das Durcheinander an Gefühlen, das sich seit Monaten in ihrem malträtierten Herzen angestaut hatte, aus ihr herausbrach.

Peter hielt sich während dieses lang ersehnten Wiedersehens abseits. Ninons Schluchzen drang bis in das kleine Nebenzimmer, in das er sich geflüchtet hatte, und ging ihm sehr nahe.

Stammelnd berichtete Ninon zunächst ausführlich von den wilden Hunden und davon, wie quälend und kräftezehrend das viele Waschen für sie gewesen war, ehe sie sich getraute, deutlicher zu werden und von Cézaire zu sprechen. Als sie endlich die Worte dafür fand, schüttelte Joséphine den Kopf und tat so, als nähme sie die Sache auf die leichte Schulter.

»Weißt du, meine Kleine«, sagte sie, »es ist ja bekannt, dass Schweine nur selten alt werden, dass aber die Alten oft zu Schweinen werden.«

Ein schwaches Lächeln belebte Ninons verweintes Gesicht.

Etwas später gesellte sich ein heiterer Peter wieder zu den beiden, verbeugte sich vor Ninon und sagte mit einem ironischen Lächeln:

»Willkommen im Schloss, Mademoiselle Ninon.«

Worauf er irgendwo in dem weitläufigen Gebäude verschwand.

Plaudernd zog Joséphine Ninon eine Wendeltreppe hoch, die in die obersten Stockwerke des Schlosses führte, und ging mit ihr in ein ganz in Weiß gehaltenes Badezimmer.

»Madame de Carlon wünscht, dass ich dich von den Läusen befreie, falls du welche hast, ehe ich dich zu ihr lasse«, erklärte sie. »Komm her, du nimmst jetzt ein Bad, und dann gehe ich mit dem feinen Kamm durch dein Haar, genau wie beim letzten Mal, erinnerst du dich? Anschließend bringe ich dich zu ihr, und du wirst alles tun, was sie von dir verlangt, denn von heute an stehst du in ihren Diensten.«

»Werde ich nie wieder zu euch auf den Hof kommen?«

»Man darf dich dort nicht sehen. Niemals.«

Das Badezimmer war ein überraschender Anblick für Ninon, die sofort an den Rand der Badewanne trat, um zuzusehen, wie das dampfende Wasser einlief.

»Hier wirst du dich jeden Morgen waschen.«

»Jeden Morgen?«

»Jeden Morgen.«

Ninon schloss die Augen. Seit fast drei Monaten hatte sie sich nicht gewaschen, denn dort oben hätte sie es am Spülstein in der Küche tun müssen, vor Cézaire. Sie betrachtete sich, und in diesem Moment wurde ihr erst bewusst, wie schmutzig sie war. Dann war sie also dreckig und vermutlich stinkend in den schönen Wagen von Peter gestiegen. Vielleicht hatte er ja nichts bemerkt, schließlich hatte er gar nicht protestiert? Doch sie glaubte nicht daran, und es war ihr derartig peinlich, dass sie sich wünschte, ihm nie wieder zu begegnen. Sie hörte Joséphine kaum zu, die sie in die Geheimnisse von Zahnpasta und Nagelbürste einweihte:

»Hier musst du immer blitzsauber sein … Los, ab mit dir in die Wanne, und dann wasch dich.«

Beschämt schrubbte Ninon ihre Haut, als wollte sie sie abreißen.

Und das reichlich sprudelnde Wasser, mit duftender Seife vermischt, tat ein Übriges, um den Schmutz und Gestank des *Jas des Graïs* und schließlich sogar die Erinnerung an Cézaire fortzuspülen. Für Ninon war es wie eine Läuterung.

Madame de Carlon war eine ungewöhnliche Person. Sie hatte zweiundsiebzig Jahre hinter sich, die ihr weder den Rücken gekrümmt noch den Kopf gebeugt hatten. Jeden Morgen umschlang sie ihr üppiges weißes Haar mit einem schwarzen Haarnetz, das ihr über Genick und Schultern fiel und ihr eine gewisse Ähnlichkeit mit den Damen vergangener Zeiten verlieh. Sie hatte ein puppenhaftes Gesicht und die feine, rosige, fast faltenlose Haut jener Frauen, die stets unter Schutz und Schirm gelebt haben.

Madame de Carlon war die Witwe des Generals de Carlon, der einige Jahre zuvor gestorben war. Gestorben leider Gottes in seinem eigenen Bett und auch noch an einer banalen, fast demütigenden Erkrankung, worüber Madame de Carlon nur schwer hinweggekommen war.

Sie war eins jener farblosen, aber eingebildeten Wesen, die leben wie im Schlepptau eines Schiffes, sich mit dem Schmuck der Prinzen behängen und nachplappern, was Menschen von Geist sagen. Seit jeher hatte sie sich immer an irgendjemandes Rockschoß geklammert: an den ihres Vaters, den ihres Mannes und jetzt an den von Peter. An deren Ruhm gelehnt, gab sie sich selbst Bedeutung, aus deren Ideenreichtum schöpfend, redete sie hoch gelehrt daher und träumte nachts mit verzücktem Gesicht ihre Träume nach.

Von ihr selbst ging nie auch nur irgendetwas aus. Sie gehörte einer durch und durch unschöpferischen Spezies an. Geizig in Gelddingen, versteht sich, aber auch, was die Anteilnahme am Schicksal anderer betraf, arm an Ideen und unfähig zu echter Freundschaft. Mit einem Wort, das Herz dieser Frau war eine einzige Wüste.

Neben dem Schloss und dem dazu gehörigen Park besaß Madame de Carlon, die im Übrigen unermesslich reich war, alle Ländereien und Höfe in den Campestres und den Blaquières, darunter auch den

Hof, wo Marius als Teilpächter lebte. Zu ihren Angestellten zählten außerdem zwei spanische Flüchtlinge, Pilar und José, die hinten im Park wohnten.

José war 1937 aus Spanien nach Frankreich geflohen und 1943 in der Gegend um den Malay in den Maquis gegangen, der gegen die deutsche Besatzungsmacht kämpfte. Dort war er Peter Atkinson begegnet. Josés Mutter Pilar war ihm etwas später gefolgt. Seitdem ließ diese ungestüme, leidenschaftliche Frau, die keinen Mann mehr hatte, Wogen glühender Eifersucht über ihren Sohn hinweggehen. Als José einmal vom Heiraten gesprochen hatte und davon, seine Liebste zu sich in das winzige Haus zu holen, hatte Pilar gleich getobt:

»Dann willst du mich also verjagen und zusehen, wie mich vor deiner Haustür der Tod holt …«

José pflegte den Garten, hielt das Feuer im Kamin des Salons in Gang, erledigte die täglichen Einkäufe und fuhr den altmodischen Peugeot von Madame de Carlon. Pilar kümmerte sich um die Wäsche und putzte tagtäglich alle Böden, Möbel und Fenster, vom Keller bis zum Speicher. Sie putzte auch bei Peter Atkinson, den sie denselben Wogen der Leidenschaft aussetzte, die schon ihrem Sohn den Atem nahmen.

Wie ein kleines, entlegenes Eiland inmitten des Pazifiks, eine Festung, eine einsame Wolke am Himmel hielt das *Château de Carlon* oben auf seinem Hügel Abstand zu allen Menschen und Dingen, schirmte sich sogar gegen die unmittelbare Nachbarschaft ab. Es war eine geheimnisvolle Bastion, in der unsichtbare Seelen verweilten. Wenn die Bewohner von Mons auch wussten, dass dieses Schloss existierte, so konnten sich doch nur die wenigsten rühmen, einmal den Fuß über seine Schwelle gesetzt zu haben.

Die Idee, Ninon dort unterzubringen, war Pater Alfred gekommen, weil er manchmal zu Madame de Carlon ging, um sich für die Kirche einzusetzen.

In diesem Schloss verborgen, wäre Ninon, ohne die Gemeinde zu verlassen, so unauffindbar, als hätte man sie ans äußerste Ende von Feuerland verbannt. Vom Bürgermeister damit betraut, dort einen

Platz für sie zu finden, hatte der rechtschaffene Pfarrer im Gespräch mit Madame de Carlon sein gesamtes diplomatisches Geschick eingesetzt, den Sieg indes nur mit der Versicherung davontragen können, dass im Gegenzug alle Dienste kostenlos für Madame sein würden. Kostenlos. Genau dieses Wort hatte fallen müssen, denn unermüdliches, ja verbissenes Sparen war der liebste Zeitvertreib von Frau Generalin. Sie sparte an allem und jedem, am einfachen Putzlappen, der verschlissen wurde, bis er fadenscheinig war, am Dienstboten, der ausgenutzt wurde, bis blanker Hass ihn erfüllte. Madame de Carlon selbst beteuerte es lautstark: Sie wollte haushalten. »Haushalten« war eine Umschreibung, wollte man höflich bleiben, doch wenn ihrem Teilpächter Marius die Zornader anschwoll, sagte er über sie: »Die ist derart knauserig, dass sie sogar mit ihrer Spucke sparsam umgeht.«

Und weil die Dame für Düfte und Wohlgerüche ebenso unempfänglich war wie für das Leid anderer, verabscheute sie nach dreißig Jahren in der Provence Oliven und Knoblauch wie eh und je, verschmähte den Charme von Mons und wählte Cannes oder Monaco, um ihre Einkäufe zu tätigen. So verhielt es sich mit ihr nicht anders als mit ihrem Schloss: Wenn die Bewohner von Mons auch wussten, dass sie existierte, so waren doch nur die allerwenigsten ihr einmal begegnet.

Madame de Carlon hatte sich letztlich und vor allem deshalb bereit erklärt, Ninon im Schloss aufzunehmen, weil sie sich dort zu Tode langweilte. Das junge Mädchen, das Pater Alfred ihr unentgeltlich schickte, kam wie gerufen, um dem öden nachmittäglichen Müßiggang ihres ausklingenden Lebens ein Ende zu setzen.

Sobald sie gewaschen und entlaust war, zog Ninon ein schwarzes Wollkleid an, über dem Joséphine eine einfache Schürze aus weißem Leinen festband. Jetzt wagte Ninon endlich, die Frage zu stellen, die ihr auf der Zunge brannte:

»Wer ist denn der Herr, der mich in seinem schönen Auto von Timoléon weggeholt hat?«

»Das ist Peter, Peter Atkinson, ein sehr netter Engländer, dem Madame de Carlon ein Haus vermietet, siehst du, das Haus dort hinten. Der *Mas des Oliviers*. Er verbringt jeden Winter hier, um seine Bücher zu schreiben.«

»Bücher! Wie die Schulbücher?«

»Nein, dicke Bücher, Romane für Erwachsene.«

Ninon war tief beeindruckt. Sie blickte aus dem Fenster und sah, dass hinter der Mauer, die das Anwesen umschloss, am Hang des Nachbarhügels, vor einem kleinen Landhaus mit rosafarbenen Dachziegeln tatsächlich der rote Wagen stand.

»Das Haus mit diesem Becken?«

»Das Haus mit dem Schwimmbecken, in dem man baden kann.«

»Ist das nur für ihn?«

»Für ihn und seine Freunde, davon hat er nicht wenige. Manchmal kommt er uns auf dem Hof besuchen, er ist ein sehr liebenswürdiger Mann.«

Als Ninon bereit war, sagte Joséphine zu ihr:

»Vergiss nie, dass Madame jede Form von Verschwendung verabscheut. Pass immer gut auf, dass du nichts wegwirfst, was man noch gebrauchen kann. Ansonsten vertraue ich dir, ich weiß, dass du deine Sache gut machen wirst.«

Sie fuhr ihr mit der Hand durchs Haar, um es glatt zu streichen, und fügte hastig hinzu:

»Ach ja, eins habe ich vergessen! Hier musst du Französisch sprechen. Madame verabscheut das Provenzalische. Wirst du das schaffen?«

Ninon, die außer in der Schule noch nie Französisch gesprochen hatte, zögerte und verzog den Mund:

»Ich werde es versuchen.«

Joséphine begleitete sie zu einer prachtvollen, mit hellem Marmor verkleideten und mit Gemälden und Goldverzierungen geschmückten Galerie, die durch das ganze Schloss führte, von Norden nach Süden, vom Eingangsportal bis hin zu einer Terrasse, von der man einen herrlichen Blick über die wilde Hügellandschaft hatte, die sich dem Meer entgegenstreckte.

Auf halbem Weg trafen sie auf eine alte Frau, die sie mit vor der Brust verschränkten Armen erwartete. Sie hatte die schmalen Schultern eines jungen Mädchens und die breiten Hüften einer gestandenen Frau. Sie starrte Ninon an.

»Gehen Sie«, sagte sie zu Joséphine, ohne sie anzusehen.

Joséphine verschwand, und plötzlich stand Ninon allein vor der stattlichen Madame de Carlon.

»Wie heißt du?«

»Ninon.«

»Ninon und weiter?«

»Ninon Desanti.«

»Italienerin?«

»Mein Großvater stammte aus Kalabrien.«

Madame de Carlon schnitt eine verächtliche Grimasse, die sie Nase plus Brille noch höher tragen ließ.

»Wie alt bist du?«

»Dreizehneinhalb Jahre.«

»Wenn du mir antwortest, fügst du ›Madame‹ hinzu.«

»Ja, Madame.«

»Was kannst du?«

»Putzen, kochen … und ernten, Madame«, antwortete Ninon, während ihr das flüchtige Bild goldgelber Felder im gleißenden Sonnenlicht durch den Kopf schoss.

»Gut, du stehst in meinen Diensten, das weißt du. Also wirst du kochen. Geh und mach Tee, den wirst du mir bringen, sobald ich läute.«

Worauf Madame de Carlon sich abwandte und ihren Salon betrat.

Ninon stieß vier oder fünf Türen auf, ehe sie die richtige fand, die zur Küche führte. Mit unsicheren Schritten ging sie hinein und ließ sich auf einen Stuhl fallen. Sie war völlig durcheinander. Man hatte sie seit ihrer Flucht vom *Jas des Graïs* nicht eine Sekunde verschnaufen lassen. Seitdem waren ihr zu viele Dinge begegnet, zu viele und zu schnell. Und dann diese Frau, sie ahnte schon, wie schrecklich sie war, bestimmt genauso schrecklich wie Cézaire.

Und zu allem Unglück hatte sie weder eine Ahnung, was Tee überhaupt war, noch wie man ihn zubereitete.

Trotz ihrer Verwirrung sprang sie schließlich vom Stuhl auf, als ihr wieder einfiel, dass man nach ihr klingeln würde. Sie öffnete einen Spaltbreit die Türen eines Wandschranks, in dem sie zahlreiche sorgsam übereinander gestapelte und beschriftete Metalldosen fand. Rasch las sie, was auf den Etiketten stand, bis sie das Wort »Tee« entdeckte, das sie im Übrigen anders geschrieben hätte. Sie öffnete die Dose und war verdutzt. Die kleinen schwarzen Blättchen verströmten einen starken, eigentlich sogar unangenehmen Geruch, und sie fragte sich wirklich, was sie damit anstellen sollte. Dann sagte sie sich, dass es ein Aufguss sein musste, ganz bestimmt, und setzte Wasser auf. Sie verlor wertvolle Minuten durch die Suche nach dem Gasknopf und einem Topf. Der einzige, den sie aufstöbern konnte, war verrußt, zerbeult und wackelte am Griff... Das Wasser begann gerade erst zu kochen, als die Klingel ertönte.

Ninon erstarrte für einen Augenblick, dann warf sie hastig eine Hand voll Tee in den Topf.

Wieder ertönte die Klingel, diesmal ein wenig ungestümer und offensichtlich gereizt.

Also ging Ninon, die selbst gereizt war, zur Tür. Sie hatte Cézaire getrotzt, da würde sie wohl auch der Schlossherrin die Stirn bieten können.

Sie ging in den Salon und blieb stehen, kaum dass sie über die Schwelle getreten war.

Die Generalin saß an einem kleinen Tisch und beendete gerade eine Patience.

»Also?«

»Ich habe viel Zeit verloren, weil ich alles, was ich brauchte, erst suchen musste.«

Madame de Carlon war sprachlos. Als sie sich gefangen hatte, war sie allein, Ninon hatte sich schon wieder davongemacht.

Drei Minuten später kehrte Ninon zurück, mit ausgestreckten Armen einen großen Teller vor sich her tragend, auf dem sie eine Schale balancierte, die mit einem Tee-Absud gefüllt war, dessen scharfer Geruch bei Madame de Carlon nichts als Ekel erzeugte.

»Nichtsnutzig und dann auch noch frech.«

Ninon antwortete nicht. Sie starrte Madame de Carlon nur direkt an, mit jenem Blick, den ihr Vater nicht mochte. Dem Blick, der in ihre Augen trat, wenn sie wusste, dass sie unschuldig war und trotzdem tyrannisiert wurde.

»Bring das weg, und verschwinde in der Küche.«

Ninon kehrte in die Küche zurück und weinte ein wenig, mehr vor Müdigkeit als vor Kummer. Sie legte den Kopf auf die angewinkelten Arme und schlief ein.

Madame de Carlon weckte sie mit ihren klappernden Absätzen.

»Ich weiß nicht, was ich mit dir machen werde«, sagte sie. »Joséphine hat gesagt, du seist ein zupackendes Mädchen, aber jetzt zweifele ich daran.«

»Ich werde dazulernen, Madame.«

»Nun ja, dann lern erst einmal, deinen Mund zu halten, wenn man dich nicht gefragt hat.«

Nichtsdestotrotz schickte sich die Frau Generalin an, vor Ninons Augen neuen Tee zu bereiten, als wäre nichts dabei. Ninon fragte:

»Wo sind denn die Töpfe? Ich habe nur diesen einen gefunden, und der ist ganz alt und kaputt.«

»Er ist noch gut, schließlich erwärmt er sich und hat keine undichten Stellen.«

Mit dem Topf in der Hand stand Ninon da und wurde nachdenklich. Nicht einmal bei Cézaire waren die Töpfe in so schlechtem Zustand gewesen. Der hier ähnelte dem Behälter, in den Joséphine Körner füllte, um die Hühner zu füttern. Er hatte an der Stelle, wo der Griff befestigt war, ein Loch; hieß das, dass sie mehr gar nicht hineinzufüllen brauchte?

Madame de Carlon holte ein Tablett hervor, auf das sie die Teekanne stellte, eine Tasse mit Untertasse, ein Milchkännchen und etwas Teegebäck.

Während sie die Keksdose an ihren Platz zurückstellte, sagte sie:

»Es ist verboten, sich ohne meine Erlaubnis zu bedienen. Versuch nicht, mich zu hintergehen, das würde ich merken.«

»Darf ich um Erlaubnis für einen Keks bitten?«, fragte Ninon, die vor Hunger umkam.

Madame de Carlon reichte ihr einen Keks, mehr nicht, und machte die Dose wieder zu.

Wie hätte Madame de Carlon, die sich nur für ihre eigenen Geschicke ernsthaft interessierte, auch ahnen können, wie unwissend Ninon war und welches Durcheinander in ihrer Seele herrschte? Nein, sie kam gar nicht auf den Gedanken, dass andere Schicksale existierten als ihr eigenes, andere Lebensweisen als die ihrige, und das in unmittelbarer Nähe. So gleichgültig waren ihr das Dörfchen Mons und seine Bewohner mit all ihren Nöten.

Sie war nicht boshaft wie jemand, der zuschlägt, um wehzutun, auch nicht herablassend aus purer Lust, andere zu demütigen, nein, sie war einfach ignorant und von einer unglaublichen Gleichgültigkeit. Ninons Vergangenheit war ihr egal, weil es in ihrer Unfähigkeit, sich diese vorzustellen oder Anteil daran zu nehmen, nichts Natürlicheres für sie gab, als diese Vergangenheit nicht zu beachten.

Am Abend servierte Ninon der Schlossherrin Salat mit einer kalten Scheibe Fleisch, so dünn wie ein Eichenblatt, und musste sich selbst mit der gleichen Mahlzeit begnügen. Nicht einmal bei Cézaire hatte sie sich jemals mit derart knurrendem Magen schlafen gelegt.

Ninons Kämmerchen befand sich unter dem Dach. Obgleich dort eine lausige Kälte herrschte, fand sie es traumhaft, ganz in Weiß gestrichen und mit einem roten Plumeau auf dem Bett.

Bevor sie sich hinlegte, stützte sie die Arme aufs Fensterbrett und schaute hinaus. Der Himmel funkelte und glitzerte vor lauter Sternen, die aussahen, als seien sie ganz nah, und dort, zwischen den Platanenzweigen, sah sie auch den Mond, Abels Freund, höher und höher steigen. Ninon begrüßte ihn, nahm sein Licht in sich auf und begann zu träumen.

Abel, Yvon, Oma Mihoun … Seit Monaten hatte sie sie nicht gesehen. Drei lange Monate, deren Tage mit all ihren Widrigkeiten und

Nöten an ihr vorbeigerauscht waren und deren Nächte sie, die am Ende ihrer Kräfte war, so übermannt hatten, dass ihr nicht eine Sekunde blieb, sich ein wenig zu erinnern.

Als sie später einschlief, tauchte für einen flüchtigen Moment Peters Gesicht vor ihr auf, wie er sich zu ihr herabbeugte, dann hörte sie seine sanfte, durch einen leichten Akzent gefärbte Stimme, die zu ihr sagte:

»Willkommen im Schloss, Mademoiselle Ninon.«

Noch nie war ihr ein Mann begegnet, der mit Peter vergleichbar gewesen wäre. Kein Schnurrbart, keine ungeschliffenen, rüpelhaften Gebärden. Und noch nie hatte jemand sie mit »Mademoiselle Ninon« angesprochen.

Als sie am nächsten Morgen erwachte, stand die kalte, leuchtende Wintersonne schon hoch am Himmel. In ihrem ganzen Leben war sie noch nie in einen so tiefen Erschöpfungsschlaf versunken, kein Traum, keine Träne, nicht ein einziges Schaudern.

Als sie hinabstieg, erwartete Madame de Carlon sie am Fuß der Dienstbotentreppe:

»Die Bediensteten müssen früh aufstehen, ab morgen bist du um sieben Uhr in der Küche.«

Ninon entschuldigte sich und versprach Besserung. Das Frühstück bereitete sie dann unter den Blicken und Anweisungen der Generalin vor, die sie genau wie Cézaire unablässig beobachtete. So lernte sie, eine hauchdünne Schicht Butter auf einem zerbrechlichen Zwieback zu verstreichen, ohne ihn dabei zu zerkrümeln, und Tee zuzubereiten, bei dem für eine gefüllte Kanne eine kleine Prise Teeblätter ausreichte.

Weil Ninon manchmal zu einem gewissen Vorwitz neigte, kam ihr gleich der Gedanke, in Zukunft noch mehr Sparsamkeit an den Tag zu legen, als man von ihr verlangte. Bei der Vorstellung, wie sie die Butterschicht und die Teemenge noch weiter verringern würde, musste sie innerlich lächeln.

»Wenn du wissen willst, wie viel du essen darfst, brauchst du dich nur daran zu erinnern, was du für mich zubereitet hast. Aber auf keinen Fall mehr, vergiss das nicht.«

»Ja, Madame.«

Eine kleine, rundliche Frau mit zerzaustem Haar betrat die Küche.

»Das ist Pilar. Sie putzt hier und macht die Wäsche. Ihr Sohn José erledigt die Einkäufe. Und du wirst kochen, vornehmlich gut!«

Mit diesen Worten ging sie hinaus und verschwand in einem kleinen Arbeitszimmer, in dem sie sich jeden Morgen einschloss, um sich ihren Konten zu widmen.

Kaum dass sie fort war, sagte Pilar zu Ninon:

»Wenn man etwas Gutes kochen will, muss man auch gute Dinge hineintun! Aber Vorsicht, hier muss man Wunder vollbringen wie der liebe Gott: waschen ohne Wasser, heizen ohne Holz und Brot backen ohne Mehl«, sagte sie in einem merkwürdigen, mit Spanisch durchsetzten Provenzalisch. Dann schüttelte sie augenzwinkernd den Kopf und fing an zu lachen:

»Hosen schickt der liebe Gott immer nur denen, die gar keinen Hintern haben!«

Ninon stimmte in Pilars Lachen ein, doch die Spanierin setzte schnell wieder ein strenges Gesicht auf. Sie legte Ninon ihre dicke Hand auf die Schulter und sagte:

»Möge die heilige Jungfrau es gut mit dir meinen, mein Kind.«

Worauf sie mit Eimer und Besen verschwand.

Am Nachmittag stieg Ninon, nachdem sie das Mittagessen aufgetragen und abgeräumt hatte und Madame de Carlon ein wenig eingenickt war, für einen Augenblick in ihr Zimmer hoch, um sich aus dem Fenster zu lehnen. Von ihrem Platz aus konnte sie zwischen den nackten Ästen der Platanen das umliegende Land überblicken. Der Februar fing gerade erst an, aber die Luft war schon so mild wie im Frühling. In der Ferne konnte sie undeutlich einige grün schimmernde Feldstücke erkennen und musste sofort an Marius' weizenblonde Äcker denken. Da packte sie wieder jenes schaudernde Glücksgefühl, das sie bei der Ernte empfunden hatte, und es gab ihr einen Stich. Sie wusste mit Gewissheit, dass sie auf diese Momente uneingeschränkter Freude, die sie gemeinsam mit den Schnittern erlebt hatte, niemals verzichten wollte.

Auf einmal tauchten hinter der Umfassungsmauer, auf just diesen

Feldern, einige Bauern auf, die unter einem Olivenbaum zwei große Tücher ausbreiteten. Die Frau, die die Männer begleitete, kniete sich unter einem anderen Baum auf den Boden, um dort Oliven aufzulesen. Es herrschte eine so tiefe Stille, dass ihre Stimmen bis an Ninons Ohr drangen. Jemand lachte laut auf. Die Frau richtete sich wieder auf, streckte sich und rückte ihren Hut gerade. Ninon fuhr zusammen. Dieser Hut, den ein roter Seidenschal schmückte – ihn hätte sie unter Tausenden erkannt. Es war Joséphines Hut …

Verblüfft stellte sich Ninon auf die Zehenspitzen, um besser sehen zu können. Diese Menschen dort waren ihre Freunde und so nah, dass sie im Nu hätte bei ihnen sein können, wäre da nicht diese dumme Mauer gewesen. Jetzt erkannte sie auch den Hof, den Brunnen, die Scheune. Sie sah Marius, der sich zum Wipfel eines Baumes hochzog, und meinte sogar, den alten Bernard brummeln zu hören. Sie streckte ihre Wangen in die frische Luft, als könnte sie ihren Freunden damit näher kommen. Hinter ihrem kleinen Fenster von einem Bein aufs andere tretend, wäre sie für ihr Leben gern ausgeflogen aus ihrem goldenen Käfig, hin zu den Feldern, die einen geheimnisvollen Zauber auf sie ausübten. Als sie es gar nicht mehr aushielt, rief sie mit einer Hand winkend:

»Fine, Marius, ich bin hier!«

Sie sah, wie Joséphine sich aufrichtete, den Kopf zu ihr hin drehte, den Blick über die Schlossfassade schweifen ließ und sich wieder an die Arbeit machte, denn sie war zu weit entfernt, als dass man im Gewirr der Zweige jenen rosigen Flecken hätte ausmachen können, der Ninons Gesicht war.

Verdrossen ließ Ninon die Arme sinken und stellte die Fersen wieder auf den Boden. Sie stützte sich mit den Ellbogen aufs Fensterbrett und begnügte sich damit, jede Bewegung dort draußen zu verfolgen, als wollte sie sich diese Szenen eines Nachmittags im Leben der Olivenpflücker bis ins kleinste Detail einprägen. Schließlich sah sie, wie die Männer die schweren Tücher packten und die schimmernden Früchte, jenes kostbare Gut, in riesige, weit geöffnete Körbe gossen …

Ein herrisches Schellen, das ihr durch Mark und Bein ging, riss sie aus ihrem Traum.

Als Ninon im Salon eintraf, fragte Madame de Carlon sie ohne Umschweife:

»Kannst du lesen?«

»Ja, Madame.«

»Dann setz dich hier hin, nimm dieses Buch von Louis Bromfield und lies es laut vor. Meine Augen sind erschöpft.«

Ninon nahm das mit goldenen Lettern bedruckte Buch, schlug die erste Seite auf und las den Titel:

»*La Moisson.*«

Mit strahlendem Lächeln hob sie den Kopf. Aber Madame de Carlon kreischte schon:

»Nein, du Dummerchen, *La MOUsson*, heißt das, mit u, *La MOUsson!*«

»*La Mousson*«, wiederholte Ninon enttäuscht.

Während sie den Kopf senkte, verzog sie für einen kurzen Moment den Mund, ohne jedoch den Mut zu haben, nach der Bedeutung dieses Wortes zu fragen, dann schlug sie die nächste Seite auf und las:

»Erstes Kapitel.«

Als ihr Blick über das Blatt nach unten glitt, wurde ihr auf einen Schlag bewusst, welch grässliche Aufgabe sie erwartete. Der Text bestand aus fürchterlich winzigen Buchstaben, die sich auf so engen, ineinander verschwimmenden und unentwirrbaren Linien aneinander drängten, dass das Ganze vollkommen unleserlich war.

Ninon schluckte, ehe sie sich daran wagte, den ersten Satz zu entziffern; schließlich las sie ihn so vor, wie man eben liest, wenn man seine Schuljahre auf der Läusebank zugebracht hat.

»Es war der Moment des Tages, den Ransome am meisten liebte. Auf der Veranda sitzend, schlürfte er seinen Wi …«

»Whiskey!«, schnauzte Madame de Carlon.

»Seinen Wiski«, wiederholte Ninon.

»Hör um Gottes willen auf! Du kannst ja doch nicht lesen!«

Ninon antwortete nicht. Mit gesenktem Kopf, aber ohne jede

Scham, spürte sie, wie eine seltsame schlechte Laune von ihr Besitz ergriff, die durchaus etwas mit Empörung zu tun hatte.

Madame de Carlon riss ihr das Buch aus der Hand und begann ungeachtet ihrer Kurzsichtigkeit mit klarer, deutlicher Stimme die erste Seite vorzulesen.

»Sie lesen gut, Madame«, sagte Ninon träge, während ihre Gedanken unentwegt Reißaus nahmen, um bei Joséphine zu sein, gebückt unter ihrem Olivenbaum.

Madame de Carlon, der Ninons Kompliment merkwürdigerweise schmeichelte, verzog bescheiden den Mund und fuhr mit der Lektüre fort. Sie wählte genau den richtigen Ton, legte die nötige Ernsthaftigkeit hinein und las alles in allem wirklich bemerkenswert gut. Ninon lauschte den Worten, die aufeinander folgten wie ein Gesang, ohne dass sie auch nur versucht hätte, den Sinn zu begreifen. In aller Deutlichkeit sah sie Berge schwarz schimmernder Oliven vor sich, die aus großen, weißen Tüchern in schwere Körbe rieselten, und stellte sich vor, dass vielleicht noch der betörende Duft nach *anchoïade* über den Feldern hing.

»Das ist ein schwieriges Buch«, bemerkte sie schüchtern, als Madame de Carlon innehielt.

»Nun, mein liebes Kind, von jetzt an wirst du jeden Nachmittag bis zur Teezeit üben, Französisch zu lesen, anstatt untätig herumzusitzen. Ich möchte, dass du in einem Monat in der Lage bist, mir vorzulesen … auf gescheite Weise, versteht sich.«

Ninon, noch ganz auf den Feldern, getraute sich zu sagen:

»Ich würde auch gern Joséphine beim Olivenpflücken helfen.«

Madame de Carlon sah sie verdutzt an. Sie schüttelte betrübt den Kopf, dann setzte sie ein noch strengeres Gesicht auf:

»Und ich verlange von dir, dass du fehlerfrei lesen lernst. Das ist ein Befehl. Also los, an die Arbeit.«

Sie stand auf, ging zu ihrer Bücherwand, fuhr sanft mit den Fingerspitzen über die Buchrücken der aneinander gereihten, in Leder gebundenen Bände und wählte einen davon aus, der etwas schmaler war als die übrigen.

»Hier, setz dich dort hin und lies leise. Wenn du mit dem ersten Kapitel fertig bist, erzählst du mir den Inhalt.«

Ninon schlug das Buch auf und las den Titel: *Die Missgeschicke der Sophie*. Diesen Titel verstand sie wenigstens.

Sie quälte sich noch durch die erste Seite, als der Türklopfer betätigt wurde.

»Geh und mach auf.«

Es war Peter mit seinem spöttischen Blick und seinem verdrießlichen Lächeln, das sich aufhellte, sobald er sie sah:

»*Hello*, Mademoiselle Ninon. Läuft jetzt alles nach Ihren Wünschen?«

»Ja, Monsieur.«

Ihre Verwandlung verblüffte ihn. Aus dem schmutzigen, übel riechenden Kind war ein richtiges kleines Persönchen geworden, überaus hübsch und adrett in seiner Dienstmädchenkleidung. Er gab ihr seinen Mantel und ging in den Salon. Wie erstarrt, den schweren Mantel auf dem Arm, wurde Ninon bewusst, was man von ihr erwartete. Sie ließ den Blick über den ganzen Türrahmen schweifen und nahm aufmerksam alle Wände in Augenschein. Sosehr sie auch suchte, sie fand nicht einen einzigen langen Nagel wie bei ihren Eltern, nicht ein einziges Ziegenhorn wie bei Cézaire, an dem sie den Mantel hätte aufhängen können. Die leise Empörung, die schon eben in ihr hochgestiegen war, begann wieder in ihr zu kribbeln. In diesem Haus verbrachte man offensichtlich seine Zeit damit, ihr Aufgaben zu geben, die sie nicht erfüllen konnte.

Da sie nicht wusste, wohin mit dem Mantel, legte sie ihn quer über ein vergoldetes Konsoltischchen und betrat den Salon.

»Geh wieder in die Küche und mach Tee«, befahl ihr die Generalin schroff.

Ninon machte eine Kehrtwendung, der sie sogleich eine weitere folgen ließ, um mit klarer Stimme zu fragen:

»Soll ich auch weiterlesen?«

Madame de Carlon, für einen Moment aus der Fassung gebracht, begann schallend zu lachen:

»Ach ja, Peter, stellen Sie sich das mal vor, ich habe gemerkt, dass die Kleine so gut wie gar nicht lesen kann! Was hätten Sie denn an meiner Stelle getan? Ist es nicht meine Pflicht, ihr das Lesen beizubringen?«

Peter wandte sich ungezwungen zu Ninon um, die aufrecht im Türrahmen stand. Er stützte die Ellbogen auf die Lehne seines Sessels und betrachtete sie eingehend. Irgendetwas an ihr überraschte ihn. Ihre Haltung. Stolz, ja sicher. Aber das war nicht alles. Das eingezogene Kinn und der zornige Blick sprachen Bände: Wie ein rebellischer Prahlhans stand sie da, bereit, sich zu schlagen. Madame de Carlon ahnte nichts davon, aber er spürte es deutlich. Dieses kleine Persönchen hatte nichts von einer Gefangenen, die man unterdrückt und demütigt, wie es einem gerade passt. In diesem Augenblick befand sich Ninon in einem Zustand totaler, fast ungezügelter Rebellion.

Er lächelte ironisch und sagte:

»Natürlich muss man lesen können, wer würde denn sonst die Bücher lesen, die ich schreibe?«

Als Ninon kurz zu ihm herübersah, drückte alles in ihrem Blick aus, dass sie die Herausforderung annahm.

Um diesem Mann, der so anders, so liebenswürdig und angenehm in seinem ganzen Benehmen war, eine Freude zu bereiten, fühlte Ninon sich zu allem bereit. Warum sollte sie also nicht lesen lernen, wenn ihm daran gelegen war?

Wieder in der Küche, stellte sie mit einer Sorgfalt Teekanne, Milch und Tassen bereit, aus der ihr instinktiver Wunsch sprach, ihm zu gefallen.

Als das schwarze Tablett mit dem weißen Porzellan darauf bereit war, kam es ihr etwas trostlos vor. Sie ging in den Garten und pflückte ein paar Blumen und die Blätter eines purpurroten Alpenveilchens, die sie zwischen den Kannen und Tassen verstreute. Das Ergebnis war tadellos, wie sie fand. Sie stellte sich das Tablett auf den Handteller und schritt zum Salon.

»Himmel, was für eine schöne Dekoration! Da werde ich das herrliche Gefühl haben, dass ich meinen Tee im Garten zu mir nehme. Danke, Ninon.«

Rosig vor Stolz, hatte Ninon es nicht eilig, wieder umzukehren.

»Nun ja!«, sagte Madame de Carlon verkniffen, ohne die Augen von dem abscheulichen Frevel abzuwenden, den man an ihren nunmehr verstümmelten Blumen begangen hatte …

Ninon ging hinaus. Eine halbe Stunde später wurde wieder nach ihr geklingelt. Sie sprang auf und lief eilig durch die Eingangshalle, wo sie mit Madame de Carlon zusammenstieß, die ihren Gast zur Tür begleitete.

»Monsieur Atkinson hätte gern seinen Mantel.«

Ninons Blick wanderte zum anderen Ende des Raums, wo das Konsoltischchen stand. Der Mantel war heruntergerutscht und lag wie ein unförmiger Haufen zwischen den Scherben eines zersprungenen Porzellanfigürchens auf dem Boden.

»Mein Gott! Du machst aber auch nichts richtig!«

Und der Raum hallte von Vorwürfen und abschätzigen Bemerkungen wider, denen erst Peter Einhalt gebot:

»Es gibt überhaupt keinen Grund, daraus ein Drama zu machen, meine Liebe. Ich glaube, Sie haben nicht die leiseste Vorstellung, woher dieses Kind kommt. Im Haus von diesem Cézaire hat sie bestimmt nicht lernen können, wie man die Mäntel der Gäste aufhängt. Wie hätte sie denn auch darauf kommen sollen, wenn Sie es ihr nicht sagen! Ich ärgere mich über mich selbst, dass ich nicht von mir aus daran gedacht habe! Meine Liebe, Sie sollten Ninon einmal bitten, Ihnen etwas aus ihrem früheren Leben zu erzählen, ich bin sicher, dass Sie dann einiges verstehen werden.«

Madame de Carlon zuckte die Achseln, als wollte sie sagen, dass sie sehr gut leben konnte, ohne auch nur irgendetwas über Cézaires Manieren oder Ninons Vergangenheit zu wissen.

Da Madame de Carlon, immer noch über die Porzellanscherben gebeugt, weiter lamentierte und Ninon schluchzend die Flucht ergriffen hatte, bückte sich Peter, um seinen Mantel selbst aufzuheben.

Den ganzen Abend und bis spät in die Nacht hinein las Ninon

stotternd, mit roten Augen und dünnem, noch immer tränenerstickten Stimmchen *Die Missgeschicke der Sophie.* Sie kam nicht darüber hinweg, dass sie angesichts von Madame de Carlons Vorwürfen Schwäche gezeigt hatte. Nicht einmal vor Cézaires Beschimpfungen war sie weinend davongelaufen. Sonst nagelte der Zorn sie am Boden fest. Warum also? Warum, wo doch Peter sie verteidigt hatte, in bestimmtem Ton, aber ohne laut zu werden … ohne auf den Tisch zu schlagen wie ihr Vater …

Die ersten Seiten von *Die Missgeschicke der Sophie* gefielen ihr sehr, obwohl sie häufig die Bedeutungen der Wörter nicht kannte. Das erste Kapitel las sie sich dreimal laut vor. Als sie den Sinn verstanden oder erraten hatte, schloss sie das Buch und sagte:

»Arme Sophie.«

Ehe sie in tiefen Schlaf sank, wiederholte sie ein paarmal in einem Tonfall, den sie schon gut nachahmen konnte: »Was für eine schöne Dekoration! Da werde ich das herrliche Gefühl haben, dass ich meinen Tee im Garten zu mir nehme …« Und dann in einem anderen Ton: »Wie hätte sie denn auch darauf kommen sollen, wenn Sie es ihr nicht sagen!«

Von diesem Tag an setzte Ninon ihre ganze Energie daran, die kleine Flamme der Freundschaft, die sie in Peters Augen entdeckt hatte, wieder aufflackern zu lassen. Voller Unschuld und so, wie man sich in eine wärmende Decke hüllt, stürzte sie sich auf diesen Plan: Sie wollte die Aufmerksamkeit des Menschen auf sich ziehen, den sie auf der ganzen Welt am meisten bewunderte.

Da Peter schrieb, war es für sie unerlässlich, lesen zu können, und so suchte sie tausend Gelegenheiten, sich darin zu üben. All ihre freudlosen Tage hindurch stellte sie sich vor, wie sie ebenso brillant wie Madame de Carlon das Durcheinander an Buchstaben, die in dichtem Gedränge auf den Seiten der von Peter geschriebenen Bücher standen, deklamieren würde. Jenen Büchern, die sie im Bücherregal entdeckt hatte und die so maßlos dick und mit einem derart üppigen Vokabular ausgestattet waren, dass sie die Lektüre gleich nach dem ersten Satz aufgegeben hatte.

Sie schlug heimlich in einem alten Wörterbuch nach, dessen Seiten so dünn waren wie Seide, um die Bedeutung der Worte, die sie nicht kannte, herauszufinden. Sie stibitzte auch ein paar alte Zeitschriften, die sich auf den Regalen im Salon stapelten, um immer wieder die Artikel darin zu lesen, abends, vor dem Einschlafen.

Madame de Carlon begab sich um zehn Minuten vor zwölf zu Tisch. Das war etwas früh, doch sie zog es vor, dazusitzen und zu warten. Seit langer Zeit hatte sie aus Gründen der Sparsamkeit schon keine Köchin und auch kein Hausmädchen mehr. Und seit langer Zeit knabberte sie aus Gründen der Faulheit in ihrer Küche an Brotkanten und Käseenden, schlug sich den Bauch mit Teegebäck voll, um ihrem kräftigen Appetit Genüge zu tun, und lud niemanden mehr an ihren Tisch, nicht einmal Peter, aus Angst vor der eigenen Unfähigkeit am Herd. Sie verabscheute das Kochen und war höchst ungeschickt darin. Das wusste sie. Der General de Carlon, Gott hab ihn selig, hatte sich sein ganzes Leben lang hinlänglich darüber beklagt, damit sie es auch ja niemals vergaß.

Sie stützte die Ellbogen links und rechts von ihrem Teller auf den Tisch und legte unter dem Kinn die Hände übereinander. Gott sei Dank, dachte sie beglückt, Gott sei Dank, dass diese Zeiten vorbei waren, jetzt, da sie Ninon hatte. Und die Vorfreude auf die Mahlzeit, die gleich kommen würde, war so groß, dass sie erschauderte. Sie wunderte sich selbst darüber, musste aber zugeben, dass sie äußerst empfänglich für kleine Köstlichkeiten, Saucen und Naschereien geworden war. Das lag wahrscheinlich am Alter.

Als Madame de Carlon schließlich Ninons Schritte auf dem Marmor der Eingangshalle hörte, nahm sie eine aufrechte Haltung ein und setzte einen kühlen Blick auf, um ihre Ungeduld zu verbergen. Das köstliche Gratin, das Ninon mit ausgestreckten Armen herbeitrug, erregte ihre Aufmerksamkeit weitaus mehr, als ihr eigentlich lieb war. Sie widerstand der Versuchung, den Hals zu recken, um sich den Duft in die Nase steigen zu lassen, konnte aber nicht verhindern, dass ihr die Zunge genießerisch über die Lippen fuhr. Sie tat sich bereits auf, als der Anblick des noch leise köchelnden, goldbraun gebackenen Gratins plötzlich eine Angst in ihr aufkeimen ließ, die sie nicht unterdrücken konnte:

»Was hast du da reingetan?«

»Drei Auberginen, zwei Löffel passierte Tomaten, eine kleine Zwiebel und natürlich einen Tropfen Öl«, antwortete Ninon präzise und mit einem kaum merklichen Anflug von Frechheit in der Stimme.

»Und was noch?«

Der Ton war streng.

»Parmesan zum Überbacken, wie es sich gehört.«

Einige stumme Sekunden lang lieferten sich der horrende Preis des Parmesans und Madame de Carlons erregte Geschmacksknospen eine erbitterte Schlacht. Sie schluckte und rechnete, rechnete abermals nach und schluckte wieder den vielen Speichel hinunter, der durch den Duft des Gratins wie Wasser in ihrem Mund zusammenlief. Sie hätte gern protestiert, und sei es auch nur aus Prinzip, und sei es auch nur, um Ninon daran zu gewöhnen, es nicht zu übertreiben … Doch unter dem leuchtenden Blick, der auf ihr ruhte, fand sie nicht die Kraft, gegen ihre Esslust anzukämpfen. Jenem unschuldig-frechen Blick, über den ihr Giuseppe einiges hätte berichten können.

»Es ist gut«, sagte sie mit vor Ungeduld bebender Gabel.

Von nun an studierte Ninon jeden Nachmittag. Madame de Carlon fand großes Vergnügen an dieser pädagogischen Tätigkeit, die nicht nur die Zeit wie im Flug vergehen ließ, sondern ihr darüber hinaus die Überzeugung gab, dass sie in Peters Augen Barmherzigkeit übte.

Ninon musste laut vorlesen und einen Text fehlerfrei und ohne durchgestrichene Stellen abschreiben.

Währenddessen stützte sich Madame de Carlon mit den Ellbogen auf die Lehne des hohen Stuhls und beugte sich über Ninons Schulter. Nichts entging ihrem unerbittlichen Blick. Beim kleinsten Fehler wurde die Seite in jähzornige Schnipsel zerfetzt. Obgleich das weiße Papier, ein Geschenk von Peter, mit keinerlei Linien oder Rändern versehen war, verlangte sie von Ninon, ganz gerade zu schreiben, ohne dass die Wörter auf dem Blatt abstürzten oder aufwärts strebten.

Madame de Carlon ahnte nicht, welch ein Glück es für sie war, Ninon als Schülerin zu haben. Die tüchtige, stolze Ninon, die ihrem Freund Peter aufgefallen war. In ihrer Anmaßung glaubte sie, ihr eigenes Talent und ihre Strenge hätten gereicht, um dieses ungebildete Mädchen zu zähmen. Sie ahnte nicht, dass ihre Schülerin ihr nur selten zuhörte, ja ihre Worte kaum wahrnahm, und dass Ninon dasselbe, wenn nicht vielleicht sogar mehr getan hätte, wäre sie allein gewesen. So fruchtbar und stark war ihr Wunsch, Peters Bücher lesen zu kön nen. So groß war ihr Bedürfnis, ein Lächeln, auch wenn es nicht das strahlendste war, auf die Lippen des Autors zu zaubern.

Ninon war kurz davor, ihre bis dahin mustergültige Seite Schönschrift zu beenden. Doch auf der letzten Linie ließ ihre Aufmerksamkeit nach. Sie übersprang ein Wort und verdrehte einen Akzent. Madame de Carlon hob die Stimme und empörte sich, ohne zu begreifen, was eigentlich vor sich ging.

Im Grunde nichts. Es war nur so, dass der große Zeiger der Pendeluhr langsam aufwärts wanderte und die Uhr in Bälde fünf schlagen würde. Es war nur so, dass sich Ninons Blick heimlich abwandte, um den fast unmerklichen Aufstieg des Zeigers zu verfolgen. Es war nur so, dass ein junges Mädchen mit dem unbändigen Wunsch zu lieben sich fragte, ob sein Auserwählter auch heute zum Tee erscheinen würde.

Der Türklopfer schlug drei Mal. Die Feder erzitterte. Das war er.

»Bleib sitzen und schreib weiter«, befahl Madame de Carlon, die insgeheim davon träumte, bei ihrem heldenhaften Tun überrascht zu werden.

Sie wollte ihrem Freund um jeden Preis zeigen, wie verdienstvoll sie war, ihre Zeit diesem philanthropischen Werk zu widmen, und welches Talent sie dabei entfaltete.

Ninon hörte auf zu schreiben. Das war auch ratsamer, denn ihre zitternde Hand hätte das nächste Wort in Schräglage aufs Papier gebracht.

In der Eingangshalle umflatterte Madame de Carlon wie gewöhnlich Peter.

»Heute habe ich eine Überraschung für Sie«, kündigte sie an, »etwas, das Sie erstaunen wird. Sie erinnern sich doch noch an die krasse Unwissenheit dieser Kleinen, die beinahe nicht lesen und schreiben konnte?«

»Ninon?«, wunderte sich Peter.

»Natürlich, wer denn sonst?«

Als Peter den Salon betrat, sah er nur eine Flut schwarzer Locken, die Ohr und Wange verbargen und sich über ein Blatt Papier ergossen.

»*Hello*, Ninon!«

Ninon schaute auf, um Antwort zu geben, doch zwei breite Hüften schoben sich zwischen Peter und sie. Madame de Carlon nahm die beschriebene Seite vom Tisch, um sie stolz vorzuführen.

»Sehen Sie doch mal, mein Lieber, was ich in nur ein paar Tagen bei der Kleinen erreicht habe!«

»Großartig«, murmelte Peter, über die Seite Schönschrift gebeugt.

Dann nahm er sie selbst in die Hand, um sie näher zu betrachten. Als er den Kopf wieder hob, lächelte er ironisch:

»Wem muss man gratulieren, der Lehrerin oder der Schülerin?«

Madame de Carlon protestierte und brach, ihrer Sache sicher, in nachsichtiges Lachen aus.

»Ach, mein Lieber, wie grausam Sie heute mit Ihrem Humor sind!«

Und sie schwadronierte raumfüllend weiter: Bei all der Mühe, die sie sich gegeben hatte, konnte Peter sich doch wohl denken, dass Ninon ohne sie immer noch krakelig schreiben und lesen würde wie eine dumme Gans. Sie erläuterte ihre pädagogischen Kniffe und betonte vor allem ihre unnachgiebige Strenge.

Peter, der keine Gefühlsregung zeigte, amüsierte sich königlich. Er blickte zu Ninon, doch wieder sah er nichts als eine regungslose Flut von Locken.

»Und was halten Sie von Ihrer Schülerin? Ist sie mit gutem Willen bei der Sache?«, fragte er schließlich.

Madame de Carlon verschlug es die Sprache. Hatte sie richtig gehört? Waren sie hier, um über Ninon zu sprechen?

Mit einer gereizten Handbewegung, die ihre Gedanken verriet, schickte sie ihre Schülerin in die Küche zurück:

»Geh und koch Tee.«

Dann wechselte sie das Gesprächsthema.

Als Ninon später das Tablett brachte, sagte Peter spaßhaft, doch mit der ernsthaften Absicht, sie zu ermutigen:

»Machen Sie weiter so, meine kleine Ninon, vielleicht werden Sie eines Tages die Bücher schreiben, die ich Ihnen diktiere ...«

Madame de Carlon, der die verräterische Ironie seines Vorschlags nicht entgangen war, brach in nervöses Lachen aus.

Seit diesem Gespräch fand Madame de Carlon, die ihrer Aufgabe schon überdrüssig und wahrscheinlich enttäuscht von Peters mäßiger Begeisterung war, nicht mehr die gleiche Freude daran, Ninon beim Lernen zu beaufsichtigen. Die Schreibübungen wurden immer seltener, bis sie ganz eingestellt wurden. Stattdessen schlug Madame de Carlon Ninon vor, mit ihr Karten zu spielen.

»Welche Spiele kennst du?«

»Maumau, Treffbube und *crapette*«, antwortete Ninon verdutzt, wobei ihr die Sitzungen mit Cézaire schlagartig wieder zu Bewusstsein kamen.

Und genau wie er entschied sich Madame de Carlon für *crapette*.

Ninon saß auf der anderen Seite des kleinen, viereckigen Tischs und ließ die Beine baumeln. Nachdem Madame de Carlon die Karten gemischt hatte, rieb sie sich genüsslich die Hände.

Ninon war schlechter Laune. Sie hasste dieses Kartenspiel und hätte lieber beim Diktat fehlerfrei schreiben geübt. Nicht im Traum wäre sie darauf gekommen, dass Peter sie an jenem Nachmittag vielleicht aufgezogen haben könnte, als er sagte, dass er ihr eines Tages womöglich seine Texte diktieren würde. Sie dachte nur noch daran, sich auf diese Aufgabe vorzubereiten, und ärgerte sich schwarz, dass sie es nicht allein konnte.

»Ich würde gern ein Diktat machen«, bat sie.

»Na, na, na, das kannst du jetzt gut genug.«

Crapette zu spielen war umso verdrießlicher für Ninon, als Madame de Carlon, in dieser Hinsicht nicht anders als Cézaire, keine Niederlage ertrug und unentwegt mogelte, um nicht zu verlieren. Nach gänzlich eigenem Ermessen erfand sie die Spielregeln neu oder ließ störende Karten heimlich verschwinden … Weil Ninon nicht den Mut hatte, diese imposante Frau bloßzustellen, tat sie für gewöhnlich so, als fiele ihr nichts auf. Doch dieses Mal war sie aufs Äußerste gereizt.

Madame de Carlon fing an. Sie legte ihre Karten auf den Tisch, wobei sie sich wie üblich »verzählte«. Ninon eröffnete die Feindseligkeiten, ohne sich zu fragen, wohin das führen würde.

»Da fehlen zwei«, sagte sie mit klarer, tönender Stimme.

»Ach, was!«

»Zählen Sie nach, dann werden Sie sehen«, beharrte Ninon.

Madame de Carlon zählte nach und rief aus:

»Du hast ja Recht! Wie dumm von mir! Ich muss wohl zu schnell gezählt haben.«

Der Zwischenfall war erledigt, aber Ninon blieb wachsam.

Als sie an der Reihe war, stand ihr das Glück zur Seite. Sie konnte acht Karten ablegen, ehe Madame de Carlon weiterspielen durfte, der das Glück leider weniger hold war. Die Herz-Zehn, die sie aufgedeckt hatte, ließ sich einfach nirgendwo ablegen. Ninon rutschte auf ihrem Stuhl herum und spitzte die Zunge. Sie wusste, dass der Zwischenfall, mit dem sie rechnete, nicht lange auf sich warten lassen würde.

Die Herz-Zehn zwischen den Fingerspitzen, ließ Madame de Carlon ihre Hand mit beunruhigter Miene über die auf dem Tisch liegenden Karten gleiten, um plötzlich ungeniert den Arm abzuknicken, sodass die Karte zwischen ihrem Bauch und dem Tischrand baumelte. Als wollte sie nachdenken … Ihre jetzt nicht mehr sichtbaren Finger ließen die Karte los, die trudelnd zu Boden fiel, während die Hand wieder auftauchte, leer und bereit fortzufahren.

»Sie glauben wohl, dass ich nichts gesehen habe!«, sagte Ninon mit funkelnden Augen.

Und da Madame de Carlon erstaunt tat, erhob sich Ninon, las die Herz-Zehn vom Boden auf und warf sie quer über den Tisch.

Madame de Carlon nahm Ninon ihre Frechheit äußerst übel und schickte sie zurück in die Küche. Dann ging sie wieder zu ihrem Sessel, nahm Platz, sah auf die Uhr.

Und seufzte.

Ninon stieg in ihr Zimmer hinauf und stützte die Ellbogen auf die Bank ihres kleinen Fensters. Dort unten wurden weiter Oliven gepflückt. Sachkundig, wie sie inzwischen war, vertrieb sie sich die Zeit damit, die Abfolge des Geschehens und jede von Fines Bewegungen vorherzusagen. Um ihr wenigstens im Geiste zu helfen, schloss sie die Augen und machte sich auf und davon zu den Feldern, wo sie unter die Zweige schlüpfte, ohne dass auch nur einer sich über ihr Erscheinen wunderte. Sie kletterte am Gerüst hinauf und schlug auf die Äste. Sie hörte die Oliven auf das Tuch prasseln wie Hagel auf einen Weg …

Ein Klingelzeichen bedeutete das Ende ihres kleinen Ausflugs. Sie musste den Tee zubereiten. Einen trostlosen und höchst betrüblichen Tee ohne Peter.

Einige Tage später erhielt Ninon von Madame de Carlon, die einfach so tat, als hätte sie alles vergessen, den Befehl, Rommé zu lernen. Ninon ließ sich durch einen unwilligen Seufzer ihren Überdruss anmerken, ehe sie erneut auf das Diktat zu sprechen kam, sich jedoch nur eine schneidende Absage einholte.

Eines Nachmittags schließlich, es gewitterte, und die elektrischen Ladungen, die aus den Wolken herabzuckten, hatten gewiss zu Ninons gereiztem Zustand beigetragen, weigerte sie sich kategorisch, auch nur irgendein Kartenspiel zu spielen. Madame de Carlon kochte vor Wut, schlug genauso bösartig wie Cézaire mit der Faust auf den Tisch, drohte und tobte, tat jedoch nicht, was die logische Folge hätte sein können: Ninon zurück zu ihrem Vater zu schicken.

Ganz im Gegenteil, gleich am nächsten Tag schlug sie ihr ein Diktat vor, dem eine Partie *crapette* folgen sollte. Ninon ging darauf ein.

Es bestürzte sie, wie ähnlich sich Cézaire, dieser arme Bauernrüpel, und Madame de Carlon, die reiche Dame von Welt, letztlich in ihrer Einsamkeit waren. Die alte Schlossherrin zeigte sich genauso bereit wie der Hausherr im *Jas des Graïs*, lieber auf einige ihrer Privilegien zu verzichten, als ihre unbezahlte Köchin zu verlieren, dieses Mädchen, das interessant genug war, ihr all die öden, endlosen Nachmittage hindurch Zerstreuung zu bieten.

Eines Morgens erwartete Madame de Carlon Ninon am Fuß der Treppe, um ihr zu sagen:

»Ich fahre nach Cannes. In der Zeit wirst du in der Küche den Boden wischen und die Fenster putzen.«

»Ganz recht, Madame«, antwortete Ninon.

Tatsächlich schritt Madame de Carlon etwas später in einem grauen, am Kragen leicht abgewetzten Pelz durch die Marmorgalerie, hinter sich eine Wolke von Parfüm. Vor der Freitreppe wurde sie von José erwartet, der neben einem Wagen mit blitzender Karosserie stand.

Etwas Vergleichbares hatte Ninon noch nie gesehen: Lustig sah das Ding aus, sonderbar kantig und irgendwie staksig auf den großen, schmalen Rädern, die an ein Fahrrad erinnerten …

»Das ist ein Wagen, der stammt noch aus der Zeit vor dem Krieg 1914«, übertrieb Pilar, die gerade dazukam. »Damit er anspringt, muss mein Sohn kurbeln, bis ihm fast der Arm abfällt! Mal ganz zu schweigen davon, wie sehr er sich schämt, mit so einem Blechhaufen durch die Gegend zu fahren. Den muss man um jede Kurve regelrecht tragen. Die werden gut und gern drei Stunden bis Cannes brauchen, und für den Rückweg nicht weniger!«

»Aber er fährt noch, warum also einen neuen kaufen!«, sagte Ninon, Madame de Carlons Stimme imitierend.

Ninon begriff nicht sofort, was dieser unerwartete Aufbruch für sie bedeutete. Erst als sich das Portal hinter dem vierrädrigen Monstrum schloss, wurde ihr die ganze Tragweite bewusst. Sie war endlich frei – allein im Schloss, konnte sie selbst über ihre Zeit bestimmen und darüber, wo sie sich aufhielt.

»Ich mache jetzt blitzschnell die Küche sauber, und dann gehe ich mit Joséphine Oliven pflücken! Sagen Sie, Pilar, um wie viel Uhr werden die beiden zurück sein?«

»Wenn alles gut geht, nicht vor dem Abend. Aber man muss immer mit allem rechnen. Manchmal kommt es vor, dass Madame unterwegs ihre Meinung ändert …«

Ninon hörte, weil ihr das am gelegensten kam, nur den Anfang des Satzes und nicht das Ende. Vor Freude zog sie eine Grimasse, in der Pilar fälschlicherweise Enttäuschung las.

»Geh schon, Kindchen, geh ruhig zu Marius, ein bisschen frische Luft schnappen. Du Ärmste hast es wirklich verdient, dir etwas die Beine zu vertreten, die lässt dich ja nie raus. Aber du gehst besser gleich zum Pflücken. Geh ruhig, ich werde in einem Aufwasch auch die Küche putzen, die es im Übrigen gar nicht nötig hat.«

Ninon fiel Pilar um den Hals. Dann lief sie hinauf in ihr Zimmer und zog ihr Stadtkleid aus, um sich das Kleid fürs Feld überzuziehen. Sie verrenkte sich die Glieder, um hineinzukommen, denn ihr Körper hatte sich verändert. An der Hüfte platzte eine Naht, doch Ninon zuckte nur mit den Schultern. Das war nichts, was sie aufhalten würde. Sie stürmte die Treppe hinunter, gab Pilar im Vorbeilaufen noch einen Kuss und lief zum Portal.

»Wohin gehst du? Dort ist zu! Kennst du denn die Tür hinten im Park nicht? Warte, ich führ dich hin.«

Pilar und Ninon nahmen einen kleinen Pfad, der zu einem Haus führte, das versteckt am Ende des Waldes lag. Links davon befand sich eine kleine Eisentür. Pilar stellte sich auf die Zehenspitzen, nahm den Schlüssel vom Türsturz und schloss auf.

»Hier, nimm den Schlüssel. Behalt ihn und schließ hinter dir ab. So kannst du zurückkommen, wann du willst. Aber nicht zu spät, vergiss das nicht!«

Ninon hörte gar nicht mehr hin, sondern war schon auf und davon, kaum dass sie einen Fuß über die Schwelle gesetzt hatte. Sie lief quer über die Felder, sprang über Mauern und Büsche, bis sie den Hof von Marius erreichte, wo sie sich endlich, am ganzen Leib zitternd, an Joséphines Schürze schmiegte.

»Ich gehe mit euch Oliven pflücken, Madame de Carlon ist weggefahren und kommt erst heute Abend wieder!«, rief sie aufgeregt und spielte die ganze Ungewissheit, die diesen großen Moment der Freiheit begleitete, auch vor sich selbst weiter herunter.

Joséphine zog sie rasch ins Haus, ehe sie zu schimpfen begann: »Menschenskind, ich habe es dir doch schon einmal gesagt, niemand darf dich hier sehen! Stell dir bloß mal vor, was für einen Aufstand dein Vater machen würde, sollte er unglücklicherweise erfahren, dass du bei uns bist. Er sucht dich noch immer überall!«

Der Wunsch, wieder bei Joséphine und Marius zu sein, war so groß, dass Ninon das vergessen hatte.

»Meine arme Kleine, du kannst nicht hier bleiben, versteh das doch!«

Ninon schüttelte den Kopf, während unter ihren gesenkten Lidern die Tränen hervorquollen.

»Neulich habe ich euch vom Fenster aus beim Pflücken zugesehen. Ich würde so gern einmal mit dabei sein, nur ein einziges Mal!«

»Aber irgendwann wird bestimmt jemand auf der Straße vorbeigehen und näher kommen, um uns zu begrüßen. Der Briefträger, ein Nachbar, ein Jäger. Dieser Jemand darf dich nicht sehen!«

Marius und Bernard, der Großvater, die am Tisch ihr Frühstück aus Brot und Speck einnahmen, schienen nicht zuzuhören. Doch schließlich stand Marius auf und sagte einfach:

»Wir könnten auf den Feldern weiter unten pflücken, weit weg von der Straße. Wenn jemand vorbeikommt, werde ich ihn vom Baum aus früh genug sehen.«

»Und was ändert das?«

»Dann hat sie Zeit, sich zu verstecken.«

»Und wo?«

»Weiß ich auch nicht, aber da werden wir schon etwas finden. Was ich allerdings weiß und was mir gefällt, ist, dass dieses Mädchen

Oliven pflücken will, anstatt herumzulungern wie die anderen jungen Leute in ihrem Alter. Das darf man ihr nicht verwehren.«

»Ganz recht«, meinte Bernard zustimmend. »Auch die Olivenbäume brauchen junge Leute um sich herum. Und weil ich heute müde bin, passt mir das gut, ich werde aufpassen.«

Sogleich stiegen sie ins Tal hinab zu den Feldstücken, die am tiefsten gelegen waren. Kurz darauf gesellte sich Jules, ein Nachbar, der ebenfalls Halbpächter von Madame de Carlon war, zu ihnen, um wie gewohnt beim Pflücken zu helfen.

»Mach dir keine Sorgen«, sagte Joséphine zu Ninon. »Der ist ein Freund, er spielt Akkordeon, und ansonsten ist er stumm wie ein Stein, der am Wegrand liegt.«

»Ochsen kriegt man bei den Hörnern zu fassen, Menschen bei einem falschen Wort«, bekräftigte Jules augenzwinkernd.

Und dann war er da, der glückselige Moment, dem Ninon entgegengefiebert hatte. Sie lernte von Joséphine, jede auf den Boden gefallene Olive flink in die hohle Hand zu nehmen. Dann begann sie, an den Zweigen zu rütteln, damit die Früchte herabregneten, oder sie, oben auf dem Gerüst stehend, von den Ästen zu streifen, wie sie es sich in ihren Tagträumen vorgestellt hatte. Jede Kleinigkeit brachte sie zum Lachen, eine Olive, die ihr auf den Kopf fiel, ein Zweig, der ihr ins Gesicht schlug. Es war die reinste Freude, mit anzusehen, welche Energie sie bei all dem entfaltete. Marius und Bernard, die oben die Baumkrone stutzten, hielten einen Moment inne, um ihr zuzusehen, und lächelten sich in stillem Einvernehmen zu.

Die Stunden vergingen. Schon waren zwei schwere Körbe prall mit Oliven gefüllt.

Es wurde Zeit, eine Pause zu machen und sich zu stärken. Da es angenehm warm war, beschlossen sie, auf dem Feld zu bleiben. Joséphine zog das Tuch von ihrem Korb und holte ein riesiges Omelett daraus hervor, das wunderbar saftig war und nach Morcheln duftete.

Sie saßen im Kreis auf dem Tuch wie bei einem Picknick, wenn auch nur einen Katzensprung von zu Hause entfernt. Ninon blickte in die Runde. Genauso wie damals bei der Weizenernte ließen sich alle genüsslich die warme Luft um die Nase wehen, ehe sie zusammenrechneten, wie viele Oliven schon gepflückt und wie viele wohl noch zu pflücken waren.

»Das hier werden an die zehn Zentner, und die beiden Bäume dort vielleicht noch mal fünf Zentner.«

Aus dem anderen Korb zauberte Joséphine knusprige provenzalische Krapfen hervor, von denen die Münder der Pflückerinnen im Nu mit weißen Schnurrbärten verziert waren, während von den Bärten der Pflücker weiße Fäden herabhingen.

Jules, der Diabetiker war, drehte dem Korb den Rücken zu und nahm sein Akkordeon, um mit zurückgeworfenem Kopf einen Walzer anzustimmen.

Doch im Februar sind die Tage noch kurz. Um auch nicht eine Minute Sonnenschein zu verlieren, machten sie sich, jeder noch an seinem letzten Bissen Krapfen kauend, wieder an die Arbeit.

Während Joséphine die ölig glänzenden Oliven wie Hagelkörner von den Zweigen prasseln ließ, gab sie Ninon das Rezept für die Krapfen. Strahlend und begierig, alles zu lernen, alles gut zu machen, hörte Ninon ihr zu. Dann sprang sie auf, um mitzuhelfen, ein allzu schwer gewordenes Tuch hochzuheben, streckte sich, um noch ein paar Früchte hineinrollen zu lassen, sortierte Blätter und kleine Zweige aus und sammelte schließlich die abgeschnittenen Äste ein. Sie war nicht zu bremsen. Flink wie drei Pflückerinnen kostete sie den eigenen Tatendrang aus, wie man sich einem Genuss hingibt, von dem man weiß, dass er nicht von Dauer sein wird.

Die Sonne verschwand im Handumdrehen hinter den Hügeln.

»Gott behüte! Es wird gleich dunkel, ich muss los!«

»Warte einen Moment«, sagte Joséphine, während sie Ninon an der Schulter zurückhielt. »Am Sonntag hat man mir auf dem Markt erzählt, dass es Mihoun Gangacette nicht gut geht. Sie hat wohl hohes Fieber …«

»Oma Mihoun?«, wiederholte Ninon wie vor den Kopf geschlagen.

Und kehrte mit kleinen Schritten zur Eisentür zurück.

Oma Mihoun?

Seit wann hatte sie nicht mehr an sie gedacht? Richtig an sie gedacht? Nicht beiläufig, nicht zwischen zwei Sätzen oder nach einem zerstreuten Seufzer.

Richtig?

Seit langer, langer Zeit. Sie versuchte, sich genau zu erinnern, doch sie musste so weit in die Vergangenheit zurückgehen, dass es ihr nicht gelang. Dabei war es ganz einfach: Sie hatte nicht mehr richtig an Mihoun gedacht, seit Peters lachende Augen ihr Abend für Abend gute Nacht wünschten und jede Erinnerung an die Zärtlichkeiten früherer Zeiten hinweggefegt hatten.

Als sie die kleine Tür, durch die sie hinausgelangt war, öffnete, stand ihr unverhofft Pilar gegenüber:

»Ah, da bist du ja endlich! Du lieber Himmel, was für eine Katastrophe! Madame ist seit einer halben Stunde zurück, sie hat dich überall gesucht, und jetzt steht sie vor der Tür Wache! Du Ärmste! Wenn du sie sehen würdest, die macht ein Gesicht schlimmer als drei Tage Regenwetter! Sie darf auf keinen Fall erfahren, dass du bei Marius warst, sie ist so wütend, dass sie ihn glatt vom Hof schmeißen könnte!«

»Vom Hof schmeißen?«

»Ja doch, der Hof gehört ihr! Wie übrigens alles andere auch! Lauf schnell, Kindchen! Geh wieder durch die Eisentür und nimm den Weg, der nach rechts führt. Lauf ihn ganz hinauf, am Ende wirst du ein Haus sehen, da wohnt Peter. Red mit ihm, er ist gewieft, ihm wird schon eine Erklärung einfallen, mit der sich das alles einrenken lässt. Und lass am besten ihn reden. Wenn er etwas sagt, hat die Chefin nie was dagegen einzuwenden.«

Ninon gehorchte und lief bis zu Peters Haus, das sie dank des davor parkenden roten Jaguars mühelos erkannte. Sie klopfte an die Tür. Niemand antwortete. Bei der Vorstellung, dass Joséphine und Marius sich vielleicht ihretwegen auf der Straße wiederfinden würden, bekam sie es fürchterlich mit der Angst zu tun. Sie hämmerte mit aller Kraft weiter gegen die Tür.

Schließlich öffnete Peter. Er trug ein weißes, zerknittertes Hemd und eine Kordhose. Seine Haare waren ungekämmt, und er sah traurig aus. Dennoch lächelte er, als er Ninon erkannte, und musste lachen, als sie ihm stammelnd ihre Geschichte erzählte:

»Kommen Sie herein, Ninon, und erzählen Sie mir das alles noch einmal in Ruhe. Möchten Sie etwas Orangensaft? Der wird Ihnen vielleicht helfen, klarer zu sehen.«

Ninon antwortete nicht.

»Verzeihen Sie mir, ich weiß schon, bei Cézaire gab es keinen Orangensaft, und im Schloss gibt es auch keinen ... Also los, kommen Sie herein, ich lade Sie zu Ihrem ersten Glas ein.«

Er führte sie in einen tiefen, gewölbten Raum, der aus geheimnisvollen Lichtquellen erleuchtet wurde und in dem sich vor den goldgelben Steinwänden Bücher über Bücher stapelten. »Das sind ja Hunderte, vielleicht Tausende von Büchern«, sagte sich Ninon verblüfft. Ein langer Schreibtisch und zwei schwere Sofas aus braunem Leder standen in der Mitte des Raums, in dem ein großes Glasfenster den Blick auf die Hügel und über das Meer freigab.

»Wie schön das ist«, staunte Ninon.

Dann trank sie in einem Zug ihren Orangensaft aus und erzählte mit noch feuchten Lippen, wie sie ausgerissen und in welche Falle sie geraten war.

Während Peter ihr zuhörte, sog er den Rauch seiner Zigarette ein und lächelte still:

»Gut, dass Sie zu mir gekommen sind«, sagte er schließlich, als sie am Ende ihrer Schilderung angelangt war. »Ich möchte nicht, dass mein Freund Marius wegen dieses heimlichen Olivenpflückens irgendwelche Unannehmlichkeiten hat. Also, was kann ich mir für eine Geschichte ausdenken, um die Sache wieder einzurenken?«

Ninon saß auf der Kante eines der Ledersofas und sah sich um. Alles war schön hier, lichtdurchflutet und beschaulich. Erstaunt fiel ihr Blick auf die riesigen Teppiche, die die Steinplatten bedeckten. Sie beugte sich hinab, um die Wollfädchen und die bunten, ineinander verschlungenen Linien, die das prachtvolle Muster ausmachten, genauer zu betrachten. Als sie, immer noch gebückt, eine dieser schwungvollen Linien bis zu ihrem Ende verfolgte, traf ihr Blick plötzlich auf ein Paar schwarzer, genagelter und völlig verstaubter Holzpantinen, aus denen zwei magere, bleiche Beine emporragten wie weiße Kerzen aus einem Leuchter. Der Kontrast war so schreiend, dass ihr zum ersten Mal bewusst wurde, wie wenig anmutig ihr Aufzug war. Sie errötete und versuchte ihre Beine samt eisenbeschlagener Schuhe irgendwie zu verbergen, wozu sie an ihrem Kleid zog … Doch das war zu kurz und so eng, dass es ohnehin schon aufgeplatzt war … Als sie den hochroten Kopf wieder hob, sah Peter in die andere Richtung.

Dann schenkte er sich ein zweites Mal ein, was er mit gemessenen, eleganten Bewegungen tat. Seine weißen, langen Hände faszinierten Ninon. Während sie sie betrachtete, vergaß sie darüber alles andere, ihre Pantinen, Oma Mihoun und Madame de Carlons Zorn. Während sie sie betrachtete, dehnte sich die Zeit, veränderte sich. Es wäre ihr lieb gewesen, wenn sie in diesem Moment ganz stehen geblieben wäre und sie davor bewahrt hätte, diesen Ort wieder verlassen zu müssen.

Die Ellbogen auf die Oberschenkel gestützt, mit gefalteten Händen und gesenktem Kopf, dachte Peter nach. Dann ließ er den Kopf auf die Rücklehne des Sofas sinken und starrte zur Decke mit dem prächtigen Gewölbe, als suchte er dort eine Eingebung. Für einen Moment schien sein Blick durch den Raum zu schweben. Wenn Peter sich auf solche Weise entfernte, die Menschen und Dinge einfach hinter sich ließ, legte sich eine Art Nebel auf seine Augen, den Ninon jetzt zum ersten Mal voller Überraschung wahrnahm. Ein Schleier, den er, sobald er sich beobachtet fühlte, zur Seite schob, damit sein Blick wieder in tiefes Blau gehüllt war. Und man glaubte, geträumt zu haben.

Er erhob sich mit einem Satz und sagte mit klarer Stimme:

»Kommen Sie, ich nehme Sie in meinem Auto mit, wir werden für eine triumphale Rückkehr ins Schloss sorgen.«

In einer freundschaftlichen, komplizenhaften Geste legte er Ninon die Hand auf die Schulter.

»Vergessen Sie nicht, was wir heute Nachmittag unternommen haben: Ich habe Sie abgeholt, weil mein Freund, der berühmte Maler Christian Sorre, eine junge Bäuerin als Modell suchte. Ich selbst habe Sie gebeten, dieses frühlingshafte Kleid anzuziehen. Sie haben zwei volle Stunden hier unter einem Olivenbaum Modell gesessen, dann haben wir Tee getrunken. Dieser Freund ist ein leicht ergrauter Herr, er raucht Pfeife und ist vulgär, wenn er redet, aber im Grunde redet er kaum. Ich für meinen Teil habe den Schreibtisch nicht verlassen, geschrieben und dabei Whisky getrunken. Werden Sie sich das merken können? Aber machen Sie sich keine Sorgen, das Reden übernehme ich.«

»Und dieser Herr, dieser Maler, was wird der dazu sagen?«

»Dieser Herr ist in New York, Madame de Carlon läuft kaum Gefahr, ihm zu begegnen.«

Der glänzende Jaguar fuhr mit frechem Hupkonzert vor dem Portal vor. Madame de Carlon, noch bebend vor Zorn, kam herbeigelaufen, wunderte sich, freute sich, Peter zu sehen, und schwirrte sogleich um ihn herum, ohne Ninon weiter Beachtung zu schenken. Die Lüge nahm sie voller Entzücken hin.

»Er lügt genauso gut wie Yvon«, dachte Ninon.

Wie zerschlagen vom Pflücken, ging Ninon zu Bett. Ehe sie einschlief, träumte sie nicht eine Sekunde von Oliven, die an der langen Stange herunterprasselten oder dunkel glänzend die Körbe füllten.

Wie jeden Abend wartete Peter auf sie. In seinem lichtdurchfluteten Wohnraum setzte sie sich mit ihm auf das braune Sofa. Sie sah seine Hände, wie sie das Glas umschlossen, und den Nebel, der sich über seine Augen legte.

Doch plötzlich, ihre Lider zuckten schon in Erwartung des Schlafs, tauchte das klagende Gesicht von Oma Mihoun vor ihr auf und ließ sie hochfahren. Wieder hatte sie sie vergessen! Von Gewissensbissen geplagt, beschloss sie, gleich in der nächsten Nacht ins Dorf zu laufen, um sie in die Arme zu schließen. Und in Gedanken ging sie schon einmal die Marschroute durch, die sie von der kleinen

Tür hinten im Park auf Abels Schleichwegen bis zu Mihouns Gasse führen würde.

Abel, Yvon …

Sie schloss voller Gewissheit die Augen, dass es ihr wie früher gelingen würde, fest an sie zu denken.

Doch Peter wurde ungeduldig.

Allein für ihn blieb sie noch wach und ließ immer wieder den Ausklang eines bezaubernden Nachmittags in einem lichtdurchfluteten Zimmer unter Peters bald nebelverhangenem, bald strahlend blauem Blick an sich vorüberziehen.

Am nächsten Morgen tauchte sie nur langsam aus dem Schlaf auf, mit schmerzenden Lidern und einem bitteren Geschmack im Mund. Ihr war so, als hätte sie die ganze Nacht hindurch geweint. Dabei hatte sie nicht geweint, sondern geträumt, Träume voller Tränen.

Sie schloss die Augen wieder.

Hatte sie wirklich geträumt? Hatte sie nicht den kleinen Abel gesehen, wie er einsam durch die Gassen von La Roque Esclapon irrte und vergeblich nach dem Mond Ausschau hielt?

Und auch Yvon, der auf seinem kleinen Bett gesessen und zitternd von den Gendarmen gesprochen hatte, die ihn bald holen würden?

»Wo sind die Kleinen?«, hatte Ninon gefragt.

»Sie sind fort.«

»Mit dem Baby?«

Yvon hatte nicht geantwortet. Er hatte sich einen Finger vor den Mund gehalten, weil neben ihm, im Bett der Mädchen, Oma Mihoun lag, vom Fieber geschüttelt.

Diese Nacht waren sie alle zurückgekehrt: all die Verratenen, aus ihrem Gedächtnis Verbannten.

Im Licht der Morgendämmerung schrieb sie Abel einen ausführlichen Brief, der von einer lange vernachlässigten Zärtlichkeit erfüllt war, die sie nun im Sturmschritt wieder einholte. Sie schrieb vom Wintermond, der so anders war als der des Sommers. Sie beteuerte, dass sie den Mond Abend für Abend willkommen heiße, ganz wie sie es von ihm gelernt habe. Sie log bewusst, um ihn zu trösten, um sich zu trösten.

Der Abend kam, kühl und von einem klaren, leuchtenden Sternenzelt überspannt, an dem auch der Mond schimmerte, schmal und leicht wie eine Feder.

Ninon, die keinen Mantel besaß, zog ihre beiden Wollkleider übereinander an, schlang sich ihr Tuch um den Kopf und wartete ab, bis das ganze Haus schlummerte. Dann schlich sie auf Zehenspitzen bis zur Küche hinab, trat durch den Dienstboteneingang ins Freie und lief bis zum Ende des Parks, um im Dunkel der Nacht auf den Wegen davonzueilen, die Abel ihr gezeigt hatte.

Sobald sie Mihouns Haus erreicht hatte, klopfte sie mehrmals an die Tür, bis sie hörte, wie die arme alte Frau herbeigeschlurft kam.

»Was ist los?«

»Ich bin's, Ninon.«

Wie soll man diesen Moment beschreiben? Ein unbewegtes Bild. Eine umschlingt die andere, wortlos, als wäre die eine noch ein kleines Kind und die andere seine Mutter.

Wie früher.

Doch als sich die beiden voneinander lösten, wirkte Ninon gereift, gestärkt und beherzt wie eine Frau, während Mihoun so schwach, zart und zerbrechlich schien wie ein Kind.

Als sie die alten, verbrauchten Beine mit den Armen hochzog, um sie auf das Betttuch zu legen, sah Ninon voller Entsetzen, dass die Wade unter dem lächerlichen Verband schwarz und fürchterlich angeschwollen war.

Dabei hörte Mihoun nicht auf zu reden:

»Abend für Abend, Nacht für Nacht habe ich darauf gewartet, dass du an meine Tür klopfst wie heute. Ich habe keinen Kräutertee mehr getrunken aus Angst, einzuschlafen und dich nicht klopfen zu hören. Eben habe ich sofort gewusst, dass du es bist, sonst wäre ich nicht aufgestanden, ich bin so müde in letzter Zeit. Gut, dass ich auf dich gewartet und noch ein bisschen genäht habe.«

Ninon kochte einen Kräutertee, während sie von den schönen Dingen in ihrem Leben berichtete. Sie schilderte ihre Arbeit im *Château de Carlon* und wie sie ausgerissen war, um beim Olivenpflücken dabei zu sein. Dann sprach sie von Peter, mit einem Beben in der Stimme, das Mihoun, die auch nicht von gestern war, sogleich auffiel. Erschöpft, wie sie war, öffnete sie dennoch ein Auge, um Ninon von der Seite einen Blick zuzuwerfen:

»Wer ist dieser Peter?«

»Ein Engländer, der ein Haus neben dem Schloss bewohnt.«

»Und was macht er, dieser Peter?«

»Er ist ein großer Schriftsteller, der Bücher schreibt, die so dick sind wie eine Faust.«

»Ach ja?«

Mihoun schwieg einen Augenblick, ehe sie eine weitere Frage stellte:

»Sag mal, wie alt ist er denn, dieser Peter?«

»Ich weiß nicht«, antwortete Ninon freimütig, denn diese Frage hatte sie sich tatsächlich noch nie gestellt.

Mihoun legte seufzend den Kopf auf das Kissen. Sie hätte diesen Mann, der ihre Ninon derart durcheinander brachte, gern kennen gelernt, doch sie wusste, dass ihr dazu keine Zeit bleiben würde.

»Yvon kommt mich jetzt immer besuchen, er erledigt meine Einkäufe, und wir reden von dir. Ich verwöhne auch deine beiden Schwestern ein bisschen, die armen Häschen. Gestern Nachmittag ist die kleine Mireille krank von der Schule nach Hause gekommen. Seitdem liegt sie im Bett, aber der Arzt ist immer noch nicht gekommen. Dabei hatte deine Mutter es der Lehrerin fest versprochen.«

Ninon, die aufgewühlt in dem kleinen Raum hin- und herlief, versuchte, all die schlimmen Neuigkeiten irgendwie zu verarbeiten. Als Mihoun wieder schwieg, sah sie zu ihr hinüber, und wie sie die alte Frau dort liegen sah, hingesunken in ihre Kissen, während das Fieber ihr die brennenden Lider schloss, spürte sie, dass etwas Furchtbares bevorstand.

Ninon kratzte leise an der Tür ihres Hauses. Yvon öffnete ihr mit ungläubigem Blinzeln.

»Du? Wo wohnst du denn jetzt?«

»Das werde ich dir bald sagen.«

Sie gab ihm einen Kuss und schlich auf Zehenspitzen zum Bett der Mädchen, in dem Mimi sich in genauso unruhigem Schlaf wie Mihoun hin- und herwarf.

Ninon setzte sich neben ihre kleine Schwester, die mit zurückgelegtem Kopf stöhnte. Sie streichelte ihre grauen Wangen und die mageren Arme. Sie glühten und waren so hart und steif wie zwei Stöcke. Fanny schlief friedlich neben ihr.

Yvon murmelte:

»Mama ist noch nicht einmal bis an ihr Bett gekommen, um nachzusehen, was Mimi hat. Heute Abend hat sie bei Tisch zu Papa gesagt: Mimi will nicht essen, weil sie Kopfschmerzen hat.«

»Lauf schnell zur Schule und ruf den Arzt an, sag ihm, dass er kommen soll, um nach Mihoun und Mireille zu sehen.«

Als Yvon etwas später wiederkam, meldete er:

»Der Arzt war nicht da, aber er kommt morgen früh.«

Dann zog er den Strohhut unter dem Bett hervor:

»Den hattest du vergessen.«

Ninon hatte jetzt keine Zeit, sich in Rührung versetzen zu lassen:

»Ich bitte dich, geh morgen nicht in die Schule, lass dir eine Ausrede einfallen, um zu Hause zu bleiben, und hör gut zu, was der Arzt sagt.«

»Kommst du wieder?«

»Ja, ich komme wieder.«

Als Ninon zu Mihoun zurückkehrte, schlief diese noch nicht. Sie atmete stoßweise und hatte endlich einmal aufgehört zu zittern. Ninon ergriff ihre Hand und spürte am Handgelenk das heftig pulsierende Blut. Sie drückte einen Kuss auf die glühende Stirn, die unter ihren Lippen ein wenig abkühlte.

Dann eilte Ninon davon, den Hut umklammert, ohne sich an dem blauen Band zu erfreuen, das wild flatterte. Während sie den von Schafhufen ausgetretenen Pfad hinablief, versuchte sie, ihrer Gewissensbisse Herr zu werden. Doch nur ein einziger Gedanke kam ihr immer wieder in den Sinn: Wie hatte sie zulassen können, dass sie alles, was ihr das Wichtigste im Leben gewesen war, einfach so aus dem Gedächtnis verlor? Mihoun natürlich, aber auch Mimi, Yvon und Abel, der immer so an sie geglaubt hatte.

Sie erblickte den Mond, der hoch über La Roque Esclapon schwebte. Ein wenig unsicher streckte sie sich und breitete die Arme aus.

»Ich verspreche …«

Der Mond verschwand hinter dem Hügel, als Ninon den Schlosspark durchquerte.

Als am nächsten Morgen Fanny erwachte, fand sie neben sich ihre kleine, vollkommen kalte Schwester.

»Wahrscheinlich eine Meningitis«, sagte der Arzt, als er eintraf.

Maria trat nicht an das kleine Bett, sondern ließ nur ihren entrückten Blick Richtung Bettnische schweifen, ehe sie am Tisch Platz nahm, um sich in obskure Gebete zu vertiefen. Giuseppe, der seinen schwarzen Kaffee trank, nahm die Mütze ab und warf sie auf den Tisch:

»Herrgottsackerment!«, wiederholte er mindestens hundertmal.

Der Arzt setzte sich zwischen die beiden, um einige Formulare auszufüllen. Als er fertig war, sah er zur Bettnische hinüber und erblickte die anderen beiden Kinder von Giuseppe, die dicht bei der kleinen Toten saßen. Erstarrt, wie sie waren, hätte man sie für die Weisen aus dem Morgenland in einer Weihnachtskrippe halten können.

Schaudernd verließ der Arzt Giuseppes Haus und ging zu Mihoun Gangacette. Unermüdlich kämpfte sie gegen die Infektion, die ihr Blut verseuchte. Der Arzt blieb den ganzen Vormittag an ihrer Seite. Doch dann, gegen Mittag, gab ihr Herz schließlich auf, und Mihoun folgte der kleinen Mimi, die schon immer so mager, so traurig gewesen war und nun darauf wartete, dass die alte Frau sie endlich an der Hand nahm.

Am Nachmittag rief Roger im Schloss an und bat darum, mit Ninon sprechen zu dürfen. Madame de Carlon weigerte sich, sie an den Apparat zu holen, wobei sie zum Vorwand nahm, dass Ninon gerade in der Küche beschäftigt sei und ihr Telefon den Dienstboten im Übrigen nicht zur Verfügung stehe. Schließlich – und nur, weil Roger sehr darauf beharrte – erklärte sie sich bereit, die Nachricht zu überbringen.

»Deine Schwester Mireille und deine Oma Mihoun sind heute gestorben. Sie werden am Donnerstag beerdigt, beide zusammen«, verkündete sie Ninon.

Im selben Moment spürte sie, dass sie diese Dinge anders hätte sagen sollen, doch die schrecklichen Worte waren ihrem Mund entwichen, ohne dass sie in der Lage gewesen wäre, andere zu ersinnen.

Wie gesagt war sie nicht boshaft, sondern schlichtweg ignorant und ein Mensch ohne jede Vorstellungskraft.

Ninon verschwand bis zum nächsten Tag in ihrem Zimmer. Madame de Carlon verzichtete, wenn auch verstimmt, auf das Mittagessen und wagte es auch nicht, sie zu bedrängen, als es Zeit fürs Abendessen wurde. Während sie an ein paar Keksen knabberte, dachte sie darüber nach, dass ihre Selbstlosigkeit in dieser Situation geradezu bewunderungswürdig war, und nahm sich vor, dies auch ihren Freund Peter wissen zu lassen.

Ninon wartete, bis die nächtliche Stille im Schloss eingekehrt war, ehe sie auf leisen Sohlen zum Telefon hinunterschlich. Sie hatte es zwar nie benutzt, wusste aber, wie es funktionierte, da sie es oft beobachtet hatte. Sie bat die Vermittlung um ein Gespräch mit dem Bürgermeister von Mons und fuhr zusammen, als sie die Stimme des braven Mannes hörte.

Ninon erklärte ihm, dass sie zur Beerdigung ins Dorf kommen würde.

»Menschenskind, das verbiete ich dir! Das ganze Dorf wird dich sehen, und dein Vater auch, vergiss das nicht!«

»Das ist mir egal, und außerdem werde ich anschließend Yvon und Fanny mitnehmen. Ich kann sie dort nicht lassen.«

Fernand versuchte, ihr gut zuzureden, doch er stieß auf eine Mauer der Entschlossenheit.

»Wo sollen sie denn deiner Meinung nach leben? Bei dir?«

»Bei mir und genauso wie ich.«

»Und was wird Madame de Carlon dazu sagen?«

»Sie wird nichts sagen.«

»Bist du dir da sicher?«

»Absolut.«

»Nun ja, also gut, wenn du dir so sicher bist, werde ich mein Möglichstes tun, damit alles so gut abläuft, wie es nur geht «, sagte Fernand, von Ninons Entschluss etwas überrumpelt.

»Sagen Sie Yvon bitte, dass ich nach der Beerdigung an der *Porte Boufadisse* auf die beiden warten werde.«

Die *Porte Boufadisse* war eine kleine, heute nicht mehr existierende Holztür, die immer dann geschlossen wurde, wenn der Mistral wehte, damit die eisigen Windstöße nicht durch die Gassen von Mons fegten.

Peter erwachte immer sehr langsam aus dem Schlaf. Er riss mehrmals die Lider auf, um sie jedes Mal unter dem Gewicht ihrer eigenen Trägheit wieder zufallen zu lassen. Ganz jedoch schlossen sie sich nicht mehr, und durch das Gestrüpp seiner Wimpern entdeckte er eine verschwommene Welt, die er betrachtete wie eine Katze, die allmählich in Schlaf sinkt.

Dank der angenehmen Milde des provenzalischen Winters hatte er es sich zur Gewohnheit gemacht, vor dem weit geöffneten Fenster zu schlafen, mit Blick auf die prachtvolle Landschaft, von seinem Bett bis zum Horizont nichts als Schönheit, in Azurblau getaucht.

Er schlug die Decke, in die er bis zur Nase eingemummt war, etwas zurück, und die kühle Morgenluft wehte frisch um sein Gesicht. Mit noch halb geschlossenen Augen betrachtete er die herrlichen Hügel, die wie Sturzwellen zum Meer hinabbrandeten, das in Erwartung der aufgehenden Sonne schon rötlich schimmerte.

In diesem Haus zu leben war ihm ein unendlicher Genuss. Es wäre ihm lieb gewesen, er hätte »mein Haus« sagen können, doch es gehörte ihm nicht. Und wie beinah jeden Morgen um diese Zeit versetzte es ihm einen Stich, wenn er an Madame de Carlon dachte, die seine Kaufangebote beharrlich ablehnte, weil sie angeblich so an dem Haus, das einmal eine Schäferei gewesen war, hing.

»Mein Mann hat dort immer am liebsten Zuflucht gesucht, es war sein Refugium … Er hat seine abendlichen Spaziergänge dorthin so geliebt … Ich könnte mich nie davon trennen …«

Peter wusste, dass es ihr auf diese Weise in Wirklichkeit gelang, ihn gewissermaßen zu erpressen. Hatte sie ihm nicht einmal gesagt:

»Wenn Sie nicht so liebenswürdig wären und mir nicht so häufig Gesellschaft leisten würden, würde ich Ihnen mein Haus nicht vermieten. Ich würde sofort selbst dort einziehen, denn es ist wirklich sehr hübsch. Doch weil Sie so charmant und hilfsbereit sind, überlasse ich es Ihnen.«

Das durfte er nicht außer Acht lassen.

Madame de Carlon weckte keine angenehmen Gefühle in ihm. Er konnte sie nicht ausstehen. Der Ausdruck erschien ihm so kindisch, dass er leise darüber lachen musste. Doch welche Art von Gefühlen sollte man auch haben für diese tyrannische und zugleich Mitleid erregende Frau? Er schreckte im Allgemeinen davor zurück, das Wort »Mitleid« zu gebrauchen, doch hier war es durchaus angemessen, wenn auch nicht ausreichend. »Gereiztes Mitleid«. Das war es, er empfand eine Art gereiztes Mitleid für sie, das ihm gleichzeitig auf die Nerven ging. Aber keinen Hass.

Er seufzte und wickelte sich zum Trost noch einmal fest in seine Decke, die noch warm war von seinem Körper.

Er hätte gern eine Frau an seiner Seite gehabt. Der Gedanke an Jacqueline ließ ihn angenehm erschaudern, doch der Schauder währte nicht lange. Jacqueline setzte ihre Verführungskraft lediglich ein, um sich einen wohlhabenden Ehemann zu angeln, während er von nichts anderem träumte als von wirklicher Liebe. Eine vergebliche Suche, die ihm, so hieß es, sein unvergleichliches Talent für die Beschreibung seelischer Abgründe verlieh. Peter dachte häufig daran, wie einstmals die Ritter geliebt hatten, an ihre ewige Suche, ihre Heldentaten, ihr endloses Hofieren, um nicht mehr als die Wölbung einer Wade zu erspähen. Er beneidete sie um ihre unzerstörbare Leidenschaft, durch eine Mischung aus Zweifel, Hoffnung und Liebe angefacht. Genauso wie sie träumte er davon, einer scheinbar unerreichbaren Frau zu begegnen, die ihn bis zur Verzweiflung hätte warten und leiden lassen, ehe sie ihm erlegen wäre. Nicht dass er gern litt, er hätte sich einfach gewünscht, einmal hofieren, verführen, erobern und gewinnen zu können.

Doch leider kam es nie dazu. Er war vom Leben, kaum dass es für ihn begonnen hatte, gleich viel zu sehr verwöhnt worden. Noch ehe ihn nach etwas verlangte, noch ehe er darum hätte kämpfen müssen, hatte das Leben ihm schon alles geschenkt. Charme, Geld, Ansehen. In London reichte es, seinen Namen zu nennen, um die Herzen der Frauen höher schlagen zu lassen. Oft langweilte er sich in ihrer Gesellschaft, weil es niemals den langen Weg der Begierde, des Sehnens und ungeduldigen Schwebens in tausend Ängsten zu überwinden galt, der zu ihnen hinführte. So war es unausbleiblich, dass all seine Leidenschaften, Amouren und Liebeleien keinerlei Tiefgang erreichten.

Und diese oft so verführerischen Frauen, die ihn anhimmelten? War es Peter, den sie voller Glut küssten, oder der begehrte Bestsellerautor? Es würde ihm niemals gelingen, diesen schrecklichen Verdacht, der ihn fürchten ließ, nicht um seiner selbst willen geliebt zu werden, abzuschütteln, und er erinnerte sich voller Melancholie an seine ersten, noch so unverdorbenen Tändeleien.

Dabei hatte er in seiner Jugend, vor gar nicht allzu langer Zeit, nie an derartiger Melancholie gelitten ... In der Zeit, als er am Clare College in Cambridge die Stimmungskanone war, der fröhlichste Student von allen. In jener Zeit, als er mit der gleichen Leichtigkeit, wie er ruderte oder Kricket spielte, Gedichte vortrug und aus voller Kehle deklamierte oder sang. In jener Zeit, als seine Freunde sich zum Fünfuhrtee in seinem Zimmer auf Kommode und Tisch setzen mussten, weil sie so zahlreich waren. In jener Zeit, als er so meisterlich zu necken und zu scherzen vermochte und sich für alles begeisterte, was in der Welt geschah. Seine Kameraden scharten sich um ihn, um zuzuhören, wie er mit schon damals illusionslosem Humor die Welt in Fetzen riss und auf eine Weise wieder zusammensetzte, die zum Träumen einlud ...

Schlagartig fielen die Sonnenstrahlen hell in sein Zimmer und wanderten langsam an den Wänden zu ihm herab. Er sah gespannt zu, wie sie näher kamen, und wie ein Kind, das sich unter dem mütterlichen Kuss zusammenrollt, bereitete er sich auf den wunderbaren

Moment vor. Den Moment, wenn die Strahlen wie eine warme, streichelnde Hand über sein Gesicht und seinen ganzen Körper gleiten würden. Er streckte sich voller Bereitschaft, sich genauso an ihnen zu laben, wie der kleine Abel die Mondstrahlen aufsog.

»Die Sonne der Provence«, so nannte er das Gestirn, das ihn Winter für Winter weckte, und das nach all den Jahren noch genauso wie beim ersten Mal.

Das erste Mal ... Peter schloss die Augen und erinnerte sich. Nach Cambridge war der Krieg gewesen ...

Er wollte nicht daran denken, denn seine Wunde stammte aus dieser Zeit. War es im bombardierten London, in den Sandwüsten Afrikas oder in den Straßen von Berlin geschehen, dass er seine Illusionen verlor? Denn jetzt wusste er, dass der Mensch nur ein Heuchler ist, der sich die Faust unters Kinn hält, um glauben zu machen, er denke, während er sich in Wahrheit zu Tode langweilt und nur auf einen Vorwand lauert, die Zähne zu zeigen.

Ich denke, also bin ich. Ach was! Ich bin, also töte ich ...

Er hatte sie kennen gelernt, all diese universalen Räuber, die jedes Blutbad auskosteten, all diese methodischen Zerstörer, die keine Harmonie ertrugen und hysterisch nach Macht lechzten ... Dreitausend Jahre verschiedenster Zivilisationen hatten nicht gereicht, um sie aus der Welt zu schaffen. Täglich kamen Hunderte von ihnen dazu, als pausbäckige Babys geboren.

Und wenn er sich selbst im Geiste wieder vor sich sah, wie er, Peter, in den Wirren des Krieges hasserfüllt und zitternd auf den Feind schoss, der ebenfalls zitterte und von Hass erfüllt war, dann wusste er, dass die Menschheit verloren war.

Gott im Himmel, würde es ihm eines Tages gelingen zu vergessen?

Der leichte Schleier, der Ninons Aufmerksamkeit erregt hatte, legte sich wieder auf seine Augen.

Er seufzte und übersprang ein paar Jahre. Das beherrschte er perfekt: Bei seinem Abschluss in Cambridge, 1939, schloss er die Augen, um sie erst wieder bei seiner Ankunft in Frankreich im Jahre 1944 zu öffnen.

Da war er vierundzwanzig Jahre alt und Mitglied einer britischen Organisation, die die Résistance unterstützte. Alles, was er vom Krieg zurückbehalten hatte, schien nun jene kleine, graue Wolke zu sein, die manchmal über seine Auge zog.

Am 5. August war er dafür bestimmt worden, gemeinsam mit einem Kameraden mit dem Fallschirm über dem Maquis in der Gegend um den Malay abzuspringen. Es war zwei Uhr morgens, als er in Begleitung seines amerikanischen Freundes Geoffrey Jones in den Himmel der Provence sprang …

Der Malay … sein schöner Hügel, sein kleiner Berg … Dort lag er, gleich vor seinem Bett, braun und noch von Nebel umhüllt, später erst im Licht der Mittagssonne erstrahlend. Sein unwandelbarer, unbezwingbarer kleiner Berg, dessen morgendlichen Anblick er brauchte, weil nur noch Dinge, die ewig blieben, ihn beruhigen konnten.

Während er damals durch die milde Luft der Provence glitt, hatte er Zeit gehabt, jenseits des Horizonts die ersten Schimmer des erwachenden Tages zu entdecken, während über dem Malay noch tiefe Nacht herrschte. Aus so großer Höhe konnte man mit einem Blick die Berge, die Hügel und das Meer überschauen, still im erlöschenden Sternenlicht. Es war sein schönster Himmelsflug gewesen. Dieses herrliche kleine Stück Erde hatte ihn auf Anhieb fasziniert.

Über dem *Plateau du Malay* war es einigermaßen hell gewesen, doch leider bestand es nur aus Felsen und Dornen. Das sollte auch Peter feststellen. Lag es daran, dass er, anstatt sich auf die Landung vorzubereiten, noch träumte? Am Ende seines Fluges war er jedenfalls hart auf der Spitze eines Felsens aufgeschlagen.

In der Morgendämmerung erwachte er mit verbundenen Wunden, rundum versorgt unter dem Dach der *Ferme de Préfagous*, direkt vor dem Fenster auf Stroh gebettet …,

… und das Morgenrot, dessen ersten Schimmer er zuvor schon erblickt hatte, entfaltete jetzt vor seinen Augen seine ganze Pracht,

… und die Sonne ging auf.

Die Sonne der Provence. Nie würde er das vergessen. Vom ersten

Strahl an angenehm, ab dem zweiten intensiver, die ganze Wärme der Welt.

Als der Krieg vorüber war, hatte er das Dörfchen Mons entdeckt, unvergleichlich, wie ein leeres, von der Geschichte verschontes Blatt. Die absolute Stille, die dort herrschte, hatte ihn in Entzücken versetzt, eine Stille wie auf einem fernen Gestirn. Mons, hoch oben auf dem Kamm gelegen, wo sich Gebirge und Meer berühren.

Später, sobald er konnte, war er zurückgekehrt; als gälte es, ein Versprechen zu erfüllen, das er sich selbst gegen Kriegsende gegeben und das er niemals vergessen hatte. Lange hatte er »sein Haus« gesucht, ein Haus mit Blick auf das, was er vom Himmel aus gesehen hatte: das Meer, die Hügel und den Malay. Ein Haus, in dem er jeden Morgen aufs Neue und bis in alle Ewigkeit in bewunderndes Staunen versetzt würde, genau wie am ersten Tag.

Peter stieg über die Brüstung seines Fensters. Weiter unten pflückten Joséphine und Marius die letzten Oliven in diesem Jahr. Er sah zu, wie sie die seit Jahrhunderten, wenn nicht Jahrtausenden überlieferten Handbewegungen ausführten, als Erben wider Wissen das Vermächtnis dieser Erde bewahrend. In seinem Blick lag große Zuneigung, denn das, was er sah, gefiel ihm.

An seinem Kaffee nippend, tat er ein paar Schritte, trat unter das Weinspalier und berührte mit der Schulter fast zärtlich, so wie man sich an einen geliebten Menschen lehnt, die Wand des Hauses.

Obgleich es noch vor einigen Jahren nicht mehr als eine Schäferei gewesen war, schien es so harmonisch in seine Umgebung gebettet, dass er sich fragte, ob das bloßer Zufall oder die Leistung eines Genies war. Das Haus schien so, wie es war, aus dem Boden gewachsen zu sein, auf dem es stand. Geschwungene, glatte Steine, hervorragend aufeinander abgestimmt. Rosafarbene, in sich gemusterte Dachziegel, die bis weit nach unten reichten, sodass man sie berühren konnte. Auf jedem Ziegel ein schwerer Stein, damit der Wind sie nicht forttragen konnte. Niedrige, gerade Mauern im Halbschatten eines stillen Maulbeerbaums.

Der *Mas des Oliviers*, sein Haus.

Für das er zahlen musste, indem er jeden Nachmittag beim Fünfuhrtee zugegen war.

Er trat in den großen Raum, wo einst die Tiere untergebracht waren: ein Meisterwerk bäuerlichen Genies, seit Urzeiten von Hand zu Hand überliefert. Kreuzgewölbe in leichtem, gelbem Ocker, von überwältigender Harmonie. Zum Sonnenaufgang hin einige Fensteröffnungen, auf die man wegen der abendlichen Schwüle auf der gegenüberliegenden Seite verzichtet hatte. Und dann der Boden aus riesigen, weißen Steinplatten, für die Ewigkeit erschaffen, da weder Schafhufe noch Schuhsohlen ihnen etwas anhaben konnten.

Die Sonnenstrahlen fielen durch die verbreiterte Türöffnung in den Raum. Er trat mit ihnen ein, setzte sich an seinen Schreibtisch und begann zu schreiben.

Auf einmal drangen von den Feldern Stimmen und Schreie zu ihm herauf. Peter hob den Kopf. Dort unten, unter den Olivenbäumen, neben Joséphine, erkannte er Ninons zierliche Silhouette. Ohne darüber nachzudenken, stand er auf und ging auf die Terrasse. Ninon trug ihr schwarzes Kleid, jedoch ohne die weiße Schürze. Sie lief unter den Bäumen hin und her, ohne auf die Oliven Acht zu geben, die sie zertrat. Plötzlich warf sie sich Schutz suchend an Joséphines Brust, und Peter war sich sicher, dass sie weinte. Er fragte sich, welcher Kinderkummer sie so aufzuwühlen vermochte. Eine Rüge von Madame de Carlon? Peter zuckte mit den Schultern. Nein. Niemals würde es dieser herzlosen Frau gelingen, Ninon zum Weinen zu bringen.

Ninon. Die kleine Rebellin mit den hellen, klaren Augen, der einzige Sonnenstrahl, der Licht in das Martyrium brachte, das er beim Fünfuhrtee durchlitt.

Er lächelte. Ninon, seine spontane Komplizin in jener stillen Schlacht, die er jeden Nachmittag schlug, die Ellbogen lässig auf die Stofflehne eines Sessels gestützt.

Als er Marius' mitleidige Haltung bemerkte, wurde er unruhig, die Sache war wohl ernst. Er stieg ein Feld weiter hinab.

Ninon weinte noch immer, was ihn zutiefst betrübte. Er ging schneller, doch als er endlich näher kam, sah er, wie sich Ninon, einem Schmetterling gleich, der von einer Rose fortflattert, auf und davon machte.

Joséphine begrüßte ihn, ohne viel Aufhebens zu machen, und berichtete sogleich von dem Drama. Um zu verdeutlichen, wie grausam all das tatsächlich war, erzählte sie ihm von Ninons Vergangenheit. Sie tat dies stückchenweise und sehr diskret, mit zugeschnürter Kehle, weil sie bis ins Innerste aufgewühlt war. Dann fügte sie hinzu, dass Ninon es sich in den Kopf gesetzt habe, an der Beerdigung teilzunehmen, und vorhatte, am helllichten Tag ins Dorf hochzulaufen.

Marius unterbrach sie und knurrte:

»Wenn Giuseppe sie sieht, wird er sie nicht wieder weglassen.«

Dann entfernte er sich, mit beiden Füßen nach Steinen tretend.

In eins der großen schwarzen Tücher von Pilar gehüllt, schritt Ninon durch die Eingangshalle. Madame de Carlon stürzte auf sie los und fragte:

»Wohin gehst du?«

»Zur Beerdigung.«

Madame de Carlon protestierte nicht. Aus Ninons Augen sprach allzu deutlich, dass sie bei dem Versuch, sie aufzuhalten, mehr zu verlieren als zu gewinnen hatte.

»Du hättest mich wenigstens in Kenntnis setzen können!«

Ninon ging auf die Mimose zu, an der die Blüten leuchteten wie gelbe Pompons, und riss einen Arm voll Zweige ab, die sie mitnahm. Sie überquerte die Felder, sprang über den Graben und setzte ihren Weg auf der Straße fort. Äußerlich wie aus Eis, glühte sie in ihrem Inneren wie ein Vulkan.

Sie hatte kaum die erste Biegung hinter sich gelassen, als sie beinahe von der roten Schnauze eines Autos gestreift wurde, das neben ihr zum Stehen kam. Ninon fuhr zusammen und wäre fast in Ohnmacht gefallen, als sie Peter erkannte, der sich herüberbeugte, um ihr die Tür zu öffnen:

»Schnell, steigen Sie ein. Ich fahre Sie hin.«

Vor Freude oder auch Schmerz vollkommen aufgewühlt, ließ sich Ninon auf den braunen Ledersitz fallen, fand sich jedoch sehr schnell in Peters Armen wieder, der sie unbedingt trösten wollte.

Sie umarmten sich lange. Peter klopfte Ninon mitfühlend auf den Rücken, während sie sich an ihn klammerte wie ein ertrinkendes Tier an eine Rettung versprechende Wurzel.

Der Mimosenstrauß war zu Boden geglitten.

Der Jaguar fuhr langsam ins Dorf hinauf und schlängelte sich durch die Gassen bis zur *Place San-Bastian*.

Das Läuten der Totenglocke zerriss schon die Stille, und der tiefe Gong ließ Ninons Herz erstarren. Sie öffnete die Wagentür, um zur Kirche zu gehen, doch Peter hielt sie zurück.

»Soll ich hier auf Sie warten, um Sie zurückzufahren?«

Die Sonne, die in Ninons Herz leuchtete, durchbrach für einen Moment den Nebel der Verzweiflung, der über ihren tränennassen Augen hing:

»Lieber an der *Porte Boufadisse*, meine Schwester und mein Bruder werden bei mir sein.«

Und schon war sie auf und davon, das schwarze Tuch so weit ins Gesicht gezogen, dass nur noch ein winziges Stück Blau ihrer Augen zu sehen war.

Tapfer lief sie durch die menschenleeren Straßen auf die Kirche zu, in der heute alle Seelen des Dorfs zusammengekommen waren wie Bienen in ihrem Stock.

Auf dem Vorplatz der Kirche warteten, die Hände in den Taschen vergraben, all die Ungläubigen, die das Gotteshaus nicht betreten wollten. Sie sahen zu, wie Ninon an ihnen vorbeiging. Doch sie ging schnell und wirkte so kraftvoll und gereift, dass nicht alle sie erkannten.

Sie stieg die drei Stufen hinauf. Links der großen, weit geöffneten Tür, unter dem kleinen Portalvorbau, warteten Fernand, Roger und Paulette auf sie. Sie nahmen sie in die Mitte und begleiteten sie zu einer Sitzbank in der vorletzten Reihe.

Die armseligen Särge hatte man vor den Altar gestellt. Einer so klein und bescheiden wie der andere, beide mit ein paar Blumen auf den Sargbrettern. Wo lag Mihoun, wo lag Mireille?

Anstatt in die Bankreihe zu schlüpfen, ließ Ninon ihre Schutzgarde einfach stehen und schritt beherzt in die Mitte des Kirchenschiffs. Während sie an den Bankreihen vorbeiging, erkannten die erstaunten Dorfbewohner sie einer nach dem anderen und sahen ihr nach.

Sie legte ein paar Blumen auf jeden Sarg.

Giuseppe, der in der ersten Reihe saß, betrachtete das kleine Persönchen, das die Särge der Verstorbenen mit Blumen schmückte. Als das Persönchen sich umdrehte, fuhr er zusammen, weil er die Augen gesehen hatte, deren Blau er erkannte. Sie war es wirklich: seine Tochter. Seine Tochter, die ihm wieder einmal voller Verachtung und in aller Öffentlichkeit die Stirn bot. Er rutschte auf der Bank hin und her, scharrte ungeduldig mit den Füßen und stieß Maria, die nichts gesehen hatte, mit dem Ellbogen an. Neben ihnen strahlten Yvon und Fanny ob der freudigen Überraschung.

Ninon setzte sich wieder auf den Platz neben Paulette. Giuseppe drehte sich ihr nachstarrend um, dann schickte er sich an, zum Ende der Bankreihe durchzurutschen. Pater Alfred trat zu ihm und legte ihm eine Hand auf die Schulter. Eine Hand, die so schwer wog, dass sie Giuseppe auf der Bank festnagelte.

Links von ihm stellte sich Yvon auf die Zehenspitzen und verrenkte sich den Hals, um seine Schwester ausfindig zu machen. Als er sie erblickt hatte, machte er Anstalten, sich mit der kleinen, vor Kälte zitternden Fanny im Schlepptau davonzuschleichen.

Giuseppe schimpfte, Yvon hielt inne.

Pater Alfred las die Messe auf Lateinisch, aber Ninon hörte ihm ohnehin nicht zu. Lieber spielte sie mit Mireille in den Gassen von Mons ein letztes Mal Himmel und Hölle, unter Mihouns wohlwollendem Blick. Plötzlich hörte sie die Stimme des Paters, der auf Provenzalisch sagte:

»Das ganze Dorf ist deinetwegen hier, Mihoun Gangacette … Das ganze Dorf ist deinetwegen hier, kleine Mireille.«

Yvon und Fanny dachten so intensiv an Ninon, die weit hinter ihnen saß, dass sie darüber Mireille und Mihoun vergaßen, die direkt vor ihnen lagen. Sie hatten Angst. Angst, nach Hause zurückzukehren und Gott weiß wohin gebracht zu werden, denn im Dorf sprach man inzwischen offen darüber, dass Maria verrückt sei und unfähig, sich um ihre Kinder zu kümmern. Sie hatten es selbst gehört. Und brannten derart darauf, bei Ninon zu sein, dass sie nicht mehr die Kaltblütigkeit besaßen, getrost das vereinbarte Treffen an der *Porte Boufadisse* abzuwarten. Vor allem Yvon, der vor Zorn und Panik wie von Sinnen war. Er rutschte ein Stückchen weiter zum Bankende hin. Fanny presste sich an ihn. Und noch ein Stückchen. Giuseppe packte ihn am Kragen.

Im linken Teil des Kirchenschiffs beobachtete Fernand, der sich zu dem kleinen Altar, der dem heiligen Joseph geweiht war, geschlichen hatte, das ganze Geschehen. Mit seiner Ungeduld würde sich Yvon noch selbst um die Chance bringen, unbemerkt zum Treffpunkt an der *Porte Boufadisse* zu gelangen.

Fernand schlich leise zurück zu Robert und flüsterte ihm etwas ins Ohr. Paulette beugte sich mit gespitzten Ohren hinüber, um zu verstehen, was er sagte. Sie nickte heftig und schob ihren Mann zum Bankende. Langsamen Schrittes steuerten die beiden Männer nun auf die erste Bankreihe im vorderen Teil der Kirche zu, wo die Familien der Verstorbenen saßen. Sie gingen an Yvon und Fanny vorbei und nahmen zu beiden Seiten Giuseppes Platz, als wollten sie ihm etwas Wichtiges sagen.

Das ganze Dorf beobachtete die Szene, ohne dass trotz aller Verwunderung auch nur ein leises Murmeln erklungen wäre. Pater Alfred, dem nichts entgangen war, hob die Stimme und wechselte vom Lateinischen ins Provenzalische. Weil er nun aus dem Stegreif sprach, verlor er ein wenig den Faden, und plötzlich geriet ihm ein uraltes, furchteinflößendes Bild in die Leichenpredigt:

»Unschuldige Mimi«, sagte er, »sieh dein hier versammeltes Dorf, das gemeinsam dafür betet, dass der Herr dich zu sich nimmt und dich von den Böcken und den Lauen trennt, die er ausspeien wird …«

Fernand flüsterte Giuseppe etwas ins Ohr, während Roger seinen kräftigen Körper so weit nach vorn beugte, dass der Blick auf die restliche Bank versperrt war. Maria, trotz ihrer Erschütterung wegen der beiden Eindringlinge wie zur Meduse erstarrt, blickte weiter geradeaus.

Das nutzten Yvon und Fanny aus, um endlich langsam bis zum Ende der Bankreihe durchzurutschen. Halb zögernd, halb zuversichtlich, fanden sie sich schließlich an der Seite ihrer Schwester wieder, die, den Kopf in den Händen verborgen, von all dem gar nichts bemerkt hatte.

Als die Messe vorüber war, geriet Pater Alfred erneut in Verwirrung und fing noch einmal an, seine Tumba-Gebete zu sprechen, eine Umkrempelung des Rituals, die den Chorknaben erstarren ließ. Doch es hatte keinerlei Bedeutung; man hörte dem Priester genauso wenig zu, wie man auf seinen Gehilfen Acht gab.

Als sich dann der Trauerzug Richtung Friedhof bewegte, folgten ihm die drei Kinder in einiger Entfernung und hielten sich, auch als man am Ziel angelangt war, weiter im Hintergrund. Plötzlich blickte Pater Alfred in die Menge:

»Wo sind die Kinder?«

Und die Menge teilte sich bis zu ihnen hin. Der Priester gab ihnen ein Zeichen, näher zu kommen, um die Verstorbenen zu segnen. So gingen sie dicht an ihren Eltern vorbei, die angesichts von hundert entschlossenen Augenpaaren, die sie anstarrten, wie angewurzelt dastanden.

Etwas später wurden Giuseppe und seine Frau von einem Gefolge aus starken Männerarmen und schimpfenden Frauen bis zu ihrer Haustür begleitet, vor der man im Gespräch noch einige Zeit verweilte.

Unter Ninons Führung eilten die Kinder zur *Porte Boufadisse*, wo der Jaguar auf sie wartete. Die schöne Karosserie ließ Yvon vor Ehrfurcht erstarren, während Fanny die Hand ihrer Schwester drückte, dann kletterten sie rasch hinein und rollten sich auf den Sitzen zusammen.

Das war nicht nötig. Wieder zu Hause, schien Giuseppe sich geschlagen zu geben. Er nahm eine Flasche Wein, stieß seine Frau, die ihm träge im Weg stand, brutal zur Seite und begann gierig zu trinken.

Maria nahm Hut und Schleier ab, betrachtete sich im Spiegel und befeuchtete einen Finger, um damit eine verrutschte Haarsträhne wieder glatt zu streichen.

Peter war besorgt. Während er den Wagen lenkte, befragte er Ninon:

»Wohin fahren wir?«

»Zu Marius.«

Ninon hatte an die Läusekolonien gedacht, die sich vermutlich auf Fannys Kopf tummelten – Yvon war kahl rasiert –, und wollte als Erstes dieses Problem aus dem Weg räumen. Sie wagte es nicht, ihren Wunsch zu begründen, sondern fügte lediglich hinzu:

»Danach gehen wir hinten durch die kleine Tür zu Madame de Carlon.«

Außerstande, seine Verblüffung zu verbergen, zog Peter die Augenbrauen hoch. Er war sich völlig sicher, dass Madame de Carlon das Eindringen dieser Kinder in ihr ach so geordnetes Leben niemals akzeptieren würde, und schon gar nicht im Hinblick auf die Invasion von nutzlosen, hungrigen Mündern.

»Ist sie denn damit einverstanden?«, wunderte er sich, während er Ninon einen verstohlenen Blick zuwarf.

Und die Sonne, von der am Himmel nichts zu sehen war, leuchtete mit einem Mal in Ninons Augen auf, als sie voller Unschuld antwortete:

»Sie weiß es nicht, und sie wird es nicht erfahren. Sie werden bei mir wohnen, oben unterm Dach, wo sie niemals hinkommt. Dort gibt es drei Dienstbotenzimmer.«

Peters eingezogenes Kinn verriet ungewollt, wie beunruhigt er war.

»Und das Essen?«

»Ich werde etwas mehr Suppe kochen.«

»Wenn's sein muss, brauche ich überhaupt nicht zu essen«, beteuerte Yvon. »Das wäre auch kein großer Unterschied, denn zu Hause sind wir oft ohne Abendbrot schlafen gegangen.«

Peter schüttelte sprachlos den Kopf. Was sollte er für den Augenblick anderes tun, als leise zu murmeln:

»Nun, dann lasst uns nur hoffen, dass der Himmel euch beschützen wird.«

Sie schlüpften durch die kleine Eingangstür – Fanny mit entlaustem, nach *Marie-Rose* duftendem Kopf, Yvon mit Siegermiene und Ninon so erschöpft, dass sie nicht einmal mehr Angst hatte – und rannten durch die Alleen des Parks bis zum Dienstboteneingang. Madame de Carlon schlief sicherlich schon.

Pilar traute ihren Augen nicht, als sie die drei hereinspazieren sah, und schloss schnell die Eisentür hinter ihnen, ohne sich einen Reim auf all das machen zu können. Im Vorbeigehen flüsterte Ninon ihr zu:

»Ich erklär dir das morgen.«

Pilar wusste, dass sie nicht falsch lag, als sie seufzend sagte:

»Die armen Kleinen!«

Auf nackten Füßen schlichen sie lautlos die Treppe bis ins zweite Stockwerk hinauf. Die Zimmer waren fertig. Ninon hatte einen Teil der vergangenen Nacht damit zugebracht, alles vorzubereiten und die Betten zu machen. Sie nahm sich nur noch kurz Zeit, ihnen auf der Toilette das Geheimnis der Wasserspülung und das Wunder des warm aus dem Hahn spritzenden Wassers zu erklären.

Dann fanden sich alle drei endlich in Ninons Bett wieder, auf den Fersen hockend in das große Plumeau gekuschelt, wie früher in ihrer Bettnische, um sich auf den kommenden Tag vorzubereiten. Ninon bläute ihnen die Zeiten und Wege ein, die tabu waren, und appellierte eindringlich an ihre Vorsicht und Vernunft. Sie strahlte vor Stolz.

Ihre kleine Familie, die sie doch tatsächlich für kurze Zeit vergessen hatte, war wieder vereint. Aber um welchen Preis ... und plötzlich fielen ihr das magere, graue Gesicht der kleinen Mimi und die zärtlichen Hände von Mihoun wieder ein, und ihr Herz krampfte sich zusammen.

Unter der roten, molligen Daunendecke waren Yvon und Fanny eingeschlafen. Diese Nacht würden sie noch einmal das Bett teilen.

Peter war bei Joséphine und Marius geblieben. Sie sprachen über die drei Kinder, die zum Schloss aufgebrochen waren, kaum dass sie den letzten Löffel Suppe hinuntergeschlungen hatten. Auf dem langen Tisch standen noch ihre leeren Teller.

Marius kam immer wieder auf dasselbe Thema zurück. Er war stolz auf sein Dorf, das in aller Stille und Geschlossenheit die Flucht der Kinder mit ermöglicht hatte. Er erzählte, wie er sie während der Messe und vor allem auf dem Friedhof alle beobachtet hatte, abwartend und mit wachsamem Blick. Und wie er sich anschließend im Trauerzug unter die schwatzenden Leute gemischt hatte. Jetzt wusste er mit Gewissheit, dass sich das ganze Dorf einig war. Das Dorf, sein Dorf, war entschlossen zu schweigen.

Und das Schweigen eines zu absoluter Verschwiegenheit entschlossenen Dorfes, das wird einem jeder bestätigen, ist tiefer als die Schlucht von Siagne. Von nun an konnte Giuseppe sich beschweren, wo er wollte, bei den Gendarmen, beim Präsidenten der Republik … oder sogar beim Papst!

Peter wartete geduldig ab, bis Marius seinen Stolz als Bewohner von Mons ausreichend kundgetan hatte, ehe er erneut seine Besorgnis äußerte. Joséphines schweigsamer Blick bestärkte ihn darin.

»Trotzdem sollte man sich keine Illusionen machen, Madame de Carlon sitzt dermaßen auf ihrem Geld, dass sie die Anwesenheit der Kinder sofort bemerken wird, selbst wenn sie durch einen glücklichen Zufall nichts von ihnen hört …«

Er zögerte einen Moment, rieb sich nachdenklich die Hände und machte schließlich, Marius tief in die Augen blickend, folgenden Vorschlag:

»Wenn Sie so nett wären und sich bereit erklären würden, für das leibliche Wohl der Kleinen zu sorgen, würde ich Ihnen gern das dafür nötige Geld geben. Auch für ihre Kleidung. Mir ist aufgefallen, dass die arme Ninon praktisch nichts am Leib hatte, nicht einmal einen Mantel. Und was ihre kleinen Geschwister betrifft …«

Das Elend dieser Kinder empfand er als so haarsträubend, dass er nur die Augen verdrehte. Dann fuhr er fort:

»Ansonsten bleibt nur zu hoffen, dass Madame de Carlon nichts von ihrer Anwesenheit mitbekommt … Aber trotzdem, so kleine Kinder! Wie sollen die sich bloß den ganzen Tag lang beschäftigen, ohne sich bemerkbar zu machen?«

Marius schnitt sich vergnügt ein weiteres Stück Käse ab. Er kaute lange darauf herum, ehe er, um es herunterzuspülen, einen tiefen Schluck Wein nahm. Alle sahen ihn an.

»Jetzt, wo das Dorf zusammenhält, ist es nicht mehr von Bedeutung, ob man sie bei mir sieht. Die Kleinen können herkommen, sooft sie wollen, und auch mit von unserer Suppe essen, wenn Sie uns wirklich helfen wollen, sie ein bisschen zu strecken.«

Joséphine blickte auf und zeigte ein strahlendes Gesicht. Seit einem Weilchen hatte sie schon darauf gehofft, endlich das zu hören, was Marius nun gesagt hatte.

»Aber zum Schlafen kann ich sie nicht unterbringen, das wissen Sie selbst, ich habe kaum Platz. Nur den Schuppen, wo es im Winter zu kalt ist.«

»Aber dennoch«, fügte er hinzu, »ein bisschen sollten wir vor Giuseppe auf der Hut sein … Ich könnte mir vorstellen, dass er durchaus in der Lage ist, noch einmal hier anzukommen …«

Doch an diesem Tag musste er bei dem Gedanken lächeln.

Es war schon spät, aber Großvater Bernard wollte partout nicht schlafen gehen. Er rieb sich die Wangen und grinste vor Stolz. Er hätte sich gern nochmals von seinem Sohn erzählen lassen, wie das Dorf übereingekommen war, den Feldhüter an der Nase herumzuführen und die Kinder laufen zu lassen.

Der April ging zu Ende, und Ninon hatte sich, so gut es eben ging, in eine kleine Gesellschaftsdame verwandelt. Gewandt pendelte sie zwischen Küche und Salon. Auf Peters Drängen hatte sich Madame de Carlon – wenn auch zähneknirschend – dazu durchgerungen, Ninon ein Paar flache, schwarze Schuhe zu kaufen, die sie nun anstelle der Pantinen trug, die wirklich zu plump gewesen waren. Seitdem blickte Ninon beim Gehen unentwegt auf ihre Schuhspitzen und konnte sich gar nicht satt daran sehen, wie sie bei jedem Schritt unter ihrem Rock hervorlugten.

Wie Marius vorgeschlagen hatte, verließen Yvon und Fanny das Schloss im Morgengrauen, um sich zu dem benachbarten Hof zu schleichen, von wo sie erst bei Einbruch der Dunkelheit zurückkehrten, wenn Madame de Carlon gerade eine von Ninons wohlriechenden Suppen kostete.

Wie mit Ninon ein Jahr zuvor ging nun mit Yvon in seiner neuen Freiheit, wohlgenährt und ohne bange Gefühle, eine wundersame Verwandlung vor. Er folgte Marius wie ein Schatten, half ihm und sah ihm voller Bewunderung zu.

Abends erzählte er Ninon, was er tagsüber getan hatte, wie er im Lieferwagen mitgefahren war, um die Oliven zur Mühle von Fayence zu bringen. Er hatte das Öl aus den übereinander gestapelten Siebkörbchen tropfen sehen und seinen Finger hineingehalten, um ihn abzulecken:

»Ein Genuss!«

Ninon seufzte neidisch:

»Die Mühle von Mons war schöner und hat viel besseres Öl gemacht.«

Fanny, die weiterhin sehr zurückhaltend war, blieb lieber auf dem Hof. Sie überwachte den Ofen und die darauf köchelnden Töpfe und stickte oder strickte still vor sich hin. Joséphine betrachtete sie amüsiert, ehe sie sich beruhigt zur Feldarbeit aufmachte.

Als sie einmal querfeldein durchs grüne Gras liefen, hörte Ninon Marius brüllen:

»Runter da, ihr Schlingel, seht ihr denn nicht, dass ihr den Weizen zertrampelt!«

Ninon erstarrte. Der Weizen, ihr Weizen hatte schon zu sprießen begonnen, ohne dass sie es bemerkt hätte … ohne zu ahnen, dass bald schon wieder die Ernte anstehen würde.

Giuseppe war natürlich eines Abends aufgetaucht – wenn auch zu spät –, im Glauben, die ganze Familie vereint bei Tisch vorzufinden und seine Kinder mittendrin. Mit einem Ruck und ohne anzuklopfen, hatte er die Tür aufgerissen, aber außer Joséphine vor dem Herd und Marius am Ende des Tisches niemanden vorgefunden.

»Komm schon rein, Admiral.«

Giuseppe, etwas ausgenüchtert durch den langen Marsch, hätte fast gehorcht, doch dann murmelte er nur, ohne von der Türschwelle zu treten:

»Spuck nur deine großen Töne, du Schlaumeier, das passt zu dir wie das Stroh zum Esel. Aber ich bin gut informiert und weiß, dass meine Bälger hier sind. Ich komme wieder und dann wehe dir!«

Das zweite Mal sah Yvon von weitem, dass Giuseppe und Timoléon im Anmarsch waren. Die beiden Männer, die ordentlich einen in der Krone hatten, stiegen von Timoléons Solex.

Yvon erklomm rasch den mächtigen Stamm eines hundertjährigen Olivenbaums, auf dem er sich versteckte, während Marius, auf seinen Spaten gestützt, zusah, wie die beiden anrückten.

»Gott zum Gruß, ihr Trottel, seid ihr gekommen, um mir zu helfen?«

Am Abend war Ninon früh zu Bett gegangen, ihr Kopf neben den Füßen von Fanny, die unter dem roten Plumeau mollig und sanft eingeschlummert war.

Mitten in der Nacht wurde sie von Yvon geweckt:

»Komm doch mal gucken, was da draußen los ist, hörst du nicht die Musik?«

Verschlafen ließ sich Ninon in Yvons kleines Zimmer führen, dessen Fenster nach Norden ging.

Tatsächlich gab es ein Fest, in einem benachbarten Haus, das Ninon im Dunkel der Nacht nicht einordnen konnte. Unter den leuchtenden Sternen hörten sie Gelächter und Rufe, die sich in Tanzmusik und Tangomelodien mischten. Tanzende Silhouetten bewegten sich hin und her, eine große, schöne Frau, in ein hautenges Seidenkleid gehüllt, trat an den Rand der Terrasse.

»Ach, du gute Güte, wie schön die ist«, rief Yvon aus.

Ninon teilte seine Meinung. Yvon tat ganz männlich:

»Mensch, lauter schöne Frauen.«

Plötzlich ertönte eine Gitarrenmelodie, dann eine raue Stimme, die zu singen, zu seufzen begann. Es war ein eindrucksvolles Klagelied, das Ninon überwältigte. Sie sah einen tanzenden Schatten, dann noch einen, direkt davor.

Eine Frau ging quer über die Terrasse, in der Hand eine helle Lampe, die den Schauplatz für einen kurzen Moment beleuchtete.

»Das ist Peters Haus«, murmelte Ninon, wie vom Schlag getroffen.

Sie sah genauer hin:

»Das ist Peter, der da tanzt.«

»Mit Pilar«, fügte Yvon hinzu. »Ich erkenne sie.«

Die ganze Nacht blieben sie mit aufgestützten Ellbogen am Fenster stehen. Bis die Musik verstummte, bis auch der letzte Schatten verschwunden war.

Der Mond stand leuchtend am Himmel, die Luft war lau. Auf Peters Terrasse war das Fest in vollem Gange.

Zu den Gästen zählten Belle, die so schön war wie ihr Name und mit David Tango tanzte, die spritzige Jaqueline, die in Mickaels Armen lag, José und seine Freundin, die es sich unter dem Maulbeerbaum bequem gemacht hatten, und ein Stück weiter, in einem Sessel, Madame de Carlon, die man hatte einladen müssen.

Neben dem Schwimmbad standen drei Männer, die sich, um die Musik zu übertönen, lautstark unterhielten. Es war ein Fehler von ihnen, so zu schreien, denn sie hörten einander ohnehin nicht zu, sondern träumten nur jeder laut vor sich hin.

Auf der Hollywoodschaukel leerte Peter, den verhangenen Blick auf die Sterne geheftet, gerade sein drittes Glas Whisky.

Plötzlich nahm José seine Gitarre und begann eine *soleá*, ein Lied aus seiner andalusischen Heimat, zu singen. Himmel und Erde schienen sich zurückzuziehen, und was blieb, war Josés bebende Stimme und eine wilde, mitreißende Melodie, und dahinter, wie in weiter Ferne, die entrückten Klänge der Gitarre.

Jemand begann zu protestieren, ein anderer mokierte sich, eine Frau lachte laut auf. Belle rückte die Lampe zur Seite und tat so, als würde sie tanzen, mit hochgestreckten Armen, die schönen Hände an ihr dichtes Haar gelegt; nur ihr enger Rock wollte nicht mittanzen, was wirklich ein Jammer war.

Jacqueline ging lachend auf Peter zu:

»Komm, Peter, komm und tanz einen *flamenco* mit mir!«

Sie fasste ihn an der Hand und versuchte ihn hochzuziehen. Peter weigerte sich und riss sie stattdessen mit einem Ruck an sich. Unter schallendem Gelächter ließ sich Jacqueline auf die Hollywoodschaukel fallen, die wild hin und her schlug. Er küsste sie zerstreut. Er wartete auf Pilar.

Endlich tauchte sie auf, ein kleines, rundliches Persönchen, und begann vor ihrem Sohn zu tanzen. Sie neigte den Oberkörper nach hinten, streckte die Arme in die Höhe. José spielte und sang nur für sie. Die Musik floss wie Wasser von seinen Fingern, und sein tragischer Gesang zerriss die milde Nachtluft. Pilar war bewegend und sogar schön mit ihren dicken Fingern, die sich regten wie Vögel, ihrer molligen, sich emporschwingenden Gestalt und den kräftigen Beinen, die unter ihrem weiten Rock umherwirbelten wie tausend Tänzerinnen.

Peter stand auf und tat einen Schritt auf sie zu. Er war groß, er war schlank, wirkte schlaksig, aber Josés Gesang schien mit einem Mal seinen Körper zu durchdringen. Nach und nach wurden seine Füße schwerer, während der Oberkörper, das Kinn und die Arme den Sternen entgegenstrebten. Seine Seele löste sich. Peter tanzte den Liebesschmerz auf vortreffliche Weise. Fast auf der Stelle, wie ein echter Sevillaner.

Josés trauriges, nicht enden wollendes Lied, das bald ein Schreien, bald ein Murmeln war, wurde immer mehr zu einem Klageruf. Wie auf einem anderen Stern, Auge in Auge und in vollkommener Harmonie zitterten Pilar und Peter vor Zorn, liebten und hassten sich und schienen dabei beide einer Ohnmacht nahe.

Die Gitarre und der Gesang verhallten abrupt. Die beiden Tänzer blieben für einen Augenblick leblos voreinander stehen, dann schloss Peter Pilar lange und wie zum Dank in die Arme.

Es war Mai in La Roque Esclapon, und in diesem Dorf, das sich stolz an den Hang eines Berges klammerte, war der Mai ein noch erhabenerer Monat als sonst überall. So dachte zumindest Abel, der stärker als jeder andere spürte, wie das Leben in den Bäumen rauschte und die Tage länger wurden. Er hatte sich angefreundet mit diesem kleinen Puppendorf, das er zu jeder Tages- und Nachtzeit durchstreifte und sich dabei Wörter und Noten einprägte. Jede Woche erhielt er einen Brief von Ninon, den er mit einem Gedicht beantwortete. Er konnte nicht verhindern, dass alles, was er sagen wollte, schon in rhythmischen Reimen aus seinem Mund kam.

Im Kreis seiner älteren Cousins führte er endlich das Bohemeleben, für das er geschaffen war, und nahm die dicken, nassen Küsse hin, die ihm seine Tante Denise bei jeder Gelegenheit auf die Stirn drückte.

Doch im Laufe der Zeit, als schließlich die letzte Schneeplatte schmolz, die Sonne zum ersten Mal wieder brannte und sein Freund, der Mond, in immer kristallklarerem Glanz erstrahlte, war doch das Verlangen in ihm erwacht, nach Mons zurückzukehren.

Er schlang seiner Tante Denise die Arme um den Hals und gab ihr einen Kuss.

Eigentlich war diese Tante eine rechtschaffene Frau, obwohl das Leben ihr kaum etwas erspart hatte. Man musste nur abwarten, bis sie sich gehörig ausgetobt hatte, um dann festzustellen, dass sie sehr wohl über Herz und Verstand verfügte. Worum man sie auch bat, immer brüllte sie als Erstes los wie ein von der Hundemeute gestellter Hirsch, so als wollte sie damit die unendliche Müdigkeit und den immensen Schmerz aus ihrer Brust verjagen.

»Ja, aber wie stellst du dir das vor, du kleiner Dummkopf, meinst du, ich habe nichts Besseres zu tun? Und wenn ich vielleicht mal Lust hätte, mich sonntags auszuruhen? Siehst du denn nicht, dass ich mich die ganze Woche wie eine Blöde abrackere? Und erklär mir doch bitte mal, was ich in Mons überhaupt soll! Und mit welchem Geld? Heilige Jungfrau Maria, Mutter Gottes, wird das denn nie ein Ende haben mit diesen Blagen, die mir noch das Mark aus den Knochen saugen!«

Diese um den Esstisch verteilten »Blagen« ließen den Sturm vorüberziehen, ohne ihre Mahlzeit zu unterbrechen.

»Wer ist überhaupt diese Ninon?«

»Meine Freundin.«

»Wo wohnt sie?«

Abel, der es sich nicht verkneifen konnte, ein wenig große Töne zu spucken, antwortete:

»In einem Schloss.«

Da brach seine arme Tante Denise, die seit langem keinen Grund zum Lachen gehabt hatte, in glucksendes Spottgelächter aus und sank auf einen Stuhl, um ihren durchgeschüttelten Bauch zu entlasten.

»Du willst mich wohl zum Besten halten!«

Tief verletzt zog Abel Ninons Briefe einen nach dem anderen aus der Tasche und las sie Tante Denise vor. Sie waren so von Zärtlichkeit erfüllt, dass seine Tante, als er zu Ende gelesen hatte, nur noch seufzte:

»Warten wir's ab.«

In den Campestres färbte sich der Weizen allmählich goldgelb. Auf ihr kleines Fensterbrett gestützt, betrachtete Ninon ihn Tag für Tag. Im Tau hielt er den Kopf geneigt, und wenn der Tag anbrach, war ein leises Rauschen von ihm zu hören. In der Mittagshitze stand er dann aufrecht da, stoisch und dicht, um sich erst im leichten Abendwind sanft zu wiegen. An den Böschungen und Mäuerchen leuchtete hier und da der Klatschmohn, und die scharlachroten Blüten verrenkten sich die Hälse, um dem Lauf der Sonne zu folgen.

Ein Tag folgte dem anderen, immer gleich. Jeden Nachmittag konnte Ninon jetzt ihr Diktat im Park schreiben, unter den Bäumen. Anschließend wählte Madame de Carlon ein Kartenspiel, dem sie sich bis zum Fünfuhrtee widmeten. Es war äußerst selten, dass Peter zu diesem Zeitpunkt nicht auftauchte.

Heute war er länger als gewöhnlich geblieben. Dadurch, dass sie so häufig zwischen Küche und Garten hin- und herlief, hatte Ninon mitgehört, dass er über England sprach:

»Ich kenne keinen bezaubernderen Ort als mein Heimatdorf Bovey-Tracey. Ich bin übrigens noch Mitglied der Kricket-Mannschaft …«

»Unglaublich!«, hatte Madame de Carlon ausgerufen.

Etwas später, als Peter sich die Spaziergänge an den Flussufern und im Dartmoor, jener wilden Heidelandschaft, in Erinnerung rief, hatte er einen fast wehmütigen Eindruck erweckt. Die Ergriffenheit, die so deutlich in seiner Stimme zu spüren war, sobald er das Land seiner Kindheit auch nur erwähnte, hatte Ninon erschaudern lassen.

»Ich stoße dort immer wieder auf etwas Neues: Das kann ein Stück Fels sein, das plötzlich aus der Erde emporragt, eine einfache Mauer oder der verlassene Turm eines verfallenen Schlosses … Spuren der Vergangenheit, die mir die Tür zur Geschichte und zu meinen Träumen öffnen. Das Wetter ist dort so wechselhaft und der Himmel so windgepeitscht, dass dieselben Dinge ständig in einem anderen Licht erscheinen. So kann ich in meinen Traumreisen an einem einzigen Tag durch die friedlichsten Gefilde und die heftigsten Unwetter segeln. Ich verbringe Stunden damit, die Nase in den Wind zu halten und – meist im Nieselregen – die Figuren meines nächsten Romans ins Leben zu rufen.«

Bevor er ging, hatte Peter Madame de Carlon noch zum Lachen gebracht, als er ihr erzählte, wie er sich einmal im Nebel verlaufen hatte, in einem jener Nebel, die, blitzartig und als stünde der Weltuntergang bevor, auf London niedergehen:

»Wenn ich den Arm ausstreckte, konnte ich meine Hand nicht

mehr sehen. Ich tappte durch die Straßen wie ein Schlafwandler, um wenigstens einen Baum oder eine Straßenlaterne zu finden, an die ich mich hätte klammern können, als ich plötzlich von zwei Männern am Kragen gepackt wurde, die mir Handschellen anlegten. ›Du bist geliefert, Bürschchen‹, sagte einer der beiden im Glauben, ich sei ein Häftling, der diese Waschküche ausgenutzt hatte, um aus dem Gefängnis von Princeton auszubrechen. Sehen Sie, es kommt schon immer richtig im Leben: Diese beiden Männer haben mich in ein Pub geführt, schön in Sicherheit, um meine Papiere zu kontrollieren. Dafür haben sie mehr Zeit gebraucht, als man benötigt, um die ganze *Times* zu lesen. Erst als der Nebel sich endlich lichtete, haben sie zugegeben, dass sie sich geirrt hatten …«

Madame de Carlon hatte gegluckst vor Lachen. Ihr Freund Peter sprühte wirklich vor Charme und Humor, was für ein Jammer, dass er nicht zum Abendessen bleiben konnte …

Ninon, die langsam den Tisch abräumte, wunderte sich darüber, dass dieser Tag so anders war. Sie erkannte ihn kaum wieder, diesen mitreißenden Peter, der das Gespräch auch nicht eine Sekunde abflauen ließ. Sie freute sich darüber und summte leise vor sich hin, während sie langsam mit ihrem Tablett in die Küche zurückging.

Sie stellte das Tablett auf den Rand der Spüle und stützte sich mit den Ellbogen aufs Fensterbrett, um zuzusehen, wie Peter sich verabschiedete. Merkwürdigerweise blieb er noch ein Weilchen stehen, um weiterzuplaudern. Schließlich beugte er den Kopf über die Hand von Madame de Carlon, die ihn jedoch an den Schultern fasste und in einer Anwandlung, die ihr gar nicht ähnlich sah, auf die Wangen küsste. Schließlich blieb sie, anstatt umzukehren, in der Allee stehen und winkte so lange, bis der Jaguar verschwunden war.

Am nächsten Morgen brach Madame de Carlon zeitig zu einem ihrer traditionellen Ausflüge nach Cannes auf.

Ninon zog hocherfreut ein leichtes Kleid über, das Joséphine ihr gekauft hatte, und lief los, um ihre Lieben auf Marius' Hof zu besuchen.

Yvon war schon mit dem Lieferwagen nach Draguignan unterwegs, während die brave Fanny lieber daheim geblieben war, um mit kleinen Stichen den Saum eines Rockes umzunähen. Joséphine hatte ihr das Haar zu einem Kranz hochgesteckt. So wirkte ihr Gesicht noch runder und sah dem von Maria zum Verwechseln ähnlich. Ninon, der das auffiel, als sie ihre Schwester umarmte, überlief ein Schauder. Ihr Blick begegnete dem von Joséphine, die lächelnd sagte:

»Der Apfel fällt nicht weit vom Stamm …«

Worauf sie fortfuhr, geschäftig durch die Küche zu wirbeln:

»Ach ja, weißt du eigentlich, dass heute Peter zum Mittagessen kommt?«, fragte sie plötzlich.

Ninons Herz tat einen Sprung und fing an, vor Freude zu tanzen.

Joséphine öffnete den gusseisernen Topf und wendete mit einem Holzlöffel den Schmorbraten darin. Um sie herum verbreitete sich ein köstlicher Duft.

»Ich muss mich beeilen, weil er nach dem Essen gleich aufbricht, um sein Flugzeug zu nehmen.«

Für einen Augenblick blieb Ninon das Herz stehen. Als es zögernd weiterklopfte, trocknete sie langsam zwei Teller ab, bis sie schließlich in betont beiläufigem Ton, zu dem sie sich zwingen musste, nachfragte:

»Wohin fliegt er denn?«

»Nach Hause, nach England, natürlich! Ich habe einen Schmorbraten mit Ravioli gemacht, sein Lieblingsessen. Hier, roll den Nudelteig aus und schneid ihn in Stücke.«

Ninon tat mühsam einen Schritt vorwärts, denn sie konnte die Last, die sich auf ihre Schultern und ihr Genick gelegt hatte, kaum tragen. Das war also die Erklärung für Peters ungewöhnlichen Elan. Er freute sich königlich darauf abzureisen und machte seine Abschiedsbesuche …

Ninons Hand hätte gern das Nudelholz genommen, doch es gelang ihr nicht. Irgendwie schien es heute aus Gusseisen zu sein, es war einfach nicht hochzukriegen.

»Nach England … Dann kommt er also nicht zurück?«

»Natürlich, im Herbst, wie immer.«

Das Nudelholz rührte sich noch immer nicht, während der Teig wartend dalag.

Joséphine, die überrascht war, dass Ninons fröhliches Plappern ausgesetzt hatte, hob den Kopf und sah ein bleiches Gesicht mit zwei stumpfen Augen darin. Ninon rührte sich nicht, doch sie schien es nicht zu bemerken. Ihre Hände ruhten untätig auf dem Tischrand. Plötzlich senkte sie die Lider, kniff sie, so fest es ging, zusammen, dennoch quollen zwei Tropfen aus ihren Augenwinkeln.

Zwei Tränen, die Joséphine sofort erblickte. Sie war verblüfft und für einen Moment betrübt, doch dann schüttelte sie lächelnd den Kopf. So etwas musste ja irgendwann passieren … Dieser Peter war so charmant … Schwärmereien eines Backfischs, dachte sie, die mit der Zeit vergehen würden.

»Na, meine kleine Nine, so viele Träume?«

In diesem Moment trafen Peter, Marius und Yvon ein. Sie redeten alle durcheinander und ließen sich voller Begeisterung den köstlichen Duft in die Nase steigen, der aus dem Kochtopf drang.

Der Tisch war unter dem Weinspalier gedeckt, von dem die harten, noch grünen Trauben herabhingen wie Perlen. Ein paar blaue, zutrauliche Meisen hatten sich unter den Blättern versteckt und pickten piepsend an den Reben.

Joséphine hatte einen Feldsalat mit Frühlingszwiebeln und kleinen Oliven zubereitet. Peter sprach mit der gleichen Begeisterung wie am vergangenen Tag von England, dann warf er Ninon einen Blick zu, lächelte sie freundlich an und fragte:

»Was ist los mit Ihnen? Möchten Sie diesen köstlichen Salat denn gar nicht probieren?«

Ninon antwortete nicht; nachdem sie, die Nase tief in ihrem Teller, einige Sekunden mit sich gekämpft hatte, entfuhr ihr ein albernes Schluchzen, das sie, so schnell es ging, verbarg, indem sie in die Küche lief.

Peter blickte ihr nach, sah dann Joséphine an, die seufzte, Marius, der eine Meise beobachtete, und schließlich Yvon, der mit offenem

Mund dasaß. War denn niemand hier sensibel genug, sich über Ninons Tränen zu wundern, sich Sorgen zu machen?

Er sah die drei noch einmal an, und plötzlich begriff er. Betreten und wie vom Donner gerührt, senkte er den Kopf. Wie die Meisen pickte er mit der Gabel in seinem Teller herum, doch er hatte keinen Appetit mehr. Ninons Kummer war ihm wie immer schwer zu ertragen, doch dieses Mal stürzte er ihn auch noch in Verwirrung.

Es war so still, als ginge ein ganzer Trupp dem Paradies entlaufener Engel durch die Weinlaube. Schließlich konnte sich Yvon nicht mehr beherrschen und brach das Schweigen:

»Sie ist verliebt!«, stieß er voller Begeisterung hervor.

»Halt den Mund, du Lausebengel«, murmelte Joséphine, während sie aufstand, um zu Ninon zu gehen.

Der halbe Schmorbraten war noch übrig, und Marius musste viel reden, um das Gespräch in Gang zu halten. Über die Fahrt nach Draguignan etwa, wo er einen ausgezeichneten Lieferwagen gesehen hatte, der ein guter Nachfolger für seine alte Mühle von Citroën gewesen wäre, die allmählich ihren Geist aufgab. Er hatte auch zwei Kameraden getroffen, die mit ihm einberufen worden waren, Antoine und Adrien, die jetzt in Fayence eine Werkstatt aufgemacht hatten.

Yvon fügte begeistert hinzu:

»Die haben mir einen alten Schlauch geschenkt!«

Ninon, deren Augen getrocknet waren, hatte wieder Haltung gewonnen und machte nun eine gute Figur. Aus Scham kümmerte sie sich besonders um Fanny, die rechts von ihr saß, um zu ihrer Linken Peters betrübten, unbeholfenen Blicken auszuweichen, der ihr gern ein kleines, tröstendes Zeichen seiner Freundschaft gegeben hätte.

Schließlich kam der Moment, da die Kinder Peter nacheinander eine gute Reise wünschten, wobei sie ihm einen Kuss auf beide Wangen drückten. Als Ninon an der Reihe war, schob Joséphine sie resolut in seine Richtung. Er fasste sie an den Schultern – ohne sich noch großartig bücken zu müssen, denn sie war sehr gewachsen –, und küsste sie, wie er auch die anderen geküsst hatte. Jedoch war nicht zu übersehen, dass sich seine schlanken Hände etwas fester um die Rundungen ihrer Arme schlossen und seine Wange länger an ihrer verweilte.

»Sorry.«

Es war nur ein Murmeln auf Englisch, das Ninon nicht verstand.

Dann ging er, und der Jaguar schlängelte sich langsam die gewundene Straße hinab.

Peter war nicht zufrieden mit sich. Dabei hatte er keine Ahnung, was er Ninon hätte sagen wollen. Er hatte dieses Mädchen mit dem stolzen Blick schrecklich gern. Er hatte immer den Drang, Ninon zu beschützen, so als trage er Verantwortung für sie. Er liebte sie, wie man ein Kind liebt … Aber Ninon war kein richtiges Kind mehr, schoss es ihm durch den Kopf. Dann also wie eine Schwester? Er zuckte die Achseln. Wie eine Freundin? … Pah! Gereizt fragte er sich, warum er eigentlich um jeden Preis einen Vergleich anstellen musste, um seine Zuneigung zu formulieren. Doch weil er ein sensibler Mensch war, wurde er plötzlich von einem Gefühl der Rührung erfasst und murmelte vor sich hin: »Ninon ist in einer charmanten Phase, in der sie weder Frau noch Kind ist.«

Er war so stolz auf diese glänzende Erklärung, dass er sich nicht fragte, wie lange diese charmante Phase, die ihn in die glückliche Lage versetzte, nicht weiter über seine Gefühle für sie nachdenken zu müssen, wohl dauern würde.

Am Nachmittag nahm man das Pflücken der ersten Kirschen in Angriff. Ninon blieb am Fuß des Baums stehen, auf den Yvon geklettert war. Sie füllten einen Korb, dann noch einen. Ninon hängte sich, wie es der Brauch ist, ein Paar Kirschen an jedes Ohr, und der Saft der aufgeplatzten Früchte färbte ihren Mund rot.

Sie wandte sich zu Joséphine um, die gerade dazukam.

»Mein Gott, wie hübsch dieses Mädchen ist!«, dachte Joséphine, sich gleichzeitig fragend, ob die Zeit tatsächlich, wie sie hoffte, ausreichen würde, die Wogen zu glätten.

Auf einmal tauchte in der Ferne eine Silhouette auf, die wild winkend auf sie zulief.

»Abel!«, rief Ninon aus, als sie die überschwänglichen Gesten und dann die grauen Augen erkannte.

Die beiden Kinder fielen sich in die Arme. Ninon machte ihrem Herzen, das zum Bersten voll war, Luft und umfing ihren Freund voller Leidenschaft.

»Weine nich,
jetzt hast du mich!«,

… deklamierte Abel, der wie immer alles in Verse brachte.

Joséphine, die das Geschehen verfolgte, fragte sich intuitiv, ob diesem jungen Burschen bewusst war, dass der, den Ninon so heftig umarmte, ein anderer war.

Schließlich traf auch Tante Denise bei ihnen ein. Nachdem sie die Runde begrüßt hatte, begann sie sogleich wie ein Rohrspatz zu schimpfen:

»Oh du heilige Jungfrau, liebe Maria, was hast du mir da nur angetan! Im Morgengrauen sind wir mit einem Bus losgefahren, der die ganze Gegend verpestet hat und gekrochen ist wie eine Schnecke im Salat. Deshalb sind wir auch jetzt erst angekommen! Gott im Himmel, gerade rechtzeitig, um gleich wieder aufzubrechen! Los, du Charmeur, nimm deine Liebste noch einmal in den Arm, dann marschieren wir wieder ab. Das muss man sich einmal vorstellen: so eine Reise, nur für einen einzigen Kuss. Dieses Kerlchen treibt mich noch in den Wahnsinn!«

Abel schmiegte sich strahlend an Ninon, dann zog er sie zur Seite, um ihr etwas ins Ohr zu flüstern. Yvon blies seinen Schlauch auf und warf ihn in ihre Richtung. Und schon liefen alle drei quer über die Wiese eilig hinter dem davonrollenden Schlauch her. Abel und Yvon wie zwei ausgelassene Jungen, Ninon wie eine Frau, die beschlossen hat, der Welt der Kinder doch noch nicht gleich den Rücken zu kehren.

Dann musste Tante Denise noch zu der kleinen Eisentür geführt werden, denn sie wollte um jeden Preis einen Blick auf das Schloss werfen. Als sie es zwischen den dicken Baumstämmen erspäht hatte, stellte sie schulterzuckend fest:

»Das ist doch nur ein großes Haus, das sich einen Turm an jede Seite gestellt hat, um so zu tun wie ein Schloss.«

Viel später erst zwängten sich alle in Marius' Lieferwagen und machten sich kurz entschlossen auf die Reise, um Abel und Tante Denise zurück nach La Roque Esclapon zu begleiten.

Der Sommer kam schnell und mit ihm die gesegnete Erntezeit.

Ninon setzte ihr gesamtes diplomatisches Geschick ein, um die Erlaubnis zu erwirken, vom frühen Morgen bis zum Mittag wegbleiben zu dürfen, damit sie wieder ihren Platz im Zug der Schnitter einnehmen konnte. Aber Madame de Carlon weigerte sich hartnäckig:

»Du stehst mir zu Diensten und nicht Marius. Nicht nötig, weiter darüber zu verhandeln.«

Doch am nächsten Tag sollte die Ernte beginnen, und Ninon hatte beschlossen, bis zum letzten Moment zu kämpfen. Sie sah Madame de Carlon mit einem Blick in die Augen, in dem schon der erste Donner grollte:

»Joséphine kann keine Garben binden, sie ist krank, sie hat gerade das Kind verloren, das sie erwartet hat.«

»Selbst schuld, dann hätte sie eben an ihre Arbeit denken sollen, anstatt sich wieder ein Kind anhängen zu lassen.«

Jetzt brach das Gewitter los:

»Wenn Sie mich nicht gehen lassen, sehen Sie mich nicht wieder.«

»Und wo willst du hin, du Dummerchen? War da nicht jemand namens Cézaire, der dich überall sucht?«

»Er sucht mich nicht mehr, weil er tot ist. Wenn ich bei Ihnen bleibe, ohne Lohn und ohne freien Sonntag, dann nur, um Ihnen einen Gefallen zu tun. Um Ihnen dafür zu danken, dass Sie mich aufgenommen haben.«

Beunruhigt suchte Madame de Carlon nach einem Argument, das sie zur Siegerin machen würde, doch sie fand keines. Sie ließ die

Schultern hängen und steckte schnüffelnd die Nase in ihr Taschentuch. Innerhalb von einer Sekunde schien sich diese rüstige, gestandene Frau in ein unglückliches altes Weiblein verwandelt zu haben. Sie machte einen derart hilflosen, mitleiderweckenden Eindruck, dass Ninon, die ein Herz aus Gold besaß, gleich wieder weich wurde:

»Ich werde Sie nicht vergessen; mittags werde ich Ihnen täglich eine Portion von dem Essen mitbringen, das Joséphine kocht.«

Im selben Moment legte Madame de Carlon ihre Elendsmiene ab und erwiderte mit der ihr eigenen Überheblichkeit:

»Ich dachte, sie sei krank?«

»Krank genug, um sich nicht stundenlang in der prallen Sonne zu bücken.«

»Dann geh halt zur Ernte, aber sei bis zum Mittag zurück und sag Marius, dass diese Mahlzeiten bei unserer Abrechnung nicht berücksichtigt werden.«

Sprachlos darüber, wie eine bloße Geste der Barmherzigkeit sofort in klingende Münze umgesetzt wurde, schwor sich Ninon voller Zorn, dass ihr so etwas nie wieder passieren würde.

Im ersten Schimmer der Morgendämmerung, wenn die Luft noch frisch war, zogen die Schnitter auf die Felder, um mittags zur Essenszeit mit ihrer Arbeit aufzuhören. Ninon lief dann in aller Eile zum Schloss zurück, um Madame de Carlon etwas von dem Schmorbraten oder dem Omelett, das Joséphine zubereitet hatte, zu servieren.

»Sehen Sie, endlich einmal ein Essen, das Sie so gut wie nichts kostet«, sagte sie frech.

Madame de Carlon, deren Geiz so groß war, dass sie darüber sogar ihre Würde vergaß, tat so, als hätte sie nichts gehört und rammte gierig ihre Gabel in den Hühnerschenkel.

Dieses Mal folgte Ninon den Sensenträgern allein, und sie genoss die Arbeit so sehr, dass sie, strotzend vor Energie, im Binden und Tragen der Garben und auch an Fröhlichkeit nicht zu überbieten war. Der Zauber, den die letzte Ernte auf sie ausgeübt hatte, war wieder da, unverändert und sogar noch verstärkt durch die Gewissheit, dass der nächste Tag nicht anders sein würde – der nächste Tag und alle Weizenernten, die die Zukunft noch bringen würde. Joséphine kam aus der Küche auf die Felder, um zu sehen, ob Ninon die zusätzliche Arbeit verkraftete. Fanny folgte ihr, fügsam und willenlos. Ninon unterbrach ihre Arbeit für einen Moment, um die kleine Doppelgängerin ihrer Mutter zu küssen, so als hoffte sie, das Schicksal damit noch in sein Gegenteil kehren zu können.

Yvon, der zu stolz war, nur Ähren zu lesen, aber zum Mähen noch zu klein, lernte vom Großvater, mit der Sichel umzugehen.

Bisher hatte Ninon einen mageren, ungelenken Körper gehabt, wie die Pubertät ihn den meisten beschert. Selbst ihre strahlend schönen Augen hatten Mühe, den fahlen Teint unter dem zerzausten Haar aufzufrischen. Doch seit kurzem schlang sie ihr Haar zu einem reizenden Knoten, aus dem immer wieder ein paar weiche Strähnen herausrutschten und der ihr Ähnlichkeit mit den Frauen von Arles verlieh, früher, als sie noch Trachtenhauben trugen. Mit jedem Tag, der verging, wurde sie hübscher, ein schönes, vor Energie und Lebenslust sprühendes Mädchen. Joséphine beunruhigte sich nicht mehr wegen des heftigen Kinderkummers, der Ninon für einen Augenblick aus der Fassung gebracht hatte, so lebhaft und fröhlich wirkte sie jetzt. Nein, ihre Kleine hatte alles vergessen, genauso wie Joséphine es vorausgesagt hatte. Zeit und Distanz hatten bereits gute Arbeit geleistet, für den Rest würde jetzt schleunigst die Ernte sorgen.

Die Julisonne und die Frühreife südländischer Frauen hatten zur Folge, dass Ninons Haut bald wieder goldbraun schimmerte, während ihr dürrer Körper sich an Brust und Hüften sanft zu runden begann. Und das auf so anmutige Weise, dass es nicht lange dauerte, bis der eine oder andere darauf aufmerksam wurde.

Einmal tauchte ein junger Mann aus der Gegend auf, François, um mit genießerischer Miene bei den Schnittern herumzulungern.

»Willst du uns unter die Arme greifen?«, fragte Marius ihn arglos.

François schüttelte mit offenkundiger Verachtung für die Feldarbeit den Kopf.

Verärgert, ihn fortwährend auf dem Steinmäuerchen sitzen zu sehen, von dem er sich keinen Zentimeter fortbewegte, wiederholte Marius vor jedem, der es hören wollte:

»Dieser junge Bursche da, der hat mehr Haare in der hohlen Hand als oben auf seinem Schädel, das könnt ihr mir glauben.«

Aber François war nicht wegen der Ernte gekommen. Er sah nicht zu, wie die Sensen sich rhythmisch bewegten und die Ähren zu Boden glitten, sondern starrte nur auf den grünen Rock, der jedes Mal, wenn eine Garbe gebunden wurde, Ninons Schenkel enthüllte.

Am Abend sagte Joséphine lachend:

»Es gibt ein Sprichwort, das du niemals vergessen solltest, meine Süße:

Zu Fall bringt die Menschen dreierlei:
der Lustmolch, der alte,
der Geizhals, der reiche,
und der Nichtsnutz mit seiner Faulenzerei!

... die ersten beiden hast du ja schon kennen gelernt, nimm dich also bloß vor dem dritten in Acht!«

Ninon zuckte mit den Schultern, während Marius knurrte:

»Wartet mal ab, wenn's erst zu winden beginnt. Ich kenn da einen, den können wir gern mal hochgehen lassen, um zu sehen, ob er mit der Spreu wegfliegt oder mit den Körnern wieder auf seinem Hintern landet!«

Ninon erlebte noch bewusster als bei ihrer ersten Weizenernte jene drei Wunder, wenn die Ähren unter den Sensen zu Boden gleiten, wenn die Spreu im Sommerwind davonfliegt und wenn schließlich das feine, blütenweiße Mehl zu rieseln beginnt. Eines Tages war es endlich so weit, und sie setzte sich zwischen die Säcke, um zur Mühle von Fayence zu fahren. Als sie die Brücke überquerten, die über die Siagnole führt, rührten sich alte Gefühle wieder in ihr, und sie klopfte Marius auf die Schulter:

»Bitte, darf ich mir die Mühle noch einmal ansehen?«

»Meinetwegen gern«, antwortete Marius, während er den alten Lieferwagen zum Stehen brachte, »aber ich warne dich, da gibt's nichts mehr zu sehen.«

Ninon lief zu den Mauern der Mühle, strich über die verschlossenen Türen, ging mit kleinen Schritten am Rand der Becken entlang, in denen noch Reste zerquetschter Oliven klebten. Dann erstarrte sie vor dem prächtigen, stummen Holzrad, dessen Gleichgültigkeit sie als geradezu niederträchtig empfand.

Sie setzte sich auf ein Mäuerchen, in ihrer Erinnerung nah bei Abel, und sah Pierre wieder vor sich, wie er mit gesenktem Kopf hin- und herging, dann verrenkt am Fuß des Mühlrads. All das war kaum ein Jahr her, und die Mauern hatten wie die Kiesel am Flussufer schon alles vergessen.

»Was ist jetzt, Mädchen, die Zeit drängt«, rief Marius, der langsam näher kam, nach einer Weile.

Auch er geriet kurz in Verwirrung, als er die Mauern streifte, und wandte den Blick ab. Die Arbeit wartete.

»Sagen Sie, Marius, warum ist eigentlich niemand gekommen, um Pierres Nachfolger zu werden?«

»Weil es keinen Weizen mehr und kaum noch Oliven gibt. Die Mühle steht zum Verkauf, aber wer soll sie schon kaufen, wenn es nichts mehr zu mahlen gibt?«

»Warum gibt es keinen Weizen mehr?«

»Weil es einfacher ist, im Sitzen hinter einem Schreibtisch zu arbeiten, als den Pflug zu führen, einfacher, zum Bäcker zu gehen, als eigenes Brot zu backen, einfacher, für andere zu arbeiten, als für sich selbst. Weil der Krieg die alten Mühlen verschlungen hat und weil die großen Mühlen die kleinen, neuen verschlingen. Und zu guter Letzt natürlich auch deshalb, weil alle sich einig sind, dass es besser so ist.«

»Und Sie, warum machen Sie weiter?«

»Ich? Weil ich es liebe, auch wenn ich daran zu Grunde gehe.«

»Kann es sein, dass es eines Tages keine einzige Mühle mehr gibt, nicht einmal für diejenigen, die so etwas lieben?«

»Das kann sein, natürlich ...«

Ninon drückte Marius die Hand.

Als die Ernte beendet und das gesamte Mehl gelagert war, fuhren sie gemeinsam nach La Roque Esclapon, um Abel abzuholen, der die Schulferien bei ihnen verbringen wollte.

Und so nahmen sie ihre nächtlichen Spaziergänge wieder auf und gaben so häufig dem Mond die Ehre, dass Ninon kaum noch schlief.

Am liebsten wollte Ninon auch gar nicht mehr schlafen. Die Nacht war unerträglich für sie geworden, eine Feindin, die aus wirren, verlogenen Träumen bestand, in denen stets Peter irgendwann erschien. Die Nacht, das waren nichts als Fabeln aus fremden Gefilden, die sie nicht von ihrer Netzhaut wischen konnte. Die Nacht, das waren Torheiten und Täuschungen wie jene, die sie manchmal bis nach England brachten und Englisch sprechen ließen ... Wenn sie morgens erwachte, atmete sie heftig und glühte von einem unbekannten Fieber, das ihren ganzen Körper entflammte, um sie dann, in ihren Laken versunken, jämmerlich und allein zurückzulassen.

Unter diesen Umständen war es besser, mit Abel durch die Wälder zu streifen und seinen Liedern zu lauschen.

Abel wiederum zerschmolz vor Liebe zu Ninon. Eine Kinderliebe? Nein, die Liebe eines Poeten, der immer das Unerreichbare wählt, damit seine Stimme in Tränen zerfließen kann. Für sie komponierte er alle möglichen Refrains und Sonette, die er ihr voller Unschuld ins Ohr sang. Ninon genoss das und spendete ihm Beifall. Sein Liebesgeflüster verwirrte sie und berührte ihr durch Peter verwundetes Herz. Der ständig bewegte, aufmerksame Abel sah, wie ein Schauder der Erregung auf Ninons Gesicht niederging, und begann selbst zu zittern.

Am zehnten August wurde Ninons vierzehnter Geburtstag mit einem Festmahl gefeiert, das bei Sonnenuntergang begann und im Mondschein endete. Es war ein großartiges Fest.

Als das Essen vorüber war, stieg Abel mit einer Kühnheit, die nur aus Ehrlichkeit erwachsen kann, auf einen Stuhl und trug ein Gedicht vor, das er Ninon zu Ehren geschrieben hatte.

Dann begannen Pilar und José, die auch eingeladen waren, zu singen und zu tanzen – spanische *flamencos*, *alegrías* und *soleares*, die Ninon gerührt wiedererkannte.

»Warum sind mein Leid und dein Leid zweierlei?«, sang José zu den Sternen hinauf.

Abel versuchte sich mit derselben Leidenschaft im Tanzen, die er bei allem, was er unternahm, an den Tag legte, und er erhielt viel Beifall.

»Wer die *soleá* auch sehr gut tanzt, ist Peter«, sagte Pilar. »Wenn er tanzt, ist es, als schwinge er sich in die Lüfte und beklage seinen Schmerz wie ein echter Sevillaner.«

Sie sprachen auch darüber, dass José Peter im Maquis kennen gelernt hatte und dass die beiden sich liebten wie Brüder. José machte Peter mit seiner mediterranen, zur Übertreibung neigenden Begeisterung zu einer Art Heiligem, den Gott höchstpersönlich ihm geschickt hatte. Pilar tat es ihm gleich: Für sie war Peter so schön und liebenswürdig wie ein Prinz. Sie schloss mit den Worten:

»Ich liebe ihn wie einen Sohn.«

Ninon, die etwas abseits saß, spürte, wie sie von einer Traurigkeit ergriffen wurde, von der sie gedacht hatte, dass sie überwunden sei. Abel, der sie nicht eine Sekunde aus den Augen ließ, bemerkte es sofort und trat zu ihr, um sich neben sie zu setzen.

»Wer ist denn dieser Kerl, von dem alle reden?«

»Ein englischer Schriftsteller, der nicht weit von hier wohnt, dort hinten.«

»Ist er denn wirklich so nett, wie sie sagen?«

»Wahrscheinlich schon. Aber du wirst ihn nicht zu sehen bekommen, er ist zurück nach England gefahren.«

Da griff Jules, der Nachbar, zu seinem Akkordeon, und alle erhoben sich, um Walzer zu tanzen. Ninon gab sich einen Ruck, verbannte ihren Weltschmerz weit hinter die Hügel und schloss sich in

Abels Armen den Tanzenden an. Kaum dass sie sich viermal gedreht hatten, hörte sie, wie Pilar ausrief:

»Wie gern wäre Peter jetzt dabei!«

Sofort geriet Ninon aus dem Takt. Abel, der wie ein Fädchen im Gras auf den leisesten Hauch reagierte, betrachtete Ninons Gesicht, und mit dem, was er darin erblickte, begann sein Leidensweg.

Zum Wiederbeginn der Schule wurde Abel im Morgengrauen des ersten Oktobertages nach La Roque Esclapon zurückgebracht, während Marius' Lieferwagen Lulu, Loulou, Yvon und Fanny zur Schule von Mons brachte.

Am Abend desselben Tages kehrte Peter in die Campestres zurück.

Yvon, die Arme auf das Fensterbrett gestützt, sah als Erster, wie sich hinter den Blättern der großen Eichen der Jaguar entlangschlängelte, wie die Türen sich öffneten und die Terrasse erleuchtet wurde. Er rief die Neuigkeit durch die Zimmerwand. Ninon fuhr im Bett hoch, dann erstarrte sie:

»Sei doch still«, sagte sie nur, »du weckst Fanny noch auf.«

Glücklich ließ sie den Kopf wieder aufs Kissen sinken.

»Er ist nicht allein! Er hat eine Frau bei sich!«

Hundert-, ja tausendmal hatte sie von dieser Rückkehr geträumt.

Doch niemals hatte sie sich so etwas vorgestellt.

Sie rührte sich nicht, sondern versank nur, wie vom Blitz getroffen, in den Tiefen einer ihr bislang unbekannten Verzweiflung.

Seit jenem Tag, an dem er aufgetaucht war, elegant, ungezwungen und strahlend schön in seinem roten Kabriolett, um sie dem *Jas des Graïs* zu entreißen, hatte Ninon Peter mit einer Heftigkeit und Ausschließlichkeit lieb gewonnen, zu der ihre einsame Kindheit sie wohl neigen ließ. Sie bewunderte ihn vom Scheitel bis zur Sohle, nicht weil er so bemerkenswert war, sondern aus dem einfachen Grund, dass er anders war als all die Menschen, die sie kannte.

Vereinfachend könnte man sagen, dass Ninon ihn liebte. Doch

diese Liebe mit all ihrem Ungestüm und ihrer Naivität, diese Liebe, die jeder Vernunft widersprach, war etwas, das aus ihrem tiefsten Inneren kam, war die Essenz ihres gesamten bisherigen Lebens.

Ninon hatte den Kopf erhoben, als sie ihren Platz im Zug der Schnitter einnahm; dank Peters Komplizenschaft, wenn er ihr zuzwinkerte oder ein freundliches Lächeln schenkte, dank seiner beruhigenden Worte hatte sie wachsen können …

Auch wenn ihr Körper nachts beim bloßen Gedanken an ihn bisweilen von Sehnsucht erfüllt wurde, war sie bis zum gestrigen Tag in ihren Träumereien niemals sehr weit gegangen. Ihn sehen, ihn immer wieder sehen und auch verführen, versteht sich, aber nur, um zu erzwingen, dass er Tag für Tag aufs Neue erschien, denn sie brauchte ihn zum Leben wie die Sonne und das Wasser. Der schreckliche Schmerz, der sie an jenem Tag gequält hatte, als er fröhlich zum Dartmoor in die wilde Heidelandschaft seiner Heimat aufbrach, war kein Schmerz aus Liebeskummer gewesen. Es war eine harte Schicksalsprüfung gewesen, ein unangekündigter Sturz ins Verlassensein, so entsetzlich wie die jählings hereinbrechende Nacht, die in südlichen Breiten den Fremden überrascht und erstarren lässt.

Doch seitdem waren fünf Monate vergangen, in denen es Ninon gelungen war, den Dingen vernünftig Rechnung zu tragen und die Abwesenheit hinzunehmen, weil sie nicht von Dauer war. Insgeheim zählte sie artig die Tage, die sie noch von Peters Rückkehr trennten, von jenem Moment, an dem alles wieder sein würde wie vorher.

Aber siehe da, plötzlich und wie aus heiterem Himmel kippte an diesem Abend Ninons gesamte Logik, und das Verlassensein wurde endgültig. Peter, ihre Sonne, ging für eine andere auf, und seiner beraubt, in einer Ecke ihres Bettes zusammengekrümmt, spürte Ninon mit einem Mal, wie sie in vollkommener Bedeutungslosigkeit versank. Sie existierte nicht mehr.

Und die Tränen, die in jener Nacht aus ihren Augen strömten, waren Tränen eines verzweifelten Kindes und der Kummer einer leidenden Frau.

Am nächsten Morgen erwachte sie mit leerem Herzen. Die Flammen, die in ihr gelodert hatten, schienen in der Flut ihrer Tränen so unwiderruflich erloschen zu sein, dass sie vielleicht nie wieder aufflackern würden.

Kurz vor seiner Rückkehr nach Frankreich hatte sich Peter gegen Ende eines stürmischen Fests abseits der tanzenden und plaudernden Gäste auf einen Stuhl gesetzt. Er nippte nachdenklich an seinem Whisky, als Clara, eine langjährige Freundin, neben ihm Platz nahm. Sie war eine hübsche, dem Trübsinn wenig zugetane Frau, die jeden Tag lebte wie einen Tag voller Verheißungen ... und was auch immer des Nachts daraus wurde, es erfüllte sie niemals mit Groll. Sie führte ein luxuriöses Bohemeleben in vollendetem Müßiggang und war mehrmals Peters flüchtige Geliebte gewesen.

Sie fand ihn sorgenvoll und fragte ihn, ob sie ihm helfen könne. Zuerst zog Peter ein mürrisches Gesicht und schwieg, doch als sie hartnäckig weiterfragte, murmelte er schließlich:

»Ich habe ein französisches Problem.«

»Eine Frau?«

»Ein Mädchen«, antwortete er im Glauben, das Gespräch würde auf diese Weise ins Leere laufen.

»Verliebt in den schönen Peter, der nicht weiß, wie er sie loswerden soll? Stimmt's?«

Es war drei Uhr morgens. Peter, der müde und leicht angetrunken war, hatte sich, um es kurz zu sagen, nur noch so wenig unter Kontrolle, dass er seiner Bequemlichkeit erlag. Er stimmte zu, während er sich innerlich für die eigene Trägheit verfluchte, die ihn dazu brachte, die schamhaften Verwirrungen der unschuldigen Ninon dieser routinierten Frau auf dem Tablett zu servieren.

Clara, der dieses erste Geständnis Appetit auf eine – wie sie vermutete – Reihe pikanter Vertraulichkeiten gemacht hatte, ließ es nicht dabei bewenden, sondern drängte darauf, mehr in Erfahrung zu bringen. Peter legte ihr schließlich den Sachverhalt dar, wobei er all seine Empfindungen sorgfältig ausklammerte. Clara, die behauptete, das

Problem gut zu kennen, erging sich sogleich in einer erschöpfenden Auflistung möglicher Gegengifte und kam schließlich zu folgendem Schluss:

»Meiner Meinung nach wäre es besser, dieser Sache entschlossen und auf einen Schlag ein Ende zu bereiten. Glaub mir, es bringt nichts, es mit Erklärungen und gutem Zureden zu versuchen, ein schneller Schnitt ohne Betäubung ist besser. Schmerzhaft vielleicht, aber garantiert ohne Nachwehen oder Rückfälle. Wie alt ist dieses Mädchen eigentlich?«

»Dreizehn, glaube ich«, antwortete Peter verstimmt.

»Mein Gott! Und du, sag schon, fünfunddreißig? Sechsunddreißig?«

»Bald vierunddreißig«, korrigierte Peter gereizt.

Worauf Clara ihm ein tragisches Bild der Seelenzustände, Phantasmen und Neurosen junger, verliebter Mädchen zeichnete und dann ausrief:

»Ich sehe nur zwei Lösungen: Entweder du bleibst in England, und deine Abwesenheit wird wie von Zauberhand das ihre tun, oder ich komme mit dir nach Frankreich, und wir leben dort ein paar Monate wie ein Paar. Normalerweise dürfte das reichen, um dich unbeliebt zu machen. Mal abgesehen davon, dass ich seit langem davon träume, einmal den Winter in der Provence zu verbringen.«

Peter schüttelte den Kopf und lehnte brüsk ab, ohne weiter diskutieren zu wollen.

»Und wenn dieses Mädchen in ein paar Tagen, gleich nach deiner Ankunft …«

»Sie heißt Ninon.«

»… wenn also diese Ninon wieder anfängt, dir schöne Augen zu machen und dir weinerlich auf Schritt und Tritt folgt? Was wirst du ihr dann sagen, was wirst du dann tun? Etwas weniger Schreckliches? Etwas weniger Gemeines?«

Peter antwortete nicht. Er schloss die Augen und versuchte vergeblich, sich Ninon vorzustellen, wie sie ihm weinerlich hinterherlief. Er sah nur ein von kurzen Zöpfen umrahmtes freches Gesicht und erinnerte sich voller Rührung an die Wasserperle auf ihren Wimpern, am Tag seiner Abreise.

So entging ihm ein Teil von Claras Rede, aber als er wieder zu sich kam, hörte er sie sagen:

»Und denk doch nur mal an die üble Nachrede und die Möglichkeit eines Skandals, der verheerend für deinen Ruf wäre. Auf dem Land kennen die Leute kein Mitleid mit fremden Verführern. Deine Ninon ist zu jung, mein Alter, zu jung zum Spielen.«

Er konnte es nicht ertragen, Clara so reden zu hören, und ging heim, um sich schlafen zu legen.

Sieben Tage und sieben Nächte ließ er verstreichen, in denen er alle Argumente für die verschiedenen Möglichkeiten, sich Ninon gegenüber zu verhalten, zusammentrug, doch keine erschien ihm zufrieden stellend.

Am Tag vor seiner Abreise erklärte er sich wohl oder übel bereit, Clara mitzunehmen, die fest entschlossen war, den provenzalischen Winter zu genießen. Er hatte voller Hass auf sich selbst zugestimmt und nur, weil es ihm nicht gelungen war, sich einen anderen Weg vorzustellen, Ninons Zukunft zu retten.

Am Morgen nach Peters Rückkehr machte sich Ninon wie in Trance an ihr Tagewerk und vergeudete willentlich die Zeit mit einer Unmenge an idiotischen kleinen Tätigkeiten. Dann wagte sie sich an die Zubereitung eines komplizierten Kochrezeptes, bestrebt, es rundum gelingen zu lassen. Schließlich dekorierte sie das Gericht mit allerlei unnützen Dingen, die sie geduldig zurechtschnitt, verbissen und mit leerem, erstarrtem Gesicht … Sie tat, was sie konnte, um ihren gebrochenen Körper jetzt, da sie wieder einsam war, beschäftigt zu halten.

Doch als der Vormittag zu Ende ging, entdeckte sie irgendwo in ihrem Inneren doch noch ein rot schimmerndes Häufchen Glut, das jedes Mal, wenn sie an die Frau dachte, von der Yvon gesprochen hatte, ein ganz neues Gefühl der Wut in ihr auflodern ließ.

Wie gewohnt spielte sie zerstreut *crapette* mit Madame de Carlon, die eine Partie nach der anderen gewann, weil Ninons eigenwilliger Blick unentwegt abschweifte, um das Vorrücken des großen Zeigers zu überwachen, der langsam Richtung Teezeit hochkletterte. Ihre Beklommenheit wuchs, aber auch ihre Erregung. Clara hatte sich nicht getäuscht. In diesem Augenblick hätte Ninon alles gegeben, um diesen Peter, den sie verabscheute, niemals wiederzusehen.

Es klopfte an der Tür. Madame de Carlon sprang mit raschelnden Kleidern auf, gefolgt von Ninon – inzwischen ganz das perfekte Hausmädchen –, die den Gästen die Mäntel abnehmen musste.

Sie blieb drei Schritte hinter den breiten Hüften von Madame de Carlon, der Peter als Erstes Clara vorstellte.

»Liebe Madame de Carlon, darf ich Ihnen Clara Anderson vorstellen, eine Freundin, die einige Monate in diesem wunderbaren Landstrich verbringen wird.«

Es folgte ein lautes Stimmengewirr, von Gelächter durchsetzt, dann trat Madame de Carlon zur Seite, damit Ninon ihre Aufgabe erfüllen konnte.

»*Hello*, guten Tag, Ninon. Ich hoffe, Sie hatten einen angenehmen Sommer? Clara, das ist Ninon.«

Ninon schüttelte erst Peter, dann Clara flüchtig die Hand, nahm die Mäntel und ging, ohne ein Wort zu sagen.

Während Madame de Carlon auf die Sitzkissen klopfte und einen runden Beistelltisch heranschob, beugte sich Clara zu Peter hinüber und flüsterte ihm ins Ohr:

»Sag mal, ist das dein dreizehnjähriges Mädchen?«

Peter zuckte die Achseln, außerstande sich zu äußern. Die sechs Monate, die vergangen waren, hatten Ninon zu einer strahlenden Schönheit werden lassen. Ihre Haut war noch goldbraun von den sonnenüberfluteten Feldern und das Haar zu einem stolzen Knoten gedreht. Sie trug eine weiße Bluse zu einem schwarzen Rock, der ihren weichen und zugleich sehnigen Körper umschmeichelte.

»Inzwischen wahrscheinlich vierzehn«, antwortete er gedankenversunken.

»Und ein vierzehnjähriges Mädchen von hier würde bei uns in Devonshire für achtzehn durchgehen ...«

Ninon kehrte mit dem Tablett zurück. Mit strenger, unnahbarer Miene verteilte sie die Tassen, Kannen und das Gebäck auf dem Tisch. Mit gesenkten Lidern, stolz wie nie zuvor, gab sie auf die Dinge Acht, während sie die Menschen ignorierte. Nichtsdestotrotz begann nun, in Claras Gegenwart, die Glut, die morgens schon in ihr geschwelt hatte, allmählich aufzulodern, wenn auch vorerst noch nichts davon zu sehen war.

Peter, der zu aufrichtig war, um so zu tun, als merkte er nichts, und zutiefst bekümmert über Ninons unpersönliches Gebaren, ließ sie nicht aus den Augen, sobald sie auftauchte.

»Sie ist verflucht hübsch geworden«, dachte er, während er die zwischen Küche und Salon hin- und herlaufende Ninon aus den Augenwinkeln beobachtete.

Da sie ihn nicht ansah, versuchte er voller Naivität, sich bemerkbar zu machen:

»Danke, kleine Ninon«, wiederholte er bei jeder Gelegenheit.

Das trieb er so weit, dass Clara, als sie nach Hause gingen, spöttisch zu ihm sagte:

»Wer ist hier eigentlich der beharrliche Verehrer, sie oder du?«

Und als er nur die Tür hinter ihnen zuschlug, fügte sie hinzu:

»Jedenfalls ist meine Mission erfüllt! Das Mädchen kann dich nicht mehr ausstehen ... und wie unangenehm sie werden kann! Du hast sie unterschätzt, es ist überhaupt nicht ihre Art, weinerlich hinter dir herzulaufen. Ich würde ihr eher zutrauen, dich in der Luft zu zerreißen.«

Wieder zuckte Peter mit den Schultern, während er Clara den Rücken kehrte. Er war zutiefst ungehalten über sie, über sich selbst und eigentlich über die ganze Welt.

Am gleichen Abend versuchte Clara es noch einmal.

»Erzähl mir ein bisschen von der Kleinen.«

»Nein.«

»Woher kommt sie? Wer sind ihre Eltern?«

»Frag sie doch selbst.«

Einige Tage später lud Madame de Carlon Peter und Clara zum Abendessen ein.

Ninon reichte die Platten, auf denen sie eine Auswahl ihrer Spezialitäten angerichtet hatte, die einen köstlichen Duft verströmten. Clara war entzückt, und auch Peter bedachte jedes Gericht mit zahlreichen Komplimenten. Als das Essen sich dem Ende näherte und Ninon das Dessert servierte, kam Clara, die immer neugieriger auf das junge Mädchen wurde, auf die Idee, ein Gespräch mit Ninon anzuknüpfen.

»Haben Sie Ihre Eltern noch?«

»Ja, Madame.«

»Wo wohnen sie?«

»Im Dorf.«

»Dann sehen Sie sich wohl oft?«

»Nie.«

Clara hielt überrascht inne, dann bohrte sie weiter:

»Was macht Ihr Vater?«

»Der ist der Säufer vom Dienst, das wird ihnen oben im Dorf jeder sagen.«

Und Ninon entfernte sich gemessenen Schrittes.

Als sie wieder auftauchte, hakte Clara, deren Neugierde noch längst nicht befriedigt war, weiter nach:

»Sie sind Italienerin, oder?«

»Nein, Madame, Französin.«

»Aber Ihre Eltern sind Italiener?«

»Meine Urgroßeltern sind aus dem Piemont nach Mons gekommen, um hier Lavendel zu schneiden, dann sind sie geblieben. Sie haben in Holzhütten mitten in den Wäldern gelebt, wo sich alle möglichen Holzfäller und Köhler aus Kalabrien herumtrieben. Sie haben sich fortgepflanzt, das Ergebnis steht vor ihnen.«

Clara, nicht gerade informiert über das Schicksal der Einwanderer, fiel nichts Besseres ein als zu fragen:

»Und Sie denken nicht daran, wieder nach Italien zurückzukehren?«

Ninon hielt kurz inne, und als einzige Antwort blickte sie Clara aus ihren wunderschönen Augen an, in denen die Glut jetzt zu einem Feuer entfacht war.

»Fühlen Sie sich wohl hier?«

»Ich bin hier geboren.«

»Ach, Sie meinen, hier im Schloss?«

»Ich bin nicht *hier* geboren.«

Worauf Ninon erbost einen bebenden Stapel Teller davontrug.

Wieder in der Küche, wechselte sie ins Provenzalische, ihre Sprache, um ihrem Zorn freien Lauf zu lassen. Allein Peters Anwesenheit hatte ihr die Kraft gegeben, die noch frecheren Antworten, die ihr auf der Zunge lagen, herunterzuschlucken. Sie rotierte eine Zeit lang zwischen Tisch und Herd, ehe sie sich wieder beruhigen konnte. Claras Akzent und Tonfall nachäffend, wiederholte sie:

»Sie sind Italienerin, oder?«

Peter und Clara stiegen unterdessen in den Jaguar, der sofort davonfuhr. Peter war wütend:

»Wirst du dieses Kind wohl in Ruhe lassen?«

»Ich tue nichts Böses, ich stelle ihr nur ein paar Fragen, auf die du mir, wenn ich dich daran erinnern darf, die Antwort verweigert hast. Ich finde dieses Kind, wie du so schön sagst, hinreißend und würde es gern kennen lernen. Die Kleine hat ja ein Mordstemperament! Ich mag ihre frechen Antworten. Hast du ihre Augen gesehen? Furchterregend! Wunderschön, aber furchterregend! Sie wäre mir am liebsten ins Gesicht gesprungen, wenn sie gekonnt hätte!«

»Siehst du denn nicht, dass sie leidet?«

Clara wandte Peter ihr Gesicht zu und strich ihm mit einem Fingerrücken über die Wange.

»Armes, bedauernswertes Wesen!«

Sie sagte es in so sonderbarem Ton, dass man sich fragen konnte, wer eigentlich das »arme, bedauernswerte Wesen« war.

Am darauf folgenden Sonntag brach Madame de Carlon frühmorgens gemeinsam mit Peter und Clara auf.

»Ich fahre nach Monte Carlo«, sagte sie zu Ninon und fügte großmütig hinzu: »Ich werde erst spät zurück sein, wenn du willst, kannst du zu Joséphine gehen.«

Obwohl der Tag gerade erst anbrach, waren Marius und Yvon schon dabei, den Ofen anzuzünden, um Brot zu backen. Yvon legte erst einen Arm voll Reisig, dann ein paar dicke Olivenbaumwurzeln unter das Steingewölbe, was eine schöne, lang glimmende Glut geben würde. Wie immer bemüht, auf sich aufmerksam zu machen, war Yvon mit Feuereifer bei der Sache. In seinem Drang, Marius zu imponieren, gingen ihm regelrecht die Pferde durch: Plötzlich donnerte er mit einem Holzscheit, den er unachtsam herumgeschwenkt hatte, gegen einen Pfeiler des Ofens.

»Immer sachte, du kleiner Schussel, du demolierst mir noch den Ofen!«

Und sein Fuß, flink wie immer, versetzte Yvons Hinterteil einen eher freundschaftlich gemeinten Tritt.

Der Junge tat einen Schritt zur Seite und rieb sich mit dem Handrücken die schmerzende Stelle, um sich sogleich wieder ans Werk zu machen. Marius und Bernard waren von einer Derbheit, wie sie auf dem Land gang und gäbe ist. Seit Yvon, der noch viel lernen musste, die Tage bei ihnen verbrachte, holte er sich immer wieder mal einen Rüffel. Aber genauso wie Ninon im Zug der Schnitter hatte auch er seinen Platz gefunden, und er forderte jede Rüge bewusst heraus, weil sie ihn daran erinnerte, wie wichtig man ihn nahm, und das machte ihn glücklich.

Der Großvater überwachte den Anstieg der Temperatur des Ofens, während Joséphine und Ninon die *pissaladière* – die provenzalische Pizza – und das Kürbisgratin vorbereiteten, das nach dem Brot in den Ofen kommen sollte.

Sie kneteten ein letztes Mal den Teig durch, den Joséphine ganz ohne Waage, nach reinem Augenmaß und durch Wiegen in der Hand zu gleich großen Kugeln formte.

Wenig später traf Jules ein, der Musiker, der sein Publikum genauso liebte wie den Duft des frisch gebackenen Brotes, sowie Françoise mit einem Stück Schweinefleisch in ihrem Korb. Kurz nach ihr kam auch Virginie herbeigeeilt, gefolgt von Josettes Schubkarre, die unter dem Gewicht des ofenfertigen Teigs laut rumpelte.

Da es ein schöner Tag war, setzten sich alle auf die von der Bruthitze des Sommers noch ausgedörrte Wiese, umwirbelt vom leichten Rauch des Ofens. Joséphine, die wieder schwanger war, saß neben Fanny und häkelte mit ihr. Yvon war den Jägern und Hunden gefolgt. Die Nachbarn hielten einen Schwatz. Aus einer Mulde im Stamm einer Eiche drang das Zirpen einer verspäteten Zikade.

Ninon streckte sich auf der Wiese aus, schloss die Augen und versuchte vergeblich, etwas Ruhe zu finden, vielleicht von einer wohltuenden Benommenheit erfasst zu werden, die ihre quälenden Gedanken für einen Augenblick unterbrechen würde. Joséphine, die immer wieder kurz von ihrer Häkelarbeit aufsah, beobachtete sie: »Sie fängt an abzumagern, die Kleine«, dachte sie. »Man kann ihr ansehen, wie schlecht es ihr geht. Sie leidet Höllenqualen. Ich habe mich geirrt …«

Ninon wandte ihr Gesicht zu den unendlichen Weiten des Meeres, damit niemand die Tränen sah, die von ihren Wangen perlten. Sie war daran gewöhnt, denn jedes Mal, wenn sie ihrem Körper erlaubte, sich zu entspannen, brach sofort der Kummer aus ihm hervor, so als wartete er nur auf diese Gelegenheit.

Als der Ofen schön heiß war, öffnete der Großvater die Tür. Die Brotlaibe wurden nach und nach hineingeschoben, später dann der Braten und schließlich das Gratin. Dann erst, als dem Ofen kaum noch Rauch entwich, kamen endlich auch die Pasteten und verschiedenen *pissaladières* an die Reihe.

Während Ninon geistesabwesend die goldbraunen, noch dampfenden Brotlaibe im Backtrog stapelte, schnitt Joséphine eins der Brote auf und reichte ihr ihren Teil. Ninon lehnte ab.

Dabei waren dies die Früchte des vierten Wunders, das sie bisher in helle Begeisterung versetzt hatte.

Alle liefen rasch heim, das warme Brot in den hochgeschlagenen Schürzen, die heißen Gerichte in den Körben verstaut.

Während eines weiteren Ausflugs von Madame de Carlon in Peters Jaguar, diesmal zu Monacos Klippen, irrte Ninon untätig und voller Melancholie im Schloss umher, als Pilar sie bat:

»Liebchen, könntest du mir nicht helfen, bei Peter aufzuräumen, vor allem die Betten zu machen … Ich Ärmste hab's heute im Kreuz, wenn ich mich bücke, werde ich den Rücken nie wieder gerade biegen können.«

Ninon folgte ihr scheinbar sorglos plaudernd, wenn auch mit klopfendem Herzen, und betrat zum zweiten Mal den *Mas des Oliviers*.

Wieder erfasste sie das Gefühl von friedlicher Stille und Schönheit.

»Es ist ruhig hier«, sagte sie, nur um etwas zu sagen.

»Ja, wenn auch etwas weniger in letzter Zeit, seit Clara hier ist. Aber wart's mal ab, die eine kommt, die andere geht. Sie ist noch nicht die, die am Ende gewinnen wird.«

»Was denn gewinnen?«

»Peter natürlich! Die sind doch alle hinter ihm her wie die Bienen hinter dem Nektar. Er ist eben sehr schön, mein Pedro … Und vor allem auch reich, das sollte man nicht vergessen. Anscheinend verkauft er seine Bücher in der ganzen Welt … Sogar in China, wenn es stimmt, was er sagt … Und weißt du, Kindchen, dass ihm erst diesen Sommer die Königin von England die Hand geschüttelt und gratuliert hat?«

Ninon war sprachlos.

Sie gingen in die Küche, wo Pilar temperamentvoll weiterschwatzte, während sie das Geschirr schrubbte:

»Und nicht eine, die ihn verstehen würde …«

Sie verstummte für einen Moment, ehe sie weitersprach:

»Ein Schriftsteller, der schreibt in seinem Kopf, ehe er auf Papier schreibt. Das ist doch einfach zu verstehen, oder? Und im Kopf schreiben ist genauso viel Arbeit wie auf Papier schreiben …«

Sie traten in Peters Zimmer, und Ninon konnte nur staunen, wie schön es war.

Sie machte schweigend das Bett. Nichts in diesem Zimmer zeugte von Claras Präsenz. Nicht das kleinste Schmuckstück, nicht die leiseste Spur von Make-up auf den Kissenbezügen. Das beruhigte sie, und sie konnte nicht umhin, sich zu vergewissern:

»Clara schläft anscheinend nicht hier?«

»Bloß nicht! Jeder für sich, das ist hier eisernes Gesetz! Aber das wird die beiden wohl nicht daran hindern, zueinander zu finden!«

Und Pilar lächelte hintergründig, während Ninon wieder das Herz zu bluten begann.

»Hier in diesem Zimmer schreibt er seine Bücher im Kopf, das macht er im Bett, auf der Terrasse, auf der kleinen Treppe …«

Pilar führte ein begeistertes Selbstgespräch, wie immer, wenn es um ihren Pedro ging.

»Was er schreibt, fällt ja nicht vom Himmel, er hat die ganze Nacht darüber nachgedacht und den ganzen Tag davor auch, vor dem Kamin, beim Spazierengehen, während er das Meer betrachtet … Und all diese Frauen mit ihren appetitlichen Rundungen, die ihn nicht verstehen wollen und sich an ihn hängen, ihn dumm und dusslig reden, ihn ständig zwingen, sich anzuziehen, etwas zu unternehmen … Pass mal auf, ich werd dich ein bisschen zum Lachen bringen … Verführerinnen, Unschuldslämmer, Ehefrauen, Geschiedene, junge und weniger junge Damen, alle Frauen dieser Erde sind schon hier gewesen. Mal überlegen, die Erste hieß Simone, glaube ich. Schön war die, ja, aber ein Männer fressendes Weib. Um ihm zu gefallen, legte sie sich, während er schrieb, nackt auf den Liegestuhl auf der Terrasse, genau vor seinem Arbeitszimmer. ›Inspiriere ich dich?‹, fragte sie ihn. Sie hat ihn inspiriert, zwei Monate lang, nur hat er in der Zeit keine einzige Seite geschrieben … Eine andere, Monique, verhielt sich morgens schön ruhig, aber dafür musste er jeden Nachmittag ausgehen: ›Du schreibst schließlich nicht, dann komm doch mit. Wozu bin ich sonst hier?‹, sagte sie … Also ging er brav mit. Und weil er keine Zeit gehabt hatte, im Kopf zu schreiben, hatte er am nächsten Tag nichts, was er aufs Papier bringen konnte … Dann gab's da noch eine, die war ein richtig dummes Huhn und schlich ständig auf Zehenspitzen um seinen Schreibtisch herum … Oder diese Amerikanerin, ein völlig entfesseltes Frauenzimmer, die hat ihm Szenen gemacht, bei denen sie reihenweise Geschirr zerschlug: ›Du kümmerst dich nicht um mich … Ich langweile mich zu Tode!‹ Ach ja, ich habe Jacqueline ganz vergessen, honigsüß ist die, aber hartnäckig und die reinste Klette, nur auf sein Portemonnaie hat die's abgesehen …«

Pilar schwieg einen Augenblick, ehe sie leiser und mit einer plötzlichen Sanftheit in der Stimme weitersprach, die Ninon alarmierte:

»Einmal war eine Deutsche hier, die ich sehr mochte, Lisa hieß sie, die hat gut hierhin gepasst. Sie war sehr intelligent und führte ihr eigenes Leben. Sie arbeitete für eine Zeitung, und die übrige Zeit verbrachte sie am Strand, ging ins Kino, durchstreifte die Gegend und ließ ihn in Ruhe. Wenn sie zurückkam, war Peter zufrieden, er war mit seinem Buch vorangekommen, und nun konnten sie sich's zu zweit wohl sein lassen. Peter hatte sie gern.«

»Und dann?«, fragte Ninon ängstlich.

»Einmal, es war ein Tag wie jeder andere, ist sie nach Nizza gefahren, um dort baden zu gehen, aber – hol's der Teufel! – sie ist nie wieder zurückgekommen. Sie ist einfach dageblieben … Wahrscheinlich bei einem netten Herrn, den sie am Kiesstrand kennen gelernt hat!«

Vor Erleichterung lachte Ninon laut auf.

Pilar, der sehr an Peters Wohlbefinden gelegen war, ließ den Blick durchs Zimmer schweifen, um sich zu vergewissern, dass alles tadellos sauber und aufgeräumt war. Sie zog ein wenig an der Steppdecke, strich eine Falte glatt, klopfte auf das Kopfkissen. Während sie die Vorhänge zuzog, fügte sie seufzend hinzu:

»Es gab da noch eine andere … sie hieß Gabrielle, wie der Engel. Sie betete ihn an und tat alles, was er wollte. Aber leider hatte das arme Mädchen nur zwei Dinge im Kopf, heiraten und Kinder kriegen. Sie schmiedete heimlich schon Pläne, um das Haus zu vergrößern!«

»Und?«, fragte Ninon, die es kaum noch ertragen konnte, von all den Schandtaten dieses unbekannten Peter zu hören.

»Und Peter will keine Kinder. Er sagt, dass er sie viel zu sehr liebt, um sie in diese Welt zu setzen. Komm mit, Liebchen, die Hauptarbeit bleibt noch zu tun!«

Niedergeschmettert und stumm folgte Ninon Pilar, und sie betraten das Zimmer von Clara, in dem ein unglaubliches Durcheinander herrschte. Pilar suchte die Gläser, Flaschen und Aschenbecher zusammen, die im ganzen Zimmer verteilt herumstanden. Ninon sammelte die Kleider, Höschen und Damenstrümpfe ein, die auf dem Boden lagen, machte schweigend das Bett und fragte schließlich:

»Und die hier, Clara?«

»Mein Gott, die ist vielleicht eine komische Nummer! Sie ist eine alte Freundin von ihm! Anständig ist sie, ja, das schon, und ruhig ... Aber wie du sehen kannst, besteht Claras Problem darin, dass sie grundsätzlich kein Wasser trinkt. Wenn man sie ließe, würde sie sogar ihren Salat in Whisky waschen! Wenn ihr danach ist, kann sie jeden Mann unter den Tisch trinken. Meiner Meinung nach wird er sie bald wieder ins Flugzeug setzen ... Tja, so ist das eben, Kindchen, Schriftsteller sind nun einmal anders. Sie leben in frei erfundenen Welten, und darüber vergessen sie natürlich die Wirklichkeit. Um sich mit ihnen zu verstehen, muss man seine eigenen Wege gehen und sie in Ruhe lassen.«

Sie betraten das Wohnzimmer.

»Hier sitzt er, wenn er schreibt«, erklärte Pilar stolz, wobei sie auf den Schreibtisch deutete.

Sie klopfte auf einen Stapel Manuskriptseiten:

»Siehst du, da ist sein nächstes Buch.«

Ninon beugte sich über die erste Seite, versuchte das erste Wort zu lesen. Es war in Englisch geschrieben. Das zweite auch ...

Sie hob ungläubig den Kopf:

»Er schreibt auf Englisch?«

»Aber natürlich.«

»Aber ... bei Madame de Carlon habe ich doch mehrere Bücher von ihm gesehen, die auf Französisch geschrieben waren.«

»Übersetzungen natürlich! In alle Sprachen, das habe ich dir doch schon gesagt.«

Ninon legte die Hand auf den Blätterberg, um sich aufrecht zu halten. Sie hörte klar und deutlich Peters Stimme, die zu ihr sagte:

»Machen Sie weiter so, meine kleine Ninon, vielleicht werden Sie eines Tages die Bücher schreiben, die ich Ihnen diktiere ...«

Verstört wiederholte sie diesen Satz und sah dabei einer gänzlich überraschten Pilar in das lächelnde Gesicht.

Sosehr Ninon auch kämpfte, dieser Schlag, der zu ihrem Kummer noch hinzukam, traf sie so hart, dass sie ohnmächtig zu Boden sank.

Ihr Peter, ihre Sonne, war nun völlig im Dunkel verschwunden.

Verdrießlich ging der Winter dahin.

Es gab mehrere Feste auf Peters Terrasse, die Ninon ignorierte, indem sie ihr Fenster verschloss und den Kopf unter dem Kissen vergrub.

Es gab einige Putz- und Aufräumbesuche im *Mas des Oliviers*, die Pilar mit lahmem Kreuz hinter sich brachte, ohne Ninon jemals wieder um Hilfe zu bitten.

Es gab prall glänzende Oliven im Überfluss, an denen Ninon sich die Hände wund pflückte, ohne zu ahnen, dass auf der Treppenstufe, die so herrlich zum Träumen einlud, manchmal Peter saß und sie beobachtete.

Es gab zahlreiche glühende Liebesbriefe, von Abel verfasst, auf die Ninon antwortete.

Und es gab etliche Einladungen zum Tee, den Ninon gewissenhaft auftrug, ohne die erloschenen Augen niederzuschlagen, die zu verbergen sie nicht mehr die Kraft besaß.

Ninon schrieb Abel einen zärtlichen Brief, in dem sie ihm von den kleinen grünen Blättchen erzählte, die zart an den Astspitzen zu sprießen begannen, und von den Mandeln, die schon groß wie Eicheln waren. Und natürlich vom Vollmond, der um Mitternacht schimmernd wie Perlmutt den Wald erleuchtet hatte.

»Ich kann es kaum erwarten, dass endlich die Sommerferien beginnen. Dieses Jahr werden wir, sobald du hier bist, wie versprochen ans Meer fahren! Ich habe mir die Zug- und Busfahrpläne besorgt …«

Sie umarmte ihn Millionen Mal, dann unterschrieb sie mit einem tiefen Seufzer. Es tat ihr immer gut, Abel zu schreiben. Sie legte den Füller ab und erstarrte jählings.

Der Mai nahte mit Riesenschritten, und Ninon versuchte, sich zu erinnern. Letztes Jahr war Peter doch im Mai abgereist. Sie hatte es nicht vergessen können. Aber sie erinnerte sich nicht mehr, ob es Anfang oder Mitte Mai gewesen war … Vielleicht auch Ende Mai?

Während der vergangenen Monate, in denen sie gehofft hatte, für immer geheilt zu sein, war es ihr gelungen, dem Kommen und Gehen eines diabolischen Peter, der nicht so war, wie sie ihn sich erträumt hatte, scheinbar gleichgültig gegenüberzustehen.

Doch seit einigen Tagen, seit sie sich seine Abwesenheit auszumalen begann, war ihr alter Kummer wieder da, heftiger und quälender als je zuvor.

Und wieder fiel eine Träne – die letzte, nahm sie sich vor – auf den Rand des an Abel gerichteten Briefs, wo sie eine kleine Delle auf dem Papier hinterließ.

Die letzten Apriltage brachen erst an, und doch war es schon heiß wie im Hochsommer. Sobald man aus dem Schatten trat, war es, als fiele geschmolzenes Blei vom Himmel, um den Menschen die Haut zu verbrennen.

Und genau zu diesem Zeitpunkt, als noch niemand ihn erwartete, kehrte fröhlich und putzmunter Abel zurück.

Ninon, die ihn von weitem kommen sah, erkannte ihn nicht sofort, so sehr hatte er sich verändert. Sicher hatte seine schlanke Silhouette ihre Zierlichkeit bewahrt, doch sie hatte sich in alle Richtungen gestreckt. Wenn man genauer hinsah, handelte es sich gleichwohl um ein und denselben Abel, genauso unstet, ungeduldig und verletzlich wie zuvor. Er lief zu Ninon und umarmte sie. Sie wunderte sich über diese Umarmung, die zu heftig war, um die eines Kindes zu sein. Doch Abel war kein Kind mehr: Auch für ihn waren sechs Monate vergangen, in denen ein romantisches und schwärmerisches kleines Mannsbild aus ihm geworden war, ganz von Venus beherrscht, jener Muse und Mutter der Sinnenlust.

Ninon befreite sich vorsichtig aus der Umarmung und fragte:

»Wie hast du das angestellt? Jetzt sind doch noch keine Ferien?«

»Meine Tante musste fort, um ihre Mutter zu pflegen, und das habe ich genutzt, um ihr die Erlaubnis abzuringen, euch zu besuchen.«

Obwohl er nie davon sprach, war Abel ein glänzender Schüler, dessen Arbeiten, immer mit den besten Noten versehen, Tante Denise entzückten. Abends las sie sie oft mit gesenkter Stimme durch, eifrig bemüht, jedes Wort richtig zu verstehen. Die weiße Kerze war meist nur noch ein auseinander fließender, milchiger Stummel, wenn Tante Denise sich endlich entschloss, das Heft aus der Hand zu legen.

»Also wirklich, dieser kleine Kerl … wer hätte das gedacht!«

Es begann gerade erst dunkel zu werden. Um den Tisch sitzend, studierten Ninon, Abel und Yvon Zug- und Busfahrpläne. Mit gesenkten Stimmen kombinierten sie Ankunfts- und Abfahrtzeiten, suchten nach einem Strand in der Nähe eines Bahnhofs oder nach einem Bahnhof in der Nähe des Meers und verliefen sich in den Irrgärten einer Welt, die sie nicht kannten. Abel machte sich mit einem Bleistift in der Hand daran, die Dauer der in verschiedenen Bussen und Zügen zurückgelegten Strecken zusammenzuzählen, dann fügte er hastig noch die durchs Umsteigen verlorene Zeit hinzu, die er vergessen hatte. Er rief aus:

»Dreieinhalb Stunden! Mindestens! Glaubt mir, da wären wir zu Fuß genauso schnell! Seht doch nur mal aus dem Fenster, das Meer liegt gleich vor uns. Man braucht nur immer den Hang runterzulaufen!«

»Wir werden gerade genug Zeit haben, einen Blick drauf zu werfen, und dann müssen wir schon wieder zurück«, jammerte Yvon.

Joséphine, die ihnen zuhörte, während sie strickte, blickte von ihrer Handarbeit auf, um freundlich zu sagen:

»Bittet doch Peter, euch mitzunehmen, ich habe gehört, dass er morgen mit Clara nach Menton fahren will.«

Yvon, der den Jaguar liebte, klatschte vor Begeisterung in die Hände. Er suchte Menton auf der Karte und rief, als er es entdeckt hatte:

»Das ist ja gleich neben Italien! Du lieber Himmel, was für eine Reise! Ich lauf gleich los und frag ihn, ob er uns mitnimmt!«

Abel blieb verhaltener. Die Ungewissheiten ihrer ohne Schutzgeleit geplanten Reise durch eine unbekannte Provence hatten Abenteuer versprochen, um die ihn diese Übereinkunft nun bringen würde.

Ninon schwieg. Eine Woche lang hatte sie mit Madame de Carlon gerungen, um ihr diesen freien Tag abzutrotzen. Als es ihr endlich gelungen war, hatte sie ein Siegeslied angestimmt ... Sollte sie jetzt nur wegen Peter darauf verzichten? Sie sagte nichts und richtete sich darauf ein, sich am morgigen Tag vollkommen in ihr Schneckenhaus zurückzuziehen, damit ihr Elend nicht zu Tage träte.

So brachten Clara und Peter die Kinder in aller Frühe mit dem Auto nach Menton. Auf der engen Rückbank besetzten Yvon und Abel die Fensterplätze, während sie der teilnahmslosen Ninon die Mitte überlassen hatten.

Sie legte den Kopf an die Rückenlehne und schloss die Augen, um nicht im Rückspiegel in Peters Gesicht sehen zu müssen, der den Wagen fuhr. Hin und wieder warf er einen Blick hinein, um den Verkehr zu kontrollieren oder Ninon zu beobachten, die ihn beunruhigte. Ninon, die traurig war. Nein, mehr als das, die offenbar vollkommen resigniert hatte.

Sie wäre gern eingenickt, aber die Stimmen der Jungen, die unentwegt wegen irgendwelcher Nichtigkeiten aufschrien, störten sie. Yvon lehnte sich, wenn er auf der Bergseite saß, immer wieder über sie, um auf der anderen Seite das Meer zu betrachten.

»Hier, nimm meinen Platz«, schlug Ninon vor, womit sie sich zugleich des aufdringlichen Rückspiegels entledigte.

Dennoch war sie überwältigt, als sie einen kurzen Blick auf die Buchten von Cannes und Villefranche warf, und erstaunt über die unendliche Größe der Städte und die atemberaubende Schönheit von Monacos Steilküsten.

Peter brachte seinen Jaguar am Rand eines kleinen Pinienwaldes am Cap Martin zum Stehen. Der berauschende Duft, den das Harz dieser nur am Meer gedeihenden Pinien verströmte, überraschte Ninon und Abel, die doch geglaubt hatten, alles in sich aufgesogen zu haben, was das Unterholz an Wohlgerüchen zu bieten hatte. Sie setzten sich an das glitzernde Meer und ließen sich schweigend das Picknick schmecken, das Joséphine vorbereitet hatte. Yvon stand voller Ungeduld auf, um sich die Umgebung näher anzusehen, während Clara das Meer und die Boote fotografierte.

Peter, der rechts neben Ninon saß, mühte sich eifrig, ihr in allen Einzelheiten die Küste zu erläutern, die sinnlich vor ihnen lag, ehe sie sich in der Ferne Richtung Italien streckte. Ninon hörte still zu, während Clara zwischen zwei Fotos immer wieder Rufe der Begeisterung ausstieß.

Abel, der links von Ninon saß, spitzte die Ohren. Alarmiert durch gewisse Anzeichen, denen nur Liebende einen Sinn zu geben vermögen, witterte er in Peter einen Rivalen. Da war so eine Zärtlichkeit in seiner Stimme und in seinem Blick.

Also betrachtete er ihn noch aufmerksamer, bis er entdeckte, dass sich das Haar über der hohen Stirn schon lichtete und sich eine Falte auf seiner Wange abzeichnete. Mehr als wahrscheinliche Anzeichen eines fortgeschrittenen Verfalls, der ihn beruhigte. Dieser Kerl war zu alt, um Ninon zu gefallen.

Um nichtsdestotrotz an seine eigene Existenz zu gemahnen und seine Vorrangstellung zu behaupten, störte er den reizenden Gedankenaustausch der beiden, indem er seinen Arm um Ninons Taille legte und ihr eine Albernheit ins Ohr flüsterte.

»Wo man flüstert, wird gelogen«, sagte Yvon, der gerade vorbeiging. Worauf Peter eine leise, fast unmerkliche Verstimmung überkam, die ihm sogleich Gewissensbisse bereitete. Verärgert stand er auf und gab das Zeichen zum Aufbruch.

Als sie am langen, weichen Sandstrand von Menton angelangt waren, bekannten die Kinder arglos, dass sie keine Badeanzüge besäßen, was jedoch nicht weiter schlimm sei, da sie ohnehin nicht schwimmen könnten.

Das ging Clara zu Herzen: Sie wühlte in ihrer Tasche und zog einen kleinen Bikini daraus hervor, den sie Ninon reichte, während Peter losging, um zwei Badehosen für die Jungen zu kaufen.

Nach einer ergrimmten Auseinandersetzung mit Clara erklärte Ninon sich wohl oder übel bereit, diese wenigen Stückchen Stoff namens Bikini überzustreifen, sodass zum ersten Mal ihr milchiger Bauch der Sonne ausgesetzt wurde. Dabei hatte sie einen anmutigen Körper, wenn auch ihre Glieder, wettergebräunt wie die jedes Bauernmädchens, daran befestigt zu sein schienen wie rosa Porzellanarme an einem weißen Stoffpuppenbauch. Für einen Augenblick blieb sie aufrecht vor Clara stehen, stolz und mit wildem Blick, dabei in Wahrheit gehemmt durch ihre Nacktheit und überzeugt von ihrer eigenen Hässlichkeit.

So überraschte Peter sie, als er zurückkehrte: fast nackt und vergewaltigt durch eine Mode, die nicht zu ihr passte. Als Ninon auch ihn erblickt hatte, wandte sie sich rasch ab, kauerte sich, auf den Fersen hockend und mit auf die Knie gestütztem Kinn, in den Sand und begann aufs Meer zu starren.

Ohne abzuwarten, liefen die beiden Jungen an den auslaufenden Wellen entlang und wälzten sich in Sand und Gischt. Dann rannten sie zu Ninon und fassten sie jeder an einer Hand, um sie bis zu den ersten Wellen zu ziehen.

Obgleich das Wasser nur langsam tiefer wurde und eigentlich erst weit draußen das richtige Meer begann, legten Peter und Clara ihnen eindringlich nahe, sich in ihrer Abwesenheit nicht hineinzuwagen. Dann verschwanden sie Richtung Stadt.

Sogleich wurde Ninon wieder sie selbst, bereit, sich über all das Neue zu freuen, dieses Wunder an Freiheit und Weite, das sich glitzernd, wogend und so anders als die bedächtigen Rundungen ihrer heimischen Hügel vor ihnen erstreckte. Abel verfolgte sie, bespritzte sie, warf sie zu Boden und zog sie an den Füßen, völlig versunken in diese zweideutigen Spiele, in denen Mann und Kind eins wurden. Wo das Meer sich in sanften Wogen über den Strand ergoss, umschlang er Ninon, um sich mit ihr von der letzten Welle in den Sand tragen zu lassen.

Als Peter und Clara eine Stunde später zum Strand zurückkehrten, blieben sie für einen Augenblick ein paar Schritte hinter den dreien stehen.

Abel, der die sich wehrende Ninon zu Fall bringen will, kommt näher, umfängt sie, versucht sie so fest zu halten, dass sie sich nicht mehr bewegen kann. Sie sind eng umschlungen und ringen lachend miteinander. Abel, dessen Leidenschaft durch das Spiel entfacht wird, birgt seinen Kopf an Ninons Hals und gibt ihr einen verstohlenen Kuss. Ninon zieht sich zurück, ohne verärgert zu wirken.

»Komm«, sagt Peter zu Clara.

Ninon sieht ihn, erstarrt, wird steif, ist jählings wie erloschen. Nicht mehr imstande weiterzuspielen, kommt sie aus dem Wasser und lässt sich rasch in den Sand sinken, neben ihm, doch so weit entfernt, wie die Höflichkeit es erlaubt.

Peter setzt sich unter einen Sonnenschirm, während Clara zu den Kabinen geht, um sich umzuziehen.

Peter betrachtet die halb liegende Ninon. Sie ist vor ihm, etwas seitlich, und es ist das erste Mal, dass er sie in aller Ruhe anschauen kann, ohne dass sie sich entzieht. Sein Blick ist forschend und doch behutsam. Zuerst das Profil, das er kaum sehen kann, da sie den Kopf abwendet. Deutlich sieht er nur das Herz, das in der Halsader schlägt, und im Genick ein paar Locken. Sein Blick schwebt scheinheilig über den Schultern, weiß eigentlich ganz genau, wohin er will. Schließlich gibt er nach und wandert irritiert zur Brust hinab, wo er entzückt verweilt. Es überrascht ihn, wie der Bikini sich über der leichten Rundung wölbt. Verwirrt durch diese kaum verhüllte Weiblichkeit, schließt Peter die Augen. Als er sie wieder öffnet, hat Ninon den Kopf in den Sand gelegt. Vielleicht schläft sie? Wieder sieht er hin, nicht gerade stolz auf diesen erschlichenen Genuss, aber wie gebannt durch eine weiche Kerbe, die sich Taille nennt, und eine Haut, die an der Bauchmulde weiß schimmert wie Milch.

Plötzlich überkommt ihn eine Erregung, die er allzu gut kennt, und er springt auf, obwohl just in diesem Moment Clara zurückkehrt, auch sie nun halb nackt, aber ungezwungen, braun gebrannt und strahlend schön.

»Wohin gehst du?«

»Mir ist zu warm, ich geh einen Eistee trinken. Bis gleich.«

Peter setzte sich in eine Laube am Ende des Strandes, von wo aus er das Geschehen beobachten konnte. Clara hielt Yvon die Hand unters Kinn, um ihm schwimmen beizubringen. Abel ging wieder zu Ninon, legte sich neben sie, und um sie aufzuwecken, begann er sie zu kitzeln und im Spaß zu treten.

»Idiot!«

Das war er, Peter, dem diese Bemerkung wider Willen entschlüpft war. Ein fassungsloser Peter, dem das, was plötzlich mit ihm geschah, blankes Entsetzen einjagte.

Auf der Rückfahrt sank Yvon, kaum dass sie losgefahren waren, an die Schulter seiner Schwester und schlief ein. Wenig später nickte auch Ninon ein, genauso benommen vom Meereswind. Nur Abel, der nervös war, blieb wach. Er ließ sich in ein langes Gespräch mit Clara verwickeln, in dem er sich nach und nach vollständig preisgab. Er bekannte, dass er Dichter werden und Lieder schreiben wollte. Er trug ihnen, wie immer mit all der Natürlichkeit, die sein Talent ihm verlieh, sein letztes Gedicht vor, das den sonderbaren Titel »Kindheitserinnerungen« trug. Es war ein hübsch komponierter Vierzeiler, in dem er ohne jede Scham Ninon und die Schönheiten von La Roque Esclapon rühmte. Schließlich vertraute er den beiden an, dass er einen Monat arbeiten würde, um genug Geld für eine Mundharmonika zu verdienen. Die gutmütige Clara war ganz erschüttert bei der Vorstellung, dass jemand so viel arbeiten musste, um sich eine solche Lappalie zu kaufen. Sie bat Peter auf Englisch, in Nizza vor dem entsprechenden Geschäft anzuhalten. Peter versuchte ihr klar zu machen, dass es Abel gewiss lieber sei, seine Mundharmonika nur sich selbst zu verdanken. Clara protestierte, dass Abel sich seine Vergnügungen noch sein ganzes Leben lang selbst verdanken könne. Um des lieben

Friedens willen brachte Peter seinen Jaguar an der Uferpromenade zum Stehen, damit sich Abel und Clara in die Sträßchen des Hafenviertels aufmachen konnten.

Peter drehte sich um und stützte sich mit dem Ellbogen auf seinen Sitz, um die schlafende Ninon zu betrachten. Sie war ganz nah – er hätte nur die Hand auszustrecken brauchen –, versunken in einen tiefen, unschuldigen Kinderschlaf. Ihr Haarknoten hatte sich gelöst, die Wangen waren von der Sonne gerötet, die Hände ruhten in ihrem Schoß, und an den Knien klebte Sand. Ohne nachzudenken, streckte er tatsächlich seinen Arm aus und legte, als wollte er ihr ein Versprechen geben, seine Hand auf ihre Hand.

Clara trat ins Wohnzimmer, wo Peter noch immer schlief. Er war dort in seinen Kleidern mitten in der Nacht eingeschlafen, etwas angetrunken und so kraftlos, dass er es nicht mehr in sein Bett geschafft hatte.

Sie betrachtete ihn. Mit verrutschten Kleidern lag er quer über dem Diwan, die zerzausten Haare wirr im Gesicht.

Es war schon zehn Uhr morgens, und sie hatte schreckliche Lust, ihm die gute Neuigkeit mitzuteilen.

»Peter?«

Er seufzte, streckte sich und kam langsam zur Besinnung. Durch den Schlitz zwischen seinen halb geöffneten Lidern beobachtete er Clara, die das Wohnzimmer von einem Ende zum anderen durchquerte, ungeduldig und sehr aufgeregt. Er dagegen fühlte sich müde, jeder Gewissheit und aller Träume beraubt, untalentiert und mit dem Gedanken befasst, alles aufzugeben.

»Weißt du, dass David und Chris in Monte Carlo sind? Stell dir mal vor, übermorgen früh fahren sie zurück nach England, genauso wie wir. Aber dieses Mal fahren sie mit dem Auto, über kleine Landstraßen durch die Bourgogne und die Champagne. *Route des vins* nennt sich das. Sie wollen an bekannten Orten Station machen, in herrlichen Gegenden. Und stell dir mal vor, auf was für eine tolle Idee sie mich gebracht haben! Wie wär's, wenn wir auch das Auto nehmen und sie auf dieser fantastischen Reise begleiten würden?«

Peter antwortete nicht. Er war aufgestanden und sortierte langsam seine Kleider:

»Sei doch so lieb und lass uns später noch mal darüber reden, ich gehe erst einmal unter die Dusche, um wach zu werden.«

Clara sah ihm nach. Sie würde nicht aufgeben. Irgendetwas sagte ihr, dass nicht die Kleine, sondern Peter derjenige war, der gerettet werden musste.

Sie frühstückten gemeinsam auf der Terrasse, im Halbschatten des Maulbeerbaums, an dem die ersten jungen Blätter sprossen. Peter, der schlechter Laune war, öffnete den Mund nur dann, wenn er etwas Essbares hineinschieben wollte, und Clara beklagte sich gerade über sein Schweigen, als Pilar mit einem Besen in der Hand an ihnen vorbeikam:

»Na, ihr Verliebten, um diese Uhrzeit wird hier also gefrühstückt?«

Ihr Mund lachte, aber ihre Augen nicht. Sie suchte Peters Blick und sagte:

»Komm doch mal eben her, Pedro, ich muss dir etwas sagen, was nicht warten kann.«

Peter erhob sich und folgte ihr in den Schatten eines Olivenbaums.

»Was gibt's denn, Mama?«

»Was es gibt, ist, dass du schleunigst abreisen musst, denn wenn du noch länger wartest, kenne ich jemanden hier, der das nicht überstehen wird, und das wäre doch sehr schade. Und jetzt frag mich bitte nicht, von wem ich rede!«

Sie schimpfte, bebend vor Zorn.

»Warum? Was ist denn passiert?«

»Passiert ist, dass ich ihr eben am Treppenabsatz begegnet bin. Sie ist nicht mehr das schöne Mädchen, das schon anfing, dem ganzen Landkreis den Kopf zu verdrehen. Sie sieht aus wie ein Fisch, der zu lang in der Sonne gelegen hat, völlig mitgenommen. Sie ist ja nur noch das Gespenst von einem Gespenst. Die Ärmste, wenn du nicht gehst, wird sie gehen. Da oben hin.«

Sie blickte zum Himmel und bekreuzigte sich. Peter lehnte sich an den Olivenbaum und verbarg sein verstörtes Gesicht in den Händen.

»Lass sie in Ruhe, mein Kleiner. Wenn du erst einmal weg bist, wird sich schon ein junger Mann aus der Gegend finden, der sie bezirzen und auf andere Ideen bringen kann … Ich kenne einen ganzen Stall von Kerlen, die nur darauf warten!«

Peter dachte an Abel und lächelte bitter.

Pilar fuhr voller Ungeduld fort:

»Wenn du mir nicht glaubst, dann hör dir nur mal an, was ein paar Wochen nach deiner Rückkehr aus England in deinem Haus passiert ist.«

Und sie schilderte ihm haarklein jenen denkwürdigen Tag, an dem sie miterlebt hatte, wie Ninon vor seinem Schreibtisch in Ohnmacht gefallen war.

»›Vielleicht werden Sie eines Tages die Bücher schreiben, die ich Ihnen diktiere …‹ Diesen Bären hast du ihr doch bestimmt aufgebunden, oder? Nun, wenigstens habe ich jetzt endlich verstanden, warum sie jeden Tag, den der liebe Gott werden ließ, die Chefin darum bat, ein Diktat mit ihr zu machen.«

Peter ließ sie wortlos stehen. Er ging in sein Zimmer und öffnete einen Koffer. Er empfand Ekel vor sich selbst.

Er würde abreisen und nie wiederkommen.

Als seine Sachen endlich gepackt waren, rauchte Peter auf der Terrasse eine letzte Zigarette. Clara lief im Haus hin und her, adrett und mit Siegermiene.

»Ich wette, dass er ab Lyon nicht mehr daran denken wird«, sagte sie sich immer wieder, als müsste sie sich selbst davon überzeugen. Und jedes Mal, wenn der Satz zu Ende war, atmete sie tief durch wie eine Sportlerin, der nach vollbrachter Leistung ein Stein von der Seele fällt.

Peter betrachtete ein letztes Mal den Malay, die Hügel ringsum und weiter hinten, zwischen Inseln und Felsen, das Meer. Dann wanderte sein Blick wieder hoch zu den Feldern von Marius, auf denen der Weizen, der sich allmählich gelb zu färben begann, wogte. Die Sonne lastete mit ihrem ganzen Gewicht auf dieser ach so geliebten Landschaft, drückte auf den kleinen Bauernhof, klammerte sich an die Steinmauern und Türmchen des Schlosses. Obgleich es kaum zu erkennen war, konnte er sich vorstellen, wie es im Mittagslicht rosa schimmerte. Er würde abreisen, ohne Madame de Carlon Lebewohl zu sagen, weil er nicht mehr die Kraft besaß, hinüberzugehen und mit ihr zu plaudern, ihre untröstlichen Ausrufe zu ertragen. Er würde ihr per Brief sein Bedauern ausdrücken. Vor allem aber hatte er nicht den Mut, einer Ninon zu begegnen, die aschfahl am Treppenabsatz hockte.

Er lief die Böschung hinab und stolperte ziellos, mit trübsalsfeuchten Augen umher. Er lächelte mühsam. Er belog sich selbst. Bildete sich ein, dass er das Opfer brachte abzureisen, um ein kleines

Mädchens zu retten. Dabei vergaß er völlig, dass er bislang Jahr für Jahr um dieselbe Zeit hocherfreut gegangen war.

Er belog sich selbst. Er war verliebt, und das wusste er. Verliebt wie mit fünfzehn Jahren. Verliebt in das Unglaubliche, das Unerreichbare, das Unantastbare. Verliebt, wie er es sich immer erträumt hatte.

Warum also nicht einfach bleiben?

Nun ja, leider kannte er sich selbst allzu gut. Er war ein Lebemann, jemand, der nur dazu taugte, Ninon zu entehren.

»Pilar hat Recht, ich haue besser ab.«

Er schnäuzte sich, seufzte und hob den Kopf.

Also los, morgen würde alles vergessen sein. Pilar hatte es ja bekräftigt, in der Gegend gab es einen ganzen Schwarm von Bengeln, die durchaus in der Lage sein würden, sie zu trösten, zu verführen und endlich wieder strahlen zu lassen, wie es ihm früher so leicht gelungen war. Und bei dieser Vorstellung packte ihn erbärmlicherweise gleich wieder der Wunsch zu bleiben.

Er ging zu Marius' Hof hinab, um von seinen Freunden Abschied zu nehmen, etwas Geld dazulassen, die Kinder zu küssen.

Die ganze Familie saß in der Weinlaube und aß zu Mittag. Josephine war kugelrund. Als sie Peter kommen sah, lächelte sie ihm zu und sagte, während sie auf ihren Bauch klopfte:

»Morgen ist es so weit. Ich weiß das, die Kinder werden immer ganz brav, wenn's so weit ist und sie rauskommen wollen!«

Peter setzte sich neben sie und murmelte:

»Wie schade, ich muss abreisen, ich werde nicht mehr da sein, wenn das Baby zur Welt kommt!«

»Schon?«

Joséphine erhob sich mit einem Ruck und verlor, weil sie so schwer war, beinahe das Gleichgewicht. Doch sie fing sich wieder und eilte in die Küche, ohne ein Wort zu sagen. Draußen wurde Peter von Yvon, Lulu und Loulou belagert, die ihn anflehten, in den Campestres zu bleiben. Marius schalt sie, während Bernard sich den Mund abwischte, um dann sein großes Bedauern zu äußern.

»Peter, können Sie mir bitte einen Moment helfen!«

Etwas anderes war Joséphine nicht eingefallen, um ihn herbeizulocken.

Er trat in die Küche, die drängelnden Kinder hinter sich im Schlepptau.

»Jetzt macht aber, dass ihr fortkommt!«, befahl Joséphine ihnen und beförderte sie nach draußen, indem sie ein oder zwei gezielte, nervöse Klapse verteilte, denn ihr blieb nicht viel Zeit. So hielt sie sich auch nicht mit einer hübschen Einleitung auf, sondern steuerte geradewegs auf ihr Ziel los:

»Ich bitte Sie, fahren Sie nicht, noch nicht, nicht jetzt.«

Er sah sie erstaunt an. Sie fügte hinzu:

»Die Kleine wird sich nicht davon erholen. Sie ist zu allem fähig, das weiß ich.«

»Und wenn ich bleibe?«

»Dann bleibt ihr die Hoffnung, der Traum, ich weiß auch nicht, jedenfalls mehr, als wenn Sie abreisen.«

»Wenn ich gehe, wird sie mich vergessen und ...«

Er zögerte einen Moment, ehe er sein Schamgefühl zum Teufel schickte und seinem Herzen einen Stoß gab:

»Und ich werde sie auch vergessen.«

Joséphine sah ihn an. Er überraschte sie nicht, sie hatte es schon seit einiger Zeit geahnt.

»Ninon wird Sie niemals vergessen.«

Sie sahen sich an. Joséphine las die Zweifel, die Skrupel in seinen Augen und zuckte mit den Schultern.

»Was auch immer Ninon später Ihretwegen passieren mag, es wird nicht schlimmer sein als das, was sie im Moment durchmacht. Ich kenne sie, in ein paar Jahren wird sie es mit der ganzen Welt aufnehmen. Aber jetzt ist es noch zu früh. Sie wirkt erwachsen, wenn man sie so sieht, aber in Wirklichkeit ist sie doch noch ein kleines Mädchen ...«

Peter nahm Joséphine in den Arm, um ihr zu danken. Sie hatte ihm soeben genau das gesagt, was er, wenn auch verworrener, selbst gedacht hatte, und vor allem genau das, worauf er wartete. Er küsste sie auf die feine Falte, die die Sonne in ihre Stirn gegraben hatte.

Aber er zögerte noch. Er ging zwischen Fenster und Tür hin und her, blieb auf einmal regungslos stehen wie ein Athlet vor dem Start und kam dann mit großen Schritten wieder auf sie zu:

»Gestern hat mich Pilar, ganz im Gegensatz zu Ihnen, gebeten, so schnell wie möglich abzureisen, und beteuert, dass auf diese Weise schon wieder alles werden wird.«

Und er beichtete alles, erzählte von den Bengeln, die Ninon offenbar schnellstens trösten würden, und gestand sogar – wenn auch voller Scham –, wie er ihr versprochen hatte, ihr einmal seine Bücher zu diktieren.

Joséphine zuckte wieder die Achseln:

»Pilar denkt nur an Sie, Peter, und will Sie aus Eifersucht vor jeder Frau schützen. Ich denke an Ninon und möchte sie aus Vorsicht vor den Bengeln beschützen.«

Sie begann zu lachen, dann sank sie auf einen Stuhl. Plötzlich fasste sie mit den Händen an ihren Bauch und sagte ruhig:

»Heilige Mutter Gottes, ich glaube, ich bin jetzt schon so weit. Diese ganze Geschichte hat mich dermaßen durcheinander gebracht!«

Peter wollte schon Hilfe holfen, doch Joséphine hielt ihn am Ärmel zurück, um mit strenger Miene hinzuzufügen:

»Und einstweilen sehen Sie zu, dass Sie Frieden schließen.«

Noch nie war es vorgekommen, dass Peter sich so früh, lange vor dem Fünfuhrtee, im *Château de Carlon* eingefunden hatte. Doch genau das geschah an jenem Tag. Ninon, die ihm die Tür öffnete, wunderte sich, ihn zu sehen, und dann auch noch allein. Unwillkürlich hob sie den Kopf, um eine Erklärung in seinen Augen zu lesen.

Peter lächelte:

»*Hello*, Ninon. Wundern Sie sich nicht, Clara ist mit Freunden nach England abgereist.«

Auf Ninons Gesicht erblühte die Andeutung eines Lächelns, das sie sich gleich wieder verbiss. Schweigend führte sie Peter in den

Salon und verschwand in der Küche. Einige Minuten später kehrte sie mit einer Wasserkaraffe und einer Flasche Sirup zurück.

Madame de Carlon schwebte im siebten Himmel. Sie presste die Hände an ihre füllige Brust, während sie ausrief:

»Was Sie mir damit für eine Freude bereiten! Was für einen schönen Sommer wir in Ihrer Gesellschaft erleben werden! Trotzdem bedauere ich, dass Clara nicht mehr hier ist, um Sie aus Ihrem Haus zu locken und Sie zu zwingen, all die herrlichen Küstenorte zu erkunden …«

Ninon war sich nicht sicher, richtig verstanden zu haben, was sie da gehört hatte. Sie nahm sich viel Zeit, um die Gläser, die funkelnde Karaffe und das Teegebäck auf dem Tisch zu verteilen.

»Nun ja«, wiederholte Peter für Ninon, »da mich nichts nach England ruft, habe ich eben beschlossen, den Sommer in den Campestres zu verbringen.«

Er sah kurz in ihre Richtung. Wie ein kurzes Aufblitzen, mit dem sich das Ende des Gewitters ankündigt, begegneten sich für einen Moment ihre Blicke, dann zog sich Ninon zitternd zurück.

Sie setzte sich an den Küchentisch und stürzte sich auf die Dose mit dem Gebäck. Sie rang nach Luft, und ihr Herz klopfte zum Zerspringen. Sie trank ein Glas Wasser. Die Keksdose war bereits leer. Madame de Carlon würde sich krank darüber ärgern, dennoch öffnete sie achselzuckend die nächste.

Ninon wusste überhaupt nicht mehr, woran sie war. Den ganzen Herbst hindurch hatte sie einem netten Peter nachgeweint, der offenbar niemals existiert hatte, um sich dann den langen Winter hindurch zu wünschen, er möge in der tiefsten, fürchterlichsten Hölle verschwinden und mit ihm sein Rattenschwanz an Frauen.

Tag für Tag hatte sie den Fünfuhrtee verdammt.

Schließlich war der Frühling gekommen, nicht langsam, sondern im Sturmschritt, wie immer in der Provence. Rasch war auch der Mai, der Monat der Abreise und Erlösung, immer näher gerückt, als hätte er es besonders eilig.

Seit dieser Monat angebrochen war und unaufhaltsam verrann,

hatte Ninon begonnen, mit jedem Tag mehr von ihren Überzeugungen und Vorsätzen abzurücken. Was bedeutete es schon, ob Peter ein Engel oder ein Teufel war, sie brauchte ihn. Sosehr sie es auch versuchte, sie konnte sich die verlassenen Felder nicht vorstellen ohne ihn, und schon gar nicht den Fünfuhrtee.

Und während sie zusah, wie ein Tag nach dem anderen verfloss, bis es der letzte sein würde, hatte sie das Gefühl, nach und nach die Seele auszuhauchen. Sie aß kaum noch, ließ sich überwältigen, versank. Sie wusste, dass sie es nicht schaffen würde, die schwindelerregende Einsamkeit, in die seine Abreise sie stürzen würde, ein weiteres Mal zu ertragen.

Und nun? Sie hatte nicht geträumt, er hatte tatsächlich gesagt, dass er bleiben würde.

Sie ließ den Kopf in die Hände sinken. Und wenn sie sich getäuscht hatte? Und wenn Peter doch so war, wie sie ihn sich vorgestellt hatte? Dann wäre von nun an alles so einfach. Sie könnte ihn endlich lieben und nachts gelassen in Morpheus' Armen liegen, nachdem Peter ihr im Dämmerzustand seine Aufwartung gemacht und eine gute Nacht gewünscht hätte.

Als Peter aufbrach, wartete er, bis Ninon ihm seinen Strohhut brachte, um Madame de Carlon ungezwungen zu erklären:

»Ich werde diesen Sommer in der Provence dazu nutzen, einmal zu versuchen, mein nächstes Buch auf Französisch zu schreiben.«

Diese eigentlich an Ninon gerichtete Ankündigung hatte ein lautes Geräusch zur Folge. Es war nichts weiter als ihre Nase, die gegen den Türrahmen stieß, und das Tablett, mit Porzellangeschirr beladen, das, wie sollte es anders sein, zu Boden purzelte.

Peter kehrte mit leichtem, schwungvollem Schritt nach Hause zurück, völlig anders als den ganzen Winter hindurch, als er sich nur noch von einem Ort zum nächsten geschleppt hatte.

Er spürte, wie er endlich wieder er selbst wurde. Jetzt war Schluss mit all diesen nervtötenden Kindereien, seinem unerträglichen schlechten Gewissen, seiner Ratlosigkeit.

»Sie ist mein.«

Der Satz war ihm ohne sein Zutun entschlüpft. Er zuckte die Achseln, als ihm das bewusst wurde. Es war höchste Zeit, es sich einzugestehen. Seit seiner Rückkehr aus England hatte er nur einen Wunsch gehabt: dass Ninon wieder zu jener strahlenden, beherzten Komplizin würde, die er zurückgelassen hatte. Und wenn die letzten Monate obendrein eine Schönheit aus ihr gemacht hatten, umso besser.

Er dachte wieder an seine Verwirrung neulich am Strand und zuckte erneut mit den Schultern. Das war nur ein instinktiver Reflex gewesen, in Zukunft würde er sicher in der Lage sein, so etwas zu vermeiden.

Fürs Erste reichte es ihm, in aller Ruhe auf sie zu warten, ihr Vertrauen zu gewinnen und zuzusehen, wie sie heranwachsen würde. Er spürte, wie ihn eine Art männlicher Stolz überkam, siegreich aus einem ungewissen Kampf hervorgegangen zu sein. Sollten sie doch von nun an ruhig alle versuchen, ihr nahe zu kommen, all die Abels und die anderen kleinen Bengel, von denen Pilar gesprochen hatte.

Plötzlich kühlte sein Überschwang ab, er verzog das Gesicht und begann wieder zu zweifeln.

Was würde er, der bisher noch jede Leidenschaft verpfuscht hatte, mit dieser außergewöhnlichen Liebe, der schönsten Liebe, die man sich erträumen konnte, anstellen?

Er beruhigte sich. »Für diese Liebe«, sagte er sich, »werde ich erfinderisch sein.«

Peter atmete tief durch und schloss die Augen. Kaum dass er eingetaucht war in diese künstlich erzeugte Nacht, bat er Ninon, sich zu ihm zu gesellen.

An seinem Schreibtisch sitzend, träumte Peter noch immer.

Seit drei Tagen hatte er nicht ein einziges Wort geschrieben. Endlich war es einmal so, dass er seine schöne Geschichte nicht erdichtete, sondern sich erlaubte, sie selbst zu leben. Er fühlte sich wie mit fünfzehn, als er stundenlang voller Ungeduld darauf lauerte, dass Gaby, sein *girl friend* in seinem Heimatdorf Bovey Tracey, hinter einer

Wegbiegung auftauchte. Er erinnerte sich voller Glück an die entsetzlichen Qualen, die er damals erduldet hatte, wenn er Nacht für Nacht an sie dachte. An seine Schliche, um ihr zu begegnen, seine Finten, um mit ihr zu sprechen …

Wann hatte sein Herz zum letzten Mal so geschlagen wie heute? So heftig wie damals, in jener Zeit?

Er dachte an einen Tag im Winter zurück, als der Mistral am windgepeitschten Himmel die Wolken vor sich her trieb. Er war zum Mittagessen bei Marius gewesen, und sie hatten über Ninon gesprochen.

Joséphine hatte sich an frühere Zeiten erinnert und erzählt, wie zum ersten Mal ein schmächtiges, schmutziges und völlig verlaustes Mädchen, das Giuseppe an der Hand hielt, bei ihnen aufgetaucht war.

»Ich wollte sie erst gar nicht haben, aber als sie mir dann geradewegs in die Augen sah, so stolz … nein, nicht stolz … mehr als das!«

»Widerspenstig?«, hatte Peter vorgeschlagen.

»Ja, aber im besten Sinne und so, dass man das Gefühl hatte, die Sonne geht auf.«

Im Laufe des Erzählens war Joséphine, von einer Erinnerung zur nächsten springend, in der Gegenwart angelangt:

»Die arme Kleine, sie liebt das Landleben so sehr, es tut richtig weh, dass ausgerechnet sie dazu verurteilt ist, Tag für Tag im Schloss eingesperrt zu sein, sogar sonntags, um einer Frau Gesellschaft zu leisten, die sich langweilt, weil sie noch nie in ihrem Leben gearbeitet hat!«

Großvater Bernard hatte hinzugefügt:

»Wisst ihr, dass sie, sobald sie einen Augenblick Zeit hat, schnell in ihr Zimmer läuft, um uns vom Fenster aus bei der Arbeit zuzusehen? So gern wäre sie bei uns, die Ärmste!«

Peter stellte sich vor, wie Ninon hinter der Fensterscheibe mit den Füßen stampfte. Er lächelte selig.

Alles war gut, die Liebe hatte ihn zum Narren gemacht.

Seine Ninon. Wie konnte er sie erlösen, ihr dieses erste Geschenk machen, die Freiheit?

Die Idee kam ihm mit einem Schlag.

Am darauf folgenden Sonntag bekam Ninon von Madame de Carlon die Erlaubnis, kurz zu Marius' Hof zu laufen, um Joséphines Baby, das gerade zur Welt gekommen war, einen Kuss zu geben.

»Ich bin sofort wieder zurück«, hatte sie beteuert.

Als Ninon in der Weinlaube eintraf, herrschten dort Glück und Trauer zugleich: Im Schatten der Linde wiegte Joséphine mit dem Fuß ihr drittes Kind, den kleinen Paulin, während Marius verzweifelt am Tisch saß, das Gesicht in die Hände gestützt.

Ninon lächelte Joséphine zu und ging behutsamen Schrittes zu Marius.

»Was ist denn los?«

Marius, dem sein Kummer, den er einfach nicht zu verbergen vermochte, peinlich war, stand auf und ging weg, anstatt ihr zu antworten. Joséphine musste ihr mit finsterer Miene die Neuigkeit mitteilen: Gerade, als sie die Sensen zum Schleifen hervorgeholt hatten – Yvon hatte schon die erste Zikade singen gehört –, hatte Marius erfahren, dass die Mehlmühle von Fayence in diesem Jahr nicht aufmachen würde. Weder in diesem noch im nächsten Jahr noch überhaupt jemals wieder.

Ninon drehte sich zu den Feldern um und deutete mit einer ausholenden Armbewegung auf die wogenden Ähren.

»Und all das hier?«

In diesem Moment kam Marius wieder auf sie zu, wutentbrannt, und brüllte mit ausgebreiteten Armen, als sollten die Felder seine Zeugen sein:

»Weißt du, Kleines, was man mir geantwortet hat, als ich die Dreistigkeit besaß, meinen Weizen zu erwähnen? Der Bürgermeister, der doch selbst Bauer ist, hat zu mir gesagt: ›Bei dem, was dir dein Weizen einbringt, wirst du nicht weniger Gewinn machen, wenn du ihn gleich an die Hühner verfütterst!‹ Er hat sogar noch hinzugefügt: ›Und hör endlich auf, uns auf den Wecker zu fallen, Herrgott noch mal!‹ So ist das jetzt mit meinem Weizen, ich gehe den Leuten auf den Wecker damit ...«

Und Marius sank stöhnend auf den nächsten Stuhl.

Für einen Augenblick sah Ninon wieder Pierre, den Müller, in seiner Verzweiflung vor sich. Sie wartete, bis ihre Erregung sich etwas gelegt hatte, und murmelte dann:

»Die hätten wenigstens bis nach der Ernte warten können ...«

»Zum Teufel damit! Dafür, dass nicht gewartet werden konnte, hat mir dieser Korinthenkacker von einem Bürgermeister einen Rattenschwanz von Gründen genannt! Die hat er mir nacheinander vor den Bug geknallt, so wie ein Esel seine Fürze ablässt: Der Balken, der das Dach getragen hat, ist runtergefallen, es gibt kein Geld, um einen neuen anzubringen, die Mühle ist zu alt, sie läuft Gefahr einzustürzen, sie ist nicht mehr versichert, es gibt kein Geld, schon gar nicht für eine Mühle, die niemand braucht, oder kaum jemand, und, und, und ... Kurzum, es sei viel einfacher, die Tür abzuschließen und den Schlüssel wegzuschmeißen. Und wer auf die dumme Idee kommt, noch mit Weizen dort aufzukreuzen, der ist halt selbst schuld!«

»Dann werden wir also gar nicht ernten?«

Niemand getraute sich zu antworten.

Ninon schwieg. Keine Ernte? Das war unmöglich. Sie wusste noch nicht, was sie sagen, geschweige denn tun sollte, aber sie wusste, dass sie eine Lösung finden würde.

Großvater Bernard fragte sich, während er seinen verzweifelten Sohn stumm betrachtete, ob es nicht an der Zeit für ihn war, sich von einer Welt ohne Mühlen, ohne Mehl und ohne Brot zu verabschieden.

Ninon ging auf Joséphine zu, die ihr ihren Sohn entgegenstreckte. Sie schloss das Baby in die Arme und flüsterte ihm zu:

»Mach dir keine Sorgen, kleiner Mann, so wahr ich Ninon heiße, ich werde schon einen Weg finden, wie wir weiter Weizen und Mehl und Brot machen können.«

Dann setzte sie sich, um noch etwas bei ihren Freunden zu bleiben. Es wurde still. Man hörte nur noch das Zirpen der Zikaden.

Plötzlich hob Bernard den Kopf und schlug mit der Faust auf den Tisch:

»Es muss doch in diesem Land eine Mühle geben, die noch in Betrieb ist, Herrgott noch mal!«

»Anscheinend die Mühle von Fuveau, in der Nähe von Aix-en-Provence, zweihundert Kilometer von hier«, antwortete Marius.

»Dann ernten wir und fahren hin«, verkündete Ninon.

»Da werden wir zu Fuß gehen müssen! Mein Lieferwagen wird nämlich auf halber Strecke auseinander fallen.«

»Wir werden den Weizen ernten und hinfahren«, wiederholte Ninon, die noch nicht Peters Namen in den Mund nehmen wollte, weil sie unweigerlich zu zittern begonnen hätte.

Noch immer brach sie nicht auf, denn sie hatte Madame de Carlon, die mit ihrem unvermeidlichen *crapette*-Spiel auf sie wartete, vollkommen vergessen. Marius hatte sich etwas beruhigt und war nun bereit, zwischen seinen wiederkehrenden Wutausbrüchen auch ein paar neue Pläne zu schmieden. Er sprach von Bienenstöcken, die er auf den Feldern, wo kein Weizen mehr wachsen würde, aufstellen könnte, und von einer eigenen Honigproduktion. Vielleicht könnte man auch an den übrigen Hängen Wein anpflanzen. Sein Gesicht hellte sich auf, er träumte ein wenig, ehe sich seine Miene jählings wieder verdüsterte. Dafür müsste er mit Madame de Carlon über den Kauf von Rebstöcken und Bienenkörben reden, dem sie, geizig wie sie war, niemals zustimmen würde.

Und wieder rissen die Zikaden das Wort an sich. Besonders eine von ihnen, die mutiger war als die anderen, knarzte in unmittelbarer Nähe.

Trotz all der ausgelassenen Freude, die zurzeit ihren Körper durchströmte und sich in aufwallenden Glücksgefühlen äußerte, war Ninon traurig zumute, und sie fühlte sich leer.

Jetzt flüsterten Bernard und Marius miteinander. Sie achtete nicht darauf, weil sie sich gerade damit vergnügte, das Baby zum Lächeln zu bringen. Dennoch hörte sie zufällig, wie Peters Name fiel. Sie sperrte die Ohren auf:

»... ohne das Geld, das er mir für die Kleinen gegeben hat, wäre ich dieses Jahr nicht über die Runden gekommen«, sagte Marius.

Ninon war sprachlos. Yvons und Fannys Suppe, ihre Hosen ... vielleicht auch ihr eigenes Kleid, all das hatte sie Peter zu verdanken?

Sie trat wieder zu Joséphine und fragte sie leise:

»Gibt Peter euch Geld für Yvon und Fanny?«

»Natürlich«, antwortete Joséphine, »sonst hätten wir sie gar nicht zu uns nehmen können.«

»Und mein Kleid?«

»Dein Kleid ist mit der Ernte beglichen worden.«

Den Rest hörte Ninon nicht mehr. Sie war bis ins Innerste aufgewühlt. Sie ging auf den Maulbeerbaum zu, als wollte sie sich auf die Suche nach der frechen Zikade machen.

Peter unterhielt ihren Bruder, kleidete ihn ein? Und Fanny ebenfalls? Ein Sturm widerstreitender Gefühle brach in ihr los. Ein eisiger Nordwind sprach von Stolz und Ablehnung, ein anderer, ein glutheißer Schirokko, brannte vor Dankbarkeit, während der dritte, nicht mehr als ein leichter Mistral, ihr zuflüsterte, einfach hinzugehen und sich zu bedanken.

Ninon wartete ab, welcher dieser drei Winde sich durchsetzen würde.

Während Marius in tiefes, trübsinniges Schweigen versunken war, verstrich die Zeit. Sie beugte sich zu Joséphine und gab ihr einen Kuss:

»Madame de Carlon wartet auf mich.«

»Und? Freust du dich trotzdem?«, murmelte Joséphine.

Ninon sah sie an wie beim allerersten Mal vor nun schon zwei Jahren, und wieder war es, als ginge die Sonne auf.

Es war fünf Uhr, als Ninon das Schloss betrat, gefasst auf eine Flut von Vorwürfen und Klagen, die über sie hereinbrechen würde. Klagen, die verglichen mit dem Drama, das jenseits der Mauer seinen Lauf nahm, so belanglos waren, dass Ninon nur darauf wartete, sich mit scharfer, zornentbrannter Zunge zu wehren.

Sie trat in den Salon. Keine Schreie, kein Tadel. Alles war ruhig. Ganz hinten saß Madame de Carlon in ihrem Sessel und sah fern.

Ninon blieb einige Zeit im Türspalt stehen, um die riesige Kiste zu betrachten, in die ein winziger Bildschirm eingelassen war, auf dem ein etwas verschwommenes Bild erschien, begleitet von unbekannten Stimmen. Sie hatte schreckliche Lust, sich dazuzusetzen, um dieses Wunderwerk zu bestaunen, doch sie verzichtete darauf, weil sie Wichtigeres zu tun hatte.

Ninon ging festen Schrittes auf Peters Haus zu. Sie wollte ihn, wie sie es sich vorgenommen hatte, bitten, die Weizensäcke in seinem Auto bis zur Mühle von Fuveau zu transportieren.

Sie klopfte an die Tür und wartete. Durch die Wichtigkeit ihrer Mission fühlte sie sich wie elektrisiert und fand sogar die Kühnheit, als niemand kam, ein zweites Mal zu klopfen.

Peter öffnete die Tür. Ninon, ihm in Gedanken so nah, war dennoch die Letzte, mit der er vor seiner Tür gerechnet hatte.

Sein Gesicht leuchtete auf, doch er bewahrte die übliche Gelassenheit.

»Kommen Sie herein, Ninon. Wie nett von Ihnen, dass Sie mich einmal besuchen.«

Ninon nahm artig Platz. Auch sie hatte beschlossen, distanziert zu bleiben. Während Peter ihr ein Glas Orangensaft einschenkte, schilderte sie das Schauspiel, das Madame de Carlon ihr vor dem Fernsehapparat geboten hatte.

»Sie hat mich nicht einmal gehört! Man hätte meinen können, sie sei auf einen Schlag taub, gelähmt und stumm geworden.«

»Dann freuen wir uns doch über diese teuflische Erfindung, der es gelingt, die Menschen in amorphe, hirnlose Wesen zu verwandeln«, sagte er mit leisem Spott, ohne sein Geheimnis preiszugeben, und schenkte Ninon ein ironisches Lächeln. Sie erwiderte sein Lächeln, und dabei blitzte, so reserviert sie sich auch geben wollte, doch etwas von der Sonne hervor, die in ihrem Herzen leuchtete. Aber sie riss sich rasch wieder zusammen und kam auf das Drama zu sprechen, das Marius ereilt hatte. Sogleich veränderte sich ihr Gesichtsausdruck, zu sehr litt sie mit.

Während Peter ihr zuhörte, entdeckte er eine Seite des Landlebens, die er bis dahin nicht gekannt hatte. Er staunte, stellte Fragen. Vom Weizen kam Ninon auf die Oliven und begann peu à peu, ihre eigene Geschichte zu erzählen, voller Leidenschaft; für ihn erinnerte sie sich, wie es ihr gerade in den Sinn kam, an die Mühlen von Mons, an Abel und seine Spaziergänge im Mondschein, an das Drama von Pierre, das Drama von diesem Tag.

Nie waren sie einander so nah gewesen. Um die Wahrheit zu sagen, hatten sie noch nie richtig miteinander gesprochen.

Peter war voll staunender Bewunderung, sie so energisch zu erleben, und so gefühlvoll zugleich. Es rührte ihn. Ninon war am Ende ihrer Geschichte angelangt:

»Das alles erzähle ich Ihnen eigentlich nur, weil ich Sie fragen wollte, ob Sie die Weizensäcke zur Mühle von Fuveau transportieren können. Ich weiß nicht genau, wo das ist, aber es ist sehr weit«, fügte sie widerstrebend hinzu.

»Wie viele Säcke?«

Peter lächelte schon.

»Um die zwanzig, ich weiß nicht genau, aber Marius wird es Ihnen sagen!«

Peter lächelte weiter und schwieg. Er ließ den Hinterkopf auf die Lehne des Sofas sinken und schien nachzudenken. In Wirklichkeit dachte er gar nicht nach. Er war sprachlos, begeistert von diesem kleinen Persönchen, das er zu kennen geglaubt hatte und nun erst Schritt für Schritt entdeckte. Ninons Aufregung, ihre Treuherzigkeit amüsierten ihn. Er stellte sich die in seinem Auto übereinander gestapelten Weizensäcke vor. Er blickte um sich, um sie nicht zu verwirren. Gewiss hing sie an seinen Lippen, voller Ungeduld und gespannt auf seine Entscheidung.

Er täuschte sich.

Ninon betrachtete Peter so, wie sie es ein Jahr zuvor schon getan hatte. Sie nutzte die kurzen Momente, in denen er zum Deckengewölbe hinaufsah, um ihren Blick tastend über seine Hände, sein etwas nachlässiges Hemd, seinen nach hinten geneigten Hals und sein innig geliebtes Gesicht schweifen zu lassen. Sie wusste nicht einmal mehr, warum sie eigentlich gekommen war. Einmal mehr überkam sie der Wunsch, die Zeit möge stehen bleiben und ihr einen wie versteinerten Peter überlassen, an dem sie die Augen nach Herzenslust hätte weiden können, ohne dass es aufgefallen wäre.

Peter bewegte einen Arm. Sie schlug die Augen nieder.

»Sehen Sie, Ninon, ich glaube nicht, dass mein Wagen das ideale Fahrzeug ist, um die Weizensäcke meines Freundes Marius zu transportieren. Aber kommen Sie morgen Nachmittag noch einmal vorbei, sobald das Fernsehprogramm begonnen hat. Bis dahin habe ich eine bessere Lösung gefunden. Sagen Sie Marius, dass er auf mich zählen und schon mit den Vorbereitungen für die Ernte beginnen kann.«

Ninon strahlte. Peter dachte zufrieden, dass es ihm wohl gelungen war, sie zu beruhigen. Wieder täuschte er sich. Was Ninon triumphieren ließ, war ein nebensächlicher Vorschlag seinerseits:

»Kommen Sie morgen Nachmittag noch einmal vorbei …«

Sie stand auf und stammelte einige Worte des Danks. Scheinbar gelassen begleitete er sie zur Tür. Als er seine Hand zur Klinke ausstreckte, drehte Ninon sich jählings zu ihm um:

»Ich wollte Ihnen auch für das Geld danken, das Sie Marius für Yvon und Fanny geben.«

Und in der Aufregung dieser wenigen hervorgestoßenen Worte fegte die ungestüme, aufrichtige Ninon einfach über die zurückhaltende Ninon hinweg und vergass tatsächlich, dass es Peter war, dem sie um den Hals fiel.

Peter nahm sie an seiner Brust in Empfang und schloss sie für einen Moment in die Arme.

Keiner von beiden hatte mit dem, was sie in jenem Augenblick empfanden, gerechnet.

Nach einer Nacht voll Jubel und quälender Fragen, die seinen Jünglingsnächten in nichts nachstand, machte sich Peter am nächsten Morgen auf zu Fernand, dem Bürgermeister von Mons, und schlug ihm mit scheinheiliger Freundlichkeit vor, die Mühlen zu kaufen.

Nach dem Mittagessen ging Peter hinunter zum Hof, um Marius über den geplanten Kauf der Mühlen zu informieren.

Gegen vier Uhr nachmittags kehrte er wieder heim, streckte sich auf seinem Sofa aus und begann ernsthaft über das Fieber nachzudenken, das ihn jedes Mal, wenn er an Ninon dachte, überkam, und erst die Erregung, die ihn tags zuvor gefasst hatte, als sie ihn auf die Wange küsste.

Seit kurzem – irgendwann musste er es sich ja doch eingestehen – verlor er beim leisesten und noch so flüchtigen Gedanken an Ninon sofort den Boden unter den Füßen; ein etwas frevelhaftes Feuer, das gänzlich unangebracht war, loderte in ihm. Was ihre Begegnungen betraf, so wurden sie von Mal zu Mal riskanter. Es war eine gefährliche Zuspitzung, der ein Ende gesetzt werden musste, und da es ihm nicht gelang, sich zu kontrollieren, war er es sich fortan schuldig, sie zu meiden und ihr, wenn auch in aller Freundschaft, eine gewisse Reserviertheit entgegenzubringen.

Zufrieden mit seiner Entscheidung, schloss er die Augen, um in die Welt des französischen Romans einzutauchen, den er gerade begonnen hatte. Er begegnete zwei seiner Figuren, für die er sich eine spannende Szene ausdachte, die er – warum nicht – in Menton spielen ließ … Er ließ die beiden durch die Gassen bis zum bezaubernden Marktplatz schlendern, dann ließ er sie umkehren und, immer noch angeregt plaudernd, am Meer entlangspazieren. Er ging mit ihnen hinunter zum Strand, setzte sich in aller Ruhe in den Sand und … schlief ein. In dem Traum, der darauf begann, waren seine Romanfiguren verschwunden, doch am Strand, gleich neben ihm, lag Ninon.

»Heute werde ich noch nicht schreiben«, sagte er sich, als er etwas später aufwachte, noch ganz verstört von der Erinnerung an Ninons weißen Bauch.

In diesem Moment fiel ihm wieder ein, dass er sie tags zuvor eingeladen hatte, am späten Nachmittag noch einmal zu ihm zu kommen. Erst begann er sich schon darauf zu freuen, doch dann beschloss er, resolut und in Übereinstimmung mit dem, was er sich vorgenommen hatte, die Begegnung unter irgendeinem Vorwand knapp zu halten, was zur Folge haben würde, dass die Dinge wieder auf die Ebene einer gesunden, freundschaftlichen Zuneigung gebracht würden, die sie niemals hätten verlassen dürfen.

Er ließ den Kopf wieder auf die Lehne des Sofas sinken und versuchte, zu den Figuren seines Romans zurückzukehren, die er am Strand von Menton im Stich gelassen hatte. Sie ließen sich nicht mehr blicken, doch dort hinten, schlafend im Sand, lag noch immer Ninon.

Während Ninon geschäftig auf den Marmorböden des Schlosses hin und her lief, versuchte sie, die Anflüge von Narrheit, die wegen jeder Kleinigkeit ein Lächeln in ihr Gesicht treten ließen, im Zaum zu halten: beim Abtrocknen der Tasse, aus der er seinen Tee trank, oder wenn sie mit der Hand über den Platz strich, an dem er meist saß. Im Grunde verbrachte sie den ganzen Vormittag in Gesellschaft Peters, wie sie ihn sich erträumt hatte, feinsinnig, zärtlich und charmant, ihr überallhin folgend, während er angeregt mit ihr plauderte.

Sie bereitete ein köstliches Mahl, das sie gut gelaunt einer Madame de Carlon auftischte, die auf einmal merkwürdig in sich zusammengesunken war. Ohne dass sie selbst es auch nur ahnte, hatte die arme Frau in wenigen Tagen ihre ganze Präsenz eingebüßt.

Schließlich stimmte Ninon bereitwillig zu, eine Partie *crapette* zu spielen, wobei sie die Karten jedoch mit mechanischen Bewegungen wahllos auf dem Tisch verteilte, als hätte sie die Regeln vergessen. Madame de Carlon nahm Anstoß daran, entrüstete sich, wetterte und mahnte Ninon aufzupassen, zum Donnerwetter noch mal.

Ihr Geschrei prallte von der Decke ab und ließ das Kristallgeschirr in dem kostbaren Tellerbüffet erbeben, ehe es sich an der Glasglocke brach, in die Ninon sich eingeschlossen hatte.

Tatsächlich spielte Ninon in Gedanken die tausend und mehr Möglichkeiten durch, wie sie vor Peters Tür in Erscheinung treten könnte, dann wählte sie unter den tausend und mehr Möglichkeiten, wie Peter wohl lächeln würde, das Lächeln aus, das sie am liebsten auf seinen Lippen gesehen hätte. Schließlich machte sie – etwas verlegen, aber dennoch wild entschlossen – eine Bestandsaufnahme der tausend und mehr Vorwände, die sie haben könnte, um sich erneut in seine Arme zu werfen.

Währenddessen verstrich Minute um Minute, und allmählich begann auch Madame de Carlon das Interesse an dem Spiel zu verlieren. Genauso wie einst Ninon den Weg des Uhrzeigers verfolgte, schielte nun Madame de Carlon nach der Wanduhr, die bald den Beginn des Fernsehprogramms verkünden würde.

Schneller als der Wind sauste Ninon die Treppe hinauf in ihr Zimmer, um ihre Kleider in Ordnung zu bringen. Die Strähnen ihres langen Haars glitten ihr aus den nervösen Händen, rutschten ihr immer wieder so frech durch die Finger, dass sie irgendwann vor Zorn mit den Füßen stampfte.

Als sie endlich ordentlich frisiert war, beruhigte sie sich und stieg gemessenen Schrittes die Treppe hinab, damit nichts von ihrem Aufbruch Madame de Carlon zu Ohren kam, die vor dieser Scheibe, auf der die Fahrer der Tour de France radelten, ihr Gehirn ausgeschaltet zu haben schien. Ninon ging durch die Tür und eilte, am ganzen Leib zitternd, davon zu ihrem – man musste es schon so nennen – ersten Rendezvous.

Am Rande der Ohnmacht klopfte sie rasch an Peters Tür, ohne sich noch groß über die tausend und mehr Möglichkeiten ihres Auftritts

Gedanken zu machen. Während sie wartete, wurde sie so verlegen, dass sie plötzlich am liebsten die Flucht ergriffen hätte.

Just in diesem Moment öffnete sich die Tür. Peter schien überrascht, sie zu sehen, schenkte ihr aber dennoch ein höfliches Lächeln, ehe er sich entschuldigte:

»Verzeihen Sie, Ninon, aber ich habe eine unerwartete Verpflichtung, weshalb ich sie jetzt leider nicht hereinbitten kann. Aber seien Sie unbesorgt, im Hinblick auf die Mühle ist alles geregelt. Sie werden den Weizen ernten und mahlen können, ganz wie es Ihr Wunsch war. Laufen Sie am besten schnell zu Marius, der Ihnen das Ganze an meiner Stelle erklären wird. Wirklich, mir fehlt die Zeit dafür.«

Dann lächelte er noch einmal und zwinkerte ihr aufmunternd zu. Aber es fehlte die Wärme, er war distanziert und so anders als der Peter vom Tag zuvor, dass all die Herzlichkeit in Ninons Augen vor lauter Hilflosigkeit auf einen Schlag erlosch. Es entging ihm nicht und versetzte ihm einen leichten Stich, aber er wankte nicht. Er hielt nur die Tür, die er schon hatte schließen wollen, für einen Augenblick fest und stammelte aufs Geratewohl ein paar Worte, um den üblen Streich, den er ihr soeben gespielt hatte, etwas zu mildern.

»Und vergessen Sie nicht, dass ich Sie bei der Ernte besuchen werde!«

Das Türschloss klapperte noch, da rannte Ninon schon über die Felder davon. Sie lief so schnell, dass sie kaum noch Luft bekam, und wünschte sich dabei, auf der Stelle ihr Leben auszuhauchen.

Ein Mäuerchen, an dem sie entlangtaumelte, brachte sie schließlich zu Fall, und nach einem heftigen Sturz landete sie im Feld, von stummen Ähren umringt.

Sie setzte sich hin, um ihre Gedanken zu ordnen. Nichts von dem, was gerade geschehen war, entsprach auch nur im Entferntesten den Szenarien, die sie sich vorgestellt hatte. Sie hatte sich auf eine merkwürdige Weise hilflos gegenüber diesem Peter aus einer anderen Welt gefühlt, der gönnerhaft und viel zu höflich gewesen war. Zwanzigmal ließ sie das Ganze immer wieder an sich vorüberziehen, um vielleicht doch noch auf irgendetwas Trostspendendes zu stoßen, bis sie dank ihres ungestümen Temperaments von einem unbändigen Zorn ergriffen wurde, der genauso heftig war wie damals in der Schule, als man sie »Läusepelz« genannt hatte. Gedemütigt, ja, sie hatte sich gedemütigt gefühlt, und für diese Demütigung, die sie nicht hinnehmen konnte, würde sie sich, so wahr sie Ninon hieß, rächen.

Peter hatte sich an ein Fenster geschlichen und gesehen, wie Ninon gefallen war. Er tat drei Schritte in Richtung Tür, um ihr aufzuhelfen, doch beim vierten Schritt blieb er stehen. Er wusste genau, wie es enden würde, wenn er erst den Türgriff umgedreht hätte.

Während er an den Schreibtisch zurückkehrte, musste er sich eingestehen, dass er sich erneut getäuscht hatte. Diese Liebe, die ihn so gar nicht mehr losließ, war seine allererste Liebe. Viel schöner, viel wahrhaftiger als die Verwirrungen seiner Jugend, die ihn nie, aber auch nicht ein einziges Mal derart gepeinigt hatten.

Er nahm Platz, um zu schreiben, und blieb bis zum Abend vor einem weißen Blatt Papier sitzen. Neben dem Blatt, auf dem blauen Löschpapier, das zum Schutz auf seinem Schreibtisch aus Edelholz lag, prangten Skizzen und Kritzeleien mit ineinander verschlungenen Formen, für die er, darauf angesprochen, kaum eine Erklärung gefunden hätte.

In der Regionalzeitung des folgenden Tages nahm die Information ganze fünf Spalten ein. Ein Engländer, ein Ausländer also, hatte die Vermessenheit besessen, als Käufer für die Mühlen von Mons auf den Plan zu treten.

Die Feststellung, dass die Neuigkeit Aufsehen erregte, wäre eine eher bescheidene Umschreibung des Sturms, den diese gedruckten Zeilen entfesselten. Eine Flut wütender Argumente und großer Gefühle, in der sich das Für und Wider erbittert gegenüberstanden, wallte auf. Manch einem platzte als Bewohner von Mons der Kragen bei der Vorstellung, die Mühle einem Ausländer zu überlassen. »Was geht den das an!« All diese Leute vergaßen die eigene Gleichgültigkeit gegenüber diesem Gemäuer, das so lange niemanden interessiert hatte, ihre Verachtung für den Schweiß der Väter und ihre Geringschätzung der Vergangenheit. All diese Leute, die sich auf einmal an den Wert dieses Zeugnisses vergangener Zeiten erinnerten, beteuerten lautstark, die Mühle so ins Herz geschlossen zu haben, dass sie lieber mitansehen würden, wie sie in sich zusammenstürzte.

Die anderen, die den Weizen und das bäuerliche Leben liebten und weder das Plätschern des Wassers auf dem Mühlrad noch das Schnurren der Zahnräder vergessen hatten, rührte die Vorstellung, all das wieder hören zu können, auch wenn sie sich ein wenig schämten, ihr Glück einem Ausländer zu verdanken.

Diesen Leuten und nur ihnen schwor Peter in einem Interview, dass er sein Geld lediglich in den Dienst der letzten Schnitter dieses Landkreises stelle, dass er nicht einen Stein in der Mühle anrühren und falls gewünscht auch nie einen Fuß hineinsetzen würde.

Daraufhin beruhigte man sich im Landkreis, von ein paar unverbesserlichen Dickschädeln einmal abgesehen, und als der Tag der Versteigerung gekommen war, war das ganze Dorf zur Stelle, um dicht gedrängt, mit angehaltenem Atem auf Peters Angebot zu lauschen und schweigend abzuwarten, dass die Flamme der kleinen Kerze, die man nach altem Brauchtum aufgestellt hatte, erlosch.

Es fiel der Beschluss, dass Marcus, der letzte Müller von Fayence, dem Räderwerk ein wenig Fürsorge angedeihen lassen und um die schweren Mahlsteine herum etwas aufräumen würde, bis die ersten Weizensäcke kämen.

Als Abel davon erfuhr, geriet er in Wut und versicherte, dass er genauso gut wie der alte Marcus in der Lage gewesen wäre, das Rad in Bewegung zu setzen, und dass er besser als jeder andere gewusst hätte, wie sich die Seele der Mühle zu neuem Leben erwecken ließ. Zum Trost kam er dennoch jeden Morgen freudestrahlend angerannt, um dem neuen Müller ein paar Ratschläge zu geben, ihm zu helfen und ein bisschen im Weg herumzustehen.

Einmal traf Ninon ihn dort, und sie machten gemeinsam einen Rundgang durch das Gebäude. Zärtlich strichen sie mit den Händen über alle Ecken, Winkel und geheimen Stellen, an denen noch ihre Erinnerungen hafteten. Abel legte Ninon einen Arm um die Schulter und drückte sie an sich, als wollte er sie zurückerobern. Ninon ließ es sich freudlos, ohne jede Gefühlsregung gefallen, voller Bedauern über diese unsäglichen Wirren, wo doch alles so einfach hätte sein können.

Als Abel in sein Zimmer zurückkehrte, beschloss er, nicht mehr von ihrer Seite zu weichen. Diese Entscheidung besiegelte er, indem er sich auf seiner Mundharmonika eine neue Melodie ausdachte und ein zärtliches Gedicht schrieb, in dem von Pierre die Rede war, von Ninon und einem Nest verliebter Turteltauben, die im Mondschein miteinander gurrten.

Seit dem Tag ihres verunglückten Rendezvous war Ninon hin- und hergerissen zwischen Wut und Verehrung. Die ganze darauf folgende Woche schwankte sie, verwünschte ihn für die kalten Worte, die er für sie gefunden hatte, um denselben Peter für die Schönheit dessen, was er getan hatte, sogleich wieder in den Himmel zu heben.

Glücklicherweise forderte die verspätete Ernte bald von allen ein wenig Aufmerksamkeit; sie bat, man möge doch bitte Gnade walten lassen und nicht vergessen, dass sie nicht länger warten könne und all der Aufruhr von geringer Bedeutung sei. Der Weizen, dessen Körner reif waren, schrie nach den Sensen und rauschte ohne Unterlass, sobald die gleißende Sonne am Himmel aufstieg.

Und so strömten im ersten Morgengrauen, das noch lau und kaum von Tau benetzt war, die Schnitter auf die Felder und begannen zu mähen. Es war ein Tanz, dem sich auch Ninon und Joséphine, die wie immer die Garben banden, anschlossen.

In der Mühle saß derweil Abel wartend am Rand eines kleinen Beckens und spielte eine kurze Melodie, ehe er seine Feder übers Papier gleiten ließ.

Als Peter langsam erwachte, war gleich Ninon bei ihm, wie es von nun an jeden Morgen geschah, und ließ ihn vor Verlangen und Enttäuschung, sie nicht in die Arme schließen zu können, erbeben.

Draußen rief ihm das Konzert aufgeregter Zikaden jenen Tag in Préfagous in Erinnerung, als er sie zum ersten Mal singen gehört hatte. Das war vor elf Jahren gewesen. Er rechnete noch einmal nach, und das Ergebnis seiner Subtraktion ließ ihn erstarren. An jenem Tag war Ninon vier Jahre alt gewesen. Verstimmt erhob sich Peter mit einem Ruck, ihm war nicht mehr nach träumen zumute.

Was sollte er sich vorwerfen? Er hatte nichts gewollt, nichts verlangt. War es sein Fehler, dass sie sich begegnet waren?

Peter flüchtete sich in seine Erinnerungen und war schnell bei den ersten Momenten ihrer gemeinsamen Geschichte angelangt. Es war ein trüber Januartag gewesen, die Umrisse der Hügel verschwammen hinter dem in Böen herabklatschenden Regen, während Himmel und Meer miteinander zu verschmelzen schienen.

Er sah seine Freunde wieder vor sich – die schmächtige, aber umso überschwänglichere Paulette und den untersetzten, ruhigeren Roger –, wie sie ihm die völlige Verwahrlosung schilderten, in der ein Mädchen aus dem Dorf namens Ninon lebte. »Ninon?«, hatte er erstaunt, ja fasziniert nachgefragt, als er diesen Vornamen zum ersten Mal hörte.

Es war ein Abenteuer, schrecklich und romantisch zugleich, das ihn – so, wie man es ihm unterbreitet hatte – zum Träumen brachte. Er war sofort bereit gewesen, sich aufzumachen und das kleine Mädchen, das in einem schmuddeligen Winkel irgendwo in den Bergen gefangen gehalten wurde, zu befreien. Er erinnerte sich an die Vorbereitungen und geheimen Zusammenkünfte, bei denen er sich vorgestellt hatte, in Gesellschaft von David Copperfield die Hauptfigur eines finsteren Romans geworden zu sein.

Dann war Ninon in Cézaires Türrahmen aufgetaucht, zitternd und zerlumpt. Und er, der so gefangen in seiner Fantasiewelt war, wurde sich jählings bewusst, dass es in nächster Nähe echte Not gab.

Ninon hatte sich in sein Auto gestürzt und mit ihr der ganze Gestank des Elends. Peter lächelte. Er musste schon zugeben, dass er sofort an seine Ledersitze gedacht hatte.

Peter ließ vor seinem inneren Auge die Zeit verstreichen. Jede Kleinigkeit versetzte ihn in Rührung, ein mit Blumen geschmücktes Tablett, ein schüchternes Lächeln, ein Anflug von Empörung hinter einer halb geschlossenen Tür …

Pilar kam herein, um zu putzen, und fand ihn mit seligem Ausdruck dösend auf dem Sofa.

»Na, mein Pedro, dann schreibst du heute wohl nicht?«

Und als ihr Pedro keine Antwort gab, entfernte sie sich brummelnd: »Wenn das kein Jammer ist, so etwas mit ansehen zu müssen. Hätte er doch bloß auf mich gehört und das Weite gesucht. Ich würde meine Hand dafür ins Feuer legen, dass es die Kleine ist, die ihm so das Hirn verwässert. Ich weiß nicht, was die ausbrüten, aber eins weiß ich …« Sie rang die Hände und streckte sie dem Himmel entgegen. »… ihn im Moment zum Schreiben zu bringen, und sei es auch nur eine Zeile, ist genauso schwierig, wie einem toten Esel einen Furz zu entlocken!«

Dass Peter Pilar nicht geantwortet hatte, lag daran, dass er just in diesem Moment Ninon wieder vor sich sah, wie sie in ihrem hässlichen Aufzug, die Füße in riesigen Holzpantinen versunken, betreten auf der Kante seines Diwans saß. Hier, genau dort, wo er gerade lag.

»Armes Mädchen«, seufzte er gerührt.

Aber er mochte noch so sehr von Erinnerung zu Erinnerung schweifen, was ihn immer wieder überraschte, ihn immer wieder einholte wie ein Refrain, waren ihr strahlendes Lächeln und ihre Augen, die leuchteten wie die Sonne.

Das war's! Jetzt hatte er sie ausfindig gemacht, die Übeltäter, die Schuld hatten an dem ganzen Durcheinander in seinem Herzen! Und daran würden die zwanzig Jahre Altersunterschied niemals auch nur das Geringste ändern. Armes Mädchen? Mit solchen Augen nicht unbedingt, um die Wahrheit zu sagen …

Er stand auf. Es war schon heiß, und er schloss die Fensterläden, damit die Sonne nicht hereindrang. Was für eine dumme Geste, dachte er, wieder gerührt. Verhindern, dass die Sonne hereindrang …

In der Ferne waren Marius' Felder voller Farben, Schatten und Geräusche. Ein blaues Baumwollkleid, das sich bückte und streckte, hob sich vom Gelbblond der ersten Stoppelfelder ab. Die Ernte hatte begonnen, und ihm kam ein Versprechen in den Sinn, das er zum Trost gegeben hatte und dieses Mal keinesfalls brechen wollte: »Und vergessen Sie nicht, dass ich Sie bei der Ernte besuchen werde!«

Er beeilte sich, zog sich hastig an, aus Furcht – welch ein Idiot er doch war –, die letzte Ähre könnte schon abgeerntet sein, wenn er einträfe. Seit zehn Tagen hatte er Ninon nur beim Fünfuhrtee gesehen. Hübsch war sie, oh ja, anmutig, daran bestand kein Zweifel, aber distanziert, fast ein bisschen nachtragend. Wie sollte man sagen? Widerspenstig! Und es erstaunte ihn selbst, dass er wieder auf dieses Wort gekommen war, das sie so treffend beschrieb, als hätte er es selbst zu diesem Zwecke erfunden.

Er stieg die Felder ohne jede Eile hinab, denn jetzt war sie in Reichweite gerückt. Er hörte schon das Rascheln der Sicheln, eine murmelnde Stimme, gedämpft unter einem gebückten Körper, das Lachen von Jules und das Murren des Großvaters, der sich erschöpft fühlte.

Er setzte sich am Fuß eines Baums auf den Boden, ohne ein Wort zu sagen. Niemand hatte ihn bislang gesehen; er war ein heimlicher Besucher jenes Schauspiels, das die Ernte bot. Alles überraschte ihn. Vor allem der Rhythmus, die raschen und zugleich ruhigen Bewegungen. Für den Schnitter ist es vordringlich, nichts zu überstürzen und vor jedem Hieb eine schöne Garbe zu bilden. Jede Handbewegung folgt ihrem eigenen Takt, ihrer eigenen Bestimmung. Peters Blick verharrte träge bei den blitzenden Sicheln, ehe er klammheimlich zu den Frauen hinüberwanderte, die dahinter arbeiteten.

Ja, Ninon war unter ihnen, tief gebeugt über eine Garbe, die sie vor dem Binden in die rechte Form brachte. »Wie weit sie von mir entfernt ist, meilenweit.« Er wünschte sich schon, Mittelpunkt ihrer Welt zu sein und alles, was sie von ihm ablenkte, auszulöschen.

Aber er musste mit ansehen, wie Ninon Joséphine vertraulich, in der Verschwiegenheit des gemeinsamen Tuns, Frauengeheimnisse ins Ohr flüsterte, von denen er niemals erfahren würde.

Das junge Mädchen richtete sich auf, straffte den Körper, brachte den Haarknoten in Ordnung, drehte sich grundlos zu dem Olivenbaum um. Fuhr zusammen.

Ninons erster Reflex war, ihm zuzulächeln, der zweite, zu erbeben, der dritte, voller Stolz ihre Garbe weiterzubinden.

Peter winkte ihr zu, was sie nicht sah oder nicht sehen wollte. Er kam sich töricht vor, kindisch, einfältig. Wo war plötzlich der schöne Peter geblieben, um den alle herumsprangen, kaum dass er in England einen Salon betrat?

Er fragte sich, was er tun sollte, hingehen und sie begrüßen oder verschwinden. »Also los, versuchen wir einfach, natürlich zu sein, wenn Ninon nicht da wäre, was würde ich dann tun?« Er verbarg sein Gesicht in den Händen, so lächerlich fühlte er sich angesichts all dieser Situationen, in die er durch seine Liebe geriet. Dann gestattete er sich, über sich selbst zu lachen, was ihm sofort Erleichterung brachte.

Er stieg die drei letzten kleinen Feldstücke hinab, trat zu Joséphine, begrüßte sie. Die Schnitter hielten inne, als sie seine Stimme hörten. Er bat um Entschuldigung, sie bei der Arbeit zu stören.

Bernard protestierte:

»Wir haben doch nur auf diese Gelegenheit gewartet, um einen Schluck zu trinken und vielleicht sogar ganz Schluss zu machen.

Himmel, es ist vielleicht heiß, und eigentlich haben wir auch genug gearbeitet.«

In der Mitte des Feldes stapelte Ninon die Garben zu einem prachtvollen Haufen. Schließlich kam sie unbefangen auf ihn zu.

»Guten Tag, Ninon. Sie sind ja verdammt tüchtig, da hat keine Ähre auch nur die geringste Chance, von Ihnen übersehen zu werden.« Wie immer lächelte sie zunächst, dann wandte sie sich zum Feldrand um, wo wieder François hockte, der treue Zuschauer. Sie deutete mit dem Finger auf ihn:

»Ich muss mir ja Mühe geben, es gibt schließlich Leute, die extra herkommen, um mir beim Binden zuzusehen.«

»Essen Sie doch mit uns«, schlug Joséphine rasch vor. »Das heißt, wenn es Ihnen nichts ausmacht, sich schmutzig zu machen, die *anchoïade* wird bestimmt auf Ihr Hemd tropfen.«

Peter nahm neben Marius Platz, und sie unterhielten sich über die Sache mit der Mühle, die noch immer für große Aufregung sorgte. Ein Stück weiter saßen Ninon und Joséphine geschäftig um den Korb herum und bestrichen die Brotscheiben.

Jules und Bernard setzten sich rechts von Peter auf den Boden, nachdem sie lange die Beine gestreckt und den Staub aus den Ärmeln geschüttelt hatten. Der Tonkrug mit dem kühlen Wein wanderte von Mund zu Mund. Genauso wie einst Ninon sah nun Peter den Männern in die Augen, voller Erstaunen über die Ruhe darin.

Und auf einmal überkam ihn der Wunsch, ihre Geschichte zu schreiben.

Ninon reichte jedem eine große Scheibe Brot, auf die sie ein paar Sardellenfilets legte und das Ganze mit duftendem Öl begoss. Auf Peters Scheibe landeten, ein Versehen, zu viele Sardellenfilets, die natürlich auf seine Schuhe purzelten:

»Oh! Entschuldigen Sie, Peter!«, sagte sie mit scheinbarem Bedauern.

Etwas später durchbrach Ninon die schattige Stille, in der alle halb eingedöst waren, und machte sich unvermittelt auf und davon, einen Teller in einem geknoteten Geschirrtuch an sich gedrückt.

Marius blickte ihr nach und sagte murrend:

»Wenn ich daran denke, dass die Chefin sie nur unter dieser Bedingung herkommen lässt, uns zu helfen!«

»Unter welcher Bedingung?«

»Dass sie ihr einen Teller von unserem Mittagessen bringt.«

Peter empörte sich im Stillen über diesen Machtmissbrauch.

»Ninon müsste wieder ganz bei Ihnen leben«, murmelte er, »so wie früher.«

Marius dachte nach, ehe er antwortete:

»Warten wir noch ein wenig ab, bis die Gemüter sich beruhigt haben und im Dorf wieder alle miteinander versöhnt sind. Es darf nicht passieren, dass irgendwelche spitzen Zungen aus Rache anfangen, Gott weiß was zu erzählen, und das so lautstark, dass die Gendarmen nicht mehr so tun können, als hätten sie nichts gehört. Giuseppe würde das ruckzuck ausnutzen und sie zurückholen. Wir dürfen nicht vergessen, dass er immer noch ihr Vater ist.«

Ninon hatte einen Vater. Auch daran hatte Peter nicht gedacht.

Marius ließ schweigend einige Sekunden verstreichen. Er zog sich den Hut in die Stirn und schien einzunicken. Doch dann wandte er sich so abrupt, wie wenn man ins kalte Wasser springt, zu Peter und murmelte leise:

»Gestern hat der Bürgermeister mir von einer Idee erzählt, die ihm im Kopf herumgeistert, aber er traut sich nicht, mit Ihnen darüber zu reden. Ich mach's jetzt an seiner Stelle, damit sie mich nicht mehr am Schlafen hindert. Also, man müsste in der Mühle ein Fest organisieren, so wie die Feste, die man vor langer Zeit gab, um die Ernte zu feiern und das erste Mehl zu begrüßen. Alle Bewohner von Mons wären eingeladen, und so würden die Leute begreifen, dass die Mühle noch immer allen gehört und nicht nur ein Steckenpferd dieses exzentrischen Ausländers ist, wie manche ja behaupten. Den Alten würde das eine Freude machen, und vielleicht würden ja sogar auch die jungen Leute auf ihre Kosten kommen. Und nicht zuletzt würde so ein Fest, um die ganze Wahrheit zu sagen, auch denen, die immer noch herumstänkern, das Maul stopfen.«

»Gern«, antwortete Peter, »ich finde, das ist eine hervorragende Idee. Ich werde Ihnen alles geben, was Sie für dieses Fest brauchen. Aber machen Sie sich keine Illusionen, Marius, auch das größte Freudenfest wird jene Leute nicht ändern, die immer einen Feind brauchen, um zu existieren.«

So wurde am nächsten Tag im Gemeinderat Beschluss über eine große Feier gefasst, zu der man alle Schnitter aus dem Landkreis einladen würde.

Einige gut gewillte Menschen nahmen die Sache in die Hand und setzten sich zusammen, um alles zu organisieren.

Zur Eröffnung der Arbeitssitzung erschien zunächst kurz der Bürgermeister, um eine kleine Ansprache zu halten, bei der er besonderen Nachdruck auf die Bedeutung legte, die diese Veranstaltung für die gesamte Region haben würde. Dann machte er zwei oder drei Scherze, die die Stimmung entspannen sollten. Schließlich verkündete er, dass dies eine überaus erfreuliche Gelegenheit sei, die Mühle kostenlos wieder in Betrieb zu nehmen, denn Monsieur Atkinson wolle nicht nur die Kosten für die Instandhaltung der Gebäude, sondern auch den Lohn des Müllers übernehmen.

Das war eine wichtige Neuigkeit, die mit einem respektvollen Schweigen quittiert wurde.

Dann machten sie sich an die Arbeit.

Als Erstes schlug Roger vor, dass von den letzten noch aktiven Landwirten jeder ein paar Garben beisteuern solle, aus denen sie einen schönen Schober bauen könnten, um den herum die Schulkinder den »Schnittertanz« aufführen würden, an den sich in Mons kaum noch jemand erinnerte.

Sechs Frauen erboten sich, *aïoli* zuzubereiten, drei Männer erklärten, die Weinfässer beisteuern zu wollen, und Marius die Oliven; andere versprachen provenzalische Krapfen und mit diversen Obstsorten belegte Torten.

Plötzlich unterbrach Roger die Diskussion:

»Sagt mal, wen sollen wir eigentlich von dem Fest ausschließen,

Giuseppe oder seine Kinder? Es ist ja wohl klar, dass sie dort nicht aufeinander treffen können.«

Es folgte ein nachdenkliches Schweigen, ehe die Anwesenden sich in einem aufgeregten Hin und Her mit Argumenten bombardierten. Schließlich donnerte Pater Alfred, der sich das Ganze auf seinem Stuhl am Tischende angehört hatte, mit der Faust auf den Tisch, um für Ruhe zu sorgen, und sagte ernsthaft, aber mit einem verschmitzten Lächeln in den Augen:

»Ich frage mich, warum wir uns eigentlich solche Sorgen machen! Wir lassen unseren Feldhüter einfach schon am frühen Morgen antreten, wenn er noch frisch ist, um alles aufzubauen: die Tische, die Stühle und nicht zu vergessen die Pastis-Flaschen und Weinfässer. So wahr ich Pfarrer bin, ich gehe jede Wette ein, dass er, noch ehe das *aïoli* aufgetischt wird, schon nicht mehr weiß, wer er ist … Dann können seine Kinder zum Mittagessen kommen!«

Die ganze Versammlung brach in Gelächter aus. Darius, der Schmied, stand auf, um den schwankenden Gang nachzuäffen, der den Admiral auszeichnete, wenn der Tag zu Ende ging. Er erhielt großen Beifall.

Roger begann daraufhin, laut noch einmal die zur Verfügung stehenden Tische und Stühle durchzugehen. Dann stellte er die Gästeliste auf, während seine Frau zusammenrechnete, wie viele Kinder kommen würden. Plötzlich unterbrach er sich erneut, runzelte die Stirn und stellte für alle hörbar die Frage:

»Und der Engländer, was machen wir mit dem Engländer?«

Wieder wurde seine Frage mit einem, wenn auch diesmal strengeren Schweigen aufgenommen. Es folgte eine noch leidenschaftlichere Debatte. Die Leute mochten ihn ja schon, diesen Engländer, und das, seit sie ihn kannten. Er war in der Résistance gewesen, war sehr sympathisch und stets höflich zu allen Leuten. Jeder hatte eine nette kleine Geschichte zu erzählen, wie charmant der Engländer war. Aber trotzdem, er war nicht von hier, er war ein *estrangié* …

»Und noch nicht mal ein französischer *estrangié*«, fügte Pascal hinzu.

Wieder war es Pater Alfred, der die Diskussion beendete. Er schlug erneut auf den Tisch, diesmal jedoch so fest, dass das Möbel unter dem Hieb erzitterte, und in seinem strengen Blick lag keine Spur mehr von einem verschmitzten Lächeln:

»Was seid ihr nur für eine Horde von Rüpeln, wenn ich mir so ansehe, wie ihr euch den Kopf kratzt, muss ich mich doch fragen, ob ihr noch ganz richtig im Oberstübchen seid. Ihr wollt doch wohl nicht sagen, dass ihr zu so einer Gemeinheit in der Lage wäret! Eine Schande für uns alle wäre das, so wahr ich hier Pfarrer bin! Mal abgesehen davon, dass es ohne Monsieur Atkinson überhaupt kein Fest und kein *aïoli* gäbe und auch keine Ernte und keine Mühle, sondern nur ein Dorf voller Idioten!«

Und schon brachen lautstarke Proteste los, dass es wirklich nicht korrekt sei, den Engländer nicht einzuladen.

»Wir könnten doch sogar auf sein Wohl anstoßen«, schlug jemand vor.

»Ich bin mir sicher, dass er nichts dergleichen erwartet«, erwiderte Roger.

Später klopfte Pater Alfred, ehe er nach Hause ging, noch beim Bürgermeister an die Tür, um ihn wissen zu lassen, dass alles organisiert sei.

An dem Tag, den man auserwählt hatte, um den Weizen zu feiern, brachten schon im Morgengrauen die ersten Dorfbewohner Stühle und Böcke für die Tischplatten. Später kamen die Frauen mit ihren schweren Körben und zauberten mit kräftigen Schlägen aus dem Handgelenk sämiges *aïoli* in ihre Töpfe, das so dick war, dass die Löffel aufrecht darin standen.

Giuseppe, wie immer zu früher Morgenstunde rege und gut rasiert, machte sich mit Feuereifer und gutem Willen an die Arbeit. Auf seinen kräftigen, langen Beinen lief er unentwegt von links nach rechts, von der Mühle hinunter zum Fluss, vom Fluss hinauf zur Mühle. Wer sich jedoch Zeit nahm, sich einmal wirklich an seine Fersen zu heften, merkte schnell, dass die ganze Geschäftigkeit ihm nur als Vorwand diente: Neben ein bisschen Arbeit und viel Herumkommandieren ging es ihm vor allem darum, seinen Durst zu löschen. Gegen elf Uhr vormittags begann sich Giuseppes Emsigkeit allmählich zu legen, bis er nur noch die große Linde umkreiste, unter der man die Weinfässer aufgestellt hatte.

Von dort erteilte er, ein Glas in der Hand, weiter Befehle, während seine Stimme zusehends an Festigkeit verlor.

»Mehr nach rechts, den Tisch mehr nach rechts!«, brüllte er, immer schön im Schatten, während die anderen schwitzten.

»Pass mal auf, ich geh jetzt zu ihm und geb ihm den Rest«, sagte Bastien zu Jean-Marie.

Und so tauchte Bastien freundlich und jovial neben Giuseppe auf, um ihm Gesellschaft zu leisten und auf sein Wohl anzustoßen.

Derweil hatten sich die Gäste an den Tischen und auf der Wiese verteilt, überall dort, wo der Schatten etwas Abkühlung brachte.

Gegen zwölf, als jeder einen Platz gefunden hatte, verzichtete Giuseppe auf die Gesellschaft der Weinfässer, um von einem Gast zum nächsten zu torkeln und auf das Wohl jeder Tischgesellschaft sein Glas zu erheben. Bei den Frauen spielte er den Charmeur, während er ihnen seinen alkoholverpesteten Atem in die Nasen blies, den Männern klopfte er auf den Rücken, und die Kinder vertrieb er mit ausholenden Fußtritten. Weil man ihn dazu aufforderte, gelang es ihm schließlich dank Pater Alfred, der ihn als Gegengewicht am Ärmel festhielt, Platz zu nehmen. Doch als man nach einem letzten Pastis Gemüse, Rüben, hart gekochte Eier und lange Kabeljauscheiben auftrug, glückte es ihm zwar noch, eine Möhre zu erhaschen, aber die widerspenstigen Rundungen eines Eis machten ihm so zu schaffen, dass er ihm über den ganzen Tisch hinweg nachjagen musste.

Schließlich versuchte er, wenigstens einen Löffel *aïoli* zu erwischen.

Doch das *aïoli* war so wunderbar dick, dass es sich standhaft weigerte, den Löffel zu verlassen. Zitternd klebte es daran, trennte sich von dem einen oder anderen Bröckchen, war jedoch nicht bereit, bis zum Tellerrand hinabzugleiten. Da krauste Giuseppe, all seine Kräfte sammelnd, die Nase, nahm Schwung und schlug auf höchst unkontrollierte Weise mit dem Löffelstil gegen den Tellerrand. Unter dem Hieb zerschellte der hundertjährige Steinteller, während das *aïoli* auf seine Hose sprang. Um sich zu schützen, wich Giuseppe mit einer heftigen Bewegung zurück. Aber sein Stuhl, ungehalten über die schlechte Behandlung, kippte zornig um, und Giuseppe fiel der Länge nach auf die Wiese.

Jean-Marie stand ergeben auf und zog den Feldhüter an den Füßen zur Seite, damit die Serviererinnen ungehindert vorbeikamen, dann rückte er ihm vorsorglich den Hut in die Stirn, damit die über den Himmel wandernde Sonne ihm nicht noch den Rest gab. Fernand gab daraufhin den Kindern, die in einiger Entfernung brav am Straßenrand warteten, ein Zeichen, dass sie kommen und zu Mittag essen könnten.

Peter war in Begleitung von Marius eingetroffen und hatte etwas abseits Platz genommen, gerade rechtzeitig, um noch voller Betroffenheit den Absturz des Feldhüters mitzuerleben.

Ninon trug eine Speise nach der anderen auf. Die kräftigen Arme mit großen Platten beladen, lief sie über die Wiese und ging, keine Mühe scheuend, von Tisch zu Tisch.

Peter, der sie nicht aus den Augen ließ, registrierte die Blicke der Männer, der jungen wie der alten, die an ihr klebten, kaum dass sie durch das Tor der Mühle getreten war, und sie fortan auf Schritt und Tritt verfolgten. Wenn Ninon in die Nähe der jüngeren Männer kam, drehten sie die Köpfe, während sie an ihnen vorüberging, und wenn sie zufällig ihre Ärmel streifte, strahlten sie und murmelten ihr allerhand Dummheiten zu, während die Blicke über ihre Schultern und ihre Taille wanderten. Wenn Ninon sich dann schließlich mit rosigem Gesicht entfernte, stießen sie sich in stillem Einvernehmen mit den Ellbogen an und strichen dabei mit zwei Fingern ihre flaumigen Schnurrbärte glatt.

»Ich habe gut daran getan, diesen Sommer hier zu bleiben«, sagte sich Peter.

Als alles serviert war, nahm Ninon gegenüber Abel Platz. Langsam wanderte ihr Blick zum anderen Tischende, weil sie sehen wollte, wie Peter sich in dieser bäuerlichen Gesellschaft, die er nicht gewohnt war, verhielt.

Just in diesem Moment sah auch Peter sie an. Ihre Blicke begegneten sich, und irgendwie war es fast so, als blickte sich ein altes Ehepaar in die Augen. Sie beruhigte ihn durch ihre Gegenwart, er dankte ihr für den Halt, den sie ihm bot.

Von woher auch Stimmen und Gelächter an sein Ohr drangen, hörte Peter nichts als Provenzalisch. Aber traurig stimmte ihn das nicht, ganz im Gegenteil. Die Isolation, in der er sich befand, erlaubte ihm als Schriftsteller, die übrigen Gäste zu beobachten, und als Liebendem, seine Ninon zu betrachten.

In diesem Augenblick erhob sich Abel, um eine Geschichte zu erzählen:

»Es ist – wieder einmal – die Geschichte von der Zikade und der Ameise, aber diese Geschichte ist sehr viel wahrer als die, die man uns in der Schule beibringt…«

Ihm gegenüber saß Ninon und ließ es sich ohne jede Hemmung schmecken. Sie trug ein Kleid, das Joséphine gehörte und nur von zwei schmalen Trägern gehalten wurde. Ihre Schultern und Arme strahlten bei jeder Bewegung eine Kraft und Natürlichkeit aus, wie sie den Frauen auf dem Land eigen ist. Sie schwang eine halbe Möhre, die sie auf die Gabel gespießt hatte, und steckte sie sich energisch, mit glänzenden Augen in den Mund, während ihr die Begeisterung ins Gesicht geschrieben stand. Peter fragte sich, was wohl seine Londoner Bekanntschaft und seine Studienkollegen aus Cambridge zu einem so offenkundigen Appetit sagen würden. Er unterdrückte ein Lächeln und zuckte in Gedanken die Achseln.

Abel fuhr fort:

»… und die arme Zikade, ausgehungert und durchgefroren, wie sie war, schlug mit dem Kopf gegen die Rinde des Kiefernstamms, als ihr plötzlich die Ameise in den Sinn kam, die den ganzen Sommer hindurch schwer beladen hin und her gelaufen war, und schon hatte sie eine Idee: ›Oh, ihr Herz ist nicht weicher als ein Kieselstein, aber dennoch, ich habe für sie gesungen wie für alle anderen auch, sie kennt mich gut und wird mich nicht verenden lassen …‹ Bum, bum, bum! ›Ich bin's, die Zikade, Ihre Nachbarin, die Sängerin …‹ Schrapp, schrapp, schrapp, und im Türspalt tauchte das schmächtige Köpfchen der Ameise auf: ›Was gibt's denn jetzt schon wieder? Herrgott noch mal, was trampelst du immer noch vor meiner Tür herum, und gleich willst du mir wohl den Regen ins Haus bringen?‹«

Mit einem Stückchen Krapfen in der Hand trat Joséphine leise zu Peter, um ihm mit gesenkter Stimme zuzuwispern, dass Ninon sich freuen würde, wenn sie noch einmal wie früher zum Blumenpflücken mitkommen dürfte.

»Sie würde so gern ein bisschen Geld verdienen …«

Ob er Madame de Carlon nicht dazu überreden könne, sie gehen zu lassen?

»... und die Ameise schlug wütend die Tür zu. Man hörte sie brummen: ›Geschieht dir recht, du Wichtigtuerin!‹ Kurze Zeit später kam ein sanftes Lüftchen auf, das die Zikade in seinen Armen davontrug ... Schöne Zikade, jetzt kannst du singen bis in alle Ewigkeit ...«

Während die Gäste sich schon gerührt die Nasen schnäuzten, fügte Abel rasch hinzu:

»Ich bin noch nicht fertig! Jetzt werde ich nämlich noch mit der Ameise abrechnen, dieser Korinthenkackerin.«

Und Abel begann ein Mienen- und Gebärdenspiel, während dessen er auch seine Stimme unentwegt veränderte.

»Der Kleine hat Talent«, dachte Peter. »Für die Musik sowieso, aber auch für die Schauspielerei.«

An den Tischen hatte man allmählich zu schunkeln begonnen, was nicht nur Knoblauch und Wein, sondern auch den Klängen des Akkordeons zuzuschreiben war, dessen Melodien zum Mitsingen einluden.

Unten am Fluss stieg gerade Darius, der sich seiner Hosen entledigt hatte, gefolgt von Marcus, dem neuen Müller, ins Wasser, was seitens der Frauen von Aufschreien begleitet wurde. Nur im Oberhemd patschten die beiden mit noch verdecktem Gesäß über die Steine, als Darius plötzlich seine Hemdschöße lüftete. Das Kreischen nahm an Lautstärke zu, während auf der anderen Seite der Wiese Pierre Pascal, ein provenzalischer Dichter, weitersang.

An einem der Tische war der Herr Pfarrer, als er seinen Vorrat an netten Anekdötchen, die alle schon in- und auswendig kannten, erschöpft hatte, zu anderen, weitaus schlüpfrigeren Geschichten übergegangen. Nachdem zunächst um ihn herum allerhand Gelächter ertönt war, wanderten die Geschichten allmählich von einem frivolen Mund zum nächsten. Doch im Verlauf dieser Wanderschaft wurde der anfangs so amüsante Scherz immer knapper und fader, bis nichts Pikantes mehr an ihm war und er nur noch ein müdes Lächeln hervorrief.

»… schneller als ein Champagnerkorken schoss die Ameise los und wäre fast gegen die Tür einer riesigen Grille geprallt, die sich vor ihr auftürmte wie ein grünlich schimmernder Berg und ›Kratz, kratz, kratz‹ sang, während sie ihr neues Heim bezog. ›Zum Donnerwetter, diese blöde Schachtel wird mich noch dazu bringen, dass ich der Zikade hinterherweine! Die wird ja nie mit ihrem Gekratze aufhören, nicht einmal in der Nacht!‹ Und vor lauter Zorn zog sie einen so pikierten Schmollmund, dass sie für den Rest ihres Lebens nicht mehr sprechen konnte.

Raffgierige Ameise,

war das Horten von Vorräten wirklich ein solcher Spaß, dass es sich gelohnt hat, dafür stumm zu werden?«

Begeistert applaudierte das Publikum Abel, der mit stark geröteten Wangen die Augen niederschlug, wie immer in Ninons Richtung.

Schließlich stellten sich die *galoubet*-Spieler mit ihren Einhandflöten auf, und die Schulkinder, gefolgt von ein paar zahnlosen Großmüttern, vollführten um den prachtvollen Garbenhaufen herum den Schnittertanz. Drei Paare ließen sich von ihren Erinnerungen und den hellen Flötenklängen dazu hinreißen, mitzuwirken und eine *farandole* zu tanzen. Andere, die nach und nach dazukamen, versuchten mit unsicheren Schritten, dem Tanz zu folgen.

Am Nachmittag, gegen fünf Uhr, gingen schließlich alle Gäste, die sich noch gerade halten konnten, zum großen Mühlrad. Abel lief los, um die Schleuse zu öffnen, worauf sich das Wasser in den kleinen Kanal ergoss und durch ihn hindurchströmte, bis es sprudelnd auf die hölzernen Flügel stürzte.

Und es erklang die Musik des Wassers und das leise Rauschen des Mühlrads.

Dann drängten sich die Leute murmelnd und tief bewegt in den größten Raum der Mühle, um zuzusehen, wie Marcus das Räderwerk in Gang setzte, während Marius seinen Weizen auf den Mahlstein rieseln ließ.

Die Körner knirschten unter dem polternden Stein …

Peter blieb dort, bis das erste Mehl aus dem Trichter herabschwebte.

Vor ihm hatte Abel Ninon einen Arm um die Schulter gelegt – unter dem Vorwand einer gemeinsamen Erinnerung, die Peter allmählich auf die Nerven ging.

Während er sich davonstahl, sann er über diese für ihn so neue Welt nach, die doch genau wie die alten Leute, die sie erschaffen hatten, schon Teil der Vergangenheit war.

Peter begab sich sogleich zum Schloss und wagte es, Madame de Carlon zu stören, die vor dem Fernseher saß. Es kostete ihn große Mühe, sie von dem kleinen, leuchtenden Fenster abzulenken, in dem die Radler der Tour de France eine weitere Etappe absolvierten. Es gelang ihm erst, als er Ninons Namen aussprach:

»Ah! Gut, dass Sie auf diese undankbare Göre zu sprechen kommen! Sie werden es nicht glauben, lieber Freund, aber ich sehe sie überhaupt nicht mehr! Sie hockt dauernd bei Marius oder treibt sich, was weiß ich wo, herum. Ich kann ihr noch so oft sagen, was ich davon halte, sie kümmert sich einen feuchten Kehricht darum. Sie ist nicht nur undankbar, sondern womöglich auch noch ein schamloses Luder!«

Peter musste seinen ganzen Charme und jeglichen Einfluss, den er auf Madame de Carlon hatte, einsetzen, damit sie sich langsam an den Gedanken gewöhnte, noch einen weiteren Monat auf Ninon zu verzichten.

»Abends wird sie zurückkommen und Ihnen Ihr Abendessen und das Mittagessen für den nächsten Tag machen, das sie dann nur noch aufwärmen müssen …«

Madame de Carlon empörte sich, dass man offensichtlich beabsichtige, sie vor Kummer und Langeweile zugrunde gehen zu lassen, kurzum, dass man sie umbringen wolle.

Peter protestierte energisch und bot ihr als Gegenleistung an, jeden Nachmittag zu kommen und ihr bis zum Abendessen Gesellschaft zu leisten.

»Und wenn Sie möchten, bringe ich Ihnen ein paar Naschereien mit, die wir beim Fernsehen zusammen kosten werden.«

Das Wort Naschereien konnte schließlich vor dem Hintergrund der Unentgeltlichkeit des gesamten Angebots Madame de Carlons letzte Bedenken aus dem Weg räumen, und sie erklärte sich, wenn auch nur unter mehrfachen Anspielungen auf ihre unendliche Güte, einverstanden, dieses Opfer zu bringen.

Am 10. August wurde Ninons fünfzehnter Geburtstag gefeiert. Es gab nur ein kleines Essen und ein paar schnell ausgeblasene Kerzen.

Beim Nachtisch sorgte Peter allerdings für eine Überraschung, als er Ninon eine hauchdünne Goldkette mit einem Anhänger überreichte, in den auf der einen Seite eine Sonne und auf der anderen ein Mond eingraviert war. Sprachlos und verlegen küsste Ninon Peter zum Dank auf die Wange, während das Schmuckstück herumgereicht wurde. Als Abel es in die Hand bekam, bemerkte er eifersüchtig, dass für den Mond mit seinem diskreten Licht Silber wohl passender gewesen wäre. Dann bestand er darauf, Ninon die Kette um den Hals zu legen, ohne zu ahnen, dass Peter und Ninon, während er damit befasst war, einander zulächelten.

Als Marius mit einem Blick auf die Wanduhr beschloss, die Kinder ins Bett zu schicken, kam Yvon auf das alljährliche Fest in Mons zu sprechen. Er schilderte Abel, der noch nie dabei gewesen war, die drei ausgelassenen Tage, an denen es nichts als feierliche Umzüge, Kostümbälle und Picknicks mit Bergen von *aïoli* gab. Er brachte alle zum Lachen, als er erzählte, wie er sich in den vergangenen Jahren überall hineingeschmuggelt hatte, um den Schäflein des Herrn Pfarrer Streiche zu spielen. Zu guter Letzt bat er dann um Erlaubnis, auch dieses Jahr wieder hingehen zu dürfen.

»Es ist noch zu früh, um ins Dorf zu gehen und euch dort zu zeigen«, antwortete Marius in einem Ton, der keinen Widerspruch duldete.

Joséphine, die schon immer gern getanzt hatte, erlaubte sich dennoch, leise anzumerken:

»Wir könnten auf das Tanzfest am letzten Abend gehen. Es wäre wirklich ein Wunder, wenn Giuseppe um diese Uhrzeit nicht schon im Bett läge – nach drei Tagen Dorffest und einem kräftig begossenen *aïoli* zum Mittagessen!«

Die Kinder klatschten so laut Beifall, dass Marius sich brummelnd überreden ließ und versprach, alle dürften mitkommen.

»Sie auch?«, fragte Yvon Peter, der bislang geschwiegen hatte.

Überrumpelt durch die Frage, antwortete Peter stammelnd, das wisse er noch nicht, er werde sehen.

Am Abend des 16. August, als die Sonne sich nach langem Ringen verabschiedet hatte und endlich die Sterne am Himmelszelt zu glitzern begannen, bauten sich die Musiker unter den Arkaden der *Rue du Portail* auf und begannen zu spielen. Bald waren all die trinkfesten, fidelen Burschen der Gegend, denen auch drei Tage Dorffest nichts hatten anhaben können, auf der kleinen *Place du Centre* versammelt.

Gleich beim ersten Walzer zog Marius Joséphine auf die Tanzfläche, gefolgt von Abel und Ninon, während der stolze Yvon mit Fanny im Schlepptau verschwand, um sich zu den anderen jungen Kerlen aus dem Landkreis zu gesellen.

Als der erste Tanz vorüber war und Abel arglos einen Schritt zurücktrat, nutzte der treue Zuschauer François, der schon auf der Lauer gelegen hatte, die Unübersichtlichkeit des Moments und forderte Ninon auf. Und während die Polkas und Walzer und Javas nur so schallten, wirbelte Ninon schweigend von einem Arm in den nächsten, ihr Körper ließ sich mitreißen, doch ihr Herz war wie gelähmt.

Seit Tagen hatte sie versucht, Peter dazu zu bewegen, mit ihnen auf das Tanzfest zu kommen. Sie hatte es auf die unterschiedlichsten Weisen angestellt, von der einfachen Frage bis hin zum raffiniertesten Kniff. Jedes Mal hatte er, ihrer Bitte ausweichend, nur geantwortet: »Ich werde sehen.«

Und wenn an jenem Abend, sosehr Ninon auch umherwirbelte, so etwas wie Leben in ihr steckte, dann höchstens in ihren Augensternen, die funkelnd über die eine oder andere Jünglingsschulter hinweg nach einer Silhouette Ausschau hielten, die dem ähnlich sähe, auf den sie wartete.

Peter hatte beschlossen, zu Hause zu bleiben. Denn was sollte es ihm schon bringen, auf ein Fest zu gehen, bei dem er Ninon nicht zum Tanz würde auffordern können? Er erinnerte sich noch allzu gut an die lauernden Blicke der jungen Schnauzbärte, die sie am Tag des Erntefestes angestarrt hatten. Er wollte sie nicht kompromittieren. Sie war viel zu jung für ihn und viel zu begehrt.

Er konnte sich aber auch nicht vorstellen, wie ein Ölgötze dazustehen, die Hände in den Taschen, von feiernden Menschen umringt, und ihr beim Tanzen zuzusehen, wo es ihm schon auf die Nerven ging, wenn dieses Fest auch nur erwähnt wurde.

Es war besser, sich das Ganze aus dem Kopf zu schlagen.

Die Nacht war herrlich. Er schenkte sich ein Glas Whisky ein und trat hinaus auf die Terrasse, um dem sehnsuchtsvollen Gesang der Grillen zu lauschen. Er lehnte sich an die Hauswand und betrachtete die Hügel, die dem zarten Lichtschimmer entgegenstrebten, der sich dort abzeichnete, wo das Meer begann.

Er beschloss, sich auf die Hollywoodschaukel zu setzen, deren weißer Stoff unter dem Sternenhimmel leuchtete. Er tat ein paar Schritte, ging um die Ecke seines Hauses, und plötzlich schallten ihm oben vom Dorf die Klänge des Tanzvergnügens entgegen, als wollten sie ihn an das erinnern, was er gerade erst vergessen hatte.

»Zum Teufel damit!«, wie Marius zu sagen pflegte. Es war egal. Er streckte die Beine von sich, räkelte sich und machte es sich behaglich, während er seinen Whisky trank.

»Da, der Walzer ist zu Ende. Umso besser.«

In diesem Moment begann ein Tango.

Und Peter, der überaus empfänglich für die leichte Sinnlichkeit dieses Tanzes war, fragte sich, welchen dieser Bengel, von denen Pilar gesprochen hatte, Ninon wohl gerade erhörte und ihm in die Arme sank.

Er tippte auf Abel und zuckte mit den Schultern.

Peter stand auf und ging, um nichts mehr hören zu müssen, ins

Wohnzimmer. Er schenkte sich noch einen Whisky ein, da die letzten Tropfen, die sich in seinem Glas befunden hatten, beim ersten Tremolo verschwunden waren.

Als Peter wieder auf der Hollywoodschaukel Platz nahm, begann gerade eine fröhliche Polka. Plötzlich wieder weitaus gelassener, versuchte er sich vorzustellen, wie es auf diesem Tanzfest wohl zuging. Marius und Joséphine, in die Menge getaucht, sah er mühelos vor sich, und auch Abel, der Ninon umschlang, konnte er deutlich erkennen.

Aber wem gehörten all diese aufgereihten Schnurrbärte, die jedes Mal, wenn das Paar an ihnen vorbeitanzte, erbebten?

Peter sprang auf. Er hatte sich getäuscht. Abel war seinen Gegnern nicht gewachsen. All diese Angeber, die Ninon mit ihren meergrünen Blicken entkleideten, hatten ihn bestimmt umgehend von der Tanzfläche gefegt.

»Hört dieses Tanzfest eigentlich nie auf?«

Peter, der langsam genug davon hatte, sich ständig im Kreis zu drehen, beschloss schlafen zu gehen.

»Was soll ich sonst tun, schließlich kann ich ohnehin nichts daran ändern.«

Ehe er jedoch die Terrasse verließ, leerte er noch in einem Zug sein letztes Glas Whisky, damit er nicht wieder ins Grübeln geriet, und beschloss dann, als er sich gerade schon hinlegen wollte, noch einen zu trinken, diesmal jedoch mit mehr Ruhe. Schließlich entledigte er sich seiner Kleider und warf sich auf sein Bett, den Kopf unter dem Kissen vergraben.

Einige Minuten verstrichen, die Laken brannten ihm schon auf der Haut.

»Wie heiß es in diesem Land ist, verdammt noch mal! Wie gern ich jetzt die kühle Luft von Devonshire um mich hätte«, murmelte er böse, unglücklich wie er war.

Trotz des vielen Whiskys, den er in sich hineingeschüttet hatte, konnte er nicht einschlafen. Peter wickelte sich in seine Decke, schüttelte sie wieder ab, zog sie erneut über sich.

»Unglaublich, wie man sich betrunken und zugleich ganz klar im Kopf fühlen kann. Wenn ich doch nur an etwas anderes denken könnte …«

Aber sosehr er es auch versuchte, Ninon ging ihm nicht aus dem Kopf. Ninon und all die Schnauzbärte, die mit ihr umherwirbelten. Er sah sie so deutlich, als stünden sie direkt vor ihm. Er zwang sich, Ninon aus den Augen zu lassen, und schaute auf der Suche nach Ablenkung in die andere Richtung, ließ seine Blicke über die *Place du Centre* schweifen.

Es war ein kleiner, sympathischer Platz, auf dem ein paar blaue Tische eine Platane umstanden. Er mündete wie ein Stern in vier Gassen, von denen eine zu dem kleinen Park voll geheimer Schlupfwinkel führte, den er so gut kannte, schließlich hatte er sich selbst einmal mit Jacqueline dorthin geflüchtet, um ungestört zu sein …

Peter erinnerte sich weder daran, wie er sich angezogen, noch wie er die Serpentinen, die zum Dorf hinaufführten, entlanggelaufen war. Erst in der Gasse, durch die man zu dem Fest gelangte, kam er wieder zu sich. Er blieb vor dem kleinen Postbüro stehen, lehnte sich an die Wand und hielt nach Ninons blauem Kleid Ausschau.

Ninon, die an diesem Abend ein weißes Kleid trug, tanzte und wirbelte umher wie eine Stoffpuppe. Sie sah weder die Gesichter ihrer Tanzpartner, noch spürte sie deren Arme auf ihrer Taille. Sie hörte nicht einmal ihre Stimmen.

Sie tanzte nur, weil sie jung war und zu höflich, um abzulehnen.

Sie suchte nicht einmal mehr nach der Silhouette, auf die sie so gehofft hatte.

Beim nächsten Tanz sprang Abel herbei und riss sie an sich. Er flüsterte ihr ins Ohr. Sagte, dass ihm diese jungen Männer auf die Nerven gingen, die anscheinend glaubten, sich alles herausnehmen zu können, und warf ihr vor, mit jedem zu tanzen. Als er sie an sich drückte, wollte Ninon ihm, sosehr ihr dies auch widerstrebte, nicht wehtun und stieß ihn nicht zurück, sondern wandte nur den Kopf ab, obwohl ihre Geduld erschöpft war.

Endlich ging der Tanz zu Ende, Ninon löste sich vom schwitzenden Abel, drehte sich zu der Gasse um, als könnte sie dort etwas zur Ruhe kommen, und ihr Blick fiel auf einen leicht geneigten Kopf mit Seitenscheitel.

Der Wink, so diskret er auch war, kam wie ein Befehl: Komm!

Als Ninon sich bis auf einige Meter genähert hatte, machte Peter eine Kehrtwendung und ging, ohne zu warten, in der Gewissheit, dass sie ihm folgen würde, davon. Tatsächlich folgte sie ihm mit drei Schritten Abstand, genauso wie einst die Sklavin ihrem Herrn folgte. Er ging die Gasse entlang, bog in eine andere ein und blieb auf der ersten Stufe, die zur *Porte Boufadisse* führt, stehen. Er wandte sich um. Sie waren allein. Er streckte eine Hand aus, in die Ninon ihre Hand legte, natürlich. Gemeinsam traten sie durch das kleine Tor und fanden sich, nur noch ins Licht der funkelnden Sterne getaucht, auf der anderen Seite wieder.

Wohin sind sie gegangen? Sie werden sich nicht daran erinnern. Peter raubt Ninon den Kuss eines Mannes, den Kuss eines betrunkenen, hungrigen Mannes. Doch seine Hände, gleichwohl sie über den Rücken streichen und die Taille umfassen, versagen sich jene erregenden Stellen ihres Körpers, durch deren Berührung er vollends den Kopf verlieren würde.

»Ich liebe dich so«, flüstert er ihr auf Englisch ins Ohr.

Sie versteht ihn nicht, flüstert jedoch im selben Moment:

»Ich liebe dich so.«

Er hält sie ein kleines Stück von sich und sieht sie an:

»Du tanzt nicht mehr, verstanden?«

Es ist ihm gelungen, ihr dies nicht nur mit der Bestimmtheit, sondern auch dem Du der Liebenden zu sagen, denn an jenem Abend haben sie das Riff überwunden, hinter dem bislang beide nicht mehr ein noch aus wussten.

Peter trennte sich schweren Herzens. Ninon kehrte zu Joséphine zurück:

»Gehen wir? Ich bin so müde!«

Joséphine sah Ninon in die Augen, und was sie darin erblickte – eine Welt, in der alles auf dem Kopf stand –, brachte sie zu der Vermutung: »Der Kerl ist nicht gekommen, und jetzt ist die Kleine wieder ganz aufgewühlt.«

Zum ersten Mal täuschte sie sich.

Gleich am nächsten Morgen kehrte Ninon zu den Blumen zurück, das blaue Band ihres Hutes flatternd im Wind. Über die duftenden Hecken gebeugt, riss sie dem Jasmin schweigend die trompetenförmigen Blüten ab und wirkte dabei so reserviert, dass man ihr anmerkte, dass irgendetwas sie quälte. Joséphine blickte sie, beunruhigt wie eine Mutter, hin und wieder kurz von der Seite an, um hinter das Geheimnis dieser Ernsthaftigkeit zu kommen, die sich derart von den Freuden- oder Zornausbrüchen unterschied, an die Ninon sie gewöhnt hatte.

Irgendetwas ist passiert, sagte sie sich, ohne dass es ihr gelungen wäre zu erraten, um welch ein Ereignis es sich handelte.

Jedes Mal, wenn Ninon einen von Joséphines besorgten, fragenden Blicken auffing, drehte sie den Kopf zur Seite, um sich einer möglichst weit entfernten Blüte zuzuwenden. Stolz war sie nicht gerade auf ihr Verhalten, aber wie hätte sie das Ende dieses Tanzabends beichten können, ohne dass ihr die Röte bis in die Stirn gestiegen wäre? Sie fürchtete keine Rüge, denn irgendetwas sagte ihr, dass Joséphine so nicht reagieren würde. Sie fragte sich nur, wie eine so wunderschöne Sache derart unaussprechlich sein konnte. Und so hüllte sie sich weiter in Schweigen, um ihr Geheimnis zu behüten, wie man die Haut verhüllt, um sie vor der Sonne zu schützen.

Was ihr zudem nicht aus dem Sinn ging, war dieses sonderbare Gefühl einer absoluten Schicksalhaftigkeit. Als sie Peter erblickt hatte, wie er mit dem Rücken an die Wand der kleinen Post gelehnt dastand, hatte sie von der ersten Sekunde an nicht die geringste Möglichkeit gehabt, zwischen einem Ja oder Nein zu wählen.

Beim Pflücken suchte Ninon nach einem Satz, der Joséphine beruhigen würde, ohne das Geheimnis preiszugeben. Während sie noch darauf wartete, die passenden Worte zu finden, blickte sie zur nächsten Blumenreihe auf und schenkte Joséphine ein freundliches Lächeln.

Joséphine fand Trost in diesem Funken eines Vertrauensbeweises, nahm sich aber nichtsdestotrotz vor, so bald wie möglich mit Peter zu sprechen, damit er vielleicht etwas Licht in diese Angelegenheit brächte.

Mehr aus Gewohnheit denn aus Überzeugung nahm Peter vor seinem Schreibtisch Platz. Er hätte ja gern geschrieben, aber Pilar hatte Recht: Wie sollte er etwas aufs Papier schreiben, wenn er seit einem ganzen Monat nichts im Kopf geschrieben hatte?

Sich zu erinnern war das Einzige, wozu er imstande war, und in seinem Inneren standen Freude und Schuldbewusstsein in ständigem Widerstreit. Wie ein Schiff ohne Anker, das sich im Wind im Kreise dreht, wurde er zwischen diesen Gefühlen hin und her getrieben.

»Ich hätte es nicht tun sollen«, sagte er sich ohne Unterlass.

Natürlich war er volltrunken gewesen an diesem Abend, oder zumindest hatte nicht viel gefehlt. Nur leider nahm sein Gewissen diese Entschuldigung nicht an.

Er hätte es nicht tun sollen.

Sein Stolz als Gentleman war auf eine harte Probe gestellt. Er hatte sich eine Blöße gegeben mit dieser vulgären Eifersucht, hatte jede Selbstbeherrschung verloren.

Doch sosehr er sich auch in Gedanken kasteite, das Feuer, das ihn mit Haut und Haaren erfasst hatte, wurde dadurch nicht weniger.

Anstatt zu schreiben, kritzelte er auf dem Löschpapier herum. Manchmal ertappte er sich sogar dabei, wie er vor sich hin lächelte.

Als er sich schießlich erhob, war sein Entschluss gefasst. Nein, er bereute nicht, was er getan hatte, aber er gelobte feierlich, dass es nicht wieder vorkommen würde.

So wahr er Peter hieß – wie Pater Alfred sich ausgedrückt hätte –, in seinem Alter würde er nicht mehr mit derart schäbigen Verhaltensweisen anfangen.

Er beschloss, dass er Ninon noch am selben Nachmittag sein Bedauern ausdrücken und ihr erklären würde, wie beschämt er sei. Während er mehrmals um seinen Schreibtisch schritt, versuchte er, sich die Situation auszumalen: Sie würde vor ihm stehen, sicher etwas überrascht, aber gewiss voller Aufmerksamkeit für das, was er sagen würde …

Und obwohl er sich alles nur vorstellte, obwohl er nur eine Silhouette wahrnahm, die weder duftete noch ein pochendes Herz besaß, obwohl er keine Augen und auch kein Lächeln sah, erschien es ihm gewiss, dass er die Fassung verlieren würde. Es würde ihm einfach nicht gelingen, sich zu entschuldigen, ohne ein zweites Mal der Versuchung zu erliegen. Ein dunkler Schatten in ihrem Blick, ein Krausen ihrer Nase, und er würde es wieder tun.

Er müsste sich etwas anderes einfallen lassen, damit Ninon ihm verzieh.

Wie immer, wenn Peter ein quälendes Problem hatte, lief er kreuz und quer durch sein Wohnzimmer und pustete dabei auf seine aufeinander gelegten Handflächen. Doch dieses Mal nutzten seine endlosen Wanderungen und tiefen Atemzüge nichts. Als das Abendessen näher rückte, war er immer noch nicht auf eine Lösung gekommen, die ihm weniger unangenehm schien als eine vertrauliche Aussprache.

Der Gedanke kam ihm erst, als er sich endlich hinsetzte, ganz außer Atem und erschöpft von der vielen Lauferei. Er bräuchte nur die richtige Haltung an den Tag zu legen, eine Haltung, die so eindeutig sein müsste, dass sie für sich selbst sprechen würde. Wenn Ninon also später das Abendessen auftragen würde, dann würde er sich alle Mühe geben, Distanz zu wahren, und nur ein paar nichts sagende Worte an sie richten, und auch das nur, wenn er dazu gezwungen wäre. Nur kein Lächeln, nur kein Blick, der sie glauben machen könnte, dass er es wieder tun würde.

Ehe Peter aufbrach, streckte er sich für ein paar Minuten auf dem Sofa aus, das eine Insel des Friedens für ihn geworden war, auf der er sich seinen Träumen hingab. Er schloss die Augen, damit es Nacht um ihn wurde, und lud Ninon in aller Keuschheit zu sich ein, während er zu Gott betete, dass all die sittsamen Vorsätze, die er sich auferlegt hatte, durch kein Tanzfest mehr auf die Probe gestellt würden.

Ninon kehrte im Laufschritt von der Jasminernte heim. Sie stürmte, immer zwei Stufen auf einmal nehmend, die Treppe hinauf, um sich umzuziehen und unverzüglich in die Küche zu eilen, das Haar in naiver Erwartung wieder zu einem stolzen Knoten geschlungen.

Als sie alles fürs Abendessen vorbereitet hatte, betrat sie vorsichtig das Speisezimmer.

Zehn Meter weiter, im Salon hinter dem großen Glasfenster, saßen Peter und Madame de Carlon und sahen fern.

Während Ninon den Tisch deckte, ging sie immer wieder ein und aus und drehte etliche Runden um das große Möbel. Gemächlich von einem Gedeck zum nächsten schlendernd, schickte sie ein ganzes Feuerwerk an verliebten Blicken in Peters Richtung, doch er sah nicht ein einziges Mal zu ihr auf. Mit gesenkten Lidern saß er da, als hätte der Bildschirm ihn vollkommen in seinen Bann geschlagen, und wenn er sich hin und wieder davon losriss, dann nur, um ein paar Worte mit Madame de Carlon auszutauschen.

Ninon kehrte in die Küche zurück und wartete fieberhaft darauf, dass die Glocke ihr den Befehl gab, aufzutragen.

Aber sooft sie auch den Tisch umrundete und, als es endlich so weit war, an Peter herantrat, um ihm einen frischen Teller zu geben, ihm die Speisen zu reichen, seinen Arm mit ihrem Arm zu streifen, nie sah er sie an.

»Danke, Ninon«, sagte er mehrmals.

Als das Essen fast vorüber war und sie ihren Nachtisch – einen köstlichen Eierschaum – präsentierte, rief er aus:

»Großartig!«

Worauf er sie mit einem freundlichen Lächeln bedachte, das sich in nichts von dem unterschied, das er ihr früher geschenkt hatte, wenn sie den Tee servierte.

Kraftlos nahm Ninon den Abwasch in Angriff. Mit dem Ellbogen wischte sie eine Träne ab, die ihr über die Wange lief, schluckte die nächste hinunter und beruhigte sich schließlich wieder. Peter hatte Recht daran getan, sich so zu verhalten. Was hätte er auch tun sollen, was hätte er sagen können, ohne sich zu verraten, wo doch Madame de Carlon unentwegt ihre begehrlichen Blicke auf ihm ruhen ließ?

Einsichtig spülte sie ihr Geschirr und ging hinauf, um sich schlafen zu legen.

Die folgenden Abende sollten sich von diesem ersten kaum unterscheiden. Peter brachte, ohne schwach zu werden, sein erbarmungsloses Versteckspiel über die Bühne, und Ninon musste den unerträglichen Mangel an Zuwendung ertragen. Ein höfliches Lächeln hier, ein freundliches Lächeln dort. Genau jenes Lächeln, das sie ein Jahr zuvor, als sie noch ein Kind gewesen war, bezaubert hatte.

Peter war beruhigt. Er wusste, dass Ninon ihre Tage in Gesellschaft der treuen Joséphine verbrachte, bis er sie abends wieder an seiner Seite hatte, freundlich und hilfsbereit wie immer. Und auch wenn er es als einigermaßen grausam empfand, in scherzhaftem Ton nichts als hohle Worte an sie zu richten, bereute er nichts. Es ging nicht anders, schließlich musste einer von ihnen beiden Vernunft annehmen. Und hätte er ihr überhaupt etwas sagen können, das sie nicht längst schon begriffen hatte?

Er gewann Zeit – Zeit, die nicht enden wollte, doch das war der Preis, den er zahlen musste. Einen Preis, den er nicht in aller Ruhe und aus freien Stücken gewählt hatte, sosehr war diese unmögliche Liebe über ihn hereingebrochen.

Mitgenommen, sicher, aber doch gelassen dabei, brach er jeden Morgen auf, um mit großen Schritten Felder und Wälder zu durchmessen, so wie er einst durch die Heidelandschaft von Dartmoor gewandert war. Nach einigen Spaziergängen wusste er, dass sich die Blätter der Olivenbäume im Mistral zusammenrollen und ihre silbrigen Unterseiten zeigen, dass ein einziger Ginsterstrauch den ganzen Wald mit Wohlgeruch erfüllen kann, dass in der Gluthitze des Sommers auch nicht ein Tröpfchen Wasser in den Talmulden überdauert und dass die rosafarbenen Blütenblätter der Zistrosen auch bei sanftem Wind leicht davonfliegen.

Er war Männern und Frauen begegnet, von denen er gelernt hatte, im Morgengrauen aufzustehen und erst in der Abendfrische wieder vor die Tür zu treten.

Er war jetzt imstande, sogar im Dämmerlicht zu schreiben, so lebendig blieben die Farben, Düfte und Empfindungen in seiner Erinnerung.

Er hatte ein Buch begonnen, in dem von Oliven und von der Ernte die Rede war, und wunderte sich selbst, wie mühelos es ihm gelang, in die Geschichte einzutauchen.

An jenem Abend war Ninon aufs Äußerste gereizt. Das Spielchen, das Peter spielte, passte ihr nicht.

Sie beschloss, keinen Blumenstrauß auf den Tisch zu stellen. Als dann geklingelt wurde, brachte sie die Suppenterrine, stellte sie vor Madame de Carlon ab und machte kehrt.

Madame de Carlon empörte sich:

»Na los, Ninon, nun servieren Sie schon!«

»Ich habe etwas auf dem Herd stehen, das nicht warten kann.«

Etwas später kam sie zurück, um mit lautem Klirren das Geschirr abzuräumen.

»Jetzt passen Sie doch auf!«

Ein scheppernder Teller gab Antwort, gefolgt vom schroffen Klappern ihrer Absätze.

Kurz darauf brachte sie eine Schüssel mit eigenhändig gekneteten Fischklößchen, die schön aufgegangen waren und noch in ihrer Sauce brutzelten. Als sie Peter das Gericht präsentierte, machte sie eine falsche Bewegung, und ein paar Tropfen des rosafarbenen Rahms fielen gleich neben seiner Hand auf den Tisch. Sie schien nichts bemerkt zu haben und verschwand wieder.

Peter musste insgeheim lächeln. Seine kleine Rebellin war wieder da. Um ein Haar wäre er aufgestanden, um sie in die Arme zu schließen. Stattdessen wischte er die Saucentropfen mit einem Stück Brot auf und wartete gespannt auf Ninons Rückkehr, um die Wut in ihrem Gesicht zu lesen.

»Die Kleine ist unausstehlich, mit der ist nichts mehr anzufangen«, empörte sich Madame de Carlon.

»Entlassen Sie sie doch«, schlug Peter scheinbar harmlos vor.

Madame de Carlon zuckte die Achseln:

»Was soll denn ohne mich aus ihr werden? Hier hat sie freie Kost und Wohnung …«

»Vielleicht würde sie auch gern bezahlt werden?«

Peters Ton war undefinierbar. Man hätte nicht sagen können, ob es Frechheit war oder wirkliches Mitgefühl.

Madame de Carlon beschloss, an Letzteres zu glauben:

»Sonst noch Wünsche?«

Dann drückte sie auf die Klingel, damit Ninon den Nachtisch brachte.

Einige Minuten verstreichen, doch Ninon taucht nicht auf. Peter, der es kaum erwarten kann, sie wieder anzuschauen, starrt auf die Tür des Speisezimmers. Madame de Carlon seufzt verärgert und betätigt noch einmal energisch die Klingel.

»Jetzt sehen Sie selbst, wie unerträglich sie ist!«

Doch die Tür, an der Peters Blick hängt, bleibt verschlossen. Madame de Carlon klingelt ein drittes Mal, und das so lange, dass der malträtierte Knopf sich kaum wieder davon erholen wird.

Peter steht auf, plötzlich besorgt.

»Lassen Sie, ich werde mal nachsehen, was los ist.«

Er geht in die Küche, keine Spur von Ninon. Arglos und mit wachsender Sorge betritt er das Nebenzimmer …

Sie fällt ihm um den Hals.

»Ich wusste, dass du kommen würdest!«

Und Peter, der Gentleman, verliert zum dritten Mal den Kopf.

Peters quälende Sorgen setzten erneut ein.

Die Gewohnheit war das, was ihn in Gefahr brachte; eine Art Gewöhnung, die unweigerlich zu Ansprüchen führte, so wie die Lust am Trinken durstig macht. Diese dritte Umarmung war wie ein ersehntes Wiedersehen gewesen, und in rasender Geschwindigkeit hatte sich eine Vertrautheit, ja Intimität zwischen ihnen eingestellt. Voll innerem Jubel hatte er den Duft ihrer Haut, die Form ihrer Taille, den Geschmack ihres Mundes wiedererkannt. In Ninons Armen hatte er sich geborgen gefühlt.

Aber es kam noch schlimmer. Fortan wurden seine Träume, wenn er fern von ihr war, immer präziser und sein Verlangen immer verzweifelter.

Die Dinge begannen auf gefährliche Weise zu eskalieren. Es war dringend geboten, wieder Vernunft anzunehmen, und da Ninon sich in ihrer unbefangenen Leidenschaft zu unvernünftigen Gemütsbewegungen hinreißen ließ, musste er eine Bedachtsamkeit an den Tag legen, wie sie sonst nur die Sieben Weisen auszeichnete.

Er würde abreisen.

Er würde schweren Herzens abreisen, aber voller Zuversicht. Ninon liebte ihn und würde auf ihn warten. Er würde die räumliche Trennung nutzen, um in sein Herz zu horchen und in aller Ruhe nachzudenken.

Peter wusste, dass er das brauchte. Manchmal, in lichten Momenten, die in letzter Zeit eher selten waren, hatte er das Gefühl, sich immer mehr in einer Situation zu verstricken, die er nicht mehr unter

Kontrolle hatte. Noch nie hatte ihn eine Leidenschaft so weit getrieben. Er erkannte sich nicht wieder, in keiner seiner Verhaltensweisen. Er vernachlässigte seine Freunde, seine schriftstellerische Arbeit, seine Lektüre, alles, was ihm bislang das Wichtigste gewesen war. In den Campestres beschränkte sich seine ganze Welt auf Ninon.

Er musste fortgehen und versuchen, die Neutralität und Distanz zu gewinnen, die er brauchte, um sich die Unzahl von Fragen zu stellen, die sich ihm bisweilen aufdrängten, ohne dass er sich die Mühe gemacht hätte, sie ganz auszuformulieren; und schon gar nicht, nach Antworten zu suchen.

Er musste abreisen, nicht nur, um Ninon zu schützen, sondern auch, um sein Leben wieder in Ordnung zu bringen.

Am darauf folgenden Nachmittag entschuldigte er sich bei Madame de Carlon und ging, anstatt ihr Gesellschaft zu leisten, hinunter zur kleinen Eisentür, in deren Nähe er sich hinter einem Mäuerchen, geschützt vor dem kühlen Mistralwind, hinsetzte, um auf Ninons Rückkehr zu warten.

Der Karren traf früher ein als erwartet, und Joséphine stieg aus, gefolgt von Ninon. Wie jeden Nachmittag kam Abel herbeigestürzt, um die Wärme der Sonne und den Duft der Blumen auf den Wangen seiner Freundin mit einem Kuss einzufangen.

»Ich muss schnell los«, sagte sie, wobei sie sich rasch von ihm löste.

Sie lief über die Felder auf die kleine Eisentür zu. Sie stieg über ein paar niedrige Mauern, und als sie gerade die letzte überwand, hielt sie jählings inne. Peter wartete auf sie. Sie lief weiter und wollte ihm schon um den Hals fallen. Doch er hielt sie an den Handgelenken zurück, ehe ihre Brust die seine berührte. Und sagte sogleich:

»Ich bin gekommen, um dir zu sagen, dass ich morgen nach London aufbreche. Ich werde mindestens zwei Wochen dort bleiben, vielleicht auch einen Monat …«

Es war eine schreckliche Neuigkeit, und so ließ er, um ihr die

Schwere zu nehmen, jedem Wort einen zärtlich hingehauchten Kuss folgen.

Pilar, die am Fenster stand, beobachtete das Geschehen schweigend, und als es schließlich in einem längeren, allzu langen Kuss gipfelte, rief sie zu José herüber:

»Komm mal her, mein Sohn, komm und sieh dir an, wozu dein Freund Peter fähig ist. Oh, du geliebte heilige Jungfrau, wie konnte so etwas nur passieren! Und ich habe gedacht, sie würden nur jeder für sich nacheinander schmachten … Da habe ich mich aber schön getäuscht! Hol's der Teufel, die haben den Pastis schon getrunken, und jetzt kann das Festmahl beginnen!«

Sie schlug die Hände über dem Kopf zusammen:

»Heilige Maria, dieses kleine Persönchen, und noch so jung! Und er, dieser hinterlistige Kerl, dieser Taugenichts, ich kenne ihn ja nun zur Genüge, was wird er wohl in ein oder zwei Monaten mit ihr anstellen, heilige Mutter Gottes!«

Sie schwieg für einen Moment, ehe sie mit gesenkter Stimme fortfuhr:

»Natürlich, das ist also der Grund, warum keine anderen Frauen mehr kommen, warum er mir keine Antwort gibt, wenn ich ihn frage, warum er jetzt auf Französisch schreibt und …«

Ihr Gesicht leuchtete auf, weil sie endlich ein Geheimnis entschleiert hatte:

»… ja, und warum er seit so vielen Nächten keine *soleá* mehr mit mir getanzt hat!«

Abel, der nichts mit sich anzufangen wusste, folgte langsamen Schrittes Ninons Spuren. Während er daherschlenderte, sang er leise vor sich hin. Er wusste auch nicht, was er dagegen tun sollte. Aber er wurde einfach angelockt von dieser hassenswerten Eisentür, die zu dem elenden Schloss gehörte und Ninon jeden Abend laut scheppernd verschlang. Während er über die niedrigen Mäuerchen stieg, ließ er seine Gedanken schweifen und dachte an das baldige Ende der Ferien. Er erblickte eine Zikade, die still auf dem Stamm einer Pinie saß, und machte sich einen Spaß daraus, sie über seine Hand krabbeln zu lassen. Er hob den Kopf, um zu schauen, welche Richtung er nun einschlagen sollte. Plötzlich erstarrte er.

Als Ninon sich von Peter getrennt hatte, eilte sie zu der kleinen Tür. Sie öffnete sie und schickte sich an weiterzulaufen, als sich ihr unversehens Pilar in den Weg stellte:

»Jetzt sag mal, du kleines Früchtchen, ich hab euch gesehen, Peter und dich! Ihr scheint ja genau zu wissen, wie ihr's anstellen müsst, um die ganze Welt an der Nase herumzuführen!«

Ninon errötete, gab jedoch keine Antwort.

»Pass nur gut auf dich auf, Kleine, mach eine Marone heiß und sie wird platzen, wie man bei uns so sagt!«

Und als Ninon, verwirrt durch diesen rücksichtslosen Angriff, dennoch versuchte, über die Türschwelle zu treten, hielt Pilar sie am Arm zurück und schleuderte ihr ins Gesicht:

»Wer mit einem Hund schläft, wacht mit Läusen auf!«

Ninon riss verständnislos die Augen auf. Pilar, die ihr Repertoire an Redensarten und Metaphern erschöpft hatte, rang sich wohl oder übel dazu durch, etwas präziser zu werden:

»Dabei hat man dir doch bestimmt erklärt, wo die Kinder herkommen!«

Und sie ließ Ninon los, die die Flucht ergriff.

Alarmiert durch die erboste Stimme seiner Mutter, war José dazugekommen:

»Lass sie in Ruhe, Mama, du weißt doch genau, dass Peter nicht so ist!«

Pilar reagierte mit einer viel sagenden, zornigen Geste, bei der sie ihre Hand zum Himmel emporschraubte.

Auch am Rande des Abgrunds und unmittelbar vom Absturz bedroht, hätte sie niemals zugegeben, dass Peters Charme und seine feinen Manieren ihr armes, einsames Herz schon seit langem in arge Verwirrung stürzten.

An jenem Nachmittag in den Campestres müssen sturmzerrissene Wolken über den unruhigen Himmel gejagt sein, denn im selben Moment, als Ninon, bis ins Innerste aufgewühlt, ins Schloss stürzte, klopfte Joséphine an Peters Tür.

Er öffnete ihr und bat sie herein, ohne sich seine Verwunderung anmerken zu lassen. Joséphine blickte um sich, als rechnete sie damit, Ninon vorzufinden. Das konnte Peter sich schon denken.

»Nett, dass Sie mich besuchen kommen.«

»Der Mistral war so stark, dass wir das Pflücken unterbrechen mussten. Deshalb habe ich Zeit gefunden, einmal herzukommen, um mit Ihnen zu reden.«

Dann schwieg sie, unschlüssig, wie sie zur Sache kommen sollte.

Verständnisvoll kam Peter ihr zu Hilfe:

»Sie wollten wahrscheinlich über Ninon mit mir reden?«

Sogleich ließ Joséphine ihn von ihren Sorgen wissen. Sie betonte, dass sie sich, da man ihr Ninon in gewisser Weise anvertraut habe, verantwortlich für sie fühle. Sie schilderte die sonderbare Ruhe, mit der die Kleine Tag für Tag Blumen pflückte, ohne jemals herumzualbern oder in lautes Gelächter auszubrechen.

»Man könnte meinen, sie wäre auf einmal um zehn Jahre gealtert, sie ist zu ernst für ihr Alter geworden. Ich weiß nicht mehr, was ich davon halten soll. Verstehen Sie mich?«

Ein rosafarbener Schimmer trat auf seine Wangen.

Peter war im siebenten Himmel. Die Neuigkeit, dass Ninon so schnell älter wurde, bereitete ihm unsägliche Freude. Er konnte sich ein Lächeln nicht verbeißen, wurde jedoch schnell wieder ernst, um mit aller gebotenen Vorsicht abzuwägen, welche Worte Joséphine beruhigen würden:

»Ninon und ich haben Frieden geschlossen, bestimmt sind darin die Gründe für ihre Ruhe zu suchen. Was soll ich sonst dazu sagen? Jedenfalls sollten Sie sich keine Sorgen machen. Ich war übrigens im Begriff, zu Ihnen zu kommen, weil ich Ihnen sagen wollte, dass ich nach England aufbreche.«

Joséphine machte große Augen.

»Nicht für sehr lange, vielleicht einen Monat. Ich habe ein paar Verpflichtungen, die mich zwingen, hinzufahren.«

Joséphine kehrte eilig nach Hause zurück. Und während sie die Hänge hinabstieg, waren eine Blaumeise und ein Rotkehlchen Zeugen, wie sie vor sich hin murmelte:

»Dann herrscht jetzt also Friede, Freude, Eierkuchen. Aber so leicht wird man mir nicht ausreden, dass sie mir etwas verheimlichen, die beiden.«

Als Joséphine fort war, machte Peter sich daran, seinen Schreibtisch aufzuräumen. Der Koffer, der in seinem Zimmer lag, war bereit, doch er selbst war es nicht. Seine Bewegungen waren fahrig und ziellos wie bei jemandem, der etwas tut, ohne bei der Sache zu sein. Sein Abschied von Ninon hatte den quälenden Nachgeschmack von etwas nicht Abgeschlossenem auf seinen Lippen hinterlassen, was all seine guten Vorsätze wieder infrage stellte. Er hatte keine Lust mehr abzureisen. Mit gesenktem Blick gab er sich alle Mühe fortzufahren, um nur nicht ins Grübeln zu geraten.

Zum dritten Mal häufte er dieselben Papierbögen zu einem Stapel.

Er wusste nicht mehr, was ihm diese Rückkehr zu seinen Ursprüngen, die Distanz Wesentliches bringen sollte. Er erinnerte sich nicht mehr an die Fragen, die er sich gern gestellt hätte. Es war ihm gleichgültig.

Wichtig war nur Ninon. Er seufzte. Für sie würde er seine Entscheidung also konsequent in die Tat umsetzen, aber er wusste jetzt schon, dass er mehr darunter leiden würde, als er verdient hatte.

Plötzlich hörte er ein Geräusch auf der Terrasse. Ein Schatten kam mit großen Schritten näher. Es war Abel.

Er drang ins Wohnzimmer ein, indem er rücksichtslos die große Glastür aufstieß. Wut sprach aus jeder Faser seines Körpers.

Sobald er den Raum betreten hatte, herrschte er Peter an:

»Ich habe Sie mit Ninon gesehen!«

Peter antwortete nicht. Er nahm sich die Zeit, die er brauchte, um seine Verblüffung zu überwinden, indem er zunächst ein paar Akten stapelte.

Vor ihm stand Abel, bebend vor Zorn. Er brüllte:

»Was Sie da machen, ist widerlich!«

Peter fuhr zusammen. Er wandte dem jungen Burschen das Gesicht zu. Abel zitterte wie der Körper einer Violine. Seine geballten Fäuste, daran gab es keinen Zweifel, brannten darauf zuzuschlagen. Peter appellierte an die eigene Weitsicht, um Ruhe zu bewahren. Er schloss eine lederne Aktenmappe, legte sie auf den Boden und fragte:

»Was denn?«

»Das wissen Sie ganz genau, Sie haben Ninon geküsst!«

Als Abel diese Worte ausgesprochen hatte, wäre er um ein Haar in Tränen ausgebrochen.

»Was dich daran stört, scheint mir eher die Tatsache zu sein, dass ich derjenige bin, der sie geküsst hat, hab ich Recht? Hast du nicht auch mitunter Lust dazu? Was natürlich weniger widerlich wäre, oder?«

»Ist Ihnen eigentlich klar, wie alt Sie sind?«

Peter erbleichte.

»Sie sind uralt!«

»Ja, und?«

»Und Sie finden das nicht widerlich, ein so junges Mädchen zu küssen! In Erwartung alles Weiteren, wie ich mal annehme ...«

Peter antwortete nicht. Der Hieb hatte gesessen. Er wandte sich ab, um sich ein Glas einzuschenken; doch weil seine Hände zitterten, verzichtete er darauf. Er wartete lieber noch einen Moment und klopfte leicht auf den Blätterstapel, ehe er ihn an seinen Platz zurückschob. Schließlich hatte er sich wieder so weit unter Kontrolle, dass er Abel mit ruhiger Stimme etwas zu trinken anbot, was dieser ablehnte. Mit einer Handbewegung lud er ihn ein, Platz zu nehmen, jedoch ohne Erfolg.

Peter dachte nach. Die Situation war grotesk und ergreifend zugleich. Ein ungleicher Kampf. Er warf einen Blick auf Abel, den Peters trügerische Ruhe völlig aus der Fassung zu bringen schien. Er beschloss, sich nicht in eine Debatte über große Altersunterschiede verwickeln zu lassen. Er musste einen Gegenangriff starten und ein für alle Mal den Sieg davontragen. Er stützte sich auf die Eckkante seines Schreibtischs, zündete sich eine Zigarette an und murmelte, wobei er absichtlich dazu überging, Abel zu siezen:

»Es tut mir wirklich Leid für Sie, Abel. Aber was Ninons Zukunft betrifft – und es geht doch um Ninons Zukunft, oder?«

Er sah Abel ernst an. Auge in Auge boten die beiden einander die Stirn.

»Also, was Ninons Zukunft betrifft, so erscheint mir mein hohes Alter weitaus beruhigender als Ihre strahlende Jugend. Stellen Sie sich nur einmal für einen Augenblick vor, dass Sie derjenige sind, den sie liebt …«

Abel schlug kurz die Augen nieder.

»… denn es ist immer die Frau, die entscheidet, wussten Sie das nicht?«

Abel errötete.

»Stellen wir uns also vor, dass Sie derjenige sind, den sie liebt«, beharrte Peter unerbittlich. »Und nun seien Sie doch so gut und lassen uns ein paar Jahre in die Zukunft springen. Was meinen Sie – wie lange gedenken Sie, Ninon zu lieben, ohne den Campestres den Rücken zu kehren, wie lange werden Sie sich voller Zärtlichkeit um sie kümmern, was gewiss Ninons größter Wunsch wäre? Sie wissen ja, dass es nicht infrage kommt, mit ihr nach Paris zu gehen, Ninon ist ein Mädchen vom Land, sie liebt das bäuerliche Leben.«

Abel erwiderte empört:

»Ich auch. Ich bin hier geboren und kenne es besser als Sie.«

»Sie flanieren über das Erdreich, Ninon taucht ihre Hände hinein, das ist nicht das Gleiche. Sie lauschen auf Ihren Spaziergängen den Vögeln und atmen den Duft des Morgentaus ein. Sie sind ein Träumer, ein Poet, Sie haben noch ein ganzes Leben vor sich und dessen Mittelpunkt werden nicht die Campestres sein, das wissen Sie selbst. Was werden Sie mit Ninon machen, wenn Sie Lust bekommen, sich anderswo umzusehen? Wird sie eine angenehme Erinnerung bleiben, die Sie in Ihren Liedern besingen?«

»Sie täuschen sich, Ninon und ich sind uns ähnlich, wir haben zusammen eine Menge Dinge erlebt, von denen Sie überhaupt keine Ahnung haben. Ich werde sie nie im Stich lassen.«

Peter leerte sein Glas.

»Dann werden Sie also in den Campestres bleiben und mit ihr Getreide ernten? Schöne Aussichten, welch eine Verschwendung …«

Abel zuckte zusammen.

»Wenn Sie meinen, dass in der Feldarbeit Ihre Berufung liegt«, fuhr Peter fort, »dann sollten Sie unverzüglich beginnen, den Umgang mit der Sense zu lernen. Das werden Sie brauchen. Aber unterbrechen Sie mich, wenn ich irre. Von hier habe ich eine gute Sicht auf die Felder, und ich habe Sie während der Ernte beobachtet: Ich habe nicht gesehen, dass Sie auch nur eine einzige Ähre geschnitten hätten, Sie heben ja nicht einmal die auf, die vor Ihren Füßen liegen. Ich habe Sie aber sehr wohl gesehen, wie Sie auf Mäuerchen saßen und Mundharmonika spielten, ganz ausgezeichnet übrigens, das gebe ich gern zu. Ich habe auch gesehen, wie Sie beim Herumschlendern in die Luft geguckt und die Zikaden und Gottesanbeterinnen gepiesackt haben, das ist ganz reizend, wenn man sechzehn ist.«

Abel protestierte:

»Es geht hier nicht um mein Alter, sondern um Ihres!«

Peter ignorierte den schneidenden Hieb.

»Gestatten Sie mir, dass ich Ihnen in meinem fortgeschrittenen Alter eine Empfehlung gebe. Bewahren Sie sich all die zärtlichen Gefühle, die Ninon in Ihnen erweckt, und begnügen Sie sich damit, diese Gefühle nicht zu beschädigen. Vertrauen Sie auf meine Erfahrung, all die anderen Frauen werden Sie leicht vergessen, aber die Erinnerung an eine Frau, die Nein gesagt hat, wird ewig wach bleiben. Allein diese Erinnerung wird Sie inspirieren.«

Abel, der um Fassung rang, schien Peters Ratschläge nicht zu hören. Er zuckte mit den Schultern und flüchtete sich in Spott. Verächtlich höhnte er:

»Und Sie, dann werden Sie wohl die Sense schwingen?«

Peter musste ungewollt lächeln, die Vorstellung amüsierte ihn.

»Wenn's sein muss, warum nicht? Glauben Sie nicht, dass ich dazu in der Lage bin?«

Er lächelte noch immer:

»Oder ich nehme einen Schnitter in meine Dienste.«

»Mit Geld ist alles einfach!«

»Das haben *Sie* gesagt.«

»Und Sie werden Ihr ganzes Leben lang bei ihr bleiben?«, fragte Abel mit höhnischem Grinsen.

»Genau das habe ich vor!«

Peter hatte die Stimme erhoben, um dem bösen Grinsen Einhalt zu gebieten. Er wurde wie von einem Schwindel erfasst. Noch nie war ihm etwas Vergleichbares passiert. Ein Hahnenkampf. Aber einer mit gefesselten Füßen und spitzen Schnäbeln. Er atmete tief durch, zündete sich eine zweite Zigarette an. Abel, dem die Argumente ausgingen, schaute mit nervösem Kopfschütteln um sich. Sein Blick fiel auf eine von Josés Gitarren, die auf einem Regal lag, und erstarrte. Peter, der ihn beobachtete, registrierte das interessierte Aufleuchten. Er ließ ein paar Sekunden verstreichen, ehe er, um die Gemüter zu beschwichtigen, erneut fragte:

»Möchten Sie wirklich nichts trinken?«

»Nein!«

Peter seufzte. Die Situation war abscheulich. Sein Mitgefühl war nicht frei von Verärgerung. Er wusste nicht mehr, was er tun sollte. Er ging auf die Gitarre zu, ergriff sie und reichte sie Abel:

»Ich weiß, dass es nicht gerade der ideale Moment ist, Ihnen ein Geschenk zu machen, aber ich schwöre Ihnen, dass ich die Absicht schon vorher hatte. Hier, dann können Sie spielen und gleichzeitig singen, wie José. Los, nehmen Sie das.«

Abel rührte sich nicht. Peter wurde lauter.

»Nehmen Sie diese Gitarre, Abel, und ziehen Sie Leine. Ich muss zum Flughafen!«

»Sie reisen ab?«

Abels Gesicht erhellte sich, dann nahm er die Chance wahr, seine letzte Banderilla zu platzieren.

»Und schon lassen Sie sie im Stich.«

Und fügte, wieder mit höhnischem Grinsen, hinzu:

»Sie sind lieber in England!«

»Ja, ich fahre, aber nicht aus Liebe zu England. Ich verlasse die Campestres, eben weil ich nicht widerlich sein will, um auf ihre schöne Formulierung zurückzukommen.«

Ihre Blicke begegneten sich. Peter schlug die Augen nieder. Er wartete einen Moment und fragte dann:

»Werden Sie über all das mit Ninon sprechen?«

Abel sah aus dem Fenster:

»Wozu, schließlich sind Sie derjenige, den sie liebt.«

Endlich weinte er. Peter wandte den Kopf ab.

»Nehmen Sie diese Gitarre. Sie haben Talent.«

Abel schien dem Kompliment keine Beachtung zu schenken, er zögerte etwas, bis er schließlich doch einen Schritt vortrat und das Instrument an sich nahm.

Als Abel gegangen war, ließ sich Peter, der mit den Nerven am Ende war, aufs Sofa fallen. Er versuchte, sich zu beruhigen, indem er einen Whisky trank und sich dabei das Geschehen noch einmal vor Augen führte. Hinter einem Satz von Abel, der ihm immer wieder durch den Kopf ging, traten die restlichen Details der Auseinandersetzung völlig in den Hintergrund.

»Und Sie werden Ihr ganzes Leben lang bei ihr bleiben?«

Er begriff, dass dies die Frage war, die er sich selbst bislang noch nie in aller Klarheit gestellt hatte.

»Genau das habe ich vor!«

Hatte wirklich er, Peter, im Eifer des Gefechts diese Antwort gegeben?

Peter verbrachte zwei Wochen in London, wo das Wetter herrlich war. Sofort wurde er von einem solchen Strudel von Empfängen, Verpflichtungen und zufälligen Begegnungen mitgerissen, dass er sich nicht eine Sekunde langweilte. Er spürte, wie ihn ein Heißhunger auf Zerstreuungen und Vergnügungen überkam, und freute sich unbändig darüber, endlich wieder Englisch sprechen zu können. Wo er auch hinging, war er willkommen und wurde offenkundig voller Freude, ja voller Stolz empfangen. Sobald er einen Salon betrat, scharten sich wie früher die Frauen um ihn, umschwärmten ihn. Und er, der sich einen Spaß daraus machte, sie zum Lachen und Tanzen zu bringen, merkte nicht, wie die Zeit verging. Erst am Morgen tauchte Ninon endlich auf, und dann wunderte sich Peter, wie er einen ganzen Tag ohne sie hatte verbringen können. Er gab sich seiner Rührung hin und träumte ein wenig an ihrer Seite, ehe er aufstand, um sich erneut von den Wogen der Freundschaft, die ihm entgegenschlugen, davontragen zu lassen.

Aber dennoch, als er eines Tages mit einigen Freunden debattierend am Rand eines Gehwegs stand, ertappte er sich dabei, wie er inmitten der lärmenden, aufgeregten Großstadt aufgehört hatte, dem Gespräch zu folgen. Trotz der angenehmen Geräuschkulisse, die ihn umfing, war er in die Campestres zurückgekehrt. Er hatte Marius gesehen, wie er bei Sonnenuntergang einen Stuhl bis zur Laube hinter sich herzog, um ihn Peter anzubieten. Eine langsame Geste voller Gastfreundschaft. Schweigend hatte er sich neben ihn gesetzt.

Obwohl Peter seinem Verleger weder etwas zu überreichen noch zu sagen hatte, rang er sich dazu durch, ihm einen Besuch abzustatten. Mr. Robinson war ein sympathischer Mann. Als sie einander gegenübersaßen, musterte er Peter wohlwollend.

»Sie sehen hervorragend aus! Froh, wieder bei uns zu sein?«

Peter bejahte vorbehaltlos.

Und es folgten weitere, ähnliche Fragen: Hatte Peter keine Sorgen? Langweilte er sich nicht in diesem abgeschiedenen Landhaus? Kamen ihn seine Freunde häufig besuchen? Hatte er dennoch Zeit, auch nach Lust und Laune umherzustreifen? Inspirierte ihn die Provence noch immer?

Und weil das Leben es rundum gut mit Peter zu meinen schien, fragte er schließlich:

»Warum dann dieses lange Schweigen, lieber Freund?«

Peter verzog sorgenvoll den Mund, ehe er sich vertraulich zu Mr. Robinson hinüberbeugte, wobei er die Hand auf die Stelle legte, wo das Herz schlägt:

»Wissen Sie, ich habe einen Schmerz hier in der Brust.«

Mr. Robinson zog die Augenbrauen hoch:

»Sie sagten doch, Sie erfreuten sich bester Gesundheit?«

»Sie werden mir nicht glauben, aber dieser Schmerz kommt jedes Mal, wenn ich mich an meinen Schreibtisch setze. Und das ist leider nicht alles. Sobald ich zum Stift greife, wird mir schwindelig, und auf einen Schlag ist mein ganzer Kopf leer.«

Peter hörte auf, Grimassen zu ziehen und schlug wieder einen fröhlichen Ton an:

»Aber die übrige Zeit geht es mir sehr gut!«

Mr. Robinson konnte Peters Späßen nicht viel abgewinnen:

»Aha, das war also ein Scherz«, sagte er.

»Ganz und gar nicht«, antwortete Peter, jetzt mit sonderbarem Ernst. »Das ist die exakte Wahrheit.«

Am Ende einer weiteren Abendgesellschaft, die ihm zu Ehren organisiert worden war, fand sich Peter gegen vier Uhr morgens in einem Zustand vollkommener Trunkenheit wieder. Er saß neben einem früheren Kommilitonen aus Cambridge, dem er anvertraute:

»Siehst du, Patrick, hier sind hundert Leute. Tja, all diese Leute, und zwar wirklich alle, verstehst du, sind einer nach dem anderen bei mir aufgetaucht, um mir freundschaftlich auf die Schulter zu klopfen und mich zu fragen, wie weit ich denn mit meinem nächsten Roman bin. Alle. Ist dir eigentlich klar, was aus mir geworden ist?«

Und als sein sprachloser Freund keine Antwort gab, stand Peter auf und begann, mitten in dem Salon *flamenco* zu tanzen. Da José, der ihn sonst begleitete, nicht da war, sang er selbst eine *soleà*. Um ihn herum klatschten seine Freunde in die Hände oder lachten. Jacqueline, von der Pilar gesagt hatte, dass sie schlimmer als eine Klette sei, kam herbei, um mit ihm zu tanzen. Schwankend versprach ihr Peter in seinem Rausch, bis ans Ende der Welt mit ihr zu gehen. Sie nahm ihn beim Wort und brachte ihn, sobald das Fest vorüber war, nach Brighton, wo sie zwei Tage und Nächte miteinander verbrachten.

Angeekelt und voller Überdruss kehrte Peter zurück. Zwanzigmal hatte er sich gefragt, wie er es so weit hatte kommen lassen können.

Nach seiner Rückkehr hatte er sich einen ganzen Tag lang in seinem Hotelzimmer verbarrikadiert. Er versuchte, die Ereignisse der letzten Zeit noch einmal an sich vorüberziehen zu lassen, doch es gelang ihm nicht zu begreifen, was mit ihm vor sich ging. Er war im Begriff, jeden Halt zu verlieren. Er trank zu viel, was lange nicht mehr vorgekommen war.

Am nächsten Morgen kehrte Peter London den Rücken und fuhr in sein Heimatdorf Bovey-Tracey. Rasch fand er Zuflucht in seinen alten Gewohnheiten. Genüsslich vertrödelte er im friedlichen Garten seine Zeit und vergaß das Bild von Marius in der Laube. Wie früher durchwanderte er die windgepeitschte Heide, wo ihm all die Landschaften wiederbegegneten, die er so liebte. Mit den sturmzerrissenen Wolken kehrten auch die Gefühle von einst zurück, unverändert. Wenn ein kalter Nieselregen einsetzte, zog er sich den Hut tief ins Gesicht, schlug den Kragen hoch und brach zu einem Spaziergang auf. Er hatte sich diesem melancholischen, frösteligen Wetter immer gern ausgesetzt.

Wenn Peter sich zu solchen Streifzügen aufmachte, versuchte er bisweilen, Ninon mitzunehmen. Er fasste sie an der Hand und führte sie mit großen Schritten in die Heide hinaus. Gekrümmt, in ihrem viel zu großen Mantel, stemmte sie sich mühsam gegen den Wind. Nichtsdestotrotz folgte sie ihm, fügsam. So fügsam, dass er, die Landschaft mit Augen und Herz verschlingend, allmählich vergaß, dass sie da war. Unentwegt entglitt sie ihm. Schließlich beugte er sich zu ihr hinab, um sie zu küssen. Doch sie hatte kein Gesicht mehr, das Blau ihrer Augensterne, die Sonne auf ihren Wangen waren verschwunden. Und Peter musste sich in die Einsamkeit seines Zimmers flüchten, um sie wiederzufinden, leidenschaftlich, unverändert, so wie in ihrer Heimat.

Um seine Rückkehr zu feiern, organisierte seine Mutter einen Empfang im Garten des Cottages. Gleich zu Beginn wurde ihm ein junges Mädchen vorgestellt, das seit kurzem das Clare College in Cambridge besuchte, wo auch er studiert hatte. Sie hieß Sylvia. Sie war hinreißend und von einnehmendem Wesen, kaum älter als Ninon. Peter verbrachte den größten Teil des Abends in ihrer Gesellschaft, und sie schien sehr empfänglich für seinen Charme. Sylvia war ein bemerkenswert intelligentes Mädchen, das – von seinen übrigen Reizen einmal abgesehen – nicht nur über dieselben Dinge lachte wie er, sondern auch im gleichen Moment.

Als der Abend zu Ende ging, begleitete er sie zu ihrem Auto und ließ sie schweren Herzens heimfahren.

Im Morgengrauen weckte ihn sein heftig pochendes Herz. Obwohl er sich nicht erinnern konnte, war er sich sicher, dass er einen Albtraum gehabt hatte. Beklemmendes Unbehagen überkam ihn. Erst nach einigen langen, angsterfüllten Minuten gelang es ihm schließlich, sich zu beruhigen. Was blieb, war ein unangenehmes Gefühl, das er vergessen wollte, indem er sich in Ninons Arme flüchtete. Da Ninon ohne das Licht in ihren Augen, die Sonne in ihrem Herzen nicht denkbar war, musste er in die Campestres zurückkehren, um bei ihr zu sein – sie ertrug England nicht. Er traf sie genau dort an, wo er sie verlassen hatte: unter dem Feigenbaum mit den großen, zerzausten Blättern.

Peter blieb wach, bis helllichter Tag war, und rief sich alle Momente ihrer Begegnung in Erinnerung. Er hatte das merkwürdige Gefühl, als sei er an dem Tag, an dem Ninon in sein Leben trat, ein zweites Mal geboren worden. Er bemühte sich auch zu begreifen, warum ihm jedes Mal, wenn er den Kanal überquerte, so war, als schlüpfe er in eine neue Haut. In London war er jenes hoch begabte Glückskind, das man gern zum Freund hatte, weil es zum guten Ton gehörte, und dem man seine Saufgelage und Eskapaden allzu leicht verzieh … In Bovey-Tracey war er der Erbe und Nachfolger des berühmten Geschäftsmannes, der sein Vater gewesen war … so berühmt für seine geschäftlichen Erfolge, dass sogar Peters schriftstellerisches Talent ihn nicht vergessen machte.

Einzig und allein in den Campestres war er Peter. Marius war es herzlich egal, ob er schrieb oder nicht, und in Gegenwart von Ninon fühlte er sich befreit von allem, was er darstellte, ohne es eigentlich zu wollen. Er fragte sich, ob sie es nicht war, die ihn davon abhielt, in völligem Trübsinn zu versinken.

Als es ihm gelungen war, etwas Ordnung in seine Gefühle zu bringen, stand er auf und beschloss, seinen Aufenthalt in England so weit wie möglich zu verkürzen.

Während des *breakfast* fragte ihn seine Mutter, nachdem sie eine Weile wie die Katze um den heißen Brei geschlichen war, wie erwartet, was er denn von Sylvia halte. Peter antwortete ehrlich, dass das junge Mädchen in jeder Hinsicht charmant sei, dass es aber verlorene Liebesmüh wäre, sie ihm in die Arme treiben zu wollen.

Genauso wenig wie seinen Freunden erzählte Peter seiner Mutter von Ninon. Er erwähnte auch nicht das Bild von Marius, der für ihn einen Stuhl in die Laube zog. Nicht anders als während seines gesamten Aufenthaltes in London verwahrte er alle Gefühle in seinen Fäusten, die er tief in den Hosentaschen vergrub. So hatte er es schon als Kind gehalten.

Eines Tages jedoch, als er sich gegen Ende eines stürmischen Festes gerade von den lärmenden Tänzern und Schwadroneuren entfernen wollte, um in Ruhe einen Whisky zu trinken, betrat Clara voller Eleganz den Raum und stürzte auf ihn los.

»*Hello*, Peter, wie schön, dich endlich einmal wiederzusehen! Du scheinst deine alten Gewohnheiten ja wieder aufgenommen zu haben!«

Und sie setzte sich neben ihn, um ihm von den zahlreichen Empfängen, Begebenheiten und Ausflügen zu berichten, die in seiner Abwesenheit stattgefunden hatten. Sie war in Höchstform, bisweilen witzig, und Peter hörte ihr mit großem Vergnügen zu, bis sie ihm jählings, als hätte sie zuvor nicht daran gedacht, die Frage stellte:

»Ach ja, was macht eigentlich dein ›französisches Problem‹?«

»Ich habe kein französisches Problem mehr.«

»Großartig! Und wie geht's Ninon?«

»Sie wird älter.«

»Und ihr englisches Problem, ist das auch verschwunden?«

Peter zögerte mit der Antwort, dann besann er sich, legte Clara eine Hand auf die Schulter und flüsterte ihr ins Ohr:

»Es gibt überhaupt kein Problem mehr, meine Liebe, nur noch angenehme Dinge, die dich nichts angehen.«

Als Peter den Empfang verließ, war er hochzufrieden mit sich. Seit langem hatte er schon das Bedürfnis gehabt, jemanden von seiner Liebe wissen zu lassen.

Zwei Tage später flog Peter nach Frankreich. In den Campestres fand er sich mit klopfendem Herzen vor seinem Haus wieder und machte sich sogleich auf, um Marius in seiner Laube zu begrüßen.

Am selben Abend begab er sich zu Madame de Carlon. Doch anstatt an der großen Eingangstür zu klingeln, lief er am Gebäude entlang und ging durch den Dienstboteneingang hinein. Ninon machte sich am Herd zu schaffen. Sie schwenkte eine Pfanne, in der laut das Abendessen brutzelte, und hörte sein Kommen nicht. Als sie sich endlich umwandte, stand er an den Türrahmen gelehnt da und lächelte sie an. Ninon fuhr zusammen, vergaß im Nu alle Warnungen von Pilar, über die sie doch so lange nachgegrübelt hatte, und fiel Peter um den Hals. Er umschlang sie. Am Anfang war es wie früher. Peters Hände blieben auf ihrer Taille. Doch als er sie zärtlich auf den Hals küsste, ließ sich Ninon, wie in einen Taumel versetzt, dazu hinreißen, in leidenschaftlicher Hingabe das Kinn zurückzuwerfen. Peter verlor vollends den Kopf, als Ninon zuließ, dass seine schlanken Hände über ihren Körper tasteten.

Das verärgerte Klappern sich nähernder Absätze trennte die beiden unverhofft. Als Madame de Carlon die Küchentür aufstieß, hatte Peter gerade noch Zeit gehabt zu verschwinden, während Ninon zitternd auf den Herd starrte.

»Was ist los, Ninon, hören Sie mein Klingeln nicht mehr?«

Als Ninon das Geschirr gespült und eingeräumt hatte, stieg sie in ihr Zimmer hinauf. Sie bebte noch immer, ihr gesamter Körper befand sich in Aufruhr. Sie legte sich hin und zitterte noch eine ganze Weile, ehe sie wieder zur Ruhe kam. Als sie schon fast eingeschlafen war, erschien ihr wie aus dem Hinterhalt Pilar. Ninon hörte deutlich, wie sie ihre Mahnungen wiederholte, ehe sie erneut die unzähligen Frauen auflistete, die das Haus hatte kommen und gehen sehen. Sie sah, wie sie unter Pilars spöttischem Blick der Liste hinzugefügt wurde. Eine Welle des Zorns brach über sie herein. Sie würde nicht zulassen, dass ihr Name dieses Verzeichnis vervollständigte, niemals.

Gleich am nächsten Morgen machte sich Peter auf die Suche nach Ninon und wartete zu den Zeiten, da sie sich bisweilen zu Marius und Joséphine davonschlich, am Weg auf sie, jedoch vergeblich.

Tief enttäuscht kehrte er heim und streckte sich auf seinem Sofa aus, in der Hoffnung, dass Ninon ein Vorwand einfallen würde, um herzukommen und sich in seine Arme zu werfen.

Er wartete bis zum Einbruch der Nacht, doch Ninon kam nicht.

Beim Abendessen servierte Ninon, ohne auch nur einmal den Blick zu heben. Sie kam und ging, eisig und distanziert. Sie war wütend.

Als Peter aufbrach, erwog er in seiner Verzweiflung, sich wie am Vortag in die Küche zu schleichen, doch er wagte es nicht. Die widerspenstige Rebellin, die er so liebte, war wieder da, doch dieses Mal auf seine Kosten. Er verbrachte eine schlaflose Nacht, in der er sich unablässig vorbetete, was er ihr gern gesagt hätte, damit sie ihm sein ungestümes Verhalten verzieh. Er stammelte reumütige Worte, während er sich zugleich darüber empörte, dass Ninon ihm wegen solch einer Kleinigkeit offenbar das Vertrauen entzogen hatte.

Im Morgengrauen schrieb er ihr einen reuigen Liebesbrief, den er Joséphine anvertraute.

Im Warten auf eine Antwort begann er zu zeichnen und zu malen, um nur nicht untätig dazusitzen. Doch er verwünschte sich selbst sosehr, dass auf seinen Bildern erschreckende Formen und Farben entstanden. Er zerriss sie, kaum dass sie fertig waren.

Peter wartete eine Woche lang, ohne auch nur irgendein Zeichen zu erhalten, das Grund zur Hoffnung auf einen Waffenstillstand gegeben hätte, von einer Antwort auf seinen Brief ganz zu schweigen. Nach langem Sträuben beschloss er schließlich, sie wie beim ersten Mal zu überraschen. Eines Abends erschien er in der Küche. Als Ninon ihn hereinkommen sah, bot sie ihm sofort die Stirn und sagte mit dumpfer Stimme, wobei sie den Holzlöffel in ihrer Hand in die Höhe streckte:

»Ich will Sie nicht mehr sehen. Fahren Sie doch nach England zurück.«

Worauf sie die Küche verließ und nicht mehr auftauchte, nicht einmal, um das Essen zu servieren.

Für Peter begann nun eine Zeit ständigen Reisens zwischen Frankreich und England.

In Bovey-Tracey traf er häufig die junge Sylvia und ließ geschehen, dass sie mehr Zeit miteinander verbrachten. Als sie eines Abends zusammen Walzer tanzten, ließ Peter sich leichtfertig dazu hinreißen, sie zu küssen. Sylvia protestierte nicht, doch anstatt sie beim nächsten Tanz erneut aufzufordern, ging Peter zur Bar und begann zu trinken.

In den Campestres traf er Ninon, die sich nicht mehr versteckte, ihn jedoch keines Blickes würdigte. Nicht ein einziges Mal konnte er sich am strahlenden Blau ihrer Augen erfreuen. Sie war höflich, aber in noch weitere Ferne gerückt. Gleichgültig, nicht einmal mehr wütend auf ihn.

Schließlich begannen seine ausgelassenen Freunde, Clara vorneweg, wieder wie früher bei ihm einzufallen. Der Lärm ihrer Feste hämmerte gegen Ninons kleines Fenster, ohne dass sie sich Gedanken darüber machte. Und Pilar, die freudestrahlend ihren Pedro wiederhatte, konnte endlich *soleà* tanzen.

Kurz vor Weihnachten lud Joséphine Peter zum Mittagessen ein. Als schon alle gemeinsam in der Laube saßen, tauchte Abel auf, der ein paar Tage Ferien hatte.

»Der hat mir gerade noch gefehlt«, dachte Peter.

Da sie schon im Begriff waren, sich an den Tisch zu setzen, musste er, anstatt die Flucht zu ergreifen, Ninons und Abels freudigem Wiedersehen beiwohnen. Er ertrug es wohl oder übel, mit anzusehen, wie das junge Mädchen aufblühte, strahlte und all das sagte, worauf er vergeblich hoffte.

Als das Essen vorüber war, wandte sich Abel mit einem so frechen, triumphierenden Grinsen zu Peter um, dass es ihm in den Fäusten juckte.

Am nächsten Morgen reiste Peter wieder nach England ab. Kaum war er dort eingetroffen, eilte schon Sylvia herbei und warf sich ihm in die Arme, genauso ungestüm wie Ninon.

Als der Februar kam, war Peter, wieder zurück in den Campestres, mit einem Mal so empfänglich für die Mandelbäume, an denen sich schon die ersten Blüten entfalteten, für die milde Luft und die unzähligen Veilchen, die das Moos der Wälder durchbrachen, dass er nicht mehr an eine baldige Abreise dachte.

Morgens zog er querfeldein los, um die Natur, die jetzt allenthalben zu neuem Leben erwachte, zu erkunden, und abends gesellte er sich zu Marius, der um diese Zeit Brombeerranken abbrannte. Während er in der unvergleichlichen Stille der Hügel neben ihm saß, sah er zu, wie die Funken lautlos über den Boden stoben, ehe sie sich an den Brombeerbüschen emporfraßen, sie so lodernd umfingen, als wollten sie die Farben des Regenbogens neu erfinden.

Die Hände in den Taschen vergraben, über den Augen ein trauriger Schleier, sah Peter stumm zu, wie die Zeit davoneilte.

Die wenigen Wochen, die er damit zugebracht hatte, mit Sylvia zu flirten, hatten nicht ausgereicht, Ninon zu vergessen. Auf die Gefahr hin, trüben Gedanken nachzuhängen, hatte er beschlossen, wieder ihre Nähe zu suchen. Und wenn nicht einmal das etwas nutzte, sollte es ihm egal sein.

Peter hatte keinerlei Hoffnung mehr.

Seine wunderbare, kaum erblühte Liebe hatte die Blütenblätter verloren, ohne dass auch nur ein Windhauch sie davongetragen hätte. Ninon entfernte sich schweigend von ihm, langsam und so diskret, dass niemand es zu bemerken schien.

Man hatte ihm die einmalige Chance gegeben, wirklich zu lieben, um sie ihm sogleich wieder zu nehmen. All die Jahre, die noch vor ihm lagen, würden in den Windungen seines Lebens verloren gehen, und die alten Gewohnheiten würden ihn wieder mit sich reißen wie Ströme der Bitternis, deren Wasser mit der Zeit immer beißender würde. Zusammengekauert und zu keinerlei Objektivität, keinem logischen Gedanken mehr fähig, stellte er sich tausend Gründe für Ninons Gleichgültigkeit vor. Die Kühnheit, mit der er in seiner Verliebtheit an sie herangetreten war, reichte ihm nicht mehr als Begründung. In seinen Augen war sein Verhalten durchaus legitim und entschuldbar gewesen. Wenn er vielleicht ein Zurückschrecken, ein plötzlich aufkeimendes Misstrauen ihrerseits noch hätte gelten lassen können, so war ihm diese anhaltende, kalte Distanz völlig unerklärlich.

War ihr womöglich einer jener jungen Schnauzbärte lieber, die Provenzalisch sprachen, während sie sie mit ihren Blicken auszogen, oder dieser junge, noch gänzlich bartlose Abel, der zugegebenermaßen vor Charme sprühte? Als Peter schließlich nicht mehr anders konnte und auch seine eigene Wirkung auf Ninon hinterfragen musste, starb er tausend Tode. Während Ninon älter wurde, hatte sie bestimmt begonnen, ihn so zu sehen, wie er wirklich war: zu alt, zu sehr Lebemann, zu draufgängerisch, bisweilen ein Lügner und oft ein Trinker …

Wenn er manchmal, beflügelt durch gewisse Erinnerungen, den Beschluss fasste, zu kämpfen und sie zurückzugewinnen, suchte er sogleich ihre Nähe, wich ihr nicht von der Seite und erhielt im Gegenzug nur noch deutlichere Zeichen ihres erloschenen Interesses.

So kam es auch, dass er, um in ihrer Nähe zu sein, an der Olivenernte teilzunehmen begann, als diese schon fast vorüber war. Anfangs war er mit neugieriger Miene zwischen den Bäumen umherspaziert, dann setzte er sich, um zuzusehen, wie das silbrige Blätterwerk unter den kundigen Händen raschelte und die Oliven in die Körbe prasselten.

Als Marius und Joséphine sich eines Tages direkt vor ihm mühten, einen schweren Korb hochzustemmen, sprang er dazu und nahm Joséphines Platz ein. Etwas später half er Ninon, ein Tuch zusammenzulegen und ein neues auszubreiten. Dank seiner langen Arme und Beine, die plötzlich wahre Wunder vollbrachten, wurden sie der riesigen Leinentücher rasch Herr. Zum Dank schenkte sie ihm einen kurzen Blick, mit dem für eine Sekunde wieder die Sonne aufzugehen schien, ehe sie sich anderen Dingen zuwandte.

Mittags bot man ihm an, das Mahl mit der Familie zu teilen. Ninon, wie immer reserviert, bediente ihn liebenswürdig, und allein diese höfliche Fürsorge ihrerseits tröstete ihn ein wenig über seine schlaflosen Nächte hinweg.

Schließlich entfloh sie ins Schloss, um wieder bei Madame de Carlon zu sein, und Peter blieb, obgleich ihn im Grunde nichts mehr dort hielt, unter den Olivenbäumen zurück, um die sonderbare Erleichterung, die ihm diese Ernte im Kreis der Familie brachte, noch ein wenig auszukosten. Es war ein so beschauliches, von fröhlichen Rufen und gedämpftem Gemurmel begleitetes Zusammensein, bei dem jeder seine Rolle spielte, seinen Platz hatte …

Eines Tages streckte er den Arm nach einem Zweig aus, um eine Olive zu pflücken, die ihm durch die hohle Hand rollte und dabei eine fettige Spur zog. Er pflückte noch eine, dann eine dritte und fuhr schließlich mit der Hand über den ganzen Ast, wie er es bei den anderen beobachtet hatte. Ein Regen von Oliven perlte durch seine Finger.

Joséphine trat ein Stück von Fanny zurück, um ihm Platz zu machen. Peter nahm mit emporgereckten Armen die Zweige in Angriff:

»Mit der Olivenernte«, sagte er, »ist es wie mit dem Naschen. Den ersten Keks nimmt man, ohne Hunger zu haben, nur damit die Hände beschäftigt sind, den zweiten, um noch einmal in denselben Genuss zu kommen, dann noch einen, über den man nicht groß nachdenkt und glaubt, dass es der letzte ist, bis man schließlich solchen Gefallen an der Schwelgerei gefunden hat, dass man gar nicht mehr aufhören kann.«

Tatsächlich wunderte sich Peter über die Freude, ja Erleichterung, die ihn beim Pflücken überkam; es war wie ein bukolisches Ritual, bei dem vollkommene Einkehr herrschte und das ihm endlich die Möglichkeit gab, ein bisschen zu vergessen. Auf eine Bewegung folgte die nächste, ein Murmeln führte zu einer Antwort, ein Lachen rief ein Lächeln hervor … und allmählich wurde er von Ruhe erfüllt.

Er bemerkte auch, dass die Stille weitaus beeindruckender war, wenn sie vom Rascheln der Blätter oder von vereinzelten Ausrufen durchbrochen wurde. Wie etwa just in diesem Moment, da die Worte, die Marius an Joséphine gerichtet hatte, durch die klare Luft schwebten und so deutlich und präzise zu ihm gelangten, als hätte man sie ihm direkt ins Ohr geflüstert. Oder das Tschek-tschek der Drossel, die in einiger Entfernung und dennoch argwöhnisch im Wipfel eines Mandelbaums saß.

Aus sehr viel weiterer Höhe beobachtete Pilar vom Rand der Terrasse aus, die sie fegte, ohne bei der Sache zu sein, das ganze Geschehen. Sie unterbrach ihre Arbeit, um sich wie ein Soldat in Rührt-euch-Stellung auf den Besen zu stützen und Peter zuzusehen.

»Da stockt mir das Blut in den Adern, wenn ich das sehe. Jetzt reißt er sich doch tatsächlich die Haut von den Händen! Kein Wunder, dass sein Buch nicht fertig wird, wenn er im Wipfel eines Olivenbaums den Schürzenjäger spielt! Hol's der Teufel, die Kleine hat ihm mehr verdreht als nur den Kopf.«

Sie seufzte und machte sich wieder an die Arbeit.

»Der Ärmste, man sagt ja immer, dass die Vorrede in der Liebe länger dauert als die Lektüre, aber ich würde schon gern wissen, wie lange diese Vorrede noch dauern wird.«

Und mit drei gezielten Besenstößen wirbelte sie den restlichen Staub auf und verschwand, wobei sie die Glastür laut hinter sich zuschlug.

Peter ertappte sich dabei, dass er den gleichen Ehrgeiz entwickelte wie Großvater Bernard, keine Frucht zu übersehen, auch wenn sie an der äußersten Spitze eines Zweiges hing, dass er die gleiche Befriedigung empfand wie Marius, wenn er auf die gefüllten Körbe sah, die gleiche Freude, wenn er abends mit müden Armen und zerschlagenem Körper einschlief.

Und wenn er auch, sobald er am nächsten Morgen auf die Felder zurückkehrte, weiterhin auf jeden Lidschlag von Ninon lauerte und allein ihretwegen dort war, so wusste er doch, dass seine Qual eine Unterbrechung erfahren würde; denn es war eine einsame Qual, die durch etwas Herzlichkeit und Gesellschaft an Schwere verlor.

Wenn er den kleinen Lulu auf die Schultern nahm, um ihm als Leiter zu dienen, lachte Joséphine vor Begeisterung laut auf, während Ninon das Gesicht abwandte, um zu lächeln, und dieser kurze, schlichte Moment, der ihnen beiden gehörte, verschaffte ihm ein Wohlgefühl, das nicht in Worte zu fassen war.

An einem Abend wie jedem anderen hörte Ninon, die auf alles, aber nicht darauf gefasst war, wie Madame de Carlon während des Essens ausrief.

»Jetzt sagen Sie bloß nicht, dass Sie uns schon wieder verlassen! Was zieht Sie denn eigentlich so nach England? Gibt es da vielleicht ein hübsches, junges, heiratswilliges Mädchen, das sich Hoffnungen auf Sie macht, nun sagen Sie schon?«

»Es wäre an der Zeit, darüber nachzudenken, finden Sie nicht?«, antwortete Peter melancholisch, ohne aufzublicken.

Hätte er dies getan, so wäre ihm ein Aufblitzen nicht entgangen. Nichtsdestotrotz stellte Ninon behutsam die Schüssel auf den Tisch.

Als die letzte Olive vom letzten Baum herabgefallen war, stellte sich Peter, als wäre es das Natürlichste auf der Welt, an die Windfege, als er an der Reihe war. Schließlich begab er sich zur Mühle, um dem Wunder des hervorsprudelnden Öls beizuwohnen.

Marcus und Marius hoben das erste Maß Oliven hoch und schütteten die Früchte unter den Mahlstein. Marcus streckte, ohne auch nur zu schauen, wohin seine Hand sich bewegte, den Arm über dem Kopf in die Höhe und zog an dem Seil, das das Räderwerk in Gang setzte. Mit gutmütigem Schnurren begann sich das schwere Rad unaufhaltsam zu drehen. Die zermalmten Oliven wurden zu Brei. Darauf brachte Marius die Siebkörbchen, füllte sie, stapelte sie übereinander, und nun musste die Presse ihr Werk verrichten. Schon floss das Öl, trübe und glänzend zugleich. Genauso wie einst Abel, trat nun Peter einige Schritte vor, um einen Finger in das dickflüssig herabrinnende Öl zu halten und genießerisch abzulecken.

»Diese Mühle ist wundervoll«, sagte er, »ich bereue meinen Kauf nicht.«

Er drehte sich um, und ein blauer Funken, der ihm aus Ninons Augen entgegenschoss, traf ihn mitten ins Herz. Er fuhr zusammen. Wieder sah er sie an, doch die Flamme war erloschen.

Marcus, der, seit er wusste, dass er bis ans Ende seiner Tage in einer Mühle arbeiten würde, im siebenten Himmel schwebte, trat zu Peter und reichte ihm die Hand, damit er einschlug. Die beiden Männer machten sich gegenseitig überschwängliche Komplimente, während Marius glücklich mit der Arbeit fortfuhr.

Ninon, die sich abseits gehalten hatte, beobachtete das Geschehen, während sie, die Mundwinkel zu einem angedeuteten Lächeln verzogen, genau an der Stelle, wo sie einst Pierre begraben hatte, mit ihren Füßen den Boden berührte. Pierre, der nicht hatte warten können. Und plötzlich kam ihr die ganze Bitternis dieser noch gar nicht so fernen Vergangenheit mit aller Wucht wieder zu Bewusstsein. Tränen schossen ihr in die Augen, und das umso heftiger, als sie sich seit einiger Zeit ohnehin schwach und angreifbar fühlte.

In diesem Moment wandte sich Marius zu ihr um und warf ihr, als er eine Träne in ihrem Gesicht entdeckte, einen fragenden Blick zu:

»Pierre«, murmelte sie.

Die Zeit blieb stehen. Marcus und Marius wandten die Köpfe ab.

»Komm, Kleines, hol mir aus dem Wagen noch zwei Kanister.«

Peter, der sie nicht aus den Augen ließ, hatte gesehen, wie der Kummer in ihr hochgestiegen war und den großen Raum der Mühle erfüllte, auch wenn es nur in Form einer flüchtigen Träne war. Er ging zu Ninon und schlug vor:

»Soll ich Sie begleiten?«

»Wenn Sie wollen.«

Gemeinsam schritten sie durch den kleinen Rundbogen. Ninon

ging neben ihm, doch sie war wieder kalt und distanziert. Zum ersten Mal seit mehreren Monaten waren sie allein. Als Peter sich dessen bewusst wurde, nahm er allen Mut zusammen und hielt sie im Schatten der großen Mauer am Arm zurück. Sie wehrte sich nicht und blieb stehen. Vor Überraschung wusste er weder, was er sagen, noch, was er tun sollte. Schließlich war sie diejenige, die ihm näher kam, bis sie an seiner Schulter lehnte. Während er sich zwang, mit herabhängenden Armen dazustehen, flüsterte er hastig:

»Ich möchte mit dir reden, ich warte heute Abend unter dem Feigenbaum auf dich.«

Jenem großen Feigenbaum mit den riesigen, zerzausten Blättern, unter dem sie sich bei seiner ersten Abreise so zärtlich Lebewohl gesagt hatten.

»Ich kann nicht«, antwortete Ninon.

Und sie versuchte jählings, die Flucht zu ergreifen, doch er hielt sie zurück. Er hob ihr Kinn an und zwang sie, ihn anzusehen. Sie riss sich los, wandte den Blick ab.

Peter verwünschte sich für seine Ungeduld. In milderem Ton, aber dennoch energisch, fragte er:

»Was hast du? Dann liebst du mich also nicht mehr?«

Und Ninon warf sich wie einstmals an seine Brust, um stammelnd zu antworten:

»Doch, ja doch, aber …«

»Aber was?«

Sie senkte den Kopf und murmelte:

»Pilar hat einmal zu mir gesagt …«

Und die harten Worte, die sie gehört und niemals vergessen hatte, sprudelten wie von selbst aus ihr heraus, während Peter wie vom Donner gerührt dastand. Ninon fand nicht den Mut, die Redensart von der Marone, die man so leicht zum Platzen bringt, Wort für Wort zu wiederholen, doch es gelang ihr, zitternd ihre Schuldgefühle zu beschreiben, die so heftig waren, dass sie meinte, Peter nicht mehr in ihre Nähe lassen zu dürfen. Schließlich getraute sie sich, ihm Pilars Auflistung wiederzugeben.

Er ließ sie reden und hörte ihr am Ende gar nicht mehr zu. Er küsste sie, ohne dass sie sich dagegen wehrte, so als wäre sie endlich von einem bösen Zauber befreit:

»Warum hast du nicht auf meinen Brief geantwortet?«

»Ich habe mich geschämt, ich mache so viele Rechtschreibfehler ...«

In diesem Augenblick ertönte die Stimme von Marius:

»Was ist jetzt mit den Kanistern, kommen die irgendwann? Himmeldonnerwetter, was soll das erst geben, wenn sie voll sind!«

Einige Zeit später starb Madame de Carlon.

Sie schied eines Nachts aus der Welt, auf höchst diskrete Weise. In der Frühe schlug Pilar Alarm, die die arme Frau leblos vorgefunden hatte, so als sei sie friedlich auf ihrem Kissen eingeschlafen.

»Jede Wette, dass sie mit der großen Schnitterin nicht gerechnet hat!«, zeterte sie gleich los.

Sie senkte die Stimme und brummte vor sich hin:

»Die hat wirklich alles gekriegt, sogar gestorben ist sie wie ein Glückskind!«

Dann gab sie noch einige Sätze in ihrer Muttersprache von sich, die wohl ausdrückten, dass es keine Gerechtigkeit auf dieser Welt gab, gerade in solchen Momenten.

Dieses überraschende Hinscheiden machte Ninon trauriger, als sie sich jemals vorgestellt hatte. Madame de Carlon, so wenig liebenswürdig sie auch gewesen war, gehörte zu einer Welt, die ganz die ihre war und so verlässlich, dass nichts, auch kein winziges Stückchen davon, verloren gehen durfte. Als schließlich ein langer schwarzer Wagen die Generalin ihrem Schloss entriss, um sie in ferne Gefilde zurückzubringen, wo der General auf sie wartete, konnte Ninon die plötzliche sonderbare Leere nur schwer akzeptieren, obgleich sie doch für sie das Geschenk der Freiheit war.

Einige Tage später erhielt Peter den Brief eines Notars aus Cannes, der ihn bat, in seinem Büro vorstellig zu werden, um Kenntnis von Madame de Carlons Testament zu nehmen.

Notar Lotisman forderte Peter zunächst auf, sich bequem hinzusetzen, ehe er ihm mitteilte, dass er in seiner Eigenschaft als Alleinerbe den gesamten Besitz von Eléonore Françoise Marie-Angélique Beaudincourt, Witwe des verstorbenen Maximilien Honoré de Carlon, erben werde, da diese dahingeschieden sei, ohne dass irgendwelche Familienmitglieder Anspruch auf ihre Hinterlassenschaft erheben könnten.

Worauf der Notargehilfe unverzüglich und mit fester Stimme die erste Seite vorzulesen begann.

Und Peter wurde bewusst, um welch unermessliches Vermögen es sich handelte. Der arme Mann brauchte nicht weniger als eine volle Stunde, um sich bis zum Ende der Aufzählung und Beschreibung der verschiedenen Besitztümer durchzuarbeiten.

Sprachlos und höchst geniert, vernahm Peter, dass ihm von nun an acht sechsstöckige Gebäude mit Dienstbotenkammern und Kellern gehörten, gelegen in den gehobenen Stadtteilen von Paris, und darüber hinaus einige Bauernhöfe mit ihren Ländereien, ganz zu schweigen von den zehn Hektar Grund hier, achtzehn Hektar Grund dort, den Rebflächen und Wäldern im Beaujolais oder in Savoyen, et cetera et cetera …

Verblüfft und kaum in der Lage, den Wortschwall des Gehilfen so schnell zu übersetzen, entgingen Peter sogar einige Hinterlassenschaften, ohne dass er es gemerkt hätte.

Der Mann schnäuzte sich, ohne den Blätterstoß aus der anderen Hand zu legen, holte Luft und las mit professioneller Stimme die nur für Eingeweihte verständlichen Formulierungen weiter vor, die Peter die Sprache verschlugen.

Zur Liste der Besitztümer, die der verstorbene General de Carlon einst seiner Frau hinterlassen hatte, kamen des Weiteren hinzu: zwei Villen in Cannes, ein Schloss mit sechs Zimmern sowie Nebengebäuden und angrenzendem Park …«

Der Gehilfe sah auf, um dem wie versteinerten Peter einen sachkundigen, bewundernden Blick zuzuwerfen, und fuhr fort:

»… sechzig Hektar Wälder und bebaubares Land, die darauf stehenden Gebäude inbegriffen, sprich vier Bauernhöfe und … *ein kleines Landhaus*, alles im Var gelegen, jener Gegend, die man die Campestres nennt und die zur Gemeinde Mons gehört.«

Eine von Peters Brauen schnellte in die Höhe, doch der Notargehilfe ließ dem Auge darunter keine Zeit, vor Freude aufzuleuchten.

Zu all dem kamen schließlich noch allerhand Wertpapiere hinzu, deren nicht enden wollende, ermüdende Auflistung der Mann zu Ende brachte, ohne auch nur einmal Luft zu holen.

Der Notar ließ einige stille, respektvolle Sekunden verstreichen, dann ergriff er das Wort, um Peter wärmstens zu empfehlen, diese beachtlichen liquiden Mittel nicht wirklich dazuzuzählen, da sie seiner Meinung nach dazu dienen könnten, die nicht weniger beachtlichen Erbschaftssteuern zu begleichen, ohne auch nur irgendeine Immobilie verkaufen zu müssen. Er legte besonderen Nachdruck auf diese höchst ratsame Strategie, vor allem in Erwägung der Tatsache, dass die oben genannten Immobilien ausgezeichnete Erträge einbrachten, was dem untrüglichen Instinkt der verstorbenen Madame de Carlon zuzuschreiben sei.

Als Peter das Büro des Notars verließ, machte er vor Freude einen Luftsprung. Aus dieser immensen Aufzählung von Hinterlassenschaften, die ihm, wie er jetzt schon wusste, große Sorgen bereiten würden, hatte er sich einen einzigen Satz gemerkt: Der *Mas des Oliviers*, sein kleines, heiß und innig geliebtes Haus, gehörte von nun an ihm.

Als Peter wieder zu Hause war, sah er die schlichten, schmucken Wände seines Heims mit anderen Augen. Er ging zu seinem Lieblingsplatz, der kleinen Treppe mit den blanken Steinplatten, und nahm dort seufzend vor Freude Platz. Gerührt dachte er an seine alte Freundin Eléonore Françoise Marie-Angélique verwitwete de Carlon und war nun gern bereit, ihr zu verzeihen, dass sie ihn so lange hatte warten lassen, anstatt ihm das Haus zu verkaufen. Er erinnerte sich an die unzähligen Tassen Tee, die er in ihrer Gesellschaft getrunken hatte, und musste zugeben, dass er es ihr zu verdanken hatte, jeden Tag mit Ninon zusammen gewesen zu sein. Und so beschloss er bereitwillig, die unerfreulichen Schrammen, die die alte Dame seiner Seele gelegentlich zugefügt hatte, aus seinem Gedächtnis zu streichen und ihr endgültig die Absolution zu erteilen. Er würde sich nur an die schönen Momente mir ihr erinnern.

Den restlichen Tag brachte er damit zu, im Wohnzimmer auf und ab zu gehen. Eines war ihm vollkommen klar: Abgesehen von seinem Haus wollte er dieses Erbe nicht. Es war nicht nur so, dass er ohnehin schon reich genug und der zukünftige Erbe einer vermögenden Familie war, sondern es vor allem schon immer als höchst unangenehm empfunden hatte, sein Vermögen verwalten zu müssen. Bislang hatte seine Abneigung dazu geführt, dass er sich mit wenig ertragreichen Kapitalanlagen begnügte, die jedoch kaum Aufmerksamkeit erforderten. In diesem Punkt wünschte er sich keinerlei Veränderung. Er warf nicht einmal einen kurzen Blick auf die Blätter, die der Notar ihm ausgehändigt hatte, und beschloss, einen Spaziergang zu machen. Er trat auf die Terrasse, blickte über die Felder und realisierte, dass sie ihm gehörten und somit in gewisser Weise auch Marius, Jules, José und Pilar und … Ninon? Er verzichtete auf seinen Spaziergang und begann, noch einmal ganz von neuem nachzudenken.

Während er noch alle Lösungen, die sich ihm boten, auf den Prüfstand stellte, tauchte Pilar auf.

»Weißt du, Mama, dass Madame de Carlon mir alles geschenkt hat?«

Pilar schien wie vor den Kopf geschlagen:

»Hast du deshalb so eine Leichenbittermiene? Sag, gehört jetzt wirklich alles dir, sogar das Schloss?«

»Ja, Mama!«

Das war die Gelegenheit für Pilar, eine Redensart anzubringen, die sie besonders liebte:

»Schön für dich, mein Pedro, aber du wirst es mir nachsehen, wenn ich sage, dass hier der liebe Gott mal wieder jemandem ein Paar Hosen geschickt hat, der gar keinen Hintern hat.«

»Da hast du wohl Recht, Mama.«

Pilar wiegte mehrmals den Kopf, dann blickte sie auf:

»Und ich, kann ich in meinem Haus bleiben?«

»Sicher.«

»Gut! Und das Cabriolet von vor dem Krieg, was machst du damit?«

»Das schenke ich José!«

»Und den Fernseher?«

»Den schenke ich dir!«

Pilar dachte weiter nach und fragte:

»Dann sind Marius und Jules jetzt also deine Teilpächter?«

»Natürlich ...«

Peter schwieg, und Pilar eilte von dannen wie Hermes, der Götterbote, um allenthalben die Neuigkeit zu verbreiten.

In der darauf folgenden Woche unterbrach Peter seine langen Wanderungen durch den Wald, um sich mehrmals nach Cannes zu begeben, wo er in der Kanzlei von Notar Lotisman unzählige Stunden verbrachte.

Jedes Mal, wenn er wie erschlagen von dort zurückkehrte, warf er sich auf das Sofa, das wieder seine Insel des Friedens geworden war, und ließ endlos seine Gedanken schweifen.

Mitte April, um das Osterfest herum, organisierte er schließlich ein Festmahl, zu dem er alle Bewohner der Campestres einlud, Jung und Alt und nicht zu vergessen Abel, dessen Anwesenheit Peter besonders am Herzen lag.

Für dieses Fest, für das er keinen Grund nannte, damit es allen gleichermaßen die Sprache verschlüge, kochte er das Essen selbst. Er bereitete drei verschieden angemachte Salate zu und schmorte ein Stück Lamm, zu dem er *cauliflower cheese* reichte, Blumenkohl, nach einem englischen Rezept zubereitet, was ihm Clara beigebracht hatte.

Das unerwartete Mahl verlief äußerst fröhlich. Einige Flaschen edlen Weins, vom General und von Eléonore de Carlon strengstens unter Verschluss gehalten, wurden entkorkt und voller Genuss geleert. Als schließlich der Nachtisch auf dem Tisch stand, erhob sich Peter und sagte:

»Meine lieben Freunde, ich habe Sie heute alle zu mir gebeten, weil ich Ihnen eine wichtige Neuigkeit verkünden möchte. Wie Sie bereits wissen, hat unsere verstorbene Freundin es für richtig gehalten, mich zu ihrem Alleinerben zu machen. Was bedeutet, dass nun all ihre Besitztümer und all ihre mühsam zusammengebrachten Ersparnisse …«

Er hielt für einen Augenblick inne, um Marius und Jules einen ironischen Blick zuzuwerfen.

»… all ihre mühsam zusammengebrachten Ersparnisse jetzt also mir gehören. Dafür sei ihr gedankt, und sie möge in Frieden ruhen.«

Am Tisch schwieg man etwas verstimmt.

»Ich möchte ferner klarstellen, dass die Campestres nur ein ganz kleiner Teil dessen sind, was sie mir vererbt hat. Meine Hausgehilfin Pilar hat mich passenderweise darauf hingewiesen, dass hier der liebe Gott eine Hose zur Verfügung stellt, um die Gesäßbacken eines Mannes zu bekleiden, der gar keinen Allerwertesten hat. Tatsächlich sind es in diesem Fall tausend Hosen, die einen einzigen Hintern bekleiden sollen, der schon in unverschämt schönen Beinkleidern steckt. Es ist wirklich so – und glauben Sie mir, ich empfinde es als höchst ungerecht –, dass ich mit einem Vermögen überschüttet worden bin, auf das ich nicht gefasst war und welches ich kaum brauchen werde, da ich bereits einen Beruf habe, der mich bestens ernährt.«

Peter schaute um sich, und sein Blick begegnete Ninons blauen Augen.

»Ich möchte damit sagen, dass es mir nicht als Verdienst anzurechnen ist, wenn ich großzügig bin, und dass Sie sich für das, was ich tun werde, nicht bei mir bedanken müssen. Es ist umgekehrt so, dass ich Ihnen dankbar wäre, wenn Sie diese Besitztümer einfach so annehmen würden, als hätte unsere liebe Verstorbene sie Ihnen vermacht, um Ihnen für Ihre Einsatzbereitschaft zu danken.«

Es war so still, dass man glaubte, die Herzen klopfen zu hören.

»Ganz im Vertrauen möchte ich Ihnen abschließend sagen, dass ich mich, indem ich das tue, was Madame de Carlon hätte tun sollen, wenn sie etwas mehr, na, sagen wir, Fantasie gehabt hätte, einer großen Sorge und zahlreicher Unannehmlichkeiten entledige. Da alles

Geschäftliche mich noch nie in besonderem Maße interessiert hat, werde ich mich hüten, mein Leben in dieser Hinsicht zu verändern, denn ich bin sehr glücklich so.«

Erneut schielte er in Ninons Richtung, ehe er den anderen Gesichtern, die ihn nun gebannt anblickten, ein schalkhaftes Lächeln schenkte:

»So habe ich mir also die Mühe gemacht, Madame de Carlons Testament neu zu schreiben.«

Im Wissen, welche Gefühlsstürme er auslösen würde, atmete Peter tief durch:

»Marius, meinem treuen Teilpächter, schenke ich seinen Bauernhof sowie fünfzehn Hektar Wald und Felder. Pilar, meinem Mädchen für alles, schenke ich das Haus, das sie bereits bewohnt und dessen Grundstück von dem des Schlosses abgetrennt werden soll, sowie mein Fernsehgerät. José, meinem Mann für alles, schenke ich die *Ferme des Blaquières* und den Peugeot, ein echtes Sammlerstück.«

Peter hielt inne und fügte hinzu:

»Ich danke der Verstorbenen, dass sie Ihnen diese Hinterlassenschaften vermacht hat, die mich in die glückliche Lage versetzen, nicht gleichzeitig auf meinen Freund José und meine Putzfrau verzichten zu müssen …«

Die Anwesenden lachten, und das Gelächter brachte den Schultern und Armen wieder Entspannung. Peter fuhr fort:

»Meinem zweiten Teilpächter Jules schenke ich den Hof und den schönen Weinberg, beides bereits von ihm genutzt, sowie das Fontane-Tal. Der Stadt Mons, in die ich noch nie einen Fuß gesetzt habe, schenke ich mein Schloss und seinen Park. Ninon, meiner reizenden Köchin und unschlagbaren *crapette*-Gegnerin, schenke ich – bis zu ihrer Volljährigkeit als mittelbaren Besitz – die *Ferme des Buis* sowie zwölf Hektar Wald und unbestelltes Land. Yvon und Fanny, denen ich ohne mein Wissen Unterkunft biete, schenke ich als mittelbaren Besitz eine in Cannes gelegene Villa, deren Erträge ihren Unterhalt sichern sollen. Abel, dem Musiker und Dichter mit großer, unbekannter Zukunft schenke ich zwei Wohnungen in Paris, die ihm Unterkunft und Unterhalt gewährleisten sollen, damit er seinen Weg gehen kann. Und zu guter Letzt schenke ich meinem treuen Freund Peter den *Mas des Oliviers*, dessen kräftig zahlender Mieter er ist und den er mir seit viel zu langer Zeit schon abkaufen will.«

Mit diesen Worten zog sich Peter zurück, um dem aufgeregten Jubel freien Lauf zu lassen.

Später trat Abel zu ihm und fragte ihn mit fieberhafter Unruhe: »Warum auch mir? Ich bin nicht Ihr Freund.«

Peter sah ihn an. Abel war einer Ohnmacht nahe, er zitterte von Kopf bis Fuß. Die Turbulenzen des Lebens fanden in der Brust dieses Knaben einen hervorragenden Resonanzboden. Peter zögerte, ehe er schließlich antwortete:

»Hören Sie mir gut zu, Abel. Als ich von dieser Erbschaft erfuhr, haben sich mir nacheinander zwei Gedanken aufgedrängt. Erstens die Gewissheit, dass ich sie nicht haben wollte, und zweitens der feste Wunsch, etwas Vernünftiges damit anzufangen. Ich habe Ihnen schon einmal gesagt, dass Sie Talent haben. Zum Erfolg braucht es allerdings auch Glück. Mit dieser Erbschaft erweist sich, dass Sie Glück haben! Mehr nicht. Ich schenke Ihnen nichts, ich schaffe mir etwas vom Halse.«

Ninon war hinzugekommen. Abel sah sie an. Als ihre Schulter Peters Schulter streifte, strahlte sie wie die aufgehende Sonne. Abel verbrannte sich noch einmal an ihrem Licht, dann wandte er sich ab.

Alsbald breitete sich in den Campestres von den Kuppen der Hügel bis in die Talmulden fröhliche Feststimmung aus. Jeder schmiedete Pläne, und am Abend gab man sich in der Laube seinen Träumen hin.

Seit Großvater Bernard mit seinem Kleiderbündel als einzigem Reichtum aus dem unwirtlichen Gebirge zu den Höfen von Mons hinabgestiegen war, hatte er noch nie Land besessen. Während er rechts von Marius auf seinem Stuhl saß, musste er die Urkunde des Notars mehrmals durchlesen, ehe er es glauben wollte. Dann begann er zu schluchzen wie ein Kind.

Jules zerbrach im Übermut sein Sparschwein, um den fast neuwertigen Traktor zu kaufen, auf den er seit langem einen Blick geworfen hatte, ohne dass er sich dazu hatte durchringen können, anstelle von Madame de Carlon die Kosten zu tragen.

Marius polierte sein altes Haus auf und schichtete sachkundig Stein auf Stein, um ein zusätzliches Zimmer für den kleinen Paulin zu schaffen. Am Sonntag ging Joséphine auf den Markt von Callian, wo sie all das verkaufte, was sie bislang für das Schloss zurückgelegt hatte.

Und Peter? Nun, Peter lief angesichts solchen Aufruhrs von hier nach dort und freute sich wie ein Kind.

Sobald der Notar ihm den Schlüssel ausgehändigt hatte, begleitete er Ninon auf ihrem Erkundungsgang zur *Ferme des Buis*. Während sie über die brachliegenden Felder liefen, ließ Ninon sich erläutern, was »mittelbarer Besitz« zu bedeuten hatte. Peter gab eine juristische Erklärung ab, die er sogleich interpretierte, indem er ihr klar machte, dass er gezwungen war, das Nutzungsrecht für sich zu behalten, damit Giuseppe keinerlei Möglichkeit hatte, sich irgendwie in diese Schenkung einzumischen. Tatsächlich gehörte aber alles definitiv ihr.

»Dann kann ich also damit machen, was ich will?«

»Natürlich. Das heißt, wenn ich einverstanden bin.«

Ihm war nach spaßen zumute, ganz im Gegensatz zu ihr.

»Das ist nun mal so«, fuhr er fort, »ich habe dir ja schon erklärt, dass wir beide von jetzt an nichts mehr ohne den anderen machen können.«

Ninons verärgertes Gesicht brachte ihn darauf, dass sie, die er immer als uninteressiert an Gelddingen erlebt hatte, nicht im Mindesten gleichgültig war, wenn es um Ackerland und den Besitz daran ging. Sie drückte es nicht in Worten aus, doch ihre ganze Haltung, die plötzlich von einem sonderbaren Ernst geprägt war, zeugte davon, dass der Wunsch, hier die Hausherrin zu sein, so heftig in ihr gärte, dass sie darüber ein kleines bisschen den Kopf verlor.

Die *Ferme des Buis* war ein kleines, flaches Gebäude, von Brombeerranken überwuchert, das auf der Kuppe eines Hügels thronte wie eine Amazone auf ihrem Pferd, unter sich die terrassenförmig angelegten Felder. Es war sehr alt und wohl mit großer Sorgfalt errichtet worden, was die Rundbögen der Fensterstürze und die Schönheit der Steine bewiesen. Sie betraten das Haus durch die Eingangstür, deren Holz so ausgesucht war, dass es dem Zahn der Zeit standgehalten hatte. Nur das Dach war stellenweise eingebrochen, nachdem ihm der Mistral einige Ziegel abgerissen hatte. Jeder für sich gingen Peter und Ninon durch die verschiedenen, für Tiere und Menschen vorgesehenen Räume, stiegen kleine Treppen hinauf und hinab, liefen sich hier und da über den Weg, bis sie im größten, zentralen Zimmer des Gebäudes wieder zusammenkamen.

»Als Erstes muss das Dach erneuert werden«, verkündete Ninon.

»Einverstanden«, antwortete Peter.

»Ich werde Jules und Marius fragen.«

»Die haben selbst schon genug zu tun, wir lassen es von einem Handwerker machen.«

Ninon begann wieder zu schmollen.

Da zog Peter sie an sich und flüsterte ihr ins Ohr:

»Wir werden uns doch nicht wegen so einer Lappalie in die Haare kriegen. Hör mir zu und zieh nicht so ein Gesicht. Wir werden die Kosten und Entscheidungen unter uns aufteilen. Du entscheidest, ich zahle. Aber in meiner Eigenschaft als Nießbraucher verlange ich, dass meine Hauswirtin schnellstens mein Dach, meine Fenster, meine Fensterläden und nicht zu vergessen meine Strom- und Wasserleitungen erneuern lässt.«

Um sie aufzuziehen, legte er besonderen Nachdruck auf die Possessivpronomen. Ninon, die vor lauter Widersprüchen nicht mehr wusste, woran sie war, schoss flammende Zornesröte ins Gesicht.

Sie traten vor die Haustür. Auf die Wipfel der Olivenbäume fielen die letzten Strahlen der Sonne, die hinter den Bergen unterging. In der Ferne lag noch glitzernd das Meer. Ninon betrachtete ihr Landgut, ohne es ganz glauben zu können. Sie wies darauf hin, dass die bestellbaren Hänge zwar breiter waren als bei Marius, dafür aber nicht ganz so sonnig. Worauf sie wie selbstverständlich begann, die Olivenbäume zu zählen. Während sie vollkommen in diese wichtige Aufgabe vertieft war, schloss Peter die Tür hinter ihnen und sah ihr zu. Vor ihm offenbarte sich die wahre Ninon, die das bäuerliche Leben so liebte, dass diese Liebe sie nie loslassen würde.

»Es sind mindestens achtzig …«

Peter lächelte und legte behutsam den großen Schlüssel in ihre kleine Hand. Sie schloss die Finger darum und drückte ihn an die Brust, ehe sie ihn nochmals betrachtete. Als ihr die Bedeutung von Peters Geste bewusst wurde, fiel sie ihm, ihrem spontanen Naturell folgend, mit der gleichen Arglosigkeit um den Hals wie einige Monate zuvor. Und Peter achtete ganz besonders darauf, sich von dieser Spontaneität nicht mitreißen zu lassen

Schließlich äußerte Ninon den Wunsch, die Grenzen ihrer Besitzung kennen zu lernen. Sich von Grenzstein zu Grenzstein vortastend, liefen sie das ganze Gelände ab, dann kehrten sie langsam zurück. Um vorwärts zu kommen, mussten sie sich durch Brombeergestrüpp und dorniges Unkraut schlagen, das an den verwahrlosten Olivenbäumen emporwuchs. Peter sagte leise:

»Du wirst mir doch auch nicht übel nehmen, wenn ich das hier in Ordnung bringen lasse. Dann kannst du mit dem Boden und den Bäumen tun, wozu du Lust hast.«

»Ich würde auch gern dafür zahlen.«

»Das könntest du nicht. Lass es einfach geschehen. Madame de Carlons Geld ist noch nie für etwas so Sinnvolles verwendet worden, wie diesem kleinen Stückchen Land neues Leben einzuhauchen.«

Am nächsten Tag begann Ninon wieder zu arbeiten. Jeden Morgen ließ sie sich, wo man sie gebrauchen konnte, einstellen und lernte jäten, Rebzweige hochbinden und in einer Baumschule Sträucher zurückstutzen. Abends lief sie im Eilschritt zur *Ferme des Buis* zurück, um ihre Olivenbäume und Felder zu betrachten. Sie blieb bis zum Einbruch der Nacht.

Der Sommer kam und brachte Abel aus La Roque Esclapon zurück. Die wenigen Monate, die verstrichen waren, hatten ihn kräftiger werden lassen und seine Stimme verändert. Zum ersten Mal stürzte er nicht auf Ninon zu, um sie zu umarmen. Er küsste sie nur mit spitzem Mund, um ihr sogleich mit rauer Stimme anzuvertrauen, dass er in ein strahlend schönes Mädchen verliebt sei, mit dem er sich jeden Sonntag in den Straßen von Draguignan treffe. Er hatte sogar ein Lied für das Mädchen komponiert, das er Ninon nichtsdestotrotz vorsang, wobei er sich voller Stolz auf der Gitarre begleitete.

Ninon wunderte sich, dass er nicht mehr unentwegt an ihre gemeinsame Vergangenheit, ihre heimlichen Ausflüge unter dem Sternenhimmel erinnerte. In der Absicht, ihn wissen zu lassen, dass sie selbst nichts vergessen hatte, fragte sie ihn voller Herzlichkeit, ob er immer noch die Mondstrahlen einatme. Abel antwortete auf sibyllinische Weise, dass der Mond weiterhin gegenwärtig für ihn sei, dass er nie wieder mit gleichgültigem Blick zu ihm hochschauen könne und dass sich daran bis an sein Lebensende nichts ändern werde, ob Ninon das nun wolle oder nicht.

Seine Stimme, die wie die eines verletzten Mannes klang, verwirrte Ninon.

Trotz stundenlangen Grübelns war Peter bei der Formulierung einer Antwort auf Abels Frage keinen Fingerbreit vorangekommen. »Werden Sie Ihr ganzes Leben lang bei ihr bleiben?«

Auch wenn er ehrlich gewesen war, als er zurückgab, dass er genau dies vorhabe, war damit sein Problem noch nicht gelöst. Er konnte sich Ninon in England genauso wenig vorstellen wie sein Leben ohne Ninon. Genauso wenig wie sein ganzes Leben in den Campestres, genauso wenig …

Er kam mit seinen Fragen einfach zu keinem Ende.

Sonntags kehrte er den Campestres gemeinsam mit Ninon den Rücken, um endlich einmal in den Genuss zu kommen, sie an der Hand zu nehmen und völlig frei mit ihr spazieren zu gehen. So fuhren sie in alle Städte am Meer, von Monaco bis nach Marseille, um eng aneinander geschmiegt durch die Gassen zu streifen, bis die Müdigkeit sie dazu trieb, sich auf eine Bank zu setzen, sich an einen Strand zu legen, bis der zur Neige gehende Tag ihnen Befehl gab umzukehren.

Mittags lud Peter Ninon ins Restaurant ein. Er nahm ihr gegenüber Platz und brachte ihr ganz nebenbei die Grundzüge guten Benehmens bei Tisch bei. Ninon, die keinerlei Scham ob ihrer mangelnden Weltgewandtheit empfand, bemühte sich, ihn zufrieden zu stellen, ohne sich einen frechen Zug um den Mund ganz zu verbeißen. Nichtsdestotrotz lernte sie den Zweck und die rituelle Abfolge der verschiedenen Gläser und Bestecke, lernte, die Stimme zu senken und – was ihr sehr schwer fiel – nicht mehr ihren Finger in jede Sauce zu tauchen, »um zu wissen, was da drin ist«. Trotz alledem ließ sie sich nicht dazu verleiten, Gesten zu imitieren, die nicht zu ihr passten. Peter konnte nicht ein einziges Mal beobachten, dass sie eine unterwürfige Haltung eingenommen hätte oder in Verlegenheit geraten wäre. Wenn sie einen Fehler begangen hatte, wartete sie mit funkelnden Augen auf seine Reaktion. Sie provozierte ihn sogar und amüsierte sich über sein missbilligendes Gesicht, indem sie sich hinter einem entwaffnenden Lächeln verschanzte.

Ninon erwies sich als ebenso unnachgiebig, als er versuchte, sie anders einzukleiden. Er hätte sie gern peu à peu dahin gebracht, den Frauen aus seiner Welt ein wenig ähnlich zu sehen. Er geleitete sie vor die Schaufenster einiger bekannter Boutiquen – in der Hoffnung, sie in Versuchung führen und allmählich verändern zu können. Doch Ninon besaß einen untrüglichen Instinkt, der sie vor jeder Verwandlung ihrer selbst schützte.

»Wie schön das ist!«, sagte sie voller Bewunderung.

»Willst du hineingehen?«

»Nein.«

Er konnte ihr noch sosehr zureden, ihre Sandaletten gegen ein Paar hübsche Schuhe einzutauschen, Ninon weigerte sich kategorisch, auch nur irgendeine Form von Absätzen zu tragen.

»Für wen hältst du mich?«

»Probier sie mal an, mir zuliebe.«

Sie probierte sie an, stelzte vor dem Spiegel umher, und plötzlich war das Geschäft derart erfüllt von ihrem zauberhaften Lachen, dass Peter sich, endlich überzeugt, geschlagen gab. Ninon war schließlich einverstanden, als er ihr ein Paar Ballerinas schenkte, die sie anstelle ihrer Espadrilles anzog.

Während ihrer Spaziergänge sprachen sie kaum miteinander. Peter, der schon immer ein Einzelgänger gewesen war, gab sich im Gehen seinen Träumen hin. Und Ninon entdeckte die Landschaft, glücklich, ihn so nah an ihrer Seite zu spüren.

Als endlich der Frühling begann und das Klima milder wurde, machten sie es sich zur Gewohnheit, am Meer entlangzuwandern. Peter ließ sein Auto in der Nähe eines Strandes stehen, und sie marschierten immer an den heranrollenden Wellen entlang, bis ein unüberwindbares Hindernis sie aufhielt. So ließen sie Strände, Häfen und schmale Küstenstraßen hinter sich, die kurvenreich an den felsigen Steilhängen entlangführten. Sie wanderten von einem Marktflecken zum nächsten, Ninons Arm um Peters Taille geschlungen, Peters Arm auf Ninons Schultern. Wenn sie auf eine kleine, verlassene Bucht stießen, badeten sie oder küssten sich keusch im Schatten einer Pinie, ehe sie weiterzogen, durch Abkühlung und Liebe gestärkt. Wenn sie bei Sonnenuntergang, erschöpft und trunken von Sonne und Wind, schließlich Halt machten, rief Peter ein Taxi heran, das sie zu ihrem Ausgangspunkt zurückbrachte.

Am Morgen darauf zog Ninon unter dem blauen Band ihres Strohhutes los, um bei Jules Rebzweige hochzubinden, während Peter sich an seinen Schreibtisch setzte, um seiner Geschichte ein Kapitel hinzuzufügen.

Das kleine Gebäude der *Ferme des Buis*, hell gestrichen und mit erneuertem Dach und neuen Fensterläden versehen, war fast fertig. Ninon tauchte nahezu jeden Abend dort auf, um zu schauen, wie die Arbeit voranging. Aus dem Schloss wurden einige Möbelstücke herbeigeschafft, die gut mit den schlichten Wänden und der Enge der Räume harmonierten.

Schließlich kam Baptiste, der mit solchen Aufträgen seinen Unterhalt bestritt, um das Gestrüpp zu entfernen und die Felder wieder bestellbar zu machen.

Baptiste war ein untersetzter junger Mann, dessen flachstirniger Kopf sonderbar tief zwischen den breiten Schultern saß. Er war ein sehr verletzbarer Mensch und sein Charakter geprägt von einer unheilvollen Mischung aus Schwäche und Stolz, die dazu führte, dass er in stetem Wechsel schüchtern oder leicht aggressiv war.

Sobald er hoch oben auf einer seiner knatternden Maschinen thronte, wölbte er, gestärkt und endlich unverletzlich in seinem Harnisch aus Blech, die Brust und genoss seine Macht.

Sobald er herabstieg, schien er zu schrumpfen, bis er nur noch eins jener unscheinbaren Wesen war, die stets den Kopf einziehen, als wollten sie unsichtbar werden, und bei jeder Verwarnung verstohlen zu murren beginnen.

Als Baptiste Ninon von seinem Traktor aus auf den Feldern umherstreifen sah, bildete er sich ein, sie sei gekommen, um ihn zu sehen. Als sie sich auf ein Mäuerchen setzte, ging er zu ihr. Als sie ihm das Blau ihrer Augen zeigte, beschloss er, dass sie wie geschaffen für ihn war. Weil sie zu Boden sah, ohne ihm Antwort zu geben, hielt er sie für schüchtern.

Und Baptiste begann, Ninon zu begehren.

Eines Abends begegnete Giuseppe in der Nähe der *Porte d'Albertine* seinem Freund Jeannot, der ihn zunächst fröhlich anpfiff und dann auf ein Glas einlud:

»Gott zum Gruß, Admiral!«

Als die gefüllten Gläser gebracht wurden, fing er an:

»Ich muss da über eine Sache mit dir reden, die – wenn sie stimmt – sehr interessant für dich werden könnte. Erinnerst du dich an Baptiste aus Montauroux? Stell dir vor, den habe ich gestern getroffen. ›Gott zum Gruße, mein Freund‹, sag ich zu ihm. ›Gott zum Gruße, Jeannot‹, antwortet er mir. ›Ich komm gerade aus Mons zurück.‹

Unser Freund Baptiste war so aufgeregt wie eine Zikade, der man den Rücken kratzt. Zuerst hat er nichts gesagt, aber angefangen, mir so, als wär nichts, allerhand Fragen zu stellen. Ob ich die Campestres kenne, ob ich da Freunde habe oder Verwandte und so weiter und so fort. Na, und weil ihm das scheinbar wie Blei im Magen drückte, hat er mich schließlich gefragt:

›Du kennst nicht zufällig so ein junges Mädchen mit zwei strahlend blauen Augen?‹

Als ich Nein sage, erklärt er mir:

›Also, ich kenn da eine, hinten in den Campestres, wo ich gerade auf einem Hof das Gelände rode, die ist wunderschön. Himmel, die würde ich vom Fleck weg heiraten!‹

›Und?‹

›Tja, ich weiß nicht, wer sie ist. Sie hat mir ihren Namen nicht gesagt, und ich trau mich nicht, sie zu fragen. Sie kommt jeden Tag, um mir bei der Arbeit zuzusehen, und dann schleicht sie um mich herum, während sie mit den Händen in der Erde wühlt. Ich hab ja versucht, mit ihr zu reden, aber sie ist schüchtern, die Ärmste, und antwortet mir nicht. Aber am nächsten Tag steht sie wieder da, hähä …‹

›Auf welchem Hof ist das denn?‹

›Auf der *Ferme des Buis*. Der Engländer, dem die Mühle gehört, hat mir den Auftrag gegeben.‹

›Hat das junge Mädchen Eltern?‹

›Wird sie wohl, aber ich kenn sie nicht.‹«

Da sah Jeannot Giuseppe an und fragte ihn:

»Könnte das nicht zufälligerweise deine Tochter sein?«

Dieses Jahr ließ Marius Yvon und Fanny zum ersten Mal bei der Ernte mithelfen. Yvon war sehr groß geworden und hielt sich krumm wie ein Grashalm, der zu schnell gewachsen ist. Er versprach ebenso stattlich zu werden wie Giuseppe, während sich Fanny, pausbackig und pflaumenweich, in mütterliche Trägheit hüllte. Unter Ninons strengem Blick schlossen sie sich dennoch bereitwillig dem Zug der Schnitter an.

Abel, dem es wenig bedeutete, ob die Ähren unter den Sensen zu Boden glitten oder der Wind das Stroh über die Felder trieb, kehrte seinen Mäuerchen den Rücken und machte sich auf zu Josés neuem Besitz, der *Ferme des Blaquières*, um dort mit ihm fernab von jedem Tumult um die Wette zu tremolieren und aus voller Kehle zu singen.

Die Ernte war überwältigend. Mit ihren Erträgen war der Müller Marcus über eine Woche lang beschäftigt.

Allmählich stieg die Sonne nicht mehr allzu hoch am Himmel empor, so als ginge ihr langsam die Kraft aus, nachdem sie den ganzen Sommer lang unablässig gestrahlt hatte.

Dennoch fuhr Peter am ersten Sonntag im September, als noch ein mildes, warmes Lüftchen die Haut umschmeichelte, mit Ninon an die Strände, um ihr ein letztes Mal Unterricht im Schwimmen zu geben.

Es erübrigt sich wohl zu erwähnen, wie sehr er diese Lehrstunden im Wasser genoss, die ihm, da sie Ninon in Gefahr brachten, die Erlaubnis gaben, ja, es ihm geradezu zur Aufgabe machten, sie in den unterschiedlichsten Positionen zu halten, von denen ihm keine auch nur im Entferntesten unangenehm war ... Sie lachten gemeinsam darüber, und Ninon kreischte häufig auf.

»Lass mich los, du klebst ja schlimmer an mir als Honig!«

Peter, der ihr versprochen hatte, stark und sittsam zu bleiben, mäßigte seine fürsorgliche Zuwendung, indem er ihr weniger Halt gab.

An jenem Tag parkte Peter sein Auto in der Nähe des kleinen Hafens Mouré Rouge in Cannes und nahm Ninon an der Hand, um sie bis zum Meer zu führen.

Mittags aßen sie in einem bescheidenen Restaurant in La Bocca, für das Ninon eine besondere Vorliebe hatte, weil sie sich dort wohl fühlte. Auch wenn sie gelernt hatte, sich auf sehr annehmbare Weise zu benehmen, sprach aus ihren Bewegungen, ihrem Lachen noch immer ein Temperament, das einfach besser zu der harmlosen Atmosphäre dieser Strandwirtschaft passte.

Nachdem sie gegessen hatten, wanderten sie wie die Sonne den Hügeln des *Massiv de l'Esterel* entgegen, um nach einer Weile kehrtzumachen, während hinter ihnen die Sonne weiter ihrem Lauf folgte.

Als sie in den Wagen stiegen, streckte Peter seine Nase in die Luft und sagte:

»Es wird ein Gewitter geben.«

Ninon schauderte; sie hasste Gewitter.

Vor den Toren von Cannes setzte tatsächlich ein heftiger Regen ein, der immer stärker wurde, bis das Wasser in wahren Fluten vom Himmel fiel, die laut klatschend auf das Blech des Autos schlugen. Vor ihnen, wenn auch noch in einiger Entfernung, prasselten Blitze auf die Gipfel des *Massiv de l'Esterel* und schlugen in den Talmulden der *Vallons des Maures* ein.

Es war ein unheimliches, pechschwarzes Gewitter, das den gesamten Himmel verdunkelte, ohne dass auch nur ein Zipfel Blau einen kleinen Hoffnungsschimmer gegeben hätte.

Bei jedem Blitz, der flammend den Horizont durchzuckte, jedem Donnergrollen fuhr Ninon zusammen und schlug ängstlich die Hände vors Gesicht.

»Hab keine Angst, das Gewitter ist sehr weit von uns entfernt, und im Auto sind wir geschützt.«

Um sie abzulenken, erläuterte er ihr ausführlich das physikalische Gesetz, demzufolge sie isoliert waren und nicht vom Blitz getroffen werden konnten. Doch für Ninon ließ sich der rasende Zorn des Himmels nicht erklären. Sie empfand ihn als extremen Aufruhr, der sie so in Schrecken versetzte, dass sie darüber den Kopf verlor. Sie hörte nicht auf Peter, sondern kauerte sich voller Verzweiflung weiter auf ihrem Ledersitz zusammen.

Durch den sintflutartigen Regen war die Straße so überschwemmt, dass man nicht mehr zwischen Fahrbahn und Randstreifen unterscheiden konnte. Die letzten Spuren menschlichen Lebens waren auf einmal in eine mond- und sternlose Nacht gehüllt, während die Scheinwerfer die dunklen Schatten einer bizarren, wilden Landschaft zerrissen.

Peter musste langsamer fahren, bis er auf der kleinen Landstraße nach Saint-Cézaire, verloren zwischen endlosen Stadtmauern und einer abgrundtiefen Schlucht, lieber ganz anhielt, um abzuwarten. Als genau vor ihnen ein Blitz in die Kuppe eines kleinen Hügels einschlug, begann Ninon, deren Nerven inzwischen blank lagen, zu weinen. Er zog sie an sich, nahm ihr Gesicht in seine Hände und drückte es an seine Brust, um den Zorn des Himmels vor ihr zu verbergen.

Sie erreichten das Umland von Mons in den Abendstunden, als das Gewitter allmählich grollend zum Meer hin weiterzog. Doch noch immer durchzuckten Blitze den Himmel über den Campestres und bohrten ihren blendenden Strahl in die Hänge der Talmulden.

Als Peters Jaguar in den kleinen, überfluteten Feldweg einbog, der zu seinem Haus führte, geriet der Wagen ins Rutschen und blieb schließlich in einer tiefen Radspur stecken.

Peter stellte den Motor aus und schlug vor:

»Wir gehen zu Fuß bis zum Haus.«

Worauf er die zu Tode erschrockene Ninon an der Hand hinter sich herzog und sie die letzten zwanzig Meter im prasselnden Regen durch den Schlamm waten mussten, ehe sie seine Haustür erreichten.

Ninon weinte noch immer und zitterte vor Kälte in ihrem durchnässten Kleid.

»Sobald das Gewitter vorüber ist, bringe ich dich zum Schloss.«

Und obwohl sie so mitleiderregend vor ihm stand und er sie gern getröstet hätte, vermied er jede Berührung. Er führte sie in das Badezimmer, das Clara benutzt hatte, gab ihr ein Handtuch und einen Bademantel und sagte:

»Trockne dich ab und zieh dir das über.«

Dann ging er durch den Flur in sein Zimmer, um dasselbe zu tun. Als er geduscht und gekämmt war und sich trockene Kleider angezogen hatte, richtete er ein kaltes Abendessen her und rief Ninon. Auf nackten Füßen kam sie herbei, mit offenem Haar und bis zu den Fersen in den flauschigen, rosafarbenen Frotteestoff gehüllt, während in ihren Augen noch das Entsetzen stand.

Erneut widerstand er dem Verlangen, sie in die Arme zu schließen.

»Das Gewitter hat sich entfernt, komm und iss etwas.«

Als wollte der göttliche Zorn ihm widersprechen, zuckte ein letzter, umso überwältigenderer Blitz vom Himmel herab, der das ganze Zimmer erleuchtete und mit lautem Donnern erbeben ließ. Ninon, die mit ihrer Kraft am Ende war, lief auf ihn zu und Peter brauchte all seine Beherrschung, um sie auf Abstand zu halten.

»Setz dich.«

Um keinen Preis wollte sie sich dem großen Glasfenster nähern, das all die Abscheulichkeiten des Himmels spektakulär in Szene setzte, und floh lieber in Claras Zimmer, wo sie sich auf dem Bett zusammenrollte.

Peter brachte ihr ein Glas Wasser und ein Schlafmittel und befahl ihr in strengem Ton:

»Nimm das.«

Dann ging er auf leisen Sohlen ins Badezimmer, wo sie ihr nasses Kleid und den Badeanzug, ohne nachzudenken, auf den Boden geworfen hatte. Er wrang die Sachen aus, hängte sie auf und stellte die Heizung an. Als er zum Bett zurückkehrte, war Ninon eingenickt. Er trat zu ihr und betrachtete sie zum ersten Mal im Schlaf. Im schwachen Lichtschimmer der kleinen Nachttischlampe konnte er nur den sanften Schwung der Wimpern, der Augenbrauen und Lippen erkennen. Je länger er sie ansah, desto gerührter wurde er, und er hätte sich gern neben sie gelegt. Mit äußerster Kraft zwang er sich dazu, die Versuchung abzuschütteln, zog ihr das Laken bis zum Kinn hoch, löschte das Licht und verließ das Zimmer.

Er öffnete das große Fenster und vertrat sich auf der Terrasse ein wenig die Beine. Der Regen hatte schlagartig aufgehört. Jetzt trieb der Mistral die Wolken vor sich her. Das zum Meer hin flüchtende Gewitter hatte dem Himmel die Sterne zurückgegeben.

Er ging wieder in sein Zimmer und schenkte sich einen Whisky ein, den er langsam trank, das Herz überquellend von einem vagen Gefühl der Sehnsucht, dann legte er sich hin und musste lange warten, ehe der Schlaf kam.

Der Himmel begann in der weißen, feuchten Morgendämmerung gerade erst heller zu werden, als Ninon erwachte. Sie blickte um sich, und als sie Claras Zimmer erkannte, erinnerte sie sich auf einen Schlag an die Ereignisse des Vortages, den markerschütternden Lärm, die flammenden Blitze, das panische Entsetzen. Sie stand lautlos auf, um die Vorhänge einen Spalt aufzuziehen. Der Himmel war klar, nur über den Talmulden schwebte leichter Dunst.

Da wurde ihr bewusst, dass die Nacht vorüber war und sie Yvon und Fanny in ihrem kleinen Zimmer allein gelassen hatte. Doch das gerade erst einsetzende Morgengrauen gab ihr Hoffnung, dass es ihr noch gelingen könnte, sich leise und unbemerkt zu ihnen zurückzuschleichen. Sie machte sorgsam das Bett, dann zog sie sich hastig an und schlüpfte durch den Flur zum Hauseingang.

Peters Zimmertür war geöffnet, im Vorbeigehen warf sie einen Blick hinein. Im Halbdunkel konnte sie nur erahnen, dass er auf dem Bauch am Rand seines riesigen Bettes lag. Mit einer Wange am Türrahmen, die Hand flach auf die Flurwand gelegt, betrachtete sie ihn, wie er dalag und schlief. Sie gestattete sich diesen kurzen Moment der Freude, so wie man bisweilen seinen Blick auf einem geliebten Ort ruhen lässt, dem man nur schweren Herzens den Rücken kehrt.

Es vergingen lange Minuten, die Ninon fälschlicherweise für Sekunden hielt.

Sie betrachtete Peter und stellte sich Clara vor, wie sie neben ihm lag. Clara und all die anderen schönen Frauen, von denen Pilar gesprochen hatte. Sie konnte sich nicht dazu durchringen, ihn all diesen Frauenphantomen zu überlassen, die das Haus voller Eleganz und Selbstbewusstsein bis in alle Winkel besetzt hielten.

Sie trat einen Schritt auf das Bett zu.

Peter schlief tief und fest, mit nacktem Oberkörper, den Kopf im Kissen vergraben. Auf dem weißen Bezug konnte sie sein helles Haar erkennen, dann wanderte ihr Blick verzückt über den glatten Rücken und seine Hand, die auf dem Laken ruhte. Sie hätte ihn gern berührt, vor allem die Hand, die zum Greifen nah und so schön war, doch sie wagte es nicht.

Ohne dass sie es gemerkt hatte, war lautlos die Zeit verrauscht.

Durch einen Spalt zwischen den Vorhängen drang ein Sonnenstrahl, der Ninon jählings aus einem Traum riss, in dem das Wunderbare von Bitternis durchdrungen war. Sie riss sich los und floh eilends ins Schloss.

Die milde Herbstsonne stand schimmernd über der kleinen Terrasse, als Pilar betont geräuschvoll das Zimmer betrat.

»Na, mein Pedro, wie wär's mit aufstehen?«

Sie riss das Fenster weit auf.

Peter schreckte aus dem Schlaf.

»Habt ihr das schreckliche Gewitter gehört? Das war ja, als stünde der Weltuntergang bevor!«, sagte sie. »Ganz hier in der Nähe ist der Blitz eingeschlagen, aber Gott sei Dank ist niemand getroffen worden.«

Doch Peter hörte sie nicht. Er stürzte in Claras Zimmer. Ninon war nicht mehr da. Er lächelte, als er das säuberlich gemachte Bett sah, und beschränkte sich darauf, im Badezimmer noch etwas aufzuräumen, damit Ninons Besuch ein Geheimnis blieb, das sie mit dem fortgezogenen Gewitter teilten. Er zog sich an und eilte zur *Ferme des Buis*, wo er mit einiger Gewissheit glaubte, sie finden zu können.

Der Vormittag war kaum vorüber, und schon hatte die gierige, von der Gluthitze des Sommers halb verdurstete Erde das ganze Wasser, das vom Himmel gefallen war, verschlungen. Nun wärmte sie sich in der Sonne.

Er sah Ninon auf einem Mäuerchen sitzen. Sie ließ eine Hand voll ockerfarbener Erde von einer Faust in die andere rieseln, während sie zu Baptiste sah, der mit hochgeschobener Schirmmütze vor ihr auf dem Sitz seines Traktors thronte und gestikulierend auf sie einredete.

Als Peter auftauchte, hielt Baptiste abrupt inne, mit offenem Mund, so als wollte das letzte Wort, das er über die Lippen gebracht hatte, nicht weichen.

»Guten Tag, Chef. Ich bin gekommen, weil sich die Erde durch das Gewitter gelockert hat. Da kann ich tiefer graben.«

Peter grüßte ihn, ohne ihn zu sehen, und gab unkonzentriert Antwort.

Baptiste warf seine Maschine wieder an und entfernte sich, um weiter seine Furchen zu ziehen, höchst verdrossen darüber, dass man ihn ausgerechnet jetzt, da er im Begriff gewesen war, seine Liebeserklärung abzugeben, gestört hatte. Er steuerte seine Maschine bis zum äußersten Ende des Feldstücks, dann verschwand er, um den nächsten Hang, der nach Norden ging, in Angriff zu nehmen. Ohne den Motor auszustellen, sprang er auf einmal jedoch zu Boden und machte nachdenklich kehrt: Der Engländer kannte das Mädchen, das war sicher; er hatte für nichts anderes Augen gehabt. Er musste um jeden Preis in Erfahrung bringen, wie diese Geschichte weiterging.

Peter schloss Ninon in die Arme, weil er sie ablenken wollte von den Wirren des Vortages, von seiner Reserviertheit und ihren Angstschaudern während des Sturms, doch seine Eifersucht, die frischer und aufdringlicher war, riss sogleich das Wort an sich:

»Wer ist denn dieser Typ?«

»Aber … das ist doch Baptiste, der das Gestrüpp entfernt hat und jetzt dabei ist zu pflügen!«

»Das weiß ich selbst, aber … warum hörst du ihm zu?«

Sie lachte, und er küsste sie leidenschaftlich. Dann spazierten sie langsam zu Marius' Hof zurück.

Anstatt mittags mit seinem Kochgeschirr zu hantieren und im Schatten des Maulbeerbaums seine Mahlzeit einzunehmen, wie er es für gewöhnlich tat, stieg Baptiste wieder in seinen Laster und fuhr Richtung Dorf. Auf der *Place San-Bastian* angelangt, schlug er die Wagentür hinter sich zu, steuerte geradewegs auf die *Rue des Balcons* zu und betrat Albertines Bar.

Um diese Uhrzeit waren dort kaum Leute, was ihn sehr enttäuschte. Er bestellte einen Pastis und blickte, während er ihn trank, auf die unter Schirmmützen versteckten Gesichter der Gäste, die an den Tischen saßen. Er fragte sich, wem er wohl seine Geschichte erzählen könnte. Sein Zorn war noch nicht verraucht, und dieses kleine Luder sollte ihm für seine Enttäuschung büßen. Wenn die Küsse, die er mit angesehen hatte, nicht interessant genug waren, dann würde er eben, so viel war klar, noch das eine oder andere dazuerfinden, um eine pikante Affäre daraus zu machen. Er leerte seinen zweiten Pastis.

Just in diesem Moment kam – leider Gottes – sein Freund Jeannot hereinspaziert.

Baptiste begrüßte ihn freudig, dann senkte er die Stimme und begann in schleppenderem, sprich klarer verständlichem Ton zu reden, während er die unerwartete Begebenheit auf seine Weise schilderte.

So erfuhren Jeannot und die anderen Dorfbewohner, die anwesend waren, dass das Mädchen mit den blauen Augen, das sich auf den Feldern der Campestres herumtrieb, nichts als ein unsolides, liederliches Geschöpf war. Eine kleine Nutte, die auf der frisch gepflügten Erde mit diesem Engländer sozusagen geschlafen hatte, und dann auch noch, das möge man sich nur einmal vorstellen, vor den Augen des unglücklichen Baptiste.

Da die Anwesenden verstummt waren, um ihm zuzuhören, und darüber hinaus höchst interessiert wirkten, fügte er so zahlreiche Details hinzu, dass es seinen Zuhörern schon vorkam, als hätte der Mann, der auf den frisch gepflügten Feldern bei Ninon den Frauenheld gespielt hatte, weitaus größere Ähnlichkeit mit Baptiste als mit dem Engländer.

Einige der Männer im Raum, junge Schnauzbärte allesamt, amüsierten sich mit anzüglichem Grinsen über dieses galante Abenteuer. Andere zuckten nur die Achseln, da ihnen der Anflug von Heimtücke in der Stimme des Erzählers nicht entgangen war.

»Sag mal, könnte es nicht sein, dass du deine eigenen Träume für bare Münze nimmst?«

Aber Baptiste, der noch über große Reserven an Hass verfügte, erwiderte nur:

»Ich sag's euch, bei der Kleinen sollte man zugreifen. Morgen bin bestimmt ich an der Reihe.«

Am anderen Ende der Bar stand José, unbemerkt und unerkannt.

Als Baptiste schließlich ging, folgte ihm José auf den Fersen, und, geschützt durch die Karosserie des Lastwagens, packte er ihn am Kragen und versetzte ihm mit dem Kopf einen Hieb mitten auf die Stirn, nach sevillanischer Art. Als darauf der andere am Boden lag, gab er ihm noch einen Fußtritt ins Kreuz, nach republikanischer Art.

Während Baptiste im *Chez Albertine* seinen Schwall von Boshaftigkeiten zum Besten gab, hielt ein Taxi vor Peters Tür. Ihm entstieg eine fröhliche Jacqueline, die sogleich zur Tür stürzte und mehrmals gegen das Holz hämmerte.

Jacqueline war jene überaus hübsche Frau, die Peter nach Brighton entführt hatte. Sie war ein Mensch mit einer eigenwilligen Persönlichkeit, die sie wohl ihrer Kindheit zwischen zwei getrennt lebenden Elternteilen, einer französischen Mutter und einem englischen Vater, zu verdanken hatte. Ihr ganzes Leben lang war sie hin- und hergerissen worden zwischen Fantasie und Strenge, zwischen ihrer Hippie-Mutter, die keinen Pfennig in der Tasche hatte, und ihrem puritanischen Vater, der steinreich war. Die einzige Erkenntnis, die sie aus diesem langen englisch-französischen Krieg, in dem sie nichts als Diskussionen über große Vermögen und dürftige Unterhaltszahlungen miterlebt hatte, gewinnen konnte, war die unumstürzliche Wahrheit – im Übrigen die einzige, die ihre Eltern teilten –, dass es absolut notwendig war, reich zu heiraten.

Unter diesem Gesichtspunkt stellte Peter, reich und zugleich ein wenig Bohemien, das Ideal eines Mannes dar. Sie konnte sich nicht dazu durchringen, ihre Versuche, ihn zu verführen, zu unterlassen. Seit Jahren kehrte sie in regelmäßigen Abständen, vorausgesetzt, dass er von keiner anderen in Beschlag genommen wurde, zu ihm zurück, so als hätte es niemals einen Bruch gegeben. Was Peter betraf, so hegte er dieselben Gefühle für sie wie für Madame de Carlon: eine Art gereiztes Mitleid, das ihm obendrein auf die Nerven ging.

Verzagt sah er sie aus dem Taxi steigen und ahnte, dass er wohl gezwungen sein würde, sie bei sich aufzunehmen, wenn er nicht unhöflich sein wollte, und dass sie ihm mit ihren Annäherungsversuchen nachstellen würde, bis es ihr vergönnt wäre, die Nacht mit ihm zu verbringen.

»Das kommt nicht infrage«, beschloss er umgehend und nahm sich vor, gleich nach dem Abendessen ein Schlafmittel zu nehmen.

Kaum dass sie das Haus betreten hatte, schmiegte sie sich tatsächlich an seine Brust und küsste ihn leidenschaftlich.

Peter stieß sie energisch zurück, woran sie jedoch keinerlei Anstoß nahm. Sie blickte um sich, erging sich in übertrieben fröhlichen Ausrufen und machte es sich sogleich ganz ungeniert bequem, wobei sie überall ihre Sachen verstreute. Schließlich zog sie sich aus, bis sie nackt mitten im Wohnzimmer stand.

»Ich hechte mal in dein Schwimmbecken, darf ich?«

Und als sie im Wasser war:

»Komm doch zu mir, bitte!«

Peter lehnte ab und beschränkte sich darauf, höflich am Beckenrand zu sitzen. Sie streckte sich und tat ein paar kräftige Schwimmzüge, denen sie unter schallendem Gelächter eine Reihe von Tauchsprüngen folgen ließ. Schließlich kam sie aus dem Wasser, um sich neben ihm auszustrecken, nicht ohne ihn zunächst tüchtig nass gespritzt zu haben.

Als Ninon von der Jasminernte zurückkehrte, lief sie als Erstes zur *Ferme des Buis*, um sich zu vergewissern, dass nichts die schöne Ordnung gestört hatte, die nun auf ihren Feldern herrschte. Es war ihr jeden Tag aufs Neue ein Bedürfnis, die Geradlinigkeit der Furchen zu bewundern und einen prüfenden Blick auf jeden Olivenbaum zu werfen. Um den Erdboden nicht betreten zu müssen, balancierte sie über die schmucken Mäuerchen und wiederholte für sich all das, was sie sich vorgenommen hatte: »Am Sonntag werde ich die Wurzeltriebe entfernen, im Dezember werde ich säen, vielleicht kriege ich ja dieses Jahr schon ein paar Oliven? Im März geht's ans Beschneiden, im Juli werde ich meine erste Ernte einbringen.«

Sie ging von Baum zu Baum, ohne sich dazu entschließen zu können, ihnen den Rücken zu kehren. Wie jeden Abend schwelgte sie in den leidenschaftlichen Gefühlen, die sie für dieses Stückchen Erde empfand, das ihr gehörte, ihr allein ...

Als ihre kleinen Entdeckungen – ein zu Boden gefallener Stein, eine Wildschweinfährte, eine grüne Eidechse im Sonnenlicht – sie fürs Erste zufrieden gestellt hatten, kehrte sie zu Marius' Hof zurück, wobei sie, nur so zum Vergnügen, einen kleinen Umweg machte, der sie in die Nähe des *Mas des Oliviers* führte. Sie wollte Peter nicht stören, aber wenn er sie vorbeigehen sähe, würde er sie bestimmt rufen ...

Als sie nur noch ein paar Schritte vom Haus entfernt war, hörte sie eine Stimme und Frauengelächter.

Ninon erstarrte mit nach oben gerichtetem Blick. Die Stimme kam aus einiger Höhe, vom Hang, an dem das Schwimmbecken lag. Ohne sich Zeit zum Nachdenken zu nehmen, marschierte sie weiter, kletterte hastig den flachen Hügel bis zum letzten Mäuerchen hinauf, trat näher, spähte zwischen den Blättern der kleinen Hecke hindurch ...

»Jacqueline, komm, das Abendessen ist fertig«, sagte Peter.

Am nächsten Morgen weigerte sich Ninon, mit auf die Blumenfelder zu gehen, und erklärte der verwunderten Joséphine:

»Ich bin krank, mir dreht sich der Kopf. Bestimmt hab ich gestern beim Pflücken einen Sonnenstich bekommen.«

Sie machte wirklich einen kranken Eindruck, das Gesicht war eingefallen, unter den Augen lagen tiefe Schatten. Joséphine drängte nicht länger.

»Wir werden dich vermissen, aber gut, ruh dich aus.«

Ninon war tatsächlich krank, doch was sie frösteln ließ, war keine Überhitzung, sondern die eisige Kälte, die plötzlich ihr Herz befallen hatte.

Sie begab sich zur *Ferme des Buis* und machte sich daran, einige Ästchen und Triebe abzuschneiden, die das harmonische Bild noch störten. Sie war so wutentbrannt, dass die Gartenschere für das Wenige, das sie leisten musste, jedes Mal viel zu laut klapperte. Plötzlich tauchte neben ihr der längliche Schatten eines Mannes auf. Sie glaubte, es sei Peter, und drehte sich hastig um. Es war José.

José hatte Sorgen. Er lächelte sie an und fragte ohne Umschweife:

»Hör zu, Kleine, könntest du vielleicht heute anstelle von meiner Mutter bei Peter putzen und aufräumen? Sie konnte vor lauter Rückenschmerzen heute Morgen nicht aufstehen. Und meinst du, du könntest im Lauf des Nachmittags auch mal nach ihr sehen? Es ist wie verhext, aber ausgerechnet heute muss ich nach Nizza.«

»Natürlich«, murmelte Ninon.

»Hier, da ist der Schlüssel.«

Ninon nahm den Schlüssel, und schon war José auf und davon.

Ninon packte ihre Gartenschere ein und marschierte mit leerem Herzen zu Peters Haus. Es überraschte sie, dort niemanden anzutreffen. Sie öffnete die großen Fenster, als wollte sie die Schatten hinaustreiben. Während sie Jacquelines, dann Peters Bett machte, verbot sie sich jeden Gedanken.

Als Letztes nahm sie das Wohnzimmer in Angriff. Teilnahmslos und mit eisiger Miene ging sie von Möbel zu Möbel, ohne den Blick von der Unordnung und dem Staub abzuwenden. Als sie fertig war, musste sie sich dennoch – aus Erschöpfung und sicher auch Zorn – den Schweiß von der Stirn wischen. Es kochte buchstäblich in ihr. Sie schloss die Tür wieder hinter sich ab und steckte den Schlüssel in ihre Tasche. Dann beschloss sie, der kranken Pilar etwas zu essen zu machen. Mit einem gefüllten Tablett bewaffnet, ging sie zu der armen Frau, reichte es ihr und bat sie:

»Mama, erzähl mir von Jacqueline.«

»Warum denn von Jacqueline?«

»Weil sie da ist.«

Pilars Rücken litt, aber von ihrer Stimme konnte man das nicht gerade behaupten. Ihr Zorn loderte auf wie ein Flammenmeer.

»Heilige Mutter Gottes, dann ist sie also wieder zurück, diese Frau! Was soll ich dazu sagen, Kleines! Ha, dieses Weib ist eine einzige Strafe, das kannst du mir glauben, ich weiß das.«

Und sie machte sich daran, eine Fülle von Anekdoten zu erzählen, die von Rachsucht und Groll nur so strotzten und in einem dumpfen, hämischen Lachen mündeten, als sie abschließend sagte:

»Wenn die mal ihren Lebensunterhalt damit verdienen müsste, dass sie Maultiermist sammelt, würden die Esel nicht mehr kacken …«

Dann kniff sie die Augen zusammen, um besser zu sehen, wie sich Ninons Blick vor Erregung verdüsterte, und sagte mit bitterem Lächeln:

»Du machst dir Sorgen um deinen Peter, stimmt's? Nun ja, da hast du Recht. Wie ich die kenne, hat sie gestern bis zum Einbruch der Nacht ihren Bauchtanz vor ihm aufgeführt. Und weil ein Mann auch nur ein Mann ist …«

Sie schwieg für einen Moment und fuhr dann in versöhnlicherem Ton fort:

»Aber was ist eigentlich so schlimm daran … einmal ist keinmal, komm schon!«

»Sie ist so schön«, sagte Ninon leise.

Pilar zögerte einen Augenblick, ehe sie beherzt ein letztes, dafür umso rätselhafteres Sprichwort in den Raum stellte:

»Mach dir nichts draus, Kindchen, ich weiß nämlich, dass die größten Mägen nicht immer die besten Rülpser hervorbringen.«

Ninon versuchte gar nicht erst, der Bedeutung dieses Bildes auf die Spur zu kommen. Doch sie blieb nachdenklich und begann, von ihren Feldern und der Arbeit, die sie in letzter Zeit dort vorangebracht hatte, zu erzählen. Pilar für ihren Teil jammerte. Ihr José hatte sie allein hier zurückgelassen, um mit dieser Monique in die *Ferme des Blaquières* zu ziehen, die beiden hätten vor zu heiraten.

»Jetzt haben mich alle im Stich gelassen, aber da schert sich ja keiner drum!«

Da Ninon sich anschickte zu gehen, bat Pilar sie:

»Kannst du mir, ehe du gehst, das Kopfkissen hochschieben und mir Peters Schlüssel zurückgeben, Herzchen?«

»Den hab ich vergessen. Ich bring ihn dir morgen.«

Pilar zuckte die Achseln.

»Gut, dann bringst du ihn mir also morgen.«

Als Ninon fort war, wiederholte sie langsam:

»Gut, dann bringst du ihn mir also morgen.«

Peter hatte sich bereit erklärt, Jacqueline in aller Frühe zu ihrer Mutter, die in Saint-Tropez lebte, zurückzubegleiten. Doch sobald sie auf der Hauptstraße angelangt waren, fragte ihn Jacqueline, ob er so gut sei und den kleinen Umweg über Cannes machen könne, wo sie einen dringenden Einkauf zu tätigen habe. Peter musste tief in seinem unermesslichen Vorrat an Ritterlichkeit schöpfen, um diesen Kurswechsel zu akzeptieren. Auf der Croisette angelangt, schleifte Jacqueline ihn auf der Suche nach einem Geschäft, dessen Namen sie vergessen hatte, von einer Boutique in die nächste. Schließlich betrat sie den Laden eines Pelzhändlers auf der *Rue d'Antibes*, wo sie ein Cape aus Fuchspelz anprobierte. Während sie sich vor dem Spiegel drehte und wendete, warf sie Peter hartnäckige, eindringliche Blicke zu. Peter, bei dem schon längst der Groschen gefallen war, bezahlte das Cape wortlos, womit er sich das Recht erwarb, seine Begleiterin energisch zum Auto zurückzuzerren und den Weg nach Saint-Tropez einzuschlagen, ohne sie noch nach ihrer Meinung zu fragen.

Unterwegs verkündete Jacqueline jedoch, dass sie einen Bärenhunger habe, und Peter hielt mit quietschenden Bremsen vor dem erstbesten Restaurant an. Dumpfer Groll stieg in ihm hoch.

In den Abendstunden trafen sie bei Jacquelines Hippie-Mutter ein, die sich auf Peter stürzte, um ihn zu küssen wie einen Sohn, darauf bestand, dass er sich neben sie setzte, ihn mit Fragen zu den Erscheinungen, Auflagen, Übersetzungen seiner Bücher bombardierte und vor allem …

»Erzählen Sie mir die Geschichte Ihres letzten Romans!«

»Ich habe nichts geschrieben«, log er.

»Ist das möglich! Das sieht Ihnen gar nicht ähnlich, was ist denn los mit Ihnen?«

Peter antwortete nicht.

»Sie bleiben doch bis morgen bei uns, nicht wahr?«

Zum dritten Mal schlägt Peter die Einladung höflich, aber bestimmt aus. Doch die penetrante Mutter lässt nicht locker. Sie erkundigt sich nach dem Befinden aller Mitglieder seiner Familie und seiner Freunde, schreit auf, als ihr bewusst wird, dass er mit leerem Magen heimfahren wird, stürzt in die Küche, um ihm einen kleinen kalten Imbiss zuzubereiten. Als sie sich entfernt, reißt der liebenswürdige Peter jählings die Schranken seiner Erziehung nieder und sucht wie ein Rüpel das Weite.

Noch nie ist der Jaguar so schnell durch die Serpentinen der *Route des Maures* gerast, noch nie so unvorsichtig durch die schlafenden Dörfer gejagt. Gift und Galle spuckend, erklimmt er die Hügel der Campestres. Es ist schon elf, als er endlich zum Stehen kommt und die wutentbrannten Scheinwerfer erlöschen.

Peter tritt bebend vor Zorn in sein Haus. Er schlägt die Tür hinter sich zu, ehe er, sich die Kleider vom Leibe reißend, durch den Flur läuft, ohne das Licht einzuschalten, sein Zimmer betritt, sich auf sein Bett wirft …

… und darin Ninon entdeckt.

Als Peter bei Tagesanbruch erwachte, lag Ninon nicht mehr in seinen Armen.

Vergeblich rief er nach ihr, dann erhob er sich, um im ganzen Haus nach ihr zu suchen.

Ninon war verschwunden, hatte sich lange vor Sonnenaufgang davongemacht.

Peter duschte und zog sich in fieberhafter Eile an. Nach all den Nächten, in denen er sein Bett mit einer Frau geteilt hatte, war dies das erste Mal, dass er sich morgens allein wiederfand. Er hätte sich gern die Zeit genommen, sich voller Genuss an sein beglücktes Staunen zu erinnern, als er sie, in seine Laken gehüllt, im Bett vorfand, an die jähe Hingabe, mit der sie sich an ihn geschmiegt hatte, und an alles Übrige, was in dieser leidenschaftlichen Nacht geschehen war, doch er tat es nicht. Seine Sorge war zu groß. Warum war sie so schnell gegangen, und wohin mochte sie sich an einem Sonntagmorgen geflüchtet haben?

Überstürzt verließ er das Haus. Er schwankte noch, welche Richtung er einschlagen sollte, als José sich lautlos vom Stamm des Olivenbaums löste, an den er sich gelehnt hatte, und sich Peter in den Weg stellte. Auge in Auge sprachen die beiden Männer miteinander. Es war ein harter Schlag für Peter, der ihn zutiefst erschreckte.

Als José verschwunden war, blieb Peter für einen Moment regungslos, wie benommen stehen, dann machte er sich mit großen Schritten auf zur *Ferme des Buis*. Schon aus weiter Ferne leuchtete ihm durchs Blattwerk die blaue Farbe von Ninons Kleid entgegen. Ninon ging langsam durch die Furchen ihrer Felder und las Steine auf, die der Pflug aus den Tiefen der Erde zutage gefördert hatte.

Peter hob den Arm, um ihr zuzuwinken, öffnete den Mund, um ihren Namen zu rufen. Da sah er eine hünenhafte Silhouette über das Mäuerchen springen, das Peter am nächsten war, und jemand schlug vor ihm den Weg ein, der zu Ninon führte.

Giuseppe blieb wenige Schritte vor seiner Tochter stehen und musterte sie schamlos, bis er schließlich, als sie stumm und überlegen blieb, in hartem Ton fragte:

»Was machst du hier?«

»Ich hebe Steine auf.«

»Was machst du auf diesem Feld?«

»Ich hebe auf diesem Feld Steine auf.«

Er hob die Hand, so als wollte er sie für ihre freche Antwort bestrafen.

»Wem gehört dieser Hof?«

»Monsieur Atkinson.«

»Ach ja?«

Er spuckte auf den Boden.

»Ich arbeite für ihn«, fügte sie hinzu.

»Mir hat man da aber was ganz anderes erzählt. Könnte es nicht sein, dass du über das Steinesammeln hinaus zufälligerweise auch mit ihm schläfst, du Flittchen?«

Ninon hielt den Kopf weiter aufrecht, doch vor ihren Augen begann sich alles zu drehen, als stünde sie an einem Abgrund. Noch gestern hätte sie ihm ins Gesicht springen können, heute war es zu spät.

Just in diesem Moment tauchte Peter auf. Er kam in scheinbar heiterer Stimmung näher, die Hände in den Taschen vergraben, auf den Lippen ein Lächeln.

Als er nur noch wenige Meter entfernt war und Ninon ins Gesicht sah, gab ihm das, was er darin las – Bestürzung und Scham –, zu verstehen, dass das Unglück bereits geschehen war, und er rüstete sich zum Kampf. Er verlangsamte seinen Schritt, um Zeit zu gewinnen und seine Waffen zu wählen.

Giuseppe, den ein Aufleuchten in Ninons Augen alarmiert hatte, drehte sich um. Peter war fast bei ihnen angelangt. Die beiden Männer maßen sich mit Blicken. Was ihre Körpergröße betraf, standen sie einander in nichts nach, aber Giuseppe war ebenso stämmig, wie Peter schmal und zerbrechlich war.

Peter, der genug Zeit gehabt hatte, die Lage zu erfassen und ein Meister der Selbstbeherrschung war, nutzte diesen Vorteil und ergriff die Initiative. Er trat bis auf einen Meter an Giuseppe heran, ließ die Hände in den Hosentaschen und rief mit übertriebenem Akzent aus:

»*Hello*, Monsieur Desanti, freut mich, Sie zu sehen. Ich bin Peter Atkinson.«

Die Tonlage schien herzlich, doch das metallische Timbre seiner Stimme war untrüglich.

Er kam Giuseppe noch näher, und als er ihn fast schon berührte, zog er eine Hand aus der Hosentasche. Doch anstatt sie dem Feldhüter entgegenzustrecken, legte er sie ihm brüderlich auf die Schulter.

»Wie geht es Ihnen?«

Giuseppe wich rasch zurück, um seine Schulter zu befreien, doch die Höflichkeit des anderen hatte ihn dermaßen überrumpelt, dass ihm nichts einfiel, was er hätte sagen können. Er hatte das dumpfe Gefühl, dass diese freundschaftliche Geste dem Entern eines Schiffes gleichkam, und da täuschte er sich auch nicht. Aber es war eine ihm unbekannte Art von Offensive, mit breitem Lächeln und hingestreckter Hand, fast sympathisch.

Allein Peters Augen holten unverhüllt zum Schlag aus, indem sie Giuseppe blitzend fixierten, worauf dieser sogleich wegblickte:

»Sind Sie gekommen, um mein Anwesen zu bewundern? Ein hübscher Hof, nicht wahr?«

Peter, der sich äußerst wohl in seiner Haut zu fühlen schien, deutete mit einer ausholenden Handbewegung auf die *Ferme des Buis*, die mit ihren neuen Dachziegeln wie gemalt aussah. Unwillkürlich warf

Giuseppe einen Blick auf das Haus. Doch Peter wollte nicht zulassen, dass er sich wieder fing:

»Ihre Tochter arbeitet für mich. Wussten Sie das? Bestimmt. Ich habe schon gemerkt, dass die neuesten Meldungen von hier immer frisch-fröhlich bis ins *Chez Albertine* gelangen, nicht wahr?«

Seit Giuseppe genügend Material zur Hand hatte, um Ninon endlich einmal mit gutem Recht zu bezichtigen, hatte er beschlossen, in den Campestres bei ihr vorbeizuschauen – aus purer Lust, ihr ihre Schande ordentlich unter die Nase zu reiben und sich damit für die Schande zu rächen, die er selbst erlitten hatte. Er hätte doch niemals damit gerechnet, sich plötzlich in Gegenwart von diesem langen Lulatsch wiederzufinden. Peter interessierte ihn nicht. Er war ihm nicht einmal böse, dass er seine Tochter verführt hatte, im Gegenteil, er hätte ihm am liebsten dafür gedankt. Aber seine Gegenwart durchkreuzte Giuseppes Pläne. Er betrachtete seine Schuhspitzen, um Zeit zum Nachdenken zu gewinnen.

»Was geht Sie das an?«, brachte er schließlich hervor, und seine Worte verrieten im Wesentlichen, was er dachte.

»Ich dachte, Sie wären gekommen, um sich auszahlen zu lassen …«

»Ich bin gekommen, um meine Schlampe von einer Tochter zu sehen.«

Obgleich Peter auf alles gefasst war, verschlug es ihm kurz die Sprache.

»Na, das sagte ich doch! Sie haben gut daran getan zu kommen. Stellen Sie sich vor, ich hatte doch tatsächlich die Absicht, Sie aufzusuchen und um die Hand ihrer Tochter anzuhalten.«

Giuseppe taumelte, diesmal aus Überraschung.

Peter schwieg scheinbar teilnahmslos. Er entnahm seiner Hosentasche ein Paket Zigaretten aus hellem Tabak, bot Giuseppe eine an, der jedoch ablehnte, zündete sich selbst eine Zigarette an und wartete.

Giuseppe, dessen Kehle wie ausgedörrt war, hätte alles für ein Glas Wein gegeben.

Peter blies trotz klopfenden Herzens mit unbewegter Miene den stillen Hügeln seinen Rauch entgegen und tat so, als würde er sich für die Landschaft interessieren, obwohl er zu gern einen Blick in Ninons Richtung geworfen hätte. Schließlich wandte er sich wieder um und fuhr, immer noch in liebenswürdigem Ton, rasch fort:

»Ich merke, dass mein sehr förmlicher Antrag Sie überrascht, aber darf ich daraus schließen, dass hier die berühmte Maxime gilt: ›Wer schweigt, stimmt zu‹?«

Peters spitzfindige Wortwahl stürzte Giuseppe vollends in Verwirrung. Er hatte den Heiratsantrag noch gar nicht verdaut, da kam man ihm schon mit einer anderen Frage. Er hätte sich gewünscht, man würde ihm, ehe er Antwort gab, genügend Zeit lassen, die Frage überhaupt zu verstehen und sich vor allem daran zu erinnern, wer diese berühmte Frau namens Maxime war, um die es da ging.

Doch Peter streckte ihm bereits die flache Hand entgegen, wie er es von Marcus, dem Müller, gelernt hatte.

»Los, schlagen Sie ein, Sie werden es nicht bereuen.«

Vor lauter Eile, den Sieg davonzutragen, war Peter ein Fehler unterlaufen. Er hätte wissen müssen, dass man Leute, die misstrauisch und keine Schnelldenker sind, niemals zu einer Entscheidung drängen darf. Giuseppe hatte nichts anderes im Kopf gehabt als die schallende Ohrfeige, die er seiner Tochter versetzen wollte. Nun, da er nicht mehr wusste, wie er sich verhalten sollte, und sich plötzlich gezwungen sah, zwischen einschlagen oder umkehren zu wählen, überkam ihn Panik. Hinter dem letzten, unverständlichen Satz des Engländers verbarg sich bestimmt eine Falle. Er wusste nicht mehr, welches Geschäft man ihm tatsächlich anbot. Und so beschloss er, sich in nichts »reinziehen« zu lassen, und machte auf dem Absatz kehrt.

Peter wartete, bis Giuseppe außer Sichtweite war, ehe er Ninon ansah. Hinter ihren Tränen lächelte sie. Sie war voll staunender Bewunderung für die Kühnheit, mit der Peter diesen Kampf geführt hatte, und zugleich zutiefst getroffen durch die Beleidigungen ihres Vaters.

Wie hatte er es jetzt schon wissen können?

An Peters Brust öffnete sie ihr Herz. Er vertrieb ihre Sorgen mit einem Schulterzucken.

»Was soll's.«

Er erzählte ihr nichts von dem Klatsch, der in den Straßen des Dorfs verbreitet wurde, sondern wechselte lieber das Thema. Etwas Wichtigeres plagte ihn noch.

»Warum bist du so früh gegangen, ohne mich aufzuwecken?«

Ninon antwortete nicht. Sie schmiegte sich an ihn, wollte gestreichelt, geküsst werden, wie sie es selbst schon wieder voller Hingabe tat, so als bäte sie um Verzeihung, doch Peter ließ sich nicht ablenken:

»Antworte mir.«

Sie ließ ihren Blick über die Felder schweifen, sah zu einem Schwarm Mauersegler hoch, die zwitschernd die Baumwipfel streiften …

»Also?«

»Pilar hat einmal zu mir gesagt …«

Peter verdrehte die Augen und begann zu lachen:

»Erinner mich dran, sie zu erwürgen, am besten gleich heute Abend. Hat sie denn sonst noch etwas gesagt, was ich noch nicht weiß?«

»Dass man dich in Ruhe lassen muss, damit du arbeiten kannst …«

Seit vollen zwei Stunden brütete Giuseppe still und leise über dem, was Peter ihm gesagt hatte. Gleich zu Beginn seiner Überlegungen hatte er den Heiratsantrag kategorisch ad acta gelegt. Er wollte nichts davon wissen, weil er Ninon nicht nur in den Mittelpunkt des Interesses rücken, sondern sie auch noch gut dastehen lassen würde, wo doch die vertraulichen Schilderungen von Baptiste seit einigen Tagen endlich einmal ihm Recht gaben.

Im *Chez Albertine* hatte er endlich allen Schirmmützen die Stirn bieten können, ohne dass man ihn gleich wieder zum Schweigen brachte:

»Ich hab's ja immer gesagt, die ist ein ganz sauberes Früchtchen, diese Göre. Jetzt seht ihr's selbst! Das alles wäre nicht passiert, wenn sie bei mir geblieben wäre. Ha, ich hätt ihr mit ein paar ordentlichen Tritten in den Hintern schon beigebracht, sich anständig zu benehmen …«

Und alle Familienväter an den Tischen hatten ihn teilnahmsvoll angesehen.

Aber jetzt saß er da, und sosehr er seinen grauen Zellen auch zusetzte, konnte er nicht erkennen, worin die Falle des Engländers bestand. Er war sich sicher, dass es irgendwo eine gab, doch sooft er sich Peters Worte auch der Reihe nach wiederholte, stolperte er immer nur über den letzten Satz. Er hatte sich zwar den Namen dieser verdammten Maxime merken können, aber auf das dazu gehörende Gesicht kam er einfach nicht.

Schließlich kam er zu dem Schluss, dass hier irgendwo der Hinterhalt liegen musste und dass er gut daran getan hatte, nicht einzuschlagen, sondern in Würde zu gehen.

Noch am selben Nachmittag begab er sich ins *Chez Albertine*, stärkte sich, indem er ein paar aufmunternde Gläser Wein hinunterschüttete, und wartete geduldig darauf, dass die Bar sich füllte. Gegen sieben, sein Blick war schon einigermaßen getrübt, tauchte endlich Jeannot auf.

»Ah, da bist du ja, Kollege, ich freu mich sehr, dich zu sehen!«

Giuseppe bestellte ein Glas für den Kumpel und selbstverständlich ein zweites für sich.

»Ich hab meine Tochter gesehen, heute Morgen.«

Die *manille*-Spieler hörten auf, Karten auszugeben.

»Ich hab sie wirklich da gefunden, wo Baptiste sie gesehen hat. Genau an derselben Stelle, was beweist, dass er nicht gelogen hat …«

Das Schweigen im Saal wurde bleiern.

»Und genau, wie er gesagt hat, lungerte sie da auf den Feldern des Engländers herum und trampelte die Erde platt …«

»Und? Erzähl schon, was hast du gemacht?«

»Zuerst hab ich ihr die Meinung gegeigt, und als ich ihr gerade eine Tracht Prügel verpassen wollte, ist der Engländer aufgetaucht.«

Giuseppe schwieg einen Augenblick, um sicherzugehen, dass alle zuhörten.

»Tja, Jungs, wisst ihr, was er von mir wollte?«

An dieser Stelle machte Giuseppe, ganz der Schauspieler, eine weitere Pause. Die roten Augen weit aufgerissen, reckte er jedem der anwesenden Männer herausfordernd das Kinn entgegen …

»Ihr könnt gar nicht wissen, was er von mir wollte, dieser Engländer. Da würde keiner drauf kommen. Tja, dann werd ich's euch wohl sagen, denn wenn ich es nicht sage, werdet ihr es niemals erraten.«

Er leerte sein Glas, hocherfreut über den erreichten Effekt.

»Er wollte *die Hand meiner Tochter* von mir!«

Und er begann lauthals zu lachen und zu husten.

»Aber, Jungs, er hat nicht etwa gesagt: ›Ich will deine Tochter heiraten‹, nein, er hat *um die Hand meiner Tochter angehalten!*«

Sein Gelächter war so schallend, dass er beinahe keine Luft mehr bekam.

»Das beweist ja wohl, was für ein rotznäsiger Pinkel der ist, oder?«

Fernand, der an einem der Tische saß, brachte die Stimmen, die sich schlagartig erhoben hatten, zum Schweigen. Er wollte wissen, wie die Geschichte weiterging.

»Was hast du ihm geantwortet?«, fragte schließlich Jeannot.

»Na ja, ich hab keine Antwort gegeben, ich hab mich einfach umgedreht.«

Die Neuigkeit wurde sofort mit lautem Stimmengewirr quittiert. Viel lauter als das, welches der Heiratsantrag ausgelöst hatte.

»Und dann hat er nichts mehr gesagt?«

»Also … zufrieden war er nicht. Er hat noch was von einer Frau namens Maxime gesagt, die ich nicht kenne, und dann noch irgendwelche Sachen, die ich nicht verstanden habe.«

»Vielleicht hat er ja Englisch gesprochen?«

Giuseppe erstarrte:

»Ja, genau, das ist es! Heilige Mutter, und ich hab mir das Hirn zermartert, um irgendwas zu verstehen! Wie gut, dass ich einfach gegangen bin. Dann hätt er halt reden müssen wie die anderen Leute auch.«

Fernand machte sich wieder daran, Karten auszuteilen.

Daraufhin beugte sich Jeannot zu Giuseppe und sagte mit gesenkter Stimme:

»Ich habe eine bessere Idee. Du musst Zaster von ihm verlangen. Der hat doch Geld wie Heu, noch mehr als du denkst, nach dem, was Baptiste gesagt hat. Er zahlt, und du sagst Ja, er zahlt nicht, und du sagst Nein.«

Giuseppe verschlug es die Sprache. Er nahm einen Schluck und stellte sein Glas wieder ab, ehe er Jeannot mit leerem Blick fragte:

»Kennst du 'ne Frau, die Maxime heißt?«

Peter wartete bis zum darauf folgenden Sonntag, ehe er sich, ohne Ninon etwas davon zu sagen, ins Dorf begab.

Es erübrigt sich zu erwähnen, welches Aufsehen er dort erregte. Kaum hatte sich der Jaguar seinen Weg bis zum Springbrunnen der *Place San-Bastian* gebahnt, da verbreitete sich die Neuigkeit schon von Mund zu Mund durch die ganze *Rue des Balcons*, dann von Tür zu Tür bis zu den letzten Häusern des Dorfs.

Nachdem Peter den Platz überquert und dabei einige Gesichter mit einem Lächeln oder Kopfnicken gegrüßt hatte, stieg er die *Traverse Serre-Coudes* hinab, ohne den Schritt zu verlangsamen, und klopfte geradewegs an Giuseppes Tür.

Maria öffnete ihm.

Sie hatte in den letzten Monaten enorm zugenommen, wodurch sie jedoch erstaunlicherweise noch hübscher anzusehen war. Schon am frühen Morgen hatte sie sich ein Band um den Kopf geschlungen, das ihrem Gesicht etwas Kindliches verlieh, und trug rote Schuhe mit Absätzen. Mit abwesendem Blick starrte sie Peter an. Er stellte sich vor, sie trat zur Seite und ließ ihn herein. Peter ging an ihr vorbei, sie roch nach Schweiß und Nacht.

»Zeppe!«, schrie sie zur kleinen Treppe hin.

Peter tat zwei Schritte in den Raum, und sofort umfing ihn der ganze Schmutz, die ganze Ärmlichkeit. Er entdeckte die traurige, verlassene Bettnische, von der ihm Ninon erzählt hatte. Mit sprachlosem Erstaunen ließ er seinen Blick durch das Zimmer schweifen. Was diese Wände ausschwitzten, war kein Elend, sondern die Kälte einer Gruft. Es gab nicht ein einziges Foto, keinen auch noch so schlichten Rahmen, kein Gipsfigürchen, das an einen Moment der Rührung erinnert hätte. An den Fenstern nicht das kleinste Stück Vorhang und nirgendwo eine Vase mit einem Deckchen darunter, die daran erinnert hätte, dass hier Menschen lebten. Giuseppes Haus war kalt und nackt wie ein Viehkäfig.

Schließlich stieg Giuseppe die Stufen der kleinen Treppe herab, ging an Peter vorbei und setzte sich an den Tisch, ohne ihn aufzufordern, dasselbe zu tun.

»Was wollen Sie von mir?«, fragte er, das Wachstuch fixierend.

»Ninon.«

Er brach in ein abscheuliches Hohngelächter aus:

»Die haben Sie doch schon, wie man so hört.«

»Ich will Ihre Zustimmung für diese Hochzeit.«

»Meine Zustimmung, das heißt, dass ich Ja sagen muss? Nun denn, ich sage Nein. Immer hat sie nur getan, was sie wollte, jetzt soll sie sehen, wie sie klarkommt, das geschieht ihr ganz recht.«

»Und wenn …«

Peter verstummte abrupt. Er war in der Absicht gekommen, Giuseppe um jeden Preis den Sieg abzuringen, und sei es, indem er ihm Geld anbot. Doch jetzt, da der Moment gekommen war, darüber zu sprechen, gelang es ihm nicht. Etwas Ekelerregendes steckte tief in seiner Kehle.

»Es gibt vielleicht eine Möglichkeit, sich zu einigen«, sagte da Giuseppe mit träger Stimme.

»Sicher, ich werde so lange wie nötig warten.«

Peter wandte sich grußlos um, schlug den Baumwollvorhang zur Seite und ging.

Ein paar Schritte von seinem Auto entfernt stand Fernand.

»Ich hatte just in diesem Moment vor, zu Ihnen zu gehen«, sagte Peter, nachdem er ihn begrüßt hatte.

Fernand, der es eilig hatte, im Bilde zu sein, fragte:

»Hat er abgelehnt?«

»Ja.«

»Das wundert mich nicht. Und er hat kein Geld von Ihnen verlangt?«

»Er hat's versucht, aber ohne darauf zu beharren, ohne wirklich scharf darauf zu sein.«

»Auch das wundert mich nicht. Ihm ist lieber, seine Tochter heiratet nicht. Dann kann er noch etwas länger seinen Hass an ihr auslassen.«

Fernand schwieg, wartete einen Moment, dann sah er Peter lächelnd an:

»Sie haben recht daran getan, gleich vom Heiraten zu reden, und dieser Hornochse hat ja zum Glück sofort vor allen Leuten damit geprahlt. *Basta*, Monsieur Atkinson, das Ganze ist nicht so schlimm, wenn Sie es eilig haben, brauchen Sie nur für Nachwuchs zu sorgen!«

Peter, der gerade die Hand auf den Türgriff seines Wagens legte, hielt abrupt inne.

»Nun ja, so ist das ... wenn die Sache drängt, kann man auf die Zustimmung der Eltern verzichten, das steht so im Gesetz! Sie sollten sich also beeilen, und wenn erst ein Kind unterwegs ist, können Sie auf mich zählen, ich werde Ihnen helfen, die notwendigen Schritte zu unternehmen!«

Als Peter die Tür öffnete, strahlte er.

»Wenn ich mir überlege, wie sehr ich mich gequält habe ...«

Er fuhr zurück in die Campestres, ohne dass das glückselige Lächeln von seinen Lippen wich.

Mit Ninon ein Kind bekommen ...

Ein Kind bekommen?

Er trat ins Haus, machte es sich in einer Ecke des Sofas bequem, legte den Kopf nach hinten und nahm eine ernsthafte Analyse der Situation in Angriff.

Seine Gedanken wanderten von den sonnenüberfluteten Feldern der Campestres zum Dartmoor, der erhabenen Heidelandschaft seiner Jugend, und von dort in das stille Cottage von Bovey-Tracey, wo er seiner Mutter begegnete.

Und das, was ihn seit dem Vortag überglücklich gemacht hatte, was sich dem guten Fernand so einfach darstellte und überhaupt unter dem strahlend blauen Himmel der Campestres so bezaubernd erschien und so spielerisch in die Tat umzusetzen, das verwandelte sich jählings in eine Katastrophe.

In wenigen Monaten, vielleicht sogar schon in einigen Wochen, würde er seiner Familie, seinen Freunden und der englischen Presse verkünden müssen, dass er vorhatte, ein sechzehnjähriges Mädchen zu heiraten, das er geschwängert hatte, ein Mädchen ohne vorzeigbare Familie, das wirklich von vielen Dingen keinerlei Ahnung hatte und nicht einmal wusste, wo sich das Vereinigte Königreich von England befand.

Aus Liebe zu Ninon fuhr er nicht fort, ihre Wissenslücken aufzulisten.

Sollte er tatsächlich irgendwann die Kraft haben, die Neuigkeit zu verkünden, wäre er gezwungen, Erklärungen abzugeben und sich für jede Geste, jedes Gefühl zu rechtfertigen.

Er wäre gezwungen, das Irrationale als rational darzustellen …

Er wäre gezwungen, eine Unmenge von Menschen anzulächeln, denen die Fassungslosigkeit ins bleiche Gesicht geschrieben stünde.

Er wäre gezwungen … Für einen Augenblick gingen die Nerven mit ihm durch, und er zog in Erwägung, einfach nichts zu sagen, abzuwarten, sich zu verstecken, vielleicht ins Exil zu gehen, zu verschwinden.

In diesem Moment hörte er, wie Ninon das Haus betrat. Sie blieb im Türrahmen stehen:

»Stör ich dich nicht?«

Sie lächelte.

Und Peter vergaß England. Er sah, wie sie auf ihn zukam.

Sie brauchen nur für Nachwuchs zu sorgen …

Während Ninon sich an ihn schmiegte, flüsterte sie stolz:

»Ich bin fertig. Der Boden ist bereit für die erste Aussaat.«

Peter schloss sie verblüfft in die Arme.

Als Ninon am nächsten Morgen ging, war Peter wieder allein mit seinen familiären Sorgen, die er nun jedoch glückstrahlend in Angriff nahm.

Er nahm sich vor, seiner Mutter ohne weiteren Aufschub einen langen Brief zu schreiben. Gewiss würde das ausreichen, um die Neuigkeit in ganz Devon zu verbreiten.

Ehe er sich daran machte, verspürte er jedoch das Bedürfnis nach einem Waldspaziergang. Beim Wandern würde er den Brief formulieren und entscheiden, was er mitteilen wollte und was nicht.

Mit flotter Feder begann er im Kopf die erste Seite zu schreiben. Er strich viel wieder, verwarf mehrmals den ganzen Text, fing wieder von vorn an, verlor die Geduld. Mit jedem Satz stand ihm das mitgenommene Gesicht seiner Mutter klarer vor Augen.

Er ließ Marius' Ländereien hinter sich und schlug einen kleinen Waldweg ein, den die Jäger sich mit ihren Stiefeln gebahnt hatten. Während er drauflosmarschierte, bog er wütend die dornigen Zweige zur Seite und versetzte dem Unterholz zornige Fußtritte. Er hörte weder, wie die Pinien im Wind rauschten, noch roch er den Duft der Baumheide.

Er war an einem Wendepunkt seines Lebens angelangt. Hinter dem Gesicht seiner Mutter tauchte immer dieselbe Frage auf: Ninon fürs ganze Leben? Ninon ganz ohne England oder England ganz ohne Ninon … Im Grunde zögerte er nicht, aber er war sich nicht sicher, ob es ihm gelingen würde, so viele Erinnerungen und so viel an Zukunft in den Mond zu schreiben.

Er verlief sich im Dickicht des Unterholzes und war eine Zeit lang nicht in der Lage, den richtigen Weg zu finden.

Als die Gegend ihm endlich wieder vertraut war, zog die Herbstsonne sich schon hinter den Malay zurück.

Er betrat seine Terrasse.

Kaum dass er ein paar Schritte getan hatte, entdeckte er vor dem Fenster eine halb verhungerte Katze, die, als sie ihn erblickt hatte, anstatt zu flüchten, aus ihren goldschimmernden Augen zu ihm aufsah.

Ohne auch nur eine Sekunde zu zögern, ging Peter in die Knie, schob das arme Tier behutsam unter sein Hemd und richtete sich wieder auf. Er spürte den warmen, bebenden Körper auf der Haut.

Wie von einem plötzlichen Schwindel gepackt, taumelte er und lehnte sich an die Mauer seines Hauses. Lange verharrte er so mit starrem Blick. Schließlich schloss er die Augen und tauchte in den finstersten, verborgensten Abschnitt seiner Kindheit ein. Seiner Kindheit in Bovey-Tracey.

Zu jener Zeit war er Internatsschüler im College, und jedes Mal, wenn er in sein Geburtshaus zurückkehrte, tauchte, wie von einer übernatürlichen Macht herbeigerufen, eine Katze auf und besuchte ihn in seinem Zimmer. Niemand hatte auch nur die leiseste Ahnung, woher dieses prächtige schwarze Tier mit den bernsteinfarbenen Augen kam. Es war einfach da und huschte an den efeuumrankten Mauern zu seinem Fenster hinauf. Dort angelangt, setzte es sich auf sein Hinterteil, streckte eine Pfote aus und kratzte an der Scheibe. Peter ließ die Katze herein, wofür sie ihm mit einem rätselhaften Maunzen dankte. Dann heftete sie für eine Weile die schillernden Augen auf ihn, ehe sie sich träge auf den Papieren, die seinen Schreibtisch bedeckten, ausstreckte.

Abends wartete die Katze geduldig wie eine Steinsphinx darauf, dass Peter zu Bett ging, um sich neben seine Beine zu legen.

Morgens wartete die Katze darauf, dass Peter zu einem Spaziergang aufbrach, um ihm mit drei Schritten Abstand zu folgen oder mit fünf Schritten Vorsprung vorauszugehen.

Peters Vater, ein kalter Mann, in dessen Gegenwart jeder zu Eis erstarrte und dem schon die einsamen Träumereien seines Sohnes gegen den Strich gingen, pflegte, wenn man nach dem Kind suchte, im Ton eines strengen, herablassenden Richters zu sagen:

»Er ist wahrscheinlich bei der Katze …«

Dabei war es die Katze, die bei Peter war …

Als Peter eines Tages, sein achtzehnter Geburtstag stand kurz bevor, wieder einmal aus Cambridge heimkehrte, kam keine Katze, um an seiner Scheibe zu kratzen. Die ganze Nacht wartete Peter vor dem offenen Fenster auf sie. Vergebens. Unermüdlich lief er Tags darauf allein all die Wege ab, die sie so oft gemeinsam gegangen waren.

Es war in seinem Leben der erste Verlust für ihn. Sein trauriges Gesicht hatte den Vater mächtig verärgert.

»Komm schon, Filius, jetzt kann ich wenigstens nicht mehr behaupten, du wärst bei der Katze! Ist das nicht toll?«

Im darauf folgenden Jahr starb sein Vater. Als man sich nach der Beerdigung während des Essens fragte, ob der Verstorbene wohl in ein zu vermutendes Jenseits gelangt war, getraute sich Peter zu sagen:

»Er ist wahrscheinlich bei der Katze.«

Seit Ewigkeiten träumte er nun schon davon, wieder eine Katze auf seinem Schreibtisch zu haben, mit der er sich unterhalten könnte. Träumte davon, sich von ihren halb geschlossenen Augen inspirieren zu lassen, mit der Hand durch ihr warmes Fell zu fahren und zuzusehen, wie sie vor ihm eindösen oder, geheimen Verpflichtungen folgend, davonlaufen würde. Er hatte sich diesen Wunsch nicht erfüllt, aus Furcht, dass sie in seiner Abwesenheit, wenn er in England weilte, verschwinden könnte.

Nachdem Peter die ausgehungerte Katze versorgt hatte, gab er sich alle Mühe, ihr ein warmes, weiches Nest zu bereiten. Schließlich sah er dem Tier tief in die Augen und sagte lächelnd:

»Es gibt immer ein Zeichen.«

Das Zeichen blinzelte mit einem Auge und rollte sich zu einer Kugel zusammen.

Nun wusste Peter, dass er sich endgültig in den Campestres niederlassen und dass sein Leben nie wieder so sein würde wie vorher.

Er ging an seinen Schreibtisch, nahm das Briefpapier und einen Stift.

Als er den Kopf wieder hob, waren zwei große Bögen mit engen, schwungvollen Schriftzügen bedeckt, ohne dass auch nur eine Stelle durchgestrichen war. Zwei Bögen, in denen von keiner Katze die Rede war, sondern nur von Ninon.

Wie als Antwort auf seinen Brief traf gegen Ende der Woche Clara in den Campestres ein, schick und charmant wie immer. Am Telefon hatte sie Peter um seine Gastfreundschaft gebeten, wobei sie behauptete, dass ihr der Sinn nach einem schönen Herbst in Südfrankreich stünde. Sie würde nur ein paar Tage bei ihm bleiben und die restliche Zeit an der Küste verbringen. Peter erklärte sich von Herzen gern einverstanden. Erst als er den Hörer wieder auflegte, verfiel er plötzlich ins Grübeln, und ihm kam der Verdacht, dass Clara im Auftrag seiner Familie anreiste, um den Ernst der Lage einzuschätzen.

Er überließ ihr kommentarlos ihr altes Zimmer und wartete geduldig auf den Schwall von Fragen, der früher oder später über ihn hereinbrechen würde. Wie Brandungswellen in einem Sturm, dessen Winde er selbst herbeigerufen hatte.

Doch Clara verstand es, klug wie sie war, ganz die diskrete Freundin zu bleiben. Sie brachte Neuigkeiten aus London, kommentierte die veränderte Regierungspolitik und sprach von den letzten Ereignissen in Bovey-Tracey. Sie unterbrach ihre Plaudereien erst, als sie Ninon kommen sah.

Ninon kehrte von ihrer ersten Aussaat zurück. Den ganzen Tag lang war sie über ihre Felder marschiert, hatte Samenkörner auf der Erde verstreut und sich größte Mühe gegeben, die Bewegungen des Sämannes in ihrer strengen Einfachheit nachzuahmen. Marius, der dicht hinter ihr hergegangen war, hatte ihr dabei Anweisungen gegeben:

»Geh nicht ganz so schnell und streck deinen Arm weit von dir, ehe du ihn langsam zurückkommen lässt!«

Ihre Augen strahlten noch jene Ruhe aus, die auf dem Land in die Gesichter der Menschen tritt, sobald ihre Arbeit vollendet ist, was wohl einfach daran liegt, dass man an der frischen Luft arbeitet, auf sonnenbeschienenen Feldern. An ihren Händen und ihrem Körper klebte noch der Staub der Saat. Peter umschlang sie wie ein Kind und wiegte sie, während er ihr etwas ins Ohr flüsterte, in den Armen, ehe er sie gehen ließ. Nachdem Ninon Clara begrüßt und ihr einen schönen Aufenthalt gewünscht hatte, lief sie schnell in die Küche zu Pilar.

Peter wartete.

Ihre Reaktion war anders geartet, als er erwartet hatte. Clara sagte einfach:

»Wenn du sie liebst ...«

Es war keine Frage. Vielleicht nur ein Ausdruck von Bedauern.

Die Frage kam später.

»Mir kannst du es sagen, Peter: Wie wird das alles enden?«

Peter erkannte, dass Clara beschlossen hatte, ihre Rolle einer Freundin auf der Durchreise beizubehalten und ihre Mission als Botschafterin Englands nicht zuzugeben. Unerbittlich verweigerte er ihr die Antwort.

»Hör mal, ich war vom ersten Tag an völlig einer Meinung mit dir. Die Kleine ist bezaubernd, willensstark, mutig und sprüht vor Charme, aber du musst doch einsehen ...«

Sie zögerte, suchte nach Worten:

»... dass ihr nichts miteinander gemein habt.«

»...«

»Kannst du sie dir in London oder Bovey-Tracey vorstellen?«

»Überhaupt nicht ... Aber warum, zum Teufel, sollte Ninon nach London oder Bovey-Tracey fahren?«

»Um dich zu begleiten ... Deine Eltern kennen zu lernen, deine Freunde.«

»Sie spricht kein Englisch.«

»Und im Übrigen auch kein Französisch. Ich verstehe es gut genug, um zu merken, dass ihre Syntax manchmal ziemlich ungewöhnlich ist.«

Peter lächelte amüsiert:

»Da ist etwas dran, aber sie spricht sehr gut Provenzalisch. Wenn du wüsstest, wie schön und bilderreich diese Sprache ist. Nimm nur mal ein Beispiel: Montag, *lundi*, heißt auf Provenzalisch *dilune*, und plötzlich hört man, dass da das Wort Mond, *lune*, mit drin steckt, ist das nicht viel poetischer?«

Clara verdrehte die Augen und schwieg für einen Augenblick.

»Worüber redet ihr, wenn ihr zusammen seid?«

»Von winzig kleinen, kaum wahrnehmbaren Dingen, die doch so zahlreich sind, dass sie unsere Tage ausfüllen.«

Peter neigte den Kopf nach hinten und sah zum Deckengewölbe hoch.

»Mit ihr spähe ich in den Falten des Himmels nach Regen aus, mit ihr fürchte ich den morgendlichen Frost, den Hagel, den das Gewitter mit sich bringt. Abends sehen wir gemeinsam zu, wie der Mistral die Wolken vor sich her treibt.«

Clara tat so, als hätte sie nicht gehört.

»Jetzt frage ich dich also noch einmal, und das nicht nur in meinem Namen, wie du dir sicher denken kannst: Wie wird das alles enden?«

Clara hatte den Schleier gelüftet und endlich zugegeben, dass sie mit einem Auftrag gekommen war. Nun war er bereit, ihr Antwort zu geben.

»Wir werden heiraten.«

Ungewollt ließ sich Clara ihre Betroffenheit anmerken, indem sie abrupt den Kopf senkte. Sie nahm einen Schluck Whisky, stellte das Glas wieder ab.

»Ich habe mir sagen lassen, dass ihre Eltern nicht gerade vorzeigbar sind.«

»Weniger vorzeigbar als alles, was du dir vorstellen kannst.«

»Ihr Vater ist ein Säufer, hast du keine Angst, dass so etwas vererbbar ist?«

»Wenn ich mir Ninon so ansehe, bin ich eigentlich geneigt, an der Zwangsläufigkeit der Vererbungsgesetze zu zweifeln.«

»Und ihre Mutter?«

»Reden wir lieber nicht davon.«

Als Clara schwieg, murmelte Peter leise, so als spräche er mit sich selbst:

»Hör zu, Clara, wenn ich morgens aufwache, ist Ninon häufig schon weg. Das hat sie sich so in den Kopf gesetzt, um mich arbeiten zu lassen und auch, weil sie das Bedürfnis hat, ihren Weizen wachsen zu sehen. Oft bin ich bis zum Abend allein, und in der ganzen Zeit, die zwischen Morgengrauen und Abenddämmerung verstreicht, denke ich nur an sie. Und du verlangst *was* von mir? Dass ich sie allein lasse, um den Sommer in Bovey-Tracey zu verbringen? Oder dass ich am besten ganz auf sie verzichte? Was soll ich dir darauf antworten?«

»Dann wirst du also nie wieder nach Hause kommen?«

Der Schleier über Peters Augen verdichtete sich, ehe er ihn mit einem Wimpernschlag vertrieb:

»Ich kann leider nicht mehr weg von hier.«

Er setzte eine betrübte Miene auf. Während er sich umdrehte, deutete er auf das weiche Lager am anderen Ende des Zimmers, auf dem die kleine, dreifarbige Katze lag und schlief.

»Ich habe vergessen, dir Nénette vorzustellen. Sieh doch, wie zart und schön sie ist und wie abhängig von meiner Anwesenheit … Sie scheint zu schlafen, aber ihren trägen Posen sollte man nie trauen. In Wirklichkeit hat sie ein wachsames Auge auf mich. Du siehst also, dass ich jetzt für das Leben anderer verantwortlich bin, ich kann nicht mehr weg.«

Er wurde wieder ernst:

»Seit Ewigkeiten habe ich davon geträumt, eine Katze in meinem Haus zu haben, und nie hatte ich eine, was an einer alten Geschichte lag, die du nicht kennst. Jetzt habe ich endlich eine! Sieh sie dir an. Sie ist prachtvoll, findest du nicht? Ihr Name ist Sérenité, Gelassenheit, aber im Alltag nenne ich sie aus praktischen Gründen Nénette. Ninon zu verlassen wäre ja vielleicht noch machbar, aber Nénette, niemals!«

Peter frohlockte innerlich, als er sah, wie Claras Gesicht vor Verblüffung erstarrte. Das Wesentliche dieser Katzengeschichte hatte sie nicht begriffen. Mit einem Schulterzucken drückte sie ihre Ratlosigkeit aus.

Er schlug einen anderen Ton an:

»Das bedeutet, dass ich nie mehr in England leben werde. Nicht, dass ich meine Kindheit, mein Heimatdorf und meine Familie verleugne. Und es ist auch nicht so, dass ich die prachtvolle Landschaft nicht mehr liebe, die mich so oft inspiriert hat und die ich nicht vergessen habe. Ich denke oft daran, sogar voller Sehnsucht. Aber willst du nicht endlich begreifen, dass ich nicht mehr von Ninon fortgehen kann, weil ich solche Angst habe, sie zu verlieren?«

»Diese große Liebe wird vielleicht vergehen?«

Wieder schob sich ein dunkler Schatten vor Peters Augen.

»Sicher ist es möglich, dass Ninon mich eines Tages nicht mehr liebt. Sie ist so jung ... Aber nimm getrost Abschied von dem Gedanken, dass mir das passieren könnte. Eben hast du all das aufgelistet, was mich von ihr trennt, aber das Wichtigste hast du vergessen. Ich habe drei Jahre lang auf sie gewartet, und so hatte ich drei Jahre Zeit, um diese Liste selbst zu schreiben, und drei Jahre, um sie wieder durchzustreichen. Ninon interessiert sich nur für ihre Landwirtschaft, sie liest niemals ein Buch, nicht einmal eins von mir, sie hat, vom Ernten und Säen natürlich abgesehen, von keinem Thema auch nur die leiseste Ahnung. Sie ist kein geistig anspruchsvoller Mensch, und sie widersetzt sich jedem Versuch, sie zu ändern. Aber seit ich angefangen habe, sie zu lieben, erinner dich bitte, du warst ja dabei ..., ist nicht sie diejenige, die sich verändert hat, sondern ich habe mich verändert. Was mich hierhin zieht, ist sie, weil ihre Wurzeln bis in die Tiefen dieser Erde reichen und sich niemals daraus lösen werden. Sicherheit, ja, das ist das Wort, nach dem ich gesucht habe. Ninon ist meine Sicherheit. Ich brauchte diese Gewissheit und werde nie wieder darauf verzichten können.«

»Du bist verliebt, meinetwegen, und du glaubst, dass du dich verändert hast, aber vielleicht ist es nur eine scheinbare, vorübergehende Veränderung ...«

»Da täuschst du dich. Der Peter, den du kanntest, war nicht der richtige Peter. Er war nur ein großer Junge, der noch erwachsen werden musste. Der Peter, den du kanntest, langweilte sich hinter seinen lässigen Allüren. Er machte Liebe, ohne zu lieben, betrank sich, um nicht zu merken, wie die Zeit verging, und schrieb in der Hoffnung, die Welt zu verändern. Einen offenkundigeren Beweis für sein kindisches Wesen gibt es nicht. Vielleicht sah man es nicht, aber vor Ninon war ich im Begriff, ganz allmählich der Trunksucht zu verfallen, weil ich mich zu Tode langweilte.«

Clara wurde fahl. Sie stammelte:

»Dann schreibst du also nicht mehr?«

»Sei unbesorgt, das Schreiben ist eine Krankheit bei mir. Ich habe einen fünfhundert Seiten langen Roman beendet, auf Französisch, und jetzt erst gemerkt, dass ich darin mein Leben erzähle. Ich habe ihn meinem Verleger nicht geschickt. Den halte ich geheim, ich werde ihn meinem Kind schenken …«

»Deinem Kind?«

Peter lächelte spöttisch:

»Wer weiß?«

Clara konnte es nicht fassen.

»Also keine fantastischen Romane mehr?«

»Was weiß denn ich. Vielleicht. Mein Verleger ist wegen meines Seelenzustands genauso besorgt wie du. Er ruft mich wöchentlich an, um mich inständig zu bitten, wieder anzufangen. Ich rechne damit, dass er demnächst hier auftaucht, mit Antidepressiva und Vitaminkapseln im Gepäck.«

Peter amüsierte sich, doch Clara war wie vor den Kopf geschlagen. Sie schwieg, und ihr Blick fiel auf einen kleinen, runden Beistelltisch, auf dem sie ein landwirtschaftliches Fachblatt entdeckte. Sie nahm die Zeitschrift in die Hand und blätterte darin:

»Liest du das?«

»Allerdings. Vor kurzem haben wir Ninons sechzehnten Geburtstag gefeiert. Letztes Jahr habe ich den Fehler begangen, ihr ein Schmuckstück zu schenken, dieses Jahr habe ich ihr einen Traktor geschenkt.«

Erschöpft von der Auseinandersetzung war Clara schließlich doch bereit zu lachen.

»Wirst du denn trotzdem kommen und deine Mutter besuchen?«

»Natürlich.«

»Wie oft?«

Peter antwortete nicht: Soeben war Ninon wieder aufgetaucht. Sie unterhielt sich mit Clara auf liebenswürdige Weise, ehe sie sich von Peter in die Arme nehmen ließ:

»An den schmalen Hängen des *Vallon aux Grives* werde ich überall Lilien pflanzen«, sagte sie, während sie zwischen den beiden Platz nahm.

Und allein diese Aussicht ließ sie strahlen.

Vier Monate später, als Peter und Ninon endlich die Genehmigung erhielten zu heiraten, einigten sie sich auf ein Datum, und das Aufgebot wurde bestellt. Peter schickte all seinen Freunden und Bekannten eine Einladungskarte, dann schrieb er seiner Mutter, der er die Wahrheit nicht länger verheimlichen konnte. Ninons rundliche Taille erlaubte keine Geheimniskrämerei mehr.

Prompt brach eine Welle von beunruhigten Briefen und bekümmerten Anrufen über ihn herein. Der Inhalt war stets mehr oder weniger identisch: Sicher hatte Peter sich in eine heikle Lage gebracht, aber nichtsdestotrotz gab es etliche Tricks, die ihm einen würdevollen Abgang ermöglichen könnten. Er sollte noch einmal nachdenken, sich mit Bedacht über die Konsequenzen klar werden und vor allem seine Zukunft vor Augen haben.

Peter verzichtete auf jede Gegenwehr. Lächelnd schlitzte er die Umschläge auf oder nahm den Telefonhörer ab, auch wenn sich ihm jedes Mal das Herz zusammenschnürte.

Dann stellte sich das unumgängliche Problem der Trauungszeremonie.

Mit dem Anschneiden dieser Frage begab sich Peter auf ein Gelände, wie es schwieriger nicht hätte sein können. Beklommen stellte er sich eine Hochzeitsfeier vor, bei der zwei Welten aufeinander treffen und seine provenzalischen Freunde sich ebenso unwohl fühlen würden wie seine Freunde aus England. Nächtelang suchte er nach einer Lösung. Er bereute seine Einladungskarten und war irgendwann so weit, dass er voller Verzweiflung hoffte, es möge eine Verschwörung geben und niemand kommen.

Doch leider stapelten sich in einer Ecke seines Schreibtischs die Zusagen.

Als er eines Tages mit seinen Befürchtungen an Joséphine herantrat, antwortete sie ihm mit gesundem Menschenverstand:

»Und wenn Sie sich tausend Jahre lang quälen, Englisch sprechen werde ich davon auch nicht. Und ich kann auch nicht einsehen, warum ich versuchen sollte, Ihrer Mutter zu ähneln. Darum schlage ich Ihnen vor, eine einfache provenzalische Hochzeit zu organisieren. Begnügen Sie sich damit, Ihre Gäste wissen zu lassen, dass es ein ländliches Fest sein wird, und vergessen Sie nicht, ihnen zu sagen, dass es hier manchmal genauso kalt ist wie in England. Bloß keine Hutschleier oder sonstigen Flitterkram, der nur im Mistral davonflattern würde. Und was uns betrifft, so werden wir sowieso nicht sehr zahlreich sein.«

Aus einem Schrank zog sie einen prachtvollen Rock hervor, eine Trachtenjacke, ein besticktes Hemdchen und ein Dreiecktuch.

»Das gehörte meiner Mutter. So werde ich gekleidet sein.«

Die strengen Muster des Pikeestoffs, die mit den prachtvollen Farben kontrastierten, faszinierten Peter.

»Gibt es vielleicht eine ähnliche Tracht für die Braut?«

»Natürlich! Da machen Sie sich mal keine Sorgen, überlassen Sie das einfach denen, die sich mit so etwas auskennen, und Sie werden es nicht bereuen.«

Am Tag vor der Hochzeit kam es zu einem Ansturm auf die Hotels im gesamten Landkreis. Kaum dass die Gäste eingetroffen waren, fielen sie auch schon bei Peter ein. Sie waren bestens gelaunt und meist hocherfreut über diese Gelegenheit, Frankreich zu entdecken. In kleinen Gruppen standen sie im Wohnzimmer und auf den Hängen des Grundstücks zusammen und plauderten. Wein und Whisky flossen in

Strömen. Pilar schwirrte leise murrend zwischen den Gruppen hin und her. Peter war viel umschwärmt. Jeder bestand darauf, ihn einmal zur Seite zu nehmen, um ihm freundschaftlich auf den Rücken zu klopfen, wie man es mit einem Schwerkranken oder Verurteilten tut. Ninon hatte es vorgezogen, an diesem Tag Joséphine nicht von der Seite zu weichen.

Als Peters Freunde gegangen waren, kam er herunter, um sie abzuholen und seiner Mutter vorzustellen. Die alte Dame, eine schmächtige, zarte Person, saß auf dem braunen Ledersofa. Alles an ihr strahlte die Leichtigkeit und Ungezwungenheit eines Menschen aus, der sich seiner Vornehmheit bewusst ist. Als Ninon auftauchte, musterte sie sie mit einem diskreten, aber gezielten Blick, der das junge Mädchen so schnell von Kopf bis Fuß taxierte, dass es kaum wahrzunehmen war. Ninon trat näher und beugte sich zu ihr herab. Madame Atkinson küsste sie auf die Stirn, worauf sie, sich leicht zu Peter hinwendend, in distinguiertem Plauderton auf Englisch sagte:

»Bezaubernd, in der Tat, aber ist es wirklich nötig, sie zu heiraten?«

Ninon verstand die Worte nicht, aber sie hörte den Sarkasmus, der in der Satzmelodie mitklang und konnte Madame Atkinson die kompromisslose Enttäuschung von den schmollenden Lippen ablesen. Sie warf Peter einen verwunderten, etwas betrübten Blick zu. Peter beruhigte sie mit einem unmerklichen Augenzwinkern, genauso wie er ihr einst über Madame de Carlons Schulter hinweg zugezwinkert hatte.

Das Wetter war herrlich, wenn auch etwas frisch.

Zur festgesetzten Stunde erwartete die *Place San-Bastian*, wo die Menschen sich Schulter an Schulter drängten, das Brautpaar. Endlich traf der Jaguar ein. Peter, der einen schlichten, bernsteinfarbenen Anzug trug, stieg aus und öffnete Ninon die Wagentür.

Sie trug eine weiße Trachtenhaube, die sich an ihr hochgestecktes Haar schmiegte und auf Wangenhöhe in zwei vorwitzigen Zipfeln endete. Ihre gesteppte, ganz auf Taille gearbeitete Jacke war am Ansatz ihres grazilen Halses ausgeschnitten und reichte bis zur Höhe der Ellbogen, wo eine weiße, mit feinen Stickereien verzierte Bluse sichtbar wurde. Ihr perlweißer Pikeerock kaschierte den rundlichen Bauch und war gerade so lang, dass er die Stiefeletten mit leichtem Absatz, die Ninon trug, nicht verhüllte. Um ihre Taille war ein geflochtener Gürtel geschlungen, an dem eine Kette hing, woran Peter beim Verlassen der Kirche den Schlüssel zu seinem Haus befestigen würde. Ninon war ungeschminkt, nur leicht gepudert und rosig vor Ergriffenheit.

Ihr Schultertuch aus weißem Musselin wurde von einem plötzlichen, frischen Windstoß erfasst und davongetragen. Als sie die Hand zum Himmel streckte, um es festzuhalten, konnte die Menge sie sehen, mit erhobenem Kopf. Sie war strahlend schön.

Peter nahm sie an der Hand und stellte sie seinen Freunden vor.

Ninon versuchte gar nicht erst zu lächeln, um ihnen zu gefallen, sie begnügte sich damit, die Augen aufzuschlagen und ihr Gesicht zu zeigen, das auch ohne Lächeln strahlte wie die aufgehende Sonne.

Als die Messe vorüber war, kniete Peter auf dem Vorplatz der Kirche vor ihr nieder, um seinen Schlüssel an die Kette zu hängen. Und niemand, wie groß die Zweifel an der Richtigkeit dieser Verbindung auch sein mochten, konnte sich der Rührung erwehren.

Das Essen wurde in den Salons des Schlosses serviert. Es war so von Musik und Tanz und gutem Wein begleitet, dass Provenzalen wie Engländer Gefallen daran hatten.

Die kleine Candice, von Peter *Candace* genannt, erblickte im Mai das Licht der Welt.

Drei Jahre später, ein besonders heißer Sommer neigte sich gerade dem Ende zu, kehrte Clara in die Campestres zurück.

Unterwegs sah sie am Dorfeingang von Fayence ein kleines Geschäft, das sich *Au Blé des Campestres* nannte. Das ganze Schaufenster wurde von einem prächtigen Strauß Weizenähren ausgefüllt. Einer plötzlichen Ahnung folgend, beschloss sie anzuhalten. Sie betrat das Geschäft. Auf der rechten Seite füllten appetitliche Brote, Kuchen, Obsttorten und provenzalische Spezialitäten die Regale. Linker Hand waren neben einem mit Öl aus der Gegend gefüllten Fass unzählige Gläser Oliven aufgereiht.

Clara hatte kurz daran gedacht, dennoch war die Überraschung groß, als sie hinter der Theke Ninon erkannte.

Ninon, lächelnd und herzlich, bediente gerade eine Kundin:

»Das Mehl hier sollten Sie an einem geschützten Ort aufbewahren und möglichst bald verwenden. Das lebt nämlich noch. Das ist nicht wie das übliche Mehl, das man hundert Jahre in einem Regal stehen lassen kann, ohne dass auch nur ein einziges Tierchen auf die Idee kommt, seine Nase reinzustecken.«

»Gut genug für die Menschen, aber den Tieren nicht gut genug! Das ist jetzt modern!«, fügte die Kundin hinzu.

Ninon lachte fröhlich. Sie strahlte vor Stolz:

»Sie werden sehen, wie gut Ihnen das schmeckt!«

Ninon ließ ihre Verkäuferin fortfahren und wandte sich an Clara:

»Peter ist zu Hause, fahren Sie schnell hin, ich komme gleich nach.«

Es war immer noch so, als ginge ein Lichtkreis von ihr aus.

Clara wurde in der *Ferme des Buis* untergebracht, die jetzt Yvon, Fanny und manchmal Abel bewohnten.

Abends kamen alle bei Tisch zusammen, wo Pilar eifrig und voller Stolz auf ihre Beförderung die von ihr zubereiteten Speisen auftrug.

Die kleine Candice, deren helle Augen schelmisch blitzten, hatte ihren Platz auf Peters Schoß.

»Für jemanden, der einmal tausend Eide darauf schwor, niemals Kinder zu bekommen, scheinst du aber an deiner Tochter zu hängen«, bemerkte Clara.

Er sah seine Tochter mit einer lustigen Grimasse an:

»Diesen Eindruck erwecke ich immer. Aber in Wirklichkeit ist sie diejenige, die an mir hängt und nicht umgekehrt. Sieh doch mal, wenn ich loslasse, bleibt sie von ganz allein.«

Am nächsten Tag klopfte Abel, der auf der Rückreise von Paris nach La Roque Esclapon vorbeischaute, an die Tür des *Mas des Oliviers*.

Während des ganzen Mahls, das man gemeinsam einnahm, um sein Kommen zu feiern, erzählte er von seiner Karriere in der Welt der Chansons. Von seiner ersten Platte, die bald herauskommen würde, von der neuen Welle junger Künstler, zu denen er sich selbst zählte.

Abel sah von Peter zu Ninon. Obwohl er inzwischen ein Mann war, lagen tausend Fragen in diesem Blick, fast so, als wären die beiden seine Eltern. Er fürchtete Peter und vergötterte Ninon nach wie vor, war noch so wenig gefestigt, dass die wilde Entschlossenheit in ihm häufig einer nervösen Erregtheit wich.

Ninons Blick wanderte von Abel zu Peter. Während sie von einem zum anderen sah, veränderte sich der Farbton ihrer Augen, so als blickten sie vom Mond zur Sonne. Abel war noch immer die Kehrseite ihrer Seele, Abglanz ihres eigenen Lichts.

Peter war Peter.

Später kam José mit seiner Gitarre dazu, und die Stimmung wurde ausgelassen. Die ganze Nacht hindurch tanzten Pilar, Abel und Peter *soleares*, *bulerías* und *fandangos*. Clara, wie gewöhnlich ein wenig angetrunken, klatschte dazu fröhlich in die Hände. Als Peter in ihre Nähe kam, fasste sie ihn am Ärmel und sagte zu ihm:

»Endlich erkenne ich den Peter von früher wieder. Dabei dachte ich immer, du würdest *flamenco* tanzen, weil du betrunken bist oder um dich interessant zu machen.«

»Wieder ein Irrtum, meine Liebe. Diese Musik ist das Einzige, was mich dazu bringen kann, aus mit herauszugehen.«

Dann fügte er scherzhaft hinzu:

»Pilar ist überzeugt davon, dass ich in einem früheren Leben ein andalusischer Zigeuner war.«

Peter hatte Pinsel und Leinwand zur Seite gestellt. Clara betrachtete das Bild, verwundert über das, was darauf zu sehen war: eine Mulattin, die am Ende einer sonnenüberfluteten Mauer saß und über den Kai eines Hafens hinweg aufs einsame Meer hinausblickte. In leuchtenden Farben gemalt, war das Bild ergreifend und doch auch beruhigend.

Clara wandte sich ab, um Peter aufmerksam anzusehen. Er hing seinen Träumen nach, während er über die Hügel blickte, die wie Wellen zum Meer hinabbrandeten. Es beunruhigte sie, ihn auf einmal so anders zu erleben, so abwesend und irgendwie gealtert.

»Du malst jetzt?«

»Wie du siehst, ja, und anscheinend habe ich sogar Talent. Aber sei unbesorgt, es ist nur eine äußerliche Veränderung. Früher trank ich und träumte dabei, jetzt träume ich und male dabei. Ich habe noch immer genauso viele Dinge im Kopf, aber weil sie geheim sind, vertraue ich sie einer Leinwand an, die stumm zu sein scheint … mir jedoch in Wirklichkeit Antwort gibt.«

Clara zog verwundert die Augenbrauen hoch.

»Sieh genau hin, das Bild spricht. Alle Maler werden dir das bestätigen. Und jetzt sag, die Frau, die hier am Meer sitzt, was macht sie deiner Meinung nach? Wartet sie auf jemanden, träumt sie oder lässt sie einfach die Zeit verstreichen? Du musst diese Frage unbedingt beantworten.«

Clara zuckte mit den Schultern.

»Seit wann hast du keinen Roman mehr geschrieben?«

»Ich erinnere mich nicht.«

»Und warum?«

»Ich weiß nicht, ich warte darauf, dass es mich wieder erfasst. Das Dumme ist, dass ich kein Geld brauche und nicht gezwungen bin, mich daranzumachen. Aber das Wichtigste ist, dass es mich nicht einmal mehr wütend macht: Ich habe entdeckt, dass die Händler nicht mehr im Tempel sind und es keinen Sinn hat, sie daraus vertreiben zu wollen, er gehört ihnen nämlich. Sie nehmen unseren Tempel Stein um Stein auseinander, um diese Steine Stück für Stück zu verkaufen. Warten wir einfach ab, bis sie den letzten verkauft haben … Ich bilde mir nichts mehr auf mich ein, und ich bin verliebt. Alles, was einen zum künstlerischen Schaffen antreibt, ist mir zwischen den Fingern zerronnen. Und wenn mich doch einmal die Lust zu schreiben überkommt, verfasse ich kurze Novellen, in denen ich kleine Ausschnitte aus dem Leben zeige, kurze Momente, die plötzlich entstehen und niemals enden, ein Seufzen, ein Schluchzen, ein Schaudern. Die Welt ist voll davon. Ich beschreibe, ich liefere keine Erklärungen.«

Peter wirkte noch abwesender:

»Anschließend leiste ich mir das Vergnügen, kleine Wunderwerke aus diesen beschriebenen Seiten zu machen.«

Er stand auf, ging zu seiner Bücherwand und zog ein aufwändig gearbeitetes Buch hervor.

»Sieh mal. Ist das nicht großartig? Ich habe alles selbst ausgewählt, das weiche, dicke Papier, das Format, den Einband, die Schrift. Hier, riech mal …«

Er schlug die erste Seite um.

»Siehst du, für jede Novelle habe ich eine Zeichnung oder ein kleines Gemälde angefertigt. Keine Illustration, ich tue so, als ginge es nur ums Gefühl. Als wohlhabender Mann leiste ich mir diesen Luxus, den Genuss des Schöpfers, alles bis zum letzten Komma selbst zu gestalten. Endlich kann ich das Opium der Künstler rauchen. Obwohl ich jede Minute empfinde, merke ich nicht, wie die Zeit verstreicht.«

»Hast du nicht das Gefühl aufzugeben?«

»Nein, ich habe der Welt nichts mehr zu sagen, sie wird sich niemals verändern.«

Lächelnd wandte er sich wieder zu Clara um:

»Ninon stellt sich nicht so viele Fragen. Sie geht immer geradeaus, und dass sich ihr bloß keiner in den Weg stellt! Sie hat auf allen Feldern der Campestres Weizen angepflanzt, sie backt Brot und verkauft es. Sie lebt in ihrer Welt, und dort weiß sie, dass sie Recht hat. Weißt du, dass dieses pfiffige Kind uns sozusagen ernährt? Ihr Laden läuft gut, sie hat eine Stammkundschaft, die manchmal von weit her kommt, um ihr Brot zu kaufen, vielleicht ja auch um ihrer Augen willen … Alles in allem brauche ich sie mehr als sie mich …«

»Du machst einen traurigen Eindruck.«

»Überhaupt nicht. Du müsstest doch wissen, dass ich niemals ein fröhlicher Mensch war, zumindest nicht unbedarft fröhlich. Sei unbesorgt, ich habe noch nicht ein einziges Mal bereut, dass ich Ninon geheiratet habe: Sie braucht nur aufzutauchen, und schon bin ich von Liebe erfüllt. Ich habe nicht einmal mehr Angst, sie zu verlieren. Weißt du, was sie mir einmal geantwortet hat, als ich mir Gedanken um unser Alter machte, ich vierzig, sie gerade mal zwanzig? Sie hat mir gesagt: ›Mach dir nichts draus, Sonne und Luft werden nicht lange brauchen, um mein Gesicht so faltig zu machen wie den Hintern eines armen Hungerleiders.‹ An der Ausdruckskraft dieser provenzalischen Bilder werde ich mich nie satt hören.«

Clara lächelte, dann wurde sie wieder ernst und sagte leise:

»In England ist in den Zeitungen keine Rede mehr von dir, macht dir das nichts aus?«

»Nein.«

»Du wirst mir den Gedanken nicht austreiben können, dass es einfach schade ist, wie dein Talent, dein ganzes Leben, hier in diesem Nest allmählich vor die Hunde geht.«

Peter antwortete nicht sofort. Er atmete tief ein und ließ sich die warme Luft, die ein leichter Wind bewegte, um die Nase wehen wie eine Katze, die sich unter einem wärmenden Dach räkelt. Ein gerührtes Lächeln trat in sein Gesicht, als er Ninon erblickte, die unter der Last von Candice Hang um Hang erklomm, um zu ihm zu gelangen.

»Du hast Recht, meine Liebe, man könnte sagen, dass ich mich bei lebendigem Leib begrabe, und es vergeht kein Tag, an dem ich nicht weiter schaufele. Aber schau doch vor dich und bewundere die Schönheit meines Grabes, sieh, wer dort näher kommt, und bewundere die Anmut derer, die mich beerdigen.«

Ninons leuchtender Blick flog, von einem Lufthauch getragen, Peter entgegen, und beider Blicke tauchten ineinander.

Endlich hatte Clara verstanden.